Alfredo Antonaros

Mahò – die Stadt des Kinos und des Erdöls

Alfredo Antonaros

MAHÒ
die Stadt des Kinos und des Erdöls

Roman

Aus dem Italienischen von
Sabina Kienlechner

Piper
München Zürich

Die Originalausgabe erschien erstmals 1987 unter dem Titel »Mahò. Storia di cinema e petrolio« bei Giangiacomo Feltrinelli Editore, Milano.

ISBN 3-492-03269-9

Gesetzt aus der Garamond-Antiqua
Satz: Uhl+Massopust, Aalen
Druck und Bindung: Wiener Verlag, Himberg
Printed in Austria

I

Es waren einmal zwei Männer in einem Zug. Alle Versionen der Geschichte stimmen überein: Joseph Esterhazy und Jakob Ghisc hatten sich noch nie zuvor gesehen. Die meisten, die davon erzählten, waren sich auch sicher, daß sie keinerlei Verabredungen getroffen hatten und sich nur zufällig in diesem Zug begegnet waren. Und doch verließ Ghisc in Cubub, wo er hätte umsteigen müssen, um nach Cheren zu seiner Familie zu fahren, den Zug nicht, sondern blieb neben Esterhazy sitzen und fuhr weiter in Richtung Massaua. Einige vermuteten, daß Leutnant Ghisc eingeschlafen war. Sie beschrieben, wie er im Abteil ausgestreckt dalag, die Füße in den Stiefeln auf dem Sitz gegenüber. Ein scharfer, staubiger Sonnenstrahl fiel durch einen Spalt des Vorhangs und beleuchtete die eine Hälfte seines Gesichts. Auch Esterhazy schlief. Als die Glocke bimmelte und der Zug sich wieder in Bewegung setzte, erwachte Ghisc mit einem Ruck und sprang auf; aber die Blechbaracke, die auf dem Cubub-Paß das Bahnhofsgebäude ersetzte, war längst entschwunden. Er hätte mindestens einen Kilometer vorher aussteigen und auf den Anschlußzug warten müssen, und noch gut zwei weitere Stunden Fahrt durch das Getöse der Papageien und der Vögel, die sich im Wald von Ast zu Ast jagten, hätten vor ihm gelegen.

Was feststand, war, daß Joseph Esterhazy, Inhaber des einzigen an jenem Tag ausgestellten Billetts, in den Zug gestiegen war und sich zu Ghisc gesetzt hatte. Das hatte der Zugkontrolleur bezeugt. Die beiden waren ordnungsgemäß in Massaua ausgestiegen und dann zwischen Karren, Dattelkörben und Ladekränen an staubgrauen Palmen in der Menge verschwunden. Von da an lag alles im geheimnisvollsten Dunkel. In Cheren nämlich war Ismail Farah, Diener des Herrn Ghisc und von diesem mit einer Kalesche zum Bahnhof geschickt, um den Sohn abzuholen, alleine nach Hause zurückgekehrt, nachdem er auf dem Bahnhofsvorplatz auch noch den Nachmittagszug abgewartet hatte. Auch im letzten Zug war von ihm keine Spur, erklärte Ismail – während er weiterhin seinen Tabak in der Backentasche zerkaute – den Schwestern, die schon anfingen, an ein Unglück zu glauben. Der Vater schlug vor, der Kaserne zu telegraphieren. Ich könnte ihm bis zu den Gruben von Canfér entgegenfahren, sagte Ismail, oder vielleicht kommt er morgen.

Aber von Ghisc kam weder am nächsten Tag noch in der darauffolgenden Woche ein Lebenszeichen. Es verging ein ganzes Jahr, bevor das Telegramm eintraf und Frau Ghisc zu schreien begann, als hätten ihre Kleider Feuer gefangen, denn Ghisc lebte und sollte morgen zu Hause eintreffen. Und tatsächlich konnte man am darauffolgenden Tag sehen, wie die Schwestern in ihren karierten Kattunkleidern allesamt Jakob Ghisc um den Hals fielen, denn er war endlich zurückgekehrt, dem Himmel sei Dank, und wir hatten dir schon einen Gedenkstein gesetzt, mein Sohn, mit Kerzen, Tagetesbeeten und immer frischen Chrysanthemen. Die kleinste Schwester hielt einen gekochten Maiskolben in der Hand und betrachtete diesen bärtigen Mann mit den Gamaschen, der hier in der Totenstille der Mittagsstunde aus Paris eingetroffen war. Und in den Läden, wo grüner, ungerösteter Kaffee angeboten wurde, in den Bars, in den Tuch- und Obstgeschäften, neben Stauden von harten gelben Bananen, versuchte man, das einjährige Loch in der Geschichte des Sohnes von Josua Ghisc, dem armenischen Getreidehändler, zu stopfen; denn es hatte geheißen, diesem sei ein Sohn, ein junger Soldat weggestorben, er sei im Nichts verschwunden, von Beduinen erschossen oder von den Krokodilen zerrissen worden – und nun war dieser Sohn plötzlich wieder auferstanden und zurückgekehrt, aus Paris.

Das war geschehen: An der Station der Gruben von Canfér war vor einem Jahr ein Mann in den Zug gestiegen und hatte sich in jenes Abteil gesetzt, in dem, im roten Plüsch versunken, eben auch Leutnant Ghisc saß. Sie durchquerten eine gelbe Ebene, fuhren an brombeerbewachsenen Hügeln und aneinandergefältelten Bergketten vorbei. Der Zug rüttelte, wurde keuchend langsamer und nahm dann seine rasche Fahrt wieder auf. Die beiden schlossen bald Freundschaft. Ghisc erzählte einige seiner militärischen Abenteuer, Anekdoten aus der Kaserne, und die Unterhaltung wurde immer lebhafter, trotz des Gestanks der Lokomotive, trotz des Rußes, der überall eindrang, und des unbequemen Waggons, der jedoch immer noch besser war als die in den Norden fahrenden Omnibusse.

Aus den vielen Gerüchen in den Zügen, die an der Küste verkehren, stechen vier hervor: der Geruch von den Heizkohlen der Lokomotive, der vom Holz der Sitze, der von der ranzigen Butter, welche die Frauen sich in die Haare schmieren, und der von in der Hitze faulendem Obst in den Taschen der Reisenden. In diesen Zügen zwischen Mahò und Massaua gebären die Frauen ihre Kinder, werden Kinder gezeugt, Geschäfte gemacht und Ehen geschlossen, hier wird gegessen, gegähnt und geschlafen. Wie langweilig und wundervoll doch eine Eisenbahnfahrt in diesen Gegenden ist. Ab und zu hielt die Lokomotive neben eng bei den Gleisen stehenden Blechhütten. An der Mutterbrust schlafende Kinder, von der Sonne betäubte Ziegen und am Boden kauernde Wasserverkäufer, unbeweglich wie Vogelscheuchen, bestaunten das glühende Eisenungetüm, das vor ihnen stehengeblieben war. Dahinter war nichts als die unendliche Wüste und steiniges, lebloses Gelände. Dann kletterte der Zug weiter hinauf, fuhr mitten durch Dörfer mit strohgedeckten Hütten, an einem von zerberstenden Mauern gestützten Affenbrotbaum vorbei, und immer den Ruß in den Lungen und in den Knochen das Tramtram der Räder. Die Zugglocke läutete, sie soll einen müden Ochsen von den Gleisen verscheuchen, die Bremsen kreischen: Gleich wird der Zug den Ochsen schlachten, aber nein, ein Alter mit einem Stock kommt herbei und klopft auf die Knochen des daliegenden Ochsens, der schließlich aufsteht und über die Steine schwankt. Der Weg ist wieder frei, vorwärts also, mit voller Kraft.

Esterhazy war Direktor eines Zirkus, der zwischen Nordafrika und dem Roten Meer umherzog: ein kleines Unternehmen, von einer französischen Gesellschaft finanziert und ins Leben gerufen, um die Kolonialtruppen zu unterhalten; innerhalb weniger Jahre hatte der Zirkus einen gewissen Erfolg erzielt. Eines Tages war dann aber ein Brand ausgebrochen. Eine Tonne mit glühender Kohle war umgekippt und hatte die Zeltplane entzündet. Viele Menschen und ein Großteil der Tiere waren dabei ums Leben gekommen. Aber in Frankreich haben sie beschlossen, den Zirkus wieder auferstehen zu lassen, und ich bin eben auf dem Weg nach Paris, um neue Artisten anzuwerben, die hier herunterkommen und den Robinson-Zirkus wieder aufmöbeln sollen, sagte Esterhazy. Wohin? fragte Ghisc, nach Paris, und wie ist Paris?

Das Schöne an Paris ist, daß es keinem anderen Ort auf der Welt gleicht, antwortete Esterhazy. Paris ist nur wie Paris, sagte er und schaute zum Fenster hinaus. Dann war plötzlich da zwischen den weißlich salzverkrusteten Dünen der violette Zahn eines Felsens. Er stand da, als würde er sich dem anstürmenden Zug ergeben müssen, beim Näherkommen aber verschwand die Erscheinung, die Violett- und Blautöne zerflossen in gelblichen Sandwolken, im weichen Dunst des Horizonts, und die Reise ging weiter.

In Massaua, bei vierzig Grad im Schatten, gelang es Ghisc und Esterhazy, inmitten der Menge einen Wagen zu ergattern und in der Halle eines Hotels Zuflucht zu finden, die voller Menschen war, die auf die Einschiffung warteten. Sie setzten sich an einen Tisch im Zwischengeschoß. Gegenüber saß eine elegante Frau mit viel Gold um den Hals, an den Fingern, an den Ohren. Der Mann, der bei ihr saß, hatte nur welches im Mund, aber da er ununterbrochen redete und lachte, strahlte sein Gold nicht weniger als das seiner Gattin. Recht erschöpft aussehende Leute, Damen, die sich über Einschiffungen und Ausschiffungen, Wochen der Übelkeit und rebellierende Mägen unterhielten, saßen um sie herum und beklagten sich über die trockene Hitze von Massaua, oder sie blätterten in monatealten Zeitungen, die andere Reisende auf den Sitzen liegengelassen hatten. Weltreisende alte Jungfern entfalteten ihre Fächer und diskutierten mit der sicheren Kenntnis alter Seebären über Häfen. Da waren auch welche, die scherzten, tranken und schwatzten, während sie sich unter den Flügeln der Ventilatoren zwischen Stapeln von Koffern und Taschen hindurchschlängelten. Barfüßige Gepäckträger, den Touristen zuliebe herausgeputzt wie Scheiche, versuchten, zwischen Leinentailleurs, Strohhüten und blendendweiß gestärkten Tropenjacken ein wenig Ordnung zu schaffen und verteilten die Gepäckstücke auf die Zimmer ihrer jeweiligen Besitzer. Orte wie diese sind nicht mehr chic, lieber Freund, seit hier jedermann herkommen kann, bemerkte Esterhazy. Man kann genausogut in irgendeine von diesen Spelunken gehen, wo es voll von Rauch und betrunkenen Matrosen ist und wo schon eine Krawatte und ein Paar Lackschuhe als chic gelten, nicht wahr?

Ah, Paris! Sie wissen nicht, was ich darum gäbe, mit Ihnen zu fahren, sagte Ghisc nun zum wiederholten Male und blickte auf sein Glas, das er fest umklammert hielt wie den Griff einer Keule. Und warum fahren Sie dann nicht mit? Wenn man in Ihrem Alter nicht gewisse Dinge tut, solche Verrücktheiten, später findet man den Absprung nicht mehr, glauben Sie mir, sagte Esterhazy. Wie alt sind Sie? Dreiundzwanzig. Und Sie? Siebenundfünfzig, antwortete Esterhazy, goß sich noch etwas Kognak nach und steckte dann die Nase ins Glas, um sich die Lungen mit dem Aroma zu füllen. Ich glaube, es wird uns nicht bekommen, bei dieser mörderischen Hitze so viel zu trinken, erklärte er und trocknete sich den Schweiß von der Stirn; wovon sprach ich gerade? Ach ja, Paris! Tatsache ist, daß man entweder nach Paris fährt, weil man dort Verpflichtungen hat, wie ich, oder weil man zwanzig Jahre alt ist und sich amüsieren will, sagte Esterhazy lachend. Oder man will die Verpflichtung zum Amüsement mit der Freude darüber verbinden, sich amüsieren zu können, fügte Ghisc hinzu, der zu jener Sorte von Betrunkenen gehörte, die mit jedem Schluck Alkohol vernünftiger werden. Ja, oder man will, wie ich, jemanden suchen, der imstande ist, aus Löwen vollendete Seiltänzer zu machen, sagte Esterhazy. Aber ich könnte doch die Gelegenheit wahrnehmen und mit Ihnen die Stadt besichtigen, während Sie sich auf die Suche nach Ihrem Dompteur machen? fragte Ghisc mit einem Blick, der so sicher und ernst war, daß an seinem Entschluß kein Zweifel mehr bestehen konnte.

Der Hafen von Massaua, der hauptsächlich von englischen Schiffen der Indien-Linie angelaufen wurde, war eine bescheidene künstlich angelegte Bucht. Dahinter lag ein größeres Dorf mit niedrigen weißen Häusern und nur wenigen höheren Gebäuden, deren Fenster auf der einen Seite aufs Meer hinausgingen, auf der anderen Seite zur Wüste hin lagen. Auch die Dunkelheit in Massaua bestand aus Lichtern, vom starken Licht des Leuchtturms oben bis hinunter zu Tausenden von kleinen Lämpchen. Und es duftete: nach gekochtem und gebratenem Ziegenfleisch, nach karamellisiertem Zucker, geröstetem Kaffee, nach Zimt und glühenden Kohlen. Aus den Häusern drangen

Gemurmel und gedämpfte Melodien. Scharen von Matrosen spazierten umher. Kolonialsoldaten und junge Araber, hochgewachsen und in Mäntel gehüllt, verschwanden im Schatten der verwinkelten Gassen. Und während unten im Hafen der Dampf der Schiffe, die Sirenen und die Leuchtsignale auf den Molen langsam abstarben, ging das Leben in den überfüllten Straßen erst richtig los: im Licht der Petroleumlampen Stände mit frittiertem Fisch, kleine Tresen, die aus zwei mit Schnüren zusammengebundenen Brettern gezimmert waren, dazwischen winzige Läden mit dem bunten Krimskrams, den Orient und Okzident hereingespült hatten, alles übertönt von einem Geschrei, das durch irgendein Fenster, von einem Dach herunter, aus einem Winkel herausdrang, wo ein Fest gefeiert wurde, weil dort einer geboren war, oder gestorben, es war jedenfalls immer die gleiche Musik, die wer weiß wann angefangen hatte, und kaum schien sie zu verebben, lebte sie in den gleichen Tönen, mit denen sie hatte enden wollen, wieder auf. Und man wußte, so würde es die ganze Nacht weitergehen, bis zum Morgengrauen, auf dem Fell der zwischen die Knie geklemmten Trommeln, das mit Fingern, Fäusten, Handballen bearbeitet wurde, leise, laut, ununterbrochen, wie mit Hämmern, und stets war es die gleiche Musik, auch wenn die Musiker mit den zuckenden Schultern und Armen, mit den wiegenden Körpern und den gleichgültigen Blicken sich abwechselten. Und erst die Sonne würde die Augenlider schwer werden lassen, man würde die Hand an die Stirn legen, um sich vor dem blendenden Licht zu schützen, und sich in einer Ecke zusammenrollen, um wieder zu schlafen. Die Luken der beiden Schiffe, die am frühen Morgen angekommen waren, öffneten sich nun, und die abreisenden Passagiere drängten sich vor den Schaltern der Zollabfertigung. Von anderen Booten wurden Kisten und Ballen entladen, Gepäckträger lösten sie von den Kränen und hievten sie auf die Bänke. So war Massaua, mit seinen Häusern aus Ziegelstein, den Kohlebergen, die sich im von den Schiffsbäuchen bewegten Wasser spiegelten, mit dem Mastenwald und dem Tauwerk der am Kai ankernden Schiffe, mit dem Geruch nach faulenden Algen, Urin und Salz, der den Häfen eigen ist.

Ghisc und Esterhazy durchquerten Gepäckstapel, die verladen werden sollten. Sie fragten nach der »Senegal«, dem Schiff, das sie nach Marseille bringen würde. Ein Matrose riet ihnen, durch ein Kohlendepot hindurchzugehen. Rußschwarze Männer schoben kleine Wägen auf Schienen, die dann auf die Ladebänke zuschlitterten. Im Reisebüro, einer riesigen Halle mit vielen Kassen und Beamten, zeigte Esterhazy die Billetts vor und bat, daß man ihr Gepäck, das mit der Eisenbahn angekommen war, gleich in ihre Kabine bringe. Sie passierten den Zoll, und bevor sie an Bord gingen, prosteten sie sich am Buffet im Warteraum noch ein letztes Mal zu. Nach wenigen Minuten erschien ein Matrose mit einem Megaphon, um die Passagiere der »Senegal« aufzurufen. Nun kam das Geschrei der Menge zu dem Durcheinander der sich küssenden, umarmenden und weinenden Menschen, die zum Dampfer hindrängten.

Esterhazy blieb an Deck, Ghisc hingegen verzog sich in die Kabine, denn er hatte zuviel getrunken und wollte schlafen. Die Passagiere wirkten nervös und ein wenig mitgenommen. Am Heck winkte eine Gruppe von leichtbekleideten Frauen ein paar Freunden auf der Hafenmole zu. Männer spazierten auf und ab, wie sie es sonst auf der Straße taten. Sie rauchten und lachten. Die Möwen kreisten kreischend über den Schiffen und scharten sich auf den Masttopps zusammen. Die Matrosen stiegen die Wanten hoch und vertäuten unter lautem Rufen die Trosse. Dann wurde der Anker gelichtet, und ein heiserer Sirenenschrei ertönte aus dem Inneren des Schiffes. Die Schiffe an der Reede antworteten mit Dutzenden von weiteren hauchigen Pfeiftönen, und langsam verschwanden die Kohlenberge und die Ladekräne, jene Skelette des Hafens, in der Ferne. An einem Tisch verteilte ein Mann in Uniform Nummern für das Mittagessen. Am marmornen Tresen der Bar unter Deck sprach man von Piraten und Seeräubereien, von überstandenen Seestürmen, in denen die Schiffe von den Wellen hin- und hergeworfen worden waren wie Nußschalen. Am Nebentisch hatte sich zwischen einigen Engländern und Franzosen bereits ein angeregtes Gespräch über das armenische Massaker entfacht, was neben dem Klima und der Schiffahrt zu den beliebtesten Themen für eine Plauderei gehörte.

Die »Senegal« war ein großes Dampfschiff für Männer, die das Glück suchten, für Kolonialwarenhändler, für Frauen auf der Jagd nach Ehemännern oder Herzensbrechern, für Abenteurer und für professionelle Glücksspieler, die tagsüber schliefen und bei Sonnenuntergang in Erwartung irgendeines Opfers begannen, die Karten zu mischen. Während im Restaurant die Offiziere salutierten und Prognosen über das Wetter und die Flaute anstellten, legten die Matrosen unten auf dem Deck Taue und Trosse zusammen. Esterhazy lehnte am Geländer des Oberdecks und rauchte eine der schwarzen Zigarren, die Ghisc ihm tags zuvor geschenkt hatte. Er hatte im Augenblick keinen besonderen Wunsch, außer vielleicht den nach einem bequemen Sessel und einer Zeitung auf den Knien. Nach all dem, was sie in Massaua getrunken hatten, verspürte er vielleicht auch den Wunsch nach festem Boden unter den Füßen oder nach einem Spaziergang durch die Straßen irgendeiner Stadt. Alles in allem wäre er lieber anderswo gewesen als hier, auf hoher See.

Wenig später suchte er Ghisc auf, der in seiner Kabine in der Koje lag, die Arme unter dem Kopf verschränkt, und noch wach war. Ich frage mich, ob ich nicht eine Dummheit gemacht habe, einfach so abzufahren, ohne jemandem etwas zu sagen, sagte Ghisc plötzlich, ohne den Blick von den Schrauben an der Kabinendecke abzuwenden. Schon möglich, Leutnant, aber ich fürchte, wenn wir die Motoren nicht auf volle Kraft drehen lassen, droht Ihre Lizenz zu verfallen, noch bevor Sie aus Paris zurück sein werden, entgegnete Esterhazy lächelnd. Auch Ghisc lächelte, glücklich wie ein kleiner Junge, der weiß, daß er etwas Schlimmes angerichtet hat. Aber machen Sie sich keine Sorgen, das Ärgste, was Ihnen nun noch passieren kann, ist, daß Sie als Deserteur erschossen werden, fügte Esterhazy hinzu. Also besser nicht daran denken und lieber etwas trinken gehen, antwortete Ghisc. Er hakte sich bei seinem Freund unter, und sie machten sich auf in Richtung des überfüllten Decks, wo die Leute sich in Liegestühlen und Strohsesseln auf die vor ihnen liegende zweiwöchige Schiffsreise einrichteten.

2

Auch Eden Mohammed, Esterhazys Frau – auch sie war beim Brand des Zirkus Robinson ums Leben gekommen. Sie war wie alle anderen, kaum daß sie die Flammen und den schwarzen Rauch bemerkt hatte, nach draußen gestürzt, und war zu den Ställen gerannt, wo man später ihre Leiche fand. Sie wollte ihre acht weißen Lipizzaner retten. Ist mit ihnen verbrannt. Während der Vorstellungen war Eden in Pirouetten und Salti mortali von einem Pferd aufs andere gewirbelt, eine Nummer, die gut zehn Minuten dauerte und in der die Pferde exakt wie ein Uhrwerk den Polkatakt einhielten. Das Zeltdach war schon vom Feuer verschlungen. Hunde, die wie wahnsinnig bellten, das Brüllen der Tiere in ihren Käfigen, schreiend herbeilaufende Menschen, Schatten, die einander Eimer oder Schaufeln reichten. Aber es war einfach nichts mehr zu retten. Instinktiv spürten die Tiere durch den Geruch, die Farben und den Rauch die Gefahr. Sie keuchten, warfen sich nervös gegen die Gitter und brüllten unruhig. Eden lief an der Reihe angeketteter Elefanten vorbei, die wie versteinert in die Flammen starrten, die Rüssel gen Himmel gestreckt. Die Löwen waren kurz davor, die Gitterstäbe einzudrücken, um aus dieser Hölle herauszukommen, denn inzwischen brannte es auch im Bereich der Ställe.

Eden also, sie und ihre Pferde: Eden, ihre Pferde, Löschfahrzeuge, die mit Feuerwehrmännern, die sich an die Leitern klammerten, herbeigerast kamen, das ohrenbetäubende Glockengebimmel auf der großen, brennenden Wiese. Und die Geschäftigkeit der Kette aus Händen und Armen, die sich gegenseitig die Eimer reichten, vor und zurück, um mehr Wasser herbeizuschaffen.

Als die Zugstange brach, die den zentralen Mast stützte, stürzten glühende Kohlenmassen und eine brennende Zeltwand auf die Ställe hinab. Es war, als zerreiße die Dunkelheit der Nacht.

Das war gerade geschehen, als Eden durch den beißenden Rauch zu den Pferden vorgedrungen war, die schon nur noch aus von den Flammen hypnotisierten Augen bestanden, aus vom scharfen Geruch des Todes weitgeöffneten Pupillen und aufgerissenen Mäulern. Als sie Eden hereinkommen sahen und sie inmitten des Rauches erkannten, bäumten sich die Pferde auf, denn sie hatten sie erwartet. Sie hatten gewußt, daß Eden kommen würde, um sie loszubinden und sie zu retten. Aber nein, das war schon nicht mehr möglich: Ein Flammenmeer brauste statt dessen auf ihre Rücken hinab, Edens Haare brannten, die Beine der sich aufbäumenden Pferde im Gegenlicht, die Hufe und Mähnen inmitten der lodernden Flammen. Dann siegte die Angst und Edens Pferde versuchten die Flucht zu ergreifen. Eden zwischen den Lipizzanern, die ihre Beine nochmals in die Höhe streckten, um sie nicht zu zertrampeln, obwohl ein glühender Balken heruntergefallen war und ihre Rücken versengte. Das Blut der Pferde kochte, und Schaum, weißer als ihre Leiber, trat ihnen vor die Mäuler. Nach und nach löste sich das Fell der Pferde im wütenden Feuer auf, die Rücken sanken ein, die Beine krümmten sich, Hufe zersplitterten von scharfem Rauch umqollen, bis alles in dunklem Violett verschwamm, einen säuerlichen Geruch ausströmte und langsam zu erkalten begann.

Esterhazy suchte Eden. Sie war sicher mit den Pferden aufs Feld geflüchtet, dachte er, oder vielleicht war sie bei den Ställen, zwischen den mit Eimern und Schaufeln umherirrenden Leuten. Die Erinnerung an einen anderen Brand wurde in ihm wach. Als er noch ein Kind war, hatte das Nachbarhaus in Flammen gestanden. eine ganze Familie war damals umgekommen; erst jetzt wurden die Bilder, die fast fünfzig Jahre in seiner Erinnerung geruht hatten, wieder lebendig: die schreienden Kinder, die ausgestreckten Arme, die verkrampften Hände der Mutter, die nichts mehr tun konnte, die Menschenansammlung unter den Fenstern.

Was vom Zirkus Robinson noch übriggeblieben war, wurde von einer großen Menge Neugieriger umringt, die alle helfen wollten und nicht wußten, wo anfangen. Menschen, die mitten in der Nacht aus ihren Häusern gestürzt waren, um sich das außerprogrammäßige Spektakel nicht entgehen zu lassen oder nur, um zu gaffen, schleppten nun Kisten, schoben Gepäckstücke aus dem Weg, retteten Kinder und brachten Bündel und Körbe in Sicherheit.

Esterhazy sah ein paar riesige, von Flammen umzüngelte weiße Silhouetten nach Rettung suchend durch die Flammen schießen. Da ahnte er, daß für Eden jede Hilfe zu spät kam. Er fühlte das Blut in seinen Adern stocken und spürte gleichzeitig – nun, wo er nur noch hätte stehenbleiben und nach Hilfe rufen können – wie ihn eine Kraft mitten dort hinein trieb. Um Eden zu retten. Er rief sie, er schrie ihren Namen, seine Kehle brannte. Er wich den zusammenstürzenden Balken aus, der Rauch brachte seine Augen zum Tränen. Aber das Feuer trieb ihn zurück. Dann verfolgten ihn abermals Flammen bis zu den Gittertüren der Ställe. Nichts mehr zu machen, geht zurück, wenn da drinnen noch jemand ist, für den besteht keine Hoffnung mehr, sagte ein Feuerwehrmann. Esterhazy stand neben ihm, sah ihn an und begriff, daß er recht hatte. Er mußte aufgeben. Er zog sich in den dunkelsten Winkel zurück, und mit vor Wut und Tränen getrübtem Blick sah er Schatten an sich vorbeistreichen, Gestalten in der Menge, die sich immer noch eifrig abmühte. Es gab neue Feuerherde, die gelöscht, einsturzgefährdete Balken, die abgeschlagen werden mußten, und Tierskelette, die es wegzuschleifen galt. Flaschenzüge waren im Einsatz, Seile wurden verknotet, zu siebt, zu acht warfen sich alle miteinander ins Zeug. Esterhazy hielt sich die Ohren zu und rannte davon. Es gab nichts mehr, was ihn noch hätte berühren können. Und wenn alles verlorenginge, das war nun gleich. Er würde sich mit geschlossenen Augen weiter durch die staubige Dunkelheit schleppen. Er lehnte sich mit dem Rücken an eine Palme. In den Schläfen fühlte er die Gewalt des Schicksals hämmern, das Eden hatte sterben lassen, wo doch auch sie dort in der Menge sein könnte, um die Pferde zu retten, umgeben von den Schatten und den hundert anderen gespenstischen Gestalten, die einander zwischen den Stichflammen zu Hilfe eilten. Dieser aussichtslosen Hoffnung stand jedoch die Gewißheit entgegen, daß Eden dort darunter lag.

Mehr Menschen kamen, um zu sehen, was passiert war. Die Gesichter verdunkelten sich beim Anblick der Tragödie: Greise, denen es die Sprache verschlagen hatte, Kinder, die das zerzauste Fell der geretteten Affen streichelten, die mit herabhängenden Köpfen dasaßen und anstandslos zuließen, daß man sie wiegte und ihnen den Rücken glättete, denn selbst sie hatten jegliches Interesse für den Rest der Welt verloren. Die versengten Schweine von Misiè, die nie mehr das Radfahren erlernen würden, auch sie wurden auf einen Karren gezerrt, um am Flußufer begraben zu werden. Esterhazy, den Rücken an den rauhen Stamm der Palme gelehnt, im Dunkeln, unbeweglich, als ginge ihn das alles nichts mehr an, auch nicht das Geschrei der Zwergin mit den geschminkten Wangen, die über die Steine hüpfte und den Himmel und die preisgekrönte Feuerwehrmannschaft verfluchte, die ihre qualmende Behausung mit Äxten bearbeitete und die sie anflehte , ihren Wagen doch nicht mit Beilen zu zerstören, sondern lieber einen Eimer Wasser zu nehmen, aber nur einen, um Himmels willen, sie wollten doch nicht auf das Feuer auch noch die Sintflut folgen lassen. Und als sich der Taschenspieler Liu Ch'ao, der eine zwanzig Pfund schwere Gans im Ärmel seiner Jacke verschwinden lassen konnte, der aber vor allen Dingen ein Philosoph war, zu Esterhazy neigte und ihm ins Ohr flüsterte: Eine schöne Bescherung, nicht wahr, Herr Direktor? hörte ihn Esterhazy nicht einmal.

Auch der Polizeichef erschien, den Hut in die Stirn gezogen, um Fragen zu stellen, Daten zu sammeln und die Ermittlungen einzuleiten, während ein Polizeitrupp den Leuten befahl, weiterzugehen, die Kinder wegführte und den Schaulustigen riet, wieder ins Bett zu gehen. Der Polizist machte den Mund auf und zu, wedelte aufgeregt mit den Händen und schwang seinen Knüppel, aber Esterhazy hörte ihn nicht. Ebensowenig hörte er die Stimmen der Menschen um ihn herum oder die Schreie der Feuerwehrmänner. In diesem Augenblick meinte er zum ersten Mal, Edens Stimme zu hören. Wochenlang noch klang ihm dieses Zischeln in den Ohren, das vom Brunnen her nach ihm rief, erst ein wenig weiter weg, dann wieder ganz nah. Im Laufe der Zeit gewöhnte er sich an diese quälende Erscheinung, aber in jener Nacht, mit dem Chinesen, der Zwergin und dem Polizisten im Rücken, kochte ihm, als er Edens Stimme hörte, das Blut in den Adern, es stockte ihm der Atem, und er rannte auf die verkohlten Reste des Zirkus Robinson zu, begann, die Asche zu durchwühlen, die noch warmen Balken beiseite zu schaffen, sich durch den Rauch der verbrannten Ställe zu schlagen und mit aller Kraft, die er im Leibe hatte, nach ihr zu rufen, bis der Morgen kam und eine kraftlose Sonne die Katastrophe allmählich erhellte.

3

Es war eine fixe Idee, die ihr wochenlang nicht aus dem Kopf ging. Alice Peis, genannt Donna Almereida, erinnerte der Umzug ins Hilton an den Tag, an dem sie Carlo Leopoldo zur Welt gebracht hatte. Vielleicht, weil auch geboren zu werden ein Wohnungswechsel ist; eine bestialische Schufterei, um aus dem Dunkeln an eine Brust zu gelangen, an der man saugen kann. Und überhaupt ist das ganze Leben nur eine kurze Reise, so ist es, dachte Donna Almereida, während sie auf die Diener einschimpfte, die, zum Teufel mit ihnen, die Kristallplatte hatten fallen lassen, sie sollten doch ein wenig vorsichtiger sein. Das war geschehen: Der Gouverneur hatte ausgerechnet das Hilton gekauft. Es mußte Millionen von Talern gekostet haben, einen Haufen Geld, das Diallo Majuba, der Besitzer des Hotels, sich hatte Münze für Münze bar auf die Hand bezahlen lassen. Und so hatte sich der Zug der Möbelwagen in Gang gesetzt, das Hin und Her im Hause Almereida hatte begonnen, schwere Sessel und Koffer hielten Einzug in den Gouverneurspalast, vergoldetes Mobiliar, mit Staatsgeldern bezahlt, in Frankreich und England hergestellt, schön verpackt in gewachstes Segeltuch, Kommoden, mit lockenförmigen Kordeln verschnörkelte Diwane, Himmelbetten und Königsuhren, die die Stunden und Viertelstunden mit Orchestermusik einläuteten, Berge von Möbeln, die die Freitreppe des Hilton hinaufgetragen wurden. Kamele, so schwer beladen, daß sie in die Knie gingen, doppelspännige Ochsenkarren mit auf der Seite liegenden Schränken darauf, und in der Säulenhalle häufte sich das von den Dienern bewachte Zeug. Neben barfüßigen Frauen und Kindern mit versabbertem Kinn und dem Finger in der Nase war da auch eine ganze Karnickelschar von Frauen und Verwandten des Gouverneurs, die am Eingang die Gepäckträger ermahnten, langsam zu machen, den Fuhrleuten hingegen befahlen, sich zu beeilen, und die Diener sollten vorsichtig sein. Kusine Piera wollte, daß man auf die Ecken achtgebe, und, ja, den Diwan könnten sie vorläufig ruhig in den Salon stellen – in den roten – das aber nicht, das kommt auf die Veranda, sagte Lucia und hier könnten wir die Damaststühle und den Spieltisch hinstellen, und ins ovale Zimmer das Grammophon und die Konsole. Eine Emsigkeit, vom Keller bis zum Dachboden. Die Tapezierer hingen die Tüllvorhänge auf, Klempner schraubten in den Bädern die Siphons fest, die Schreiner waren jetzt fertig geworden, es wäre wichtiger, daß jemand nach den Malern schaute, die die Korridore tünchten und die Girlandenfriese auffrischten. Die Teppiche sollte man lieber noch nicht auslegen, es wäre besser, erst die Bilder anzunageln, aber die Dienerinnen rannten ohnehin von einem Stockwerk zum anderen, weil der Glaser das kaputte Fenster reparieren wollte und die Gepäckträger immer noch nicht wußten, wo sie den Schrank abstellen sollten. Es war kein Wunder, daß den Frauen, die treppauf, treppab liefen, Befehle erteilten und den Staub wegkehrten, die Luft ausging. Sie blieben aber deshalb nicht etwa stehen, ach was, sie galoppierten eher noch schneller von Etage zu Etage, von Zimmer zu Zimmer, um das Zeug zusammenzusuchen oder die zusammengerollten Katzen von den Sofas herunterzujagen, ksch-ksch, auch die Hühner wollten ins Haus spazieren. Und, Herr im Himmel, Piera rannte wie eine Furie und schrie aus vollem Halse, weil oben jemandem ein Stapel Teller aus den Händen gerutscht und alles zu Bruch gegangen war, heilige Maria Muttergottes, geh schon, hol jemanden mit einem Besen! Und wo ist denn jetzt der Salonlüster hingekommen? fragte Maddalena. Dann stürzten sie keuchend nach draußen, weil weitere drei schwerbeladene Wagen angekommen waren. Wo soll das ganze Zeug denn hin? Und es wollte nicht aufhören zu regnen. Stell die Opalvasen dort auf die Kommode, der Koffer kommt ins Badezimmer. Donna Almereida war schon ganz außer sich. Sie hatte es eilig und fühlte sich genau wie an jenem Tag, an dem Gouverneur Carlo Leopoldo geboren wurde. Weißt du noch? Es war genauso: die gleiche Atemlosigkeit, während er klopfte und trat, um herauszukommen, und sie ihn zum wiederholten Male beschwor, sich zu beeilen, weil die Fruchtblase platzte. Und der Gouverneur begann zu schimpfen, denn die Männer, das weiß man ja, können es nie abwarten, weder wenn sie hineinwollen, noch wenn sie hinauswollen, selbst wenn sie die Geschichte von der hastigen Katze und ihren blinden Jungen genau kennen. Drumherum das Geplapper der Frauen, das sich wie dicht herabfallender Regen anhört: Wir wollen hoffen, daß er nicht mit einer Haut auf die Welt kommt, die rauh ist wie Bimsstein, sagten sie, oder daß er blau wie ein gerupfter Fasan aussieht oder von der Nabelschnur erdrosselt wurde oder aufgedunsen ist wie eine kranke Gans oder rot wie Meßwein. Und Maddalena hatte mit den Händen Kreuze und Kreise in die Luft gemalt, das war eine wirksamere Magie als Puppen mit Nadeln im Bauch oder Kaffeesatz, den man frühmorgens auf nüchternen Magen las. Lucia betrachtete währenddessen den Bauch dieses Mädchens, das geschwängert worden war – keiner wußte mehr, von wem – und das jetzt atemlos, wie ein Fisch auf dem Trockenen, mit den Wehen kämpfte. Sie schaute auf die haarfeine Öffnung, durch die nicht einmal eine Münze geschlüpft wäre, die sich aber hin und wieder vorbereitete auf den Tag und die Stunde, wo sie sich auftun sollte, um, wie die Natur es will, den Herrn Gouverneur passieren zu lassen. Und nun mußte Wasser gesalzen, erwärmt oder abgekühlt werden, da waren die Tücher für die Umschläge, dann ist es endlich soweit. Sprecht jetzt bitte leise, flüsterte Piera, die schon das kleine Etwas in den Händen hielt, das da zwischen Flaum und Fleisch hervorstieß. Man muß es am Kopf herausziehen, aber langsam, es an den Füßen halten und ihm auf den Rücken klopfen, damit ihm das Blut in den Kopf fließt und die Lunge sich mit Luft füllt und es atmen kann, daß die Schädeldecke auch richtig geschlossen ist, und die Fontanellen, die Nabelschnur muß abgeschnitten werden.

Auf dem Eisenbett lag schreiend die kindliche Mutter, die Beine gespreizt wie jemand, der nichts mehr zu verlieren hat, die Knie weiß im Licht der Lampe, die mageren Brüste nach oben gerichtet, mit aufgelöstem Haar und aufgerissenen Augen. Gott sei Dank ist das Kind gesund, sagte Lucia, die Mutter hat sich ja auch keine Begierde verwehrt, es hat ihr weder an Kaffee noch an Erdbeeren noch an Erbsen gefehlt, und sie ist weder von Mäusen oder Schlangen, noch von Hyänen erschreckt worden. Niemals hat sie zugesehen, wie sich Hunde mitten auf der Straße bespringen, was Unglück bringt. Das Kind wird also stark und gesund werden, sagten die Frauen, die um das Bett herumstanden. Der Himmel möge ihm einen langen Stekken schenken, hart und fest, denn ein Bauer ohne Spaten taugt nichts, sagten die vier Hexen mit den Scheren in den Händen, bereit, die Nabelschnur durchzutrennen.

Und jetzt, dreißig Jahre später, standen sie da, ganz betrübt, auf der glänzenden Treppe des Hilton, weil sie eine Kiste umgeworfen hatten und der Teppich mit Tinte bekleckst war, o weh, und Donna Almereida war noch wie verzaubert in Gedanken an das Durcheinander um ihren aufgewühlten, vom Schmerz zerrissenen Bauch, als der Gouverneur von Mahò aus ihrem Leib gedrungen war, ausgerechnet er, ein armes krebsrotes Tierchen, das seit Monaten in ihrem Bauch herumgestrampelt und herumgerollt war. Und dann hielt sie ihn in den Händen, sauber und gestriegelt, mit weißen Albinolöckchen, Augen so rot wie die eines Angorakaninchens, einer Haut so rosig wie die eines gekochten Karpfens. Wenn er größer wird, wird er vielleicht blond oder rothaarig, sagten die anderen, oder er bekommt sogar kastanienbraunes Haar, denn mit dem Heranwachsen ändern sie sich, das weiß man, auch mit Albinos kann wunder was geschehen. Hingegen, na gut, wenn's ein Albino ist, dann ist er eben wie die Engel, die sind weiß wie Alabasterglas, verflixt noch mal. Man wird nicht sehen, wenn er alt wird, sagte Piera.

So hatten sie sich seit jeher getröstet, die Frauen aus dem Haus Almereida, seit sie sich auf dem zusammengeflickten Eisendeck des Dampfers kennengelernt hatten, der den Lebca bis nach Mahò hinauffuhr: auch mich hat man davongejagt, und auch ich bin verwitwet und auch ich bin schwanger. So wurden sie Freundinnen, vor allem diese vier: Piera, Lucia, Maddalena und Alice Peis, genannt Donna Almereida. Sie hatten auf jenem Schiff nächtelang miteinander geredet, von der Misere des Frau-Seins, von den Monatsblutungen, die sie plagten, stark und endlos wie Sturzbäche, von Ehemännern, sanft wie Hyänen, und von Liebhabern, die von den Blutegeln und Schmeißfliegen gelernt hatten, wie man die Frauen behandelt.

Eines Tages sagte Piera: Seit heute bin ich nicht mehr schwanger, ich fühle den Samen meines Liebhabers nicht mehr im Blut. Ich würde ihn fühlen, wenn er noch da drinnen herumschwämme wie ein Fisch, aber da ist nichts mehr, sagte Piera, die Hände auf dem Bauch. Aber dein Kind, Alice Peis, das wird ein Junge werden, und schon gleich nach der Geburt wird er dir alt vorkommen, ein Schmerz wird dich bei der Geburt dieses Sohnes durchbohren, aber wenn du ihn dir von keiner Frau wegnehmen läßt, die ihn heiraten und verändern will, dann wird er immer dir gehören und ein Mann werden, der wichtigste Mann auf der ganzen Erde.

Und tatsächlich, eines Morgens setzten bei Donna Almereida die Wehen ein, und während einer Sonnenfinsternis wurde der Gouverneur geboren, und er war so weiß, daß er uralt aussah. Ihr widerlichen Hexen, schimpfte Donna Almereida immer wieder, die ihr mir die ganze Vergangenheit und Zukunft erzählt habt, ohne mir das Wichtigste zu sagen, schrie sie mit Tränen in den Augen: Was für eine Folter es ist, zu gebären, und wieviel man leiden muß, um diese drei Kilo Fleisch zur Welt zu bringen. Wie alle Mütter vergaß sie nach einer Weile die Schmerzen, aber zuweilen hatte sie Träume, die so furchtbar waren, daß sie sie aus dem Bett rissen, denn aus der dunklen Höhle ihrer Gebärmutter kam eine weiße Bahre heraus, auf der das Kind lag. Es lebte noch, saß mit nacktem Hintern auf der weißen Bahre und hielt ein Spielzeug in der Hand, aber sein Kopf war zerquetscht wie ein Kürbis, der vom Karren gefallen war. In einem anderen Traum drang er lachend, weiß und rosig, aus dem Gewühl ihrer Eingeweide, aber es kamen Hunde und Hyänen, die bellten und knurrten und sich in Rudeln auf das Kind stürzten, das noch naß und glitschig war wie ein Aal. Sie war vom Schlaf gelähmt, während sie es zerfleischten, erwachte mit einem Schrei, da kamen die Frauen und setzten sich zu ihr, gaben ihr zu trinken und streichelten sie, nur ruhig, Almereida, es war nur ein Traum, und wischten ihr die Tränen ab.

Merkwürdig, daß ein so junges Mädchen, das obendrein ein Kind hatte, Menschen wie diese Hure Piera, die Hexe Maddalena und eine arme Seele wie Lucia zu sich ins Haus nahm, von all den anderen ganz zu schweigen, sagten die Klatschbasen des Viertels, während sie auf dem Boden kauernd ihren Kaffee tranken. Sie tat so, als höre sie das Getratsche nicht, und wenn sie damit bei ihr zu Hause anfingen, stand sie auf und ging in den Hühnerstall oder kehrte den Gehsteig. Aber nur, solange sie ein halbes Kind war. Als Alice Peis in die Jahre kam, wo den Frauen Haare auf den Zähnen wachsen, bot sie den tratschenden Weibern die Stirn, deutete mit dem Finger auf sie wie mit einem Schwert, mit zusammengekniffenem Mund ging sie auf die Klatschbase zu, die auf ihrer Strohmatte immer kleiner wurde. Jetzt aber raus, augenblicklich raus hier, sagte sie, und wage es nie wieder, oder ich schneide dir deine häßliche Zunge ab.

Schon zwei Monate vor der Geburt hatte Donna Almereida einen Schrei ausgestoßen, denn da hatte es einen falschen Alarm gegeben. Sie meinte, die Wehen zu haben. Halte durch, Alice Peis, denn wenn es jetzt geboren wird, wird's ein Siebenmonatskind mit Vogelknöchelchen, sagten die anderen und hielten ihr den Bauch. Aber Gott sei Dank war es nur der Gouverneur gewesen, der da drinnen gestrampelt und an der Nabelschnur gezogen hatte, glücklich und zufrieden, wie er es nur vor seiner Geburt wirklich gewesen war. In der Geburtsnacht waren vier Witwen im Zimmer der Kreißenden, die eine mit einer Seele voller Mitleid, die andere, die hin und her rannte, die dritte, die Sprüche klopfte, weil es endlich soweit war und die vierte, der die Wehen die Beine geöffnet hatten: vier Witwen in der gleichen Eile, der gleichen Erregtheit, der gleichen Pein, als müßten sie alle miteinander gebären, vier Mütter für diesen einen Albino, für den sie Tag und Nacht genäht, gestrickt und in Kreuz- und Hohlstichen gestickt hatten. Dann kam ohne größere Umschweife und glitschig wie eine geschälte Banane Carlo Leopoldo zur Welt. Man hörte ihn durchs ganze Haus wimmern. Er wurde eingeseift, man ließ ihn mit dem Kopf nach unten baumeln, mit seinen dreieinhalb Kilo und der Karotte zwischen den Beinen, rot und steif, Gott möge sie dir für immer gesund erhalten, Amen. Die Füße wurden ihm mit Rotwein gewaschen, was den Neid fernhält, denn der ist der Vater des bösen Blicks, in alle Ewigkeit.

Es war ein Tag gewesen wie der heutige Tag des Umzugs, mit Blitzen, Donner und klirrenden Scheiben. Es hatte geregnet wie jetzt, da die Gepäckträger die Papierberge und die Archivschränke aus dem Gouverneursamt hereintrugen: Regen, wie er vor dreißig Jahren Maddalena durchnäßt hatte, als sie nackt und mit dem Kind im Arm auf die Straße gelaufen war, damit es stark und mutig heranwachse. Und damals, als sie nackt auf der Straße standen, vernahm Maddalena ein Geräusch, den Gesang eines Vogels, und ein schwarzer Schatten mit braunen Fledermausflügeln kam aus dem Sturmgewitter hernieder, und langsam und sanft kreiste er über dem neugeborenen Gouverneur. Und genau in dem Augenblick, als das Tier sich wieder aufschwang, um zum Mond zurückzukehren, fuhr ein Blitz herab, ein Donner, der Vogel ging in Flammen auf und verbrannte und verrauchte am Himmel. Mit einem Kloß im Hals begriff Maddalena, daß keiner der guten Wünsche, die man dem kleinen Almereida auf den Weg gegeben hatte, etwas ausrichten würde. Sie wußte, daß das Kind in ihrem Arm böse und gewalttätig werden würde, und daß sie ihm dennoch ihr Leben widmen würde. Und als Donna Almereida sie rief, weil sie Brandgeruch wahrgenommen hatte, begann sie zu schimpfen, wie sie es jetzt mit den Gepäckträgern tat, die, zum Teufel noch mal, den Geschirrstapel fallen gelassen hatten. Herrgott, als hätte sie ihnen nicht schon hundertmal gesagt, sie sollten vorsichtig sein.

Nichts, sagte Maddalena, es war nur ein Blitz. Sie war nackt, hielt den Gouverneur auf dem Arm und hatte Tränen in den Augen. Da begriff Donna Almereida, daß sie log, daß es da etwas gab, was sie ihr nicht sagte, wie vielleicht auch jetzt, wo sich vieles geändert hatte, denn seit jener Gewitternacht, in der der Gouverneur gerade geboren worden war, waren still, langsam und schleichend dreißig lange Jahre vergangen, jaja, dreißig, meine Gnädigste, auch wenn es nicht so aussieht. Obwohl, auch die Stadt ist nicht wiederzuerkennen. Nicht nur die Häuser und Paläste, auch die Menschen sind nicht mehr die gleichen. Niemand läuft mehr barfuß und in Lumpen herum, wie damals, als wir zwanzig waren. Alle tragen sie jetzt Anzug und Melone und haben gelernt, miteinander zu reden, anstatt aufeinander zu schießen und sich nicht mehr in die Hände zu schneuzen. Diese Stadt ist nicht mehr das, was das alte Mahò einmal war. Nur diese Schwächlinge von Gepäckträgern sind übriggeblieben, die nicht einmal fähig sind, einen Stuhl hochzuheben.

Es ist vielleicht zu früh, von den Fresken und Mosaiken in der Kathedrale zu erzählen, die der Gouverneur zu Ehren seiner über alles geliebten Mutter anfertigen ließ. Er rief für den Bau dieser Kirche, die seiner Mutter gewidmet war, Architekten und berühmte Künstler aus Ost und West herbei, und er wollte, daß im Hauptschiff die ganze Passion dargestellt werde, die seine Mutter erlitten hatte, um ihn zur Welt zu bringen. Sie selbst sollte den Malern und Stukkateuren erzählen, was sie durchgemacht hatte, um das dampfende Bündel aus ihren Eingeweiden hinauszupressen, ihnen vom Durchtrennen der Nabelschnur und dem ersten Stillen berichten. So wurde nach den Skizzen der Maler auf den Zeichenblöcken und noch während Donna Almereida erzählte, damit begonen, an der rechten Wand des Hauptschiffs den großen Zyklus der Geburt des Gouverneurs aufzuzeichnen. Pressen, beiß die Zähne zusammen, und nun wieder pressen, erinnerte sich Donna Almereida, die auf einem Hocker saß, von den Malern umringt, die an ihren Lippen hingen. Es wurden Skizzen von ihr angefertigt, auf denen sie mit hochgestreckten Beinen in wie vom Sturm durchwühlten Leintüchern dalag, die schließlich aus silbernen und goldenen Mosaiksteinen gestaltet wurden. Die krampfenden Fleischwülste wurden karminrot. Und man zeichnete sie, wie sie ihre Hände in das Tuch krallte, das um den Bettpfosten gebunden war und an dem sie mit allen Kräften zog, zieh, laß los, zieh fest und preß und zieh, während kalter Schweiß vom Mosaik ihrer Stirne rann, denn, meine Lieben, die Geburt ist eine wilde Katze, die einen mit ihren Krallen von innen den Bauch aufreißt. Im Wandgemälde, auf der Höhe des Hauptgesimses, sollte deshalb eine Katze aus Obsidian mit einem Kopf aus weißem Carrara-Marmor dargestellt werden. Neben das Mosaik der Katze mit dem geringelten Schwanz kam ein brüllender Esel, denn Donna Almereida hatte die Künstler in ihrer Erzählung auch daran erinnert, daß sich in den Augenblicken, wenn wir Frauen gebären, zwischen unseren Beinen inmitten der Schamhaare, wie durch ein Wunder, ein Eselsmaul auftut, groß wie ein Ofenrohr, durch das wir pressen, ohne daß jedoch irgend etwas außer dieser Hölle von Schmerzen herauskäme, die eine Frau nicht einmal empfände, wenn man sie zersägte. Deshalb ist hinter dem Esel jene merkwürdige Figur dargestellt, die Hälfte einer Frau mit aufgerissenem Auge und einem Finger im Ohr. Einer der Maler hatte sie in diesen Teil des Bildes über der fünften Säule des Kirchenschiffs gesetzt. Ja, gewiß, gebären ist wie wenn eine Pranke mit Krallen dich innen aufreißt, und vielleicht wäre es sogar ein geringerer Schmerz, wenn man von einer Löwenpranke zerrissen würde? fragte einer der Maler. Nein, diese Bestie ist schlimmer, es ist ein Ungeheuer, das es in Wirklichkeit unter den Tieren gar nicht gibt, hatte sie geantwortet, denn nur der Mensch quält seinen Nächsten auch dann, wenn er keinen Hunger hat, nur wegen des starrköpfigen Gefallens daran, anderen Leid zuzufügen. Daraus entstand in der Apsiswölbung jenes Monstrum mit spitzen Zähnen, das hinter dem Kopfende des Bettes die Mutter des Gouverneurs bedroht, die sich an den Pfosten klammert, mit verkrampften Füßen und gekrümmtem Rücken, zitternd vor Kälte und von Schmerzen überwältigt, die das Mosaik ihrer Zähne schlottern lassen, denn auch wenn man zu hundert pressen würde, meine Lieben, wenn der Augenblick noch nicht gekommen ist, geht das Eselsmaul nicht auf, jedenfalls nicht weit genug, erklärte Donna Almereida. Einem Maler aber, der den wesentlichen Kern der

Geschichte begreifen wollte, erklärte sie, daß das Gebären letztlich nur der ausgepreßte und fermentierte Saft aller Schmerzen ist, die es auf der Erde gibt: vom Hunger bis zur Angst, vom Gefühl, wenn eine Hand dich würgt, bis zur völligen Wunschlosigkeit, die schon der halbe Tod ist. Deshalb, glaube ich, bleibt eine Mutter ihr ganzes Leben lang an dieses feuchte Bündel gekettet, das sie geboren hat. Der Maler, der aus Paris gekommen war, trug auch etwas bei: er schuf, hoch über dem Sims des Chors, ein Fresko, das Flaschenzüge, Räder und Zahnräder darstellte, denn das Leben, Gnädigste, geht den regelmäßigen Gang der Uhr, seine Unruh wird bewegt von den Gewichten einer vom Schmerz überwältigten Frau auf dem Kreißbett, und alles andere – Küsse, Umarmungen, Geburt und Tod – das ist nur der Lauf der Zeit, denke ich. Dann waren da die Bilder des Gouverneurs mit abgeschnittener Nabelschnur und verbundenem Bauch, Carlo Leopoldo an die gigantische Brust seiner Mutter gelegt, an der er saugte und die er knetete und die Zufriedenheit darüber auskostete, auf die Welt gekommen zu sein, um sich um Mahò und sein Petroleum zu kümmern, auch wenn er in Wahrheit gar keine Lust verspürte, auf die Welt zu kommen, erzählte Donna Almereida, nicht einmal, nachdem die Fruchtblase geplatzt war und er da drinnen im Dunkeln war, so daß ich, wäre ich nicht von den Schmerzen zerrissen gewesen, alles getan hätte, um selbst zu ihm hineinzugehen und ihn herauszubitten, mein Sohn, siehst du denn nicht, daß hier alle auf dich warten? So hätte ich zu ihm gesprochen. Daraufhin entwarf ein jüdischer Maler aus Rußland – der dann sein ganzes Leben nichts anderes mehr malte als bärtige Engel, die über Dächer flogen und schwanzlose, verwunderte Kühe – für das Apsisgewölbe jene in sich zusammengerollte Schneckenfrau, die mit dem in einem Käfig eingeschlossenen Vogel sprach, den sie in ihrem Leib trug. Jaja! Denn, wenn sie es dir in die Arme legen und du es berühren kannst, vergißt du alles und erinnerst dich an nichts mehr. Als es gewaschen und in ein Tuch gehüllt zu saugen anfing wie ein Kalb, berichtete Donna Almereida, erst da sah ich, daß das Kind Haare hatte wie Zuckerwatte. Um so besser, sagte ich mir, und umarmte diesen Albino, um so besser, dann werde ich ihn auch im Dunkeln sehen können, erzählte die Mutter des Gouverneurs den Malern, die auf dem Boden der Kathedrale knieten und Kohleskizzen in ihre Zeichenblöcke malten.

Tarikh el-Aziz war der erste Journalist der *Gazzetta von Mahò*, der es schaffte. Drei Stunden Interview am Stück mit dem jungen Gouverneur. Zu Beginn drehte sich das Gespräch um die Bewohner der südlichen Stadtteile, unten bei den Gruben, die sich über den ranzigen Geruch und den Dreck in ihrem Viertel beschwerten. Schreiben Sie, sie sollten aufhören, uns damit auf die Nerven zu gehen, antwortete entschieden der Gouverneur. Mahò ist ein Palast, und wenn sie wollen, daß die Salons, die Schlafzimmer und die Korridore dieses großen Hauses ordentlich sind, und wenn auch die Keller- und Speicherräume sauber sein sollen, dann müssen sie sich eben die Nase zuhalten, wenn sie die wenigen Räume betreten, in denen wir den Müll und die schmutzige Wäsche abstellen. Der Rest des Gesprächs fand in einem mit Büchern vollgestellten Raum des ehemaligen Hotels statt, dem luxuriösesten am Platze, das nach wie vor schlicht das Hilton genannt wurde, obwohl es nun zum Gouverneurspalast geworden war. Carlo Leopoldo Almereida »stand vor dem großen weißen Fenstervorhang, breitbeinig, die Arme über der Brust gekreuzt«, schrieb el-Aziz »wie wenn seine Gestalt auf das weiße Gewebe jenes Stoffes gemalt worden wäre.« So begann der Artikel, für den el-Aziz einen Monat später den Journalisten-Preis der freien Stadt Mahò erhielt und aufgrund dessen man ihn eine Woche später zum Direktor der *Gazzetta* ernannte. Schwieriger war die Frage, wie der Artikel weitergehen sollte. Wie man das »weiße Gewebe« mit den

Erklärungen Almereidas verbinden und den Leser ins Kernstück des Interviews führen sollte. El-Aziz probierte es auf unterschiedlichste Weise. Nein, es klappte nicht. Aber jetzt: »In dieser magischen Daguerreotypie verbirgt sich der Lautenspieler, der einst im Hochland die Melodien des neuen Afrika spielte«. Großartig! Tarikh, jetzt aber los, sagte er sich, nur weiter so. Und so beschrieb er in einem Zuge, wie es Almereida gelungen war, vom einfachen Wandermusiker zum Guoverneur von Mahò aufzusteigen. Die Geschichte begann am Stadtrand. Hinter einer Holzbaracke hatte ein alter Arbeiter aus Palästina Almereida die ersten Akkorde beigebracht. Carlo Leopoldo lernte schnell. Er begann, hie und da auf Hochzeiten und Festen zu spielen. Dann wollte er die Musik erlernen, die man in der Umgebung spielte, in den Kneipen der Kolonialsoldaten, auf den Festen, die die Schwarzen, die Inder und die Jemeniten vor ihren Hütten veranstalteten. Dort hatte er gelernt, wie es geht, welche Akkorde sie verwendeten. Es war wichtiger, zuzuschauen, als hinzuhören, erklärte der Gouverneur, man mußte sich so nahe wie möglich neben die Gitarren setzen, um zu lernen, wo man die Finger hinsetzen und wie man mit den Nägeln die Saiten anschlagen mußte. El-Aziz, der zwar davon gehört hatte, daß man die Dummheit eher an den Fragen mißt, die einer stellt, als an dem, was er sagt, stellte dennoch eine seiner blöden Fragen. Almereida hörte ihm nicht einmal zu, sondern fuhr fort zu erzählen und erklärte, daß das, was ihn am meisten interessierte, nicht die Gitarre war. Die war im Grunde nur ein Begleitinstrument, das seinen Gesang unterstützte. Auf das Singen hatte er es abgesehen, weshalb er sich bemühte, so viele Lieder zu lernen wie irgend möglich. Arabische Lieder, die Trauergesänge der Italiener, die Musik der Schwarzen, die Lieder, die die betrunkenen Franzosen nachts vor den Kneipen sangen, und die Tanzlieder, die Almereida sich auf der Straße, vor den Bordellfenstern kauernd, erlauschte.

Meine Mutter saß verzaubert vor dem Grammophon, wenn Caruso sang. Mir ging es genauso, wenn ich neben einem Klavier saß, oder wenn ein Tamburin und eine Gitarre mich begleiteten, ich alles herauslassen konnte, sagte der Gouverneur. Eines Tages haben wir uns dann zu einer Gruppe zusammengetan und sind herumgezogen. Erst hier in der Umgebung, dann immer weiter weg. Und der Gouverneur erzählte von Ägypten, von seiner langen Erfahrung als Wandermusiker. Eines Tages begann ich, in einer Kneipe in Alexandrien zu spielen. Sie hieß Ahmar Masbàh und befand sich zwischen einem verruchten Café und einem seriösen Bordell. In der Kneipe wimmelte es von Matrosen der britischen Krone, es war eines von jenen Lokalen, die zum Gucken und nicht zum Anfassen da sind, mit Mädchen in durchsichtigen Kleidern, wie es sie bis vor zehn Jahren in Nordafrika gab. Wir spielten zu fünft: zwei Saxophone, eine Gitarre, ein Klavier und ich. Sie öffneten abends um neun und schlossen in der Früh. Dort habe ich Alì Abd Allah kennengelernt, der jetzt Handelsminister ist, und auch den Bankier Ismail Ibn Seif, der Stammgast war, und Isaak Hanna, den Präsidenten der English Petroleum von Alexandrien. Er ist vor drei Jahren hier in Mahò gestorben, erinnern Sie sich? fragte der Gouverneur. An dieser Stelle hätte der Journalist gerne ein paar Einzelheiten erfahren, aber er wollte Almereida nicht unterbrechen.

Dort jedenfalls habe ich angefangen, mir einen Namen zu machen, sagte der Gouverneur. Meine Lieder kamen an, und in solchen Fällen gibt es immer jemanden, der plötzlich ohne anzuklopfen hereinkommt und dir sagt, was du aus deinem Leben machen solltest. Ich war immer der Meinung, daß es zu einer Katastrophe führt, wenn man den Rat der anderen befolgt. Aber Isaak Gordienko, dem Besitzer des Lokals, einem Armenier mit kurzem Ziegenbart, gefiel es, den Leuten beizubringen, wie man zu leben hat. Er tat es mit Großzügigkeit, glaube ich, er wollte am liebsten alle reich und glücklich sehen und wünschte auch ihnen einen Besitz wie das Ahmar Masbàh: in Alexandrien und auf der weiten Erde war Platz für alle. Er meinte, ich besäße einen sechsten Sinn, einen besonderen Instinkt. Du verschleuderst dich in dieser Huren- und Seebärenhöhle, mein Alter, sagte Gordienko zu mir, geh nach Paris. Du bist ein Künstler und wirst Erfolg haben, aber dies ist nicht der richtige Platz dafür. Stellen Sie sich das vor, sagte Almereida, meine Mutter schickte mir täglich Briefe, in denen sie zeternd forderte, ich solle nach Mahò zurückkehren, ich selbst werde dich mit einem Revolver heimholen, schrieb sie mir. Tarikh el-Aziz stenographierte in Windeseile. Es rauchte ihm der Schädel, der glänzte wie ein frisch gebohnerter Parkettboden.

Eines Nachts, als Gardienko mehr getrunken hatte als sonst, gestand er mir, daß er davon träumte, ein Lokal in Paris zu eröffnen, ein Luxusetablissement für die Reichen, mit einem Schaufenster auf einem der Boulevards im Zentrum. Ein elitäres Lokal mit Türstehern, wo man nicht einmal reinkäme, wenn man viel Geld hatte, sondern nur mit dem richtigen Namen und der richtigen Empfehlung. Siehst du, Isaak, sag' ich zu ihm, ich glaube kaum, daß unsere Schnulzen in Paris ankommen würden, sie wären außer Mode, vor allem in einem solchen Lokal. Ja, das weiß ich, sagt er, ich will aber, daß du dort hingehst und ein Negerorchester dirigierst. Und dann begann Almereida dem Journalisten zu erklären, daß die Schwarzen, was die Musik betrifft, den Europäern und den Weißen eine Menge beibringen könnten, daß das Geheimnis nicht mehr darin bestünde, einfach Rhythmus und Melodie zusammenzubrauen, sondern daß es den Leuten gefiele, Musik zu hören, die so klang, als sei sie eben in diesem Moment erfunden worden, als sei sie improvisiert für die, die ihr gerade zuhören – so wie das eben nur die Schwarzen können. Deshalb, mein lieber el-Aziz, werden die Schwarzen das Vorbild sein, sagte Almereida. Dann machte er eine

Pause und erzählte von seiner Begegnung mit Diallo Majuba von der Petroleum Company im Lokal von Konstantin Kastoriakis in Mahò, wohin er zurückgekehrt war, um seine Mutter zufriedenzustellen. Das war die Gelegenheit, die sein Leben gänzlich verändern sollte. Siehst du, mein Junge, sagte Majuba, wir suchen die richtigen Männer für ein gewisses Projekt. Er sprach mit mir über Politik, verstehen Sie, mit mir! Mit mir, der ich doch bis dahin nur gespielt und gesungen hatte. Ich dachte, er wolle mich an der Nase herumführen. Was er sagte, kam mir vor wie das Gerede von den reichen Männern, die sich, wenn sie betrunken sind, ein Mädchen mit aufs Zimmer nehmen und anfangen, ihm ihr ganzes Leben zu erzählen und ihm die Sterne vom Himmel zu versprechen. Ich, Herr Majuba, habe mit zwölf Jahren angefangen, Gitarre zu spielen, und das ist alles, was ich kann, erklärte ich ihm. Im Gegenteil, sag ich, ich möchte gar nichts anderes machen, weil die Musik für mich eine Lebensauffassung ist.

Majuba aber fing an zu lachen, sagte zu Almereida, er solle ihn besuchen kommen und steckte ihm seine Visitenkarte in die Tasche. So gründeten wir knapp sechs Monate später die Mostàkbel, mit Asfà Gebayehu als Parteisekretär, Admassù Mamlaye als Vizesekretär und mir, Almereida, der singend und spielend durch die Straßen von Mahò zog. Dann, inmitten eines Konzerts, zwischen zwei Stücken, hielt Mamlaye, Gebayehu oder ein anderer eine Rede über den Fortschritt, den Wohlstand und die Zukunft. Und wenn sie die Mostàkbel wählen würden, wären alle ihre Probleme gelöst. Und während er darauf wartete, daß sie mit dem Reden aufhörten und er wieder mit seiner Musik an der Reihe war, lernte Almereida, wie man eine öffentliche Rede hält und wie man die Träume und Wünsche der Leute aufrührt, indem man sie miteinander vermischte und glauben macht, daß ihre Verwirklichung allein in der Macht der Mostàkbel liege, und daß die Welt sich von heute auf morgen ändern würde. Eine Katze ergattere schließlich auch einfach dadurch ein Stück Fleisch, daß sie es sich vom Teller wegschnappe! Die Blinden würden wieder sehen, die Stummen wieder sprechen, die Lahmen wieder laufen, erklärte Mamlaye mit erhobenen Fäusten. So lernte Almereida auf den Plätzen von Mahò, daß eine Partei zu führen ein Handwerk war, das sich von dem, was er mit der Gitarre machte, nicht allzu sehr unterschied. Die Musik war nicht dasselbe wie die Worte. Das Wichtigste aber ist, sagte Majuba, daß man weiß, wie man singen muß, und am Ende der Applaus nicht ausbleibt. Und wissen Sie, wie's weiter ging? fragte Almereida. Gabayehu ist zusammen mit ein paar anderen Abtrünnigen zur Madì übergelaufen, und Mamlaye wurde während einer Wahlveranstaltung in Carobèl von der Menge gelyncht. Eines Nachmittags kam dann Majuba zu mir und sagte, hör zu, Almereida, die Partei liegt jetzt in deinen Händen. So wurde ich auf den Posten des Parteisekretärs gesetzt. Und denken Sie nur, el-Aziz, was für ein Zufall, eben in diesen Tagen trifft ein Brief von Gordienko ein, in dem er mir erneut sein Orchester anbietet. Er schrieb, sein Gefühl sage ihm, daß sich die Dinge hier in Afrika nicht besonders gut anließen. Nach Paris müsse man gehen. Nun, abgesehen von Paris, hatte auch ich dieses Gefühl, daß die Dinge hier in eine falsche Richtung liefen. Die Politik ist nichts für dich, und wenn man die Musik im Blut hat, dann kann man gar nicht ohne sie leben, schrieb Gordienko. Und das stimmt, denn die Musik ist eine Droge wie der Alkohol oder das Opium, und ich wollte zurück auf meinen Platz im Ahmar Masbàh oder in eine von den kleinen Bars im Freien, die damals in Mahò eröffnet wurden. Ich sprach also mit Majuba; red keinen Quatsch, meint er, die Politik ist auch eine Droge, das hat er mir geantwortet, nachdem ich alles erklärt und ihm gesagt hatte, daß ich fort wollte.

Ich werde Majuba mein ganzes Leben lang dankbar sein, sagte Almereida nach einer kurzen Pause, denn er hatte die

Kraft, mich zurückzuhalten und mich zur Vernunft zu bringen. Er besaß eine außergewöhnliche Überzeugungskraft. Mit dem, was er sagte, hätte er eine Nonne dazu überreden können, auf den Strich zu gehen. Red keinen Quatsch, sagte er, und wenn man es wagte, den Mund aufzumachen, gab er einem eins auf die Nase. Denken Sie nur, el-Aziz, wenn ich nicht auf Majuba gehört hätte, wäre ich heute nur ein Gitarrist, der auf Jahrmärkten und Hochzeiten spielt. Aber Majuba setzte sich vor mich hin und sagte mir: Hör zu, Freundchen, ich habe die Mostàkbel mit zehntausend Talern finanziert, und der Parteisekretär Gebayehu, dieses Schwein, hat unterschrieben, daß er sie mir nach den Wahlen zurückbezahlen würde. Jetzt ist er abgehauen, weil er ein niederträchtiges Scheusal ist, aber mir ist das gleich. Ich habe einen Schuldvertrag mit dem Parteisekretär der Mostàkbel, und das bist jetzt du. Und bevor du nach Paris gehst, um dort den Idioten zu spielen, mußt du mir dieses Geld Münze für Münze zurückbezahlen. Ich hätte mich umbringen wollen, als Majuba mich anstarrte und sich dabei den Bauch hielt vor Lachen, denn ich wußte absolut nicht, woher ich dieses Geld nehmen sollte. Mir war zum Heulen zumute. Ich war in eine üble Klemme geraten. Ich hätte das Gold aus allen Flußwassern des Hochlands aussieben können, und selbst das hätte nicht gereicht, um die Schulden der Mostàkbel abzuzahlen. Aber Majuba, der ein wahres Genie war, ließ mich am nächsten Tag zu sich rufen. Ich gehe also zu ihm und er sagt, hör zu, mein Junge, ich habe beschlossen, die Partei aufzulösen. Und das Geld? frage ich. Mach dir keine Sorgen, das wirst du mir zurückgeben, wenn du es hast. Und dann erklärte er mir seinen Plan, der perfekt war, wie alles, was aus dem Kopf dieses schlauen Fuchses stammt. Der Plan bestand darin, den gesamten Apparat der Mostàkbel aufzulösen und sofort danach als demokratische Partei wieder aufzubauen. Die Petroleum Company würde das Geld liefern, Diallo Majuba die Ideen und Almereida den

Rest. Denn das Wichtigste ist jetzt, sich einen Sitz im Parlament zu erobern, sagte Majuba. Und so geschah es dann, schloß Almereida.

Nun gut, ich habe nichts mehr hinzuzufügen, lieber el-Aziz, nur dieses eine: Wenn Sie es wagen, auch nur eine einzige Zeile von dem, was ich gesagt habe, in ihrer Zeitung abzudrucken, können Sie sicher sein, daß ich Sie noch morgen erschießen lasse. Da hörte Tarikh el-Aziz auf zu stenographieren, es zitterten ihm die Hände. Er schaute den Gouverneur an, der in seinem Sessel versunken war und ihn mit einem undurchschaubaren Lächeln ansah. In diesem Augenblick kam Donna Almereida mit zwei Tassen Tee herein. Wenn Sie wollen, erzählen Sie ruhig über Musik, sagte der Gouverneur. Schreiben Sie, daß ich Caruso liebe, Verdi, Mozart. Berichten Sie, daß bei mir immer das Grammophon läuft. Eine Tasse Tee, el-Aziz?

4

Die Vorsprache beim Hauptsitz der Robinson & Co. war sehr kurz. Die Gesellschaft legte Esterhazy ihre Bilanzen vor, das neue Programm wurde ihm erklärt und sie beschlossen, daß Anzeigen in die Tageszeitungen gesetzt werden sollten, in denen Artisten, die bereit wären, nach Afrika zu gehen, Jahresverträge und beste Bedingungen geboten wurden. Die Vertreter der Gesellschaft bekundeten ein flüchtiges Bedauern über den Brand, sie tranken noch schnell einen Kognak mit Esterhazy und verabschiedeten sich dann mit eiligem Händedruck. Esterhazy war wie betäubt von dieser ihm ungewohnten Hast, von dem Tempo, mit dem sich die Leute in Paris bewegten. Während man ihm die Klauseln des neuen Vertrags vorlas, sah er sich um und kam sich verloren vor in dem großen Salon mit der Wandverkleidung und den vielen ausgestopften Tierköpfen, die den Hauptsitz der Robinson & Co. schmückten, ohne daß auch nur ein Zentimeter Wand freiblieb. Während er die Treppe hinunterstieg, deren Wände mit Photographien von Dompteuren mit nacktem Oberkörper und Reiterinnen in Ballettröckchen bedeckt waren, wurde ihm bewußt, daß er fast alles, was man ihm gesagt hatte, bereits vergessen hatte. Er wußte nur noch, daß er sich in zwei Wochen erneut zu einem Treffen mit den Eigentümern der Robinson erneut einfinden sollte. Er beschloß, sich keine Sorgen zu machen und den Zirkus für ein paar Tage zu vergessen.

Esterhazy hatte eine ganze Liste von Leuten, die er besuchen wollte. Von einigen wußte er nicht einmal, ob sie noch lebten. Dies galt zum Beispiel für Doktor Ferenc Kramar, einen Arzt, der ihm vor vielen Jahren eine Entzündung am Knie kuriert hatte, ein Kerl mit roten Haaren, in Odessa geboren, den Esterhazy in Alexandrien kennengelernt hatte und der dann in Paris gelandet war, vielleicht aus Zufall, vielleicht aus Liebe zum französischen Wein, den er wenn möglich in Gesellschaft irgendeines ausgelassenen Mädchens trank. Dann hatte Esterhazy sich vorgenommen, in die Avenue Raimon zu gehen, wo Tonia Izvolskij wohnte, eine Armenierin, die kürzlich einen russischen Maler geheiratet hatte, der reich geworden war, weil er in der staatlichen Lotterie gewonnen hatte. Sie werden sie sehen, hatte ihm jemand gesagt, von dem er die Izvolskij grüßen sollte, sie ist klein, mager und so üppig behaart wie ihr Vater, der abgesehen von Augen und Nase aus einem einzigen Haarbüschel bestand. Auch sie hat einen dichten Schnurrbart auf der Oberlippe. Manche Männer finden sie aufreizend, andere hingegen meinen, sie ähnle einem Feldwebel der Gendarmerie. Lernen Sie sie kennen, dann können Sie selbst urteilen, Esterhazy. Und seien Sie sicher, daß irgend jemand Sie früher oder später auffordern wird, Ihre Meinung über Tonia kundzutun, denn dieser behaarten Oberlippe ist es ergangen wie dem Fall Dreyfus, dem Eiffelturm oder der Bepflasterung der Boulevards: in Paris sind darüber zwei feindliche Parteien entstanden. Sie aber, hören Sie auf mich und versuchen Sie, den Vorurteilen nicht zu viel Gewicht zu geben: Wer in Paris heute so denkt wie Sie, wird morgen mit Sicherheit gegenteiliger Meinung sein und Sie wie einen Feind behandeln, auch in Dingen, die wichtiger sind als der Oberlippenbart einer Dame. Sie werden sich jedenfalls amüsieren, die Izvolskijs sind Leute, die den Luxus lieben, auch wenn sie mit dem Geld ein wenig vorsichtiger umgehen sollten. Aber man muß schon ans Geld gewöhnt sein, um damit gut wirtschaften zu können, hatte man zu Esterhazy gesagt, der jetzt tatsächlich vor der Tür der Izvolskijs stand, den Finger auf dem Klingelknopf. Er lernte in diesem Hause Bildhauer und Dichter, einen pensionierten Vizepräsidenten und viele schöne Frauen kennen, darunter Hélène Rebìere – die ehemals eine kleine Schneiderin gewesen war und ihr Glück mit den Offizieren der Kavallerie gemacht hatte, flüsterte ihm Tonia Izvolskij ins Ohr, bevor sie sie ihm vorstellte –, und die Esterhazy versprach, ihn durch die Stadt zu führen. Aber nur, wenn Sie nicht vom Zirkus sprechen, denn ich kann Tiere nicht ausstehen, hatte Fräulein Rebìere sich ausbedungen, mit einem Gesichtsausdruck, als halte Esterhazy auch in diesem Augenblick einen Schimpansen auf den Knien.

Er erhielt Ratschläge darüber, wie man sich in Paris fortzubewegen habe, welche Kirchen man besichtigen müsse, wo man essen solle und wo man die Nächte in fröhlicher Gesellschaft verbringen könne. Esterhazy hörte zu und zwang sich, wenn schon nicht interessiert, so doch neugierig und offen zu erscheinen. Aber die Tatsache, daß sie ihn aufs Peinlichste über die Mängel und geheimen Ausschreitungen so vieler Menschen unterrichteten, gaben ihm den Eindruck, daß man sich in Paris Tag und Nacht gegenseitig durchs Schlüsselloch beobachtete und heimlich unter fremde Betten kroch. Vor allen Dingen schien ihm die Stadt, seit er das letzte Mal mit der armen Eden hierhergekommen war, sehr viel kleiner geworden zu sein. Ein großes Dorf voll reicher und klatschsüchtiger Leute, die genau wie die Bewohner der Kleinstädte Nordafrikas dafür lebten, einander von morgens bis abends heimlich zu beobachten, um etwas zum Erzählen zu haben. Aber dieser Eindruck war ihm erst gekommen, nachdem er etwa eine Stunde lang dem Geschwätz von Hélène Rebìere zugehört hatte, ohne sie je unterbrechen zu können. Ghisc und Esterhazy hatten sich bei ihrer Ankunft, als sie aus dem Zug gestiegen waren und die Gepäckträger sie zu den Droschken begleiteten, über die Weite und das immense Verkehrschaos in dieser Stadt gewundert. Als der Kutscher mit der Peitsche geknallt hatte, die Pferde lostrabten und die Kutsche im Schatten der dichten Platanen dahinfuhr, hatte Paris sie überwältigt. Esterhazy fiel es schwer, zu glauben, daß in dieser riesigen faszinierenden Metropole mit ihren Palästen, Kathedralen und den vielen vornehmen Menschen die Härchen auf der Oberlippe eines unbedeutenden armenischen Mädchens nicht schlichtweg unbemerkt blieben. Vor allem wunderte er sich darüber, daß es die Leute zwischen den reichverzierten Kirchen, den großartigen Palästen an der Seine und dem glänzenden Gerüst des Eiffelturms vorzogen, sich für die Art und Weise zu interessieren, in der Hélène Rebìere ihre Röcke raffte, oder für den allzu gewagten Ausschnitt ihrer Schwester – vertrauen Sie dieser Frau nicht, denken Sie nur, sie gibt bei sich zu Hause Bälle für die Soldaten der Artillerie, flüsterte Tonia Izvolskij Ghisc nun erneut ins Ohr, während er sich mit der jüngsten der Rebìere-Schwestern unterhielt. Deshalb war Esterhazy zwei Tage nach seiner Ankunft fest davon überzeugt, daß er sich zu Tode langweilen würde, wenn er solche Kreise nicht tunlichst vermiede, und er beschloß, keinen mehr von denen aufzusuchen, die er vor seiner Abreise auf die Liste gesetzt hatte. Nur bei dem alten Alexander Hakhpat, der ein enger Freund seines

Vaters gewesen war und dem er einen Besuch versprochen hatte, machte er eine Ausnahme. Hakhpat war vor vielen Jahren von Jervan nach Frankreich gezogen, um dort ein guter Maler zu werden, um auf der Akademie die Kunst der französischen Meister zu studieren und dann nach Armenien zurückzukehren. Aber dann hatte er es nicht mehr geschafft, Paris zu verlassen. Man kann heutzutage nie sicher sein, genug gelernt zu haben, sagte Hakhpat. Er erklärte Esterhazy, wie es ihm erging: Kaum habe man sich eine Technik oder eine neue Art, die Farbe aufzutragen, angeeignet, müsse man sich schon wieder mit jemandem auseinandersetzen, der alles auf den Kopf stellte. Und, trotz des Versuchs, darin eine vorübergehende Mode oder Spinnereien eines Verrückten zu sehen, habe er sich jedesmal fügen und von vorne beginnen müssen. Da fühlt man sich in die erste Klasse der Grundschule zurückversetzt, obwohl man gemeint hatte, schon auf der Universität gewesen zu sein, sagte Hakhpat, der als Maler immerhin einige Anerkennung gefunden hatte, vor allem für seine Seestücke. Eines seiner Bilder, *Rote Wüste*, hing im Museum von Luxemburg. Aber das alles genügte ihm nicht. Er wollte, daß die Kunst für ihn keine Geheimnisse mehr habe. Und vor allem wollte er, daß er, wenn er je beschließen würde, nach Jervan zurückzukehren, sicher sein können, alles, aber auch alles, was es in Paris zu lernen gab, erfaßt zu haben.

Aber noch ist es nicht soweit, lieber Esterhazy, sagte er, auch wenn man hier schon den Atem des Untergangs spürt und die alte Welt der Plätze und Kathedralen möglicherweise dabei ist, zu versinken. Ich fühle mich noch nicht dazu bereit, nach Jervan zurückzukehren.

Hakhpat hatte ein Atelier in Montparnasse, in der Rue Campagne Première. An den Wänden hingen Veduten des Bois de Boulogne – von der Porte Maillot oder der Porte d'Auteuil aus gesehen – sowie Bilder mit Szenen aus dem Inneren des Parks, zwischen Linden und Roßkastanien, mit Paaren, die auf den Wegen spazierengingen, mit häkelnden Frauen, mit Kaleschen und mit Kindern, die kleine Schiffchen auf den Teichen schwimmen ließen. Hakhpat redete gerne. Er sprach mit Esterhazy über dessen Vater, erzählte Geschichten, die sich vor einem halben Jahrhundert zugetragen hatten, Anekdoten, die erkennen ließen, welchen Mut die Menschen von Jervan hatten aufbringen müssen, um dort zu bleiben, aber auch um zu gehen und dabei zu riskieren, ihr Leben sinnlos zu verschwenden. Plötzlich unterbrach er sich in seinen Erinnerungen und begann wieder von Malern, die er liebte, oder auch von solchen, denen seine zutiefst empfundene Abneigung galt, zu erzählen. Zuweilen schwieg er lange und platzte dann plötzlich heraus: Wissen Sie, was das Allerschlimmste ist, Esterhazy? Dieser sah ihn an, ohne auch nur den Versuch einer Antwort zu unternehmen. Wir mühen uns ab, uns ein Bild von einer Welt zu machen, die ihr Fell so rasch wechselt, daß es uns nicht einmal mehr gelingt, sie auf unseren Leinwänden festzuhalten. Eine schlimme Sache, mein Lieber.

Dann machte er wieder eine Pause und stellte darauf erneut eine Frage: Und wissen Sie, warum wir Einwanderer so rückständig sind? Ich werde es Ihnen sagen: Weil wir zu großen Respekt vor den Traditionen Europas haben, einen sehr viel größeren als die Europäer selbst. Deshalb sind wir immer hintendran. Die gleiche Kraft, die ein Franzose aufwenden muß, um genial zu werden, benötigen wir, um zur Mittelmäßigkeit aufzusteigen. Wie es eben bei mir der Fall ist. Wir müßten viel verrückter sein, uns getrauen, alles in die Luft zu werfen. Ja, wir bräuchten mehr Mut! Die Hälfte von uns aber kehrt, weil sie die Geschichte der Kathedralen nicht kennt, ihren exotischen Ursprung, die Schrulligkeiten des Südens hervor, und schafft es dadurch mit knapper Not, Folklore zu machen. Und die andere Hälfte, diejenigen, die wissen, was im Louvre hängt und warum es die Notre Dame gibt, haben einen solchen Respekt vor dem Museumsstaub, daß sie nur rückwärts blicken und in Selbstmitleid über ihre unheilbaren Minderwertigkeitsgefühle ausbrechen können. Und die haben etwas von Schuldgefühlen: man tut das, was man nicht tun möchte, in der Hoffnung, daß einem verziehen werde. Wo es doch genug wäre, ein wenig zu begreifen, zu verdauen, sich zu befreien und darüber hinwegzukommen, und so weiter.

Hakhpat unterbrach seine Reden unversehens mit einem »und so weiter«, wodurch sie zerschnitten wurden wie ein Stück Butter, auf das ein Messer fällt. Dann hielt er inne oder ging zu einem anderen Thema über, indem er etwa wieder anfing, von Nachbars Garten zu sprechen, was er besonders gerne tat, um zu zeigen, daß es sehr viel einfacher ist, auf fremden Gebieten Neuerungen zu ersinnen. Wenn ich zum Beispiel ein Choreograph wäre, sagte Hakhpat, so würde ich die männlichen Tänzer auf Spitzen tanzen lassen und würde Julia dazu zwingen, die siebzig Kilo von Romeo hochzuhieven und eine halbe Stunde lang mit diesem Gewicht auf den Armen zu tanzen, was im übrigen das Drama dieses armen Mädchens sehr viel besser wiedergäbe. Oder wenn ich Bildhauer wäre, würde ich nur einen Teil einer Sache darstellen, der das Ganze versinnbildlicht, eine Flanke oder eine Hinterbacke zum Beispiel, mit der die Sinnlichkeit eines ganzen Körpers in einem kleinen Ausschnitt als Formen konzentriert wäre. Die Schwierigkeit besteht jedoch darin, im eigenen Garten etwas Neues zu finden, mein Lieber, nachdem Renoir und Manet bereits hindurchgelaufen sind und dir alles Gras unter den Füßen weggemäht haben, und so weiter.

Es gefiel ihm auch, eine unheilvolle Zukunft vorauszusagen, in der sich schreckliche Dinge ereignen würden: ein nach einem sehr nah bevorstehenden Krieg blutüberströmtes Europa, mit Millionen von Toten, der Zusammenbruch der Reichen, die Sozialisten an der Macht. Aber es wird ein Tag kommen, Esterhazy, an dem das Unglaubliche geschehen wird und die Degas, die Sisleys, die Pissarros und Manets nach Jervan, Euruk und Kairo kommen, um von uns das Malen zu lernen. Um die Seestücke desjenigen zu kopieren, der bis dahin Hakhpats Platz eingenommen hat, denn bald wird Europa nichts mehr zu sagen haben, und so weiter.

Der Süden, als Vorbild für die Kunst und Kultur der gesamten Welt war in den langen Gesprächen mit Esterhazy eines von Hakhpats beliebtesten Themen. Ein anderes, immer wiederkehrendes Thema war der moralische Verfall in Paris: Man kann sich kaum eine Schweinerei ausdenken, die sie hier nicht machen, um sich honoris causa einen Platz in der Hölle zu verdienen, angefangen damit, daß einer hungernden Witwe die Handtasche gestohlen wird oder ein Bordell für Damen eingerichtet oder ein kleines Mädchen auf dem Rücksitz eines Autos vergewaltigt wird, wie es in Paris vor kaum zwei Wochen geschehen ist. Schlagen Sie die Zeitung auf, wenn Sie meinen, ich würde übertreiben. Die Phantasie, die die Pariser in die Sünde stecken, ist mindestens ebenso groß wie die, die Bell und Edison für ihre Erfindungen aufgewendet haben. Nein, lachen Sie nicht, ich glaube wirklich, daß die Genialität der Pariser genauso groß, wenn nicht noch größer ist, nur daß sie nicht dem Fortschritt dient, sondern für den Genuß verbraucht wird. In dieser Stadt sind die Dinge entweder dazu da, um sich damit zu kleiden, oder sie sind dazu bestimmt, den Magen zu füllen. Wenn nicht, da können Sie sicher sein, haben Sie mit jenen Situationen zu tun, in denen man sich der Hosen entledigt.

Hakhpat liebte es weiterhin, die Streitfrage zu erörtern, ob man zum Künstler geboren sein muß oder erst dazu wird. Und da er in der Frage nach der Henne und dem Ei eher zu der These neigte, daß es zuerst die Henne ab, vertrat er derselben Logik folgend auch bezüglich der Malerei die Meinung, daß man mit Fleiß, Geduld und ein wenig Glück zum Künstler werden könne. Er war auch davon überzeugt, daß die beste Methode, eine Meinung zu erhärten, derer man nicht sicher ist, die sei, sie zur Diskussion zu stellen, sie im Streitgespräch einer Prüfung zu unterziehen. Unter Verleugnung eines Großteils seines Lebens, angefangen bei seiner Abreise aus Jervan bis hin zu seiner langen Rekrutenzeit an der Akademie, tat er dann so, als glaube er, man werde als Künstler geboren. Er verteidigte diese Meinung vehement und behauptete, nicht nur aufgrund flüchtiger Beobachtungen, sondern aus eigener Erfahrung zu sprechen, aber nicht immer gelang es ihm damit, den Widerspruch seines Gesprächspartners herbeizuführen. Manchmal passierte es, daß derjenige, den er herausfordern wollte, ihm bereits nach ein, zwei Sätzen lächelnd die Hand auf die Schulter legte und sagte, aber beruhigen Sie sich, Hakhpat, Sie brauchen sich nicht so sehr zu ereifern, denn ich denke genauso wie Sie. Das fehlte noch, daß irgend so ein Unseliger, nur weil er ein wenig auf der Akademie herumgeschlendert ist, von sich behauptet, er sei ein Künstler. Dann lief er, tief getroffen, veilchenblau an und explodierte. Seine Rede überstürzte sich, er ruderte mit Händen, Armen und Beinen. Er überschüttete seinen zufälligen Gegner förmlich mit der Versicherung, daß es eine ausgemachte Dummheit sei, zu meinen, die Kunst sei kaum mehr als eine Art Erbkrankheit, wie die Syphilis, das sei absolut idiotisch. Sicher, eine Anlage müßte vorhanden sein. Die Kunst, vor allem die Malerei, beteuerte Hakhpat und schwenkte die Arme, ist eine Technik, und es fehlte noch, daß man sie nicht erlernen und lehren könne. Wer so argumentiert, glaubt wohl, daß sämtliche Tischler, Kutscher, Huren und Erzbischöfe schon mit ihren Berufen geboren würden, und so weiter.

Sein jeweiliger Gesprächspartner verstummte gewöhnlich wie vom Donner gerührt und erinnerte Hakhpat daran, wie er, noch wenige Augenblicke zuvor, versucht hatte, ihn vom Gegenteil zu überzeugen. Aber wo denken Sie hin! Das fehlte noch, daß ich mich auf solch dummes

Zeug einlasse, erregte sich Hakhpat. Dann erklären Sie mir, was ich seit dreißig Jahren in dieser Stadt tue! Da kehrten sich die Leute, die wenigen Freunde, die er hatte, von ihm ab, oder sie gaben nun endgültig den Stimmen recht, die ihn für verrückt erklärten und die Schuld abwechselnd dem Alkohol, einer Krankheit oder den Drogen gaben, die er angeblich nahm.

Eines Abends nahm Hakhpat die beiden Freunde mit in einen Salon auf dem Boulevard des Italiens, um der Projektion eines Films von Louis Feuillade beizuwohnen. Es wird euch sehr gefallen, sagte Hakhpat – dem vielleicht noch nicht recht klargeworden war, welchen Beruf Esterhazy ausübte, denn es handelt sich um eine Geschichte, die mit dem Zirkus zu tun hat, sagte er. Statt dessen handelte der Film von Christen, die den Raubtieren zum Fraße vorgeworfen wurden. Esterhazy fand dennoch Gefallen an der Vorführung. Und Ghisc, der noch nie einen Film gesehen hatte, war bei Verlassen des Saals so begeistert, daß er vor lauter Verzückung beschloß, dem Kino von jetzt ab jede Minute seines Lebens zu widmen. Als er das sagte, brach Hakhpat in Gelächter aus und begann, auch über das Kino düstere Prophezeiungen auszusprechen. Ein Spielzeug, das man für anderthalb Francs pro Nase verkauft und das innerhalb von zwei Jahren sicher aus der Mode kommen wird, sagte er. Dann erzählte er davon, wie er am Cours de la Seine zum ersten Mal in einem Salon war, einem großen Saal voller Menschen. Plötzlich hatten die Holzwände und die Decke aus geteertem Spanntuch Feuer gefangen. Innerhalb von zehn Minuten hatte sich alles in eine qualmende Ruine verwandelt. Es hatte hundertdreiundvierzig Tote gegeben, hauptsächlich Frauen. Ich war hingegangen, um mir im Sitzen ein Schauspiel anzuschauen, und mußte plötzlich einem ganz anderen Schauspiel zusehen und dabei wie eine Heuschrecke durch die Flammen hüpfen. Und er erzählte von einem Kerl, der neben ihm gesessen und sich dann den Weg durch die Menge gebahnt hatte, indem er seinen Spazierstock wie einen Krummsäbel benutzte. Glaubt mir, es gibt nichts Wilderes, als eine Menge wohlerzogener Menschen, die in Panik gerät, sagte Hakhpat.

Aber Ghisc hörte ihn nicht mehr. Er hatte sich umgedreht und war in den Saal zurückgekehrt, um den Film noch einmal zu sehen. Und von diesem Abend an zog er jeden Tag entweder alleine oder mit Hélène Rebìere, von Kino zu Kino, und sah sich sämtliche Filme an, die in Paris gezeigt wurden. Dann, eines Abends, gab er dem Mann, der den Vorführungsapparat bediente, Geld und ließ sich von ihm erklären, wie die Maschine funktionierte und mit Hilfe welcher Tricks die Aufnahmen entstanden. Er wollte überhaupt alles wissen, was man über das Kino lernen kann. Esterhazy begann inzwischen, sich auf die Rückreise vorzubereiten. Im Hauptsitz der Robinson & Co. holte er die Namensliste der neuen Artisten ab, traf Vereinbarungen für die Abreise und suchte dann noch einmal Hakhpat in seinem Studio auf.

Es würde mich freuen, lieber Freund, wenn Sie hin und wieder an mich dächten, sagte der Maler am Morgen, an dem er Esterhazy zum Bahnhof brachte. Der Rücksitz des Automobils war unter einem Berg von Koffern und Paketen begraben. Auch Sie, Hakhpat, schreiben Sie mir, sagte Esterhazy. Nein, das werde ich nicht tun, aber ich werde Ihnen Zeichnungen schicken, denn das Briefeschreiben ist für mich eine Anstrengung, der ich nicht standhalte und vor allem regen mich Briefe zu sehr auf. Angewidert betrachtete er die Kamera, die Filmschachteln und die ganze mechanische Ausrüstung, mit der Ghisc in Begleitung von Hélène Rebìere wenig später am Bahnhof eintraf. Mir wird ganz schlecht, wenn ich daran denke, wieviel Geld er für dieses Spielzeug zum Fenster hinausgeworfen haben muß, das ihm in ein paar Jahren selbst in der Abstellkammer noch im Wege sein wird, sagte Hakhpat. Für das Geld hätte er sich zwei Kamele kaufen können, und die würden ihm dort unten, wo ihr jetzt hinfahren werdet, gewiß viel mehr nützen.

Esterhazy hatte sich mit den Vertretern der Robinson & Co. für punkt elf Uhr am Bahnhof verabredet. Marcel Fouquet, der Geschäftsführer der Gesellschaft, wollte Esterhazy die Artisten vorführen, ihm die Kopien der Verträge sowie die Kreditscheine für die Filialen der Banque Nationale und die Schiffsfahrkarten aushändigen, und um zwölf Uhr dreißig sollte die neue Truppe des Robinson-Zirkus den Zug nach Marseille besteigen. Esterhazy hatte darum gebeten, daß man Ghisc als Buchhalter einstelle, und die Firma hatte dem nach einigem Zögern zugestimmt. Nachdem die Stifte herumgereicht worden waren und alle unterschrieben und sich dann gegenseitig die Hände geschüttelt hatten, stieg Marcel Fouquet, seines Umfangs und seines enganliegenden Gehrocks zum Trotz, auf eine Bank, um im Namen der Robinson & Co. eine Ansprache zu halten. Lebt wohl, Kinder, sagte Hakhpat und umarmte Ghisc und Esterhazy, ich bitte um Entschuldigung, aber erlaubt, daß ich mir den Blödsinn, den dieser Herr jetzt erzählen wird, erspare. Mit müden Schritten ging er von dannen und war bald in der Menge verschwunden.

Unterdessen bat Fouquet um Ruhe und schwenkte dabei die Arme auf und nieder, als wolle er wegfliegen. Einen Augenblick lang wurden seine Worte noch von den Stimmen der Reisenden übertönt. Doch dann rief jemand aus der Menge, man solle still sein, und bald hörte man unter der Bahnhofskuppel nichts anderes mehr als die Rede des Geschäftsführers der Robinson & Co., der allen – auch einigen Frauen und Kindern, die zu einer Hochzeit nach Avallon fahren wollten – dankte und ihnen einen guten Aufenthalt in Afrika wünschte. Fouquet beteuerte, daß mit ihnen ein wichtiges Element von Frankreich und der europäischen Zivilisation abreise, und daß der Zirkus Robinson eine Mission des Fortschritts vertrete. Die Leute klatschten, besonders, als einige Diener Körbe mit Wurst, Käse und Wein herumreichten, wobei Fouquet zufrieden lächelte. Man prostete sich eilig zu, und schon halfen Gepäckträger den Tänzerinnen und Trapezkünstlern, das Gepäck in die Waggons zu schaffen, in denen sich die Koffer und Hutschachteln bereits türmten. Wie gesagt, Esterhazy, wir stehen Ihnen jederzeit zur Verfügung. Lassen Sie es uns wissen, wenn Sie uns brauchen, ein Telegramm genügt, sagte zum vierten Mal Fouquet und fuhr fort, sich von den Artisten des Robinson zu verabschieden und höflich die Hündchen mit den Schleifen im Fell zu streicheln, die wie Kinder im Arm gehalten wurden, und die eigentlich tanzen und Purzelbäume schlagen konnten, jetzt aber von all dem Lärm ganz benommen waren und mißlaunig gähnten.

Erst als der Zug die letzten Häuser der Vorstadt hinter sich gelassen hatte, wurde Esterhazy bewußt, daß er diese Stadt nur ungern verließ. Im gleichen Moment stürmten aufgedreht und fröhlich drei Zwerge ins Abteil, die einem Affen hinterherliefen, der aus dem Käfig ausgebrochen war. Das war schon fast wie eine Zirkusnummer des Robinson. Die Leute lachten, die einen ergriffen Partei für den Affen, die anderen für die Zwerge. Während der Zug mit voller Geschwindigkeit durch Weinberge und gelbe Stoppelfelder fuhr, fühlte Esterhazy, daß ihn der Zirkus nicht mehr interessierte. Mehr noch, diese Leute hier, mit denen er nun über Monate hinweg zusammenleben und die Luft zum Atmen teilen sollte, und die ihm auf der Fahrt über das Mittelmeer auf die Füße kotzen würden, störten ihn. Er wäre gerne ganz allein gewesen, ohne den Löwendompteur vor der Nase sitzen zu haben, der sich die Serviette in den Rockkragen gesteckt hatte, an einer Wurst nagte und Wein aus der Flasche trank, und ohne den belgischen Trapezkünstler und seine Partnerin, die sich zerstritten hatten und nun beide schmollten und die, kaum wieder versöhnt, erneut anfangen würden, ihn tausendmal zu fragen, und wann kommen wir an? Es waren Menschen, mit denen er vielleicht auf Jahre hinaus zusammenleben mußte, die ihm jetzt aber wie Fremde oder Feinde vorkamen. Er erhob sich und ging durch sämtliche Waggons, einen nach dem anderen, bis an das Ende des Zuges, wo er endlich ein leeres Abteil fand, in das er sich zurückziehen konnte. Er lehnte den Kopf ans Polster und schaute hinaus auf die rasch vorbeiziehenden Felder. Er schloß die Augen und schlief ein.

In Marseille mußten zehn Kutschen dreimal hin- und herfahren, um all die Menschen, Tiere und Gepäckstücke vom Bahnhof zum Hafen zu bringen. Kurz nach Sonnenuntergang blätterte Esterhazy die Papiere durch, die Fouquet ihm übergeben hatte, während Ghisc an Deck ging, um zuzusehen, wie der Anker gelichtet wurde. Da fand er den Brief, eine offizielle Einladung des Innenministers von Mahò, der den Zirkus Robinson zur fünften Jahresfeier der Gouverneurswahlen haben wollte. Fouquet hatte eine Kopie des Telegramms an den Brief geheftet, in dem die Robinson & Co. die Einladung annahm. Esterhazy erinnerte sich, daß irgend jemand bei seiner Ankunft in Paris von dieser Sache gesprochen, die er dann aber wieder völlig vergessen hatte.

Er hielt den Brief noch in den Händen, als jemand an die Kabinentür klopfte. Als die Tür sich öffnete, sah er sich einem sehr schönen Mädchen mit zwei strahlend blauen Augen gegenüber. Ihre blonden Haare waren im Nacken zusammengebunden, und ihre runden Brüste drückten sich gegen die bunte Stickerei des Brusttuchs. Sie hieß Ana Hudson, Künstlername Miss Ana, und war Akrobatin. Ich bin sicher, daß einer meiner Koffer beim Umsteigen vom Zug auf das Schiff verlorengegangen ist, verstehen Sie? Ich muß unbedingt zurück zum Bahnhof, um meine Kleider wiederzubekommen, sagte das Mädchen.

Gewiß, Fräulein Hudson, gehen Sie nur, sagte Esterhazy. Ich möchte Sie nur darum bitten, so schnell wie möglich zu schwimmen, denn wir sind bereits vor einer halben Stunde ausgelaufen. Das Mädchen lächelte. Ich mag geistreiche Männer, sagte sie, und streckte ihre Hand aus, um sie sich küssen zu lassen.

5

Die Leute aus den Grenzgebieten strömten nach Mahò. Teils kamen sie von den Häfen des Roten Meeres, andere kamen aus dem Inland und hatten die Wüste durchquert. Eine riesige Menschenmenge, vollgepackt mit Bündeln, die sich auf die Hauptstadt zubewegte. In den Dörfern des Hochlandes, die täglich von Tausenden Verzweifelten überschwemmt wurden, konnte man sich nicht mehr sicher fühlen. Die Ernte wurde geplündert, Häuser und Hütten wurden zerstört und die Läden ausgeraubt. Also wurden die Dörfer eines nach dem anderen verlassen, und die Bewohner schlossen sich dem großen Marsch in die Hauptstadt an.

Das Gerücht vom Reichtum Mahòs war zu einer Legende geworden. Von den Häfen des Chinesischen Meeres bis zu den Karawanen der Wüste, von den Urwäldern des Kongos bis zu den Fischerdörfern am Indischen Ozean sprach man über nichts anderes als über diese Stadt, in der das Gold in Strömen floß und die Pferde mit englischen Pfunden gefüttert wurden. Ein Ort, zu dem man sogar auf Knien hinrutschen würde, wie ins Paradies, denn selbst wenn man nicht sofort reich würde, fehlte es dort wenigstens nicht an Brot, und selbst wenn die Erzählungen von den Pferden, die Banknoten fraßen, und von den Häusern mit goldenen Dachziegeln nur erfunden waren, so konnte man in Mahò doch wenigstens überleben. Und dann würde es zwar nicht allen, sondern natürlich nur den Glücklicheren gelingen, einen Stand, ein Geschäft, eine

Drogerie oder sogar eine Bank zu eröffnen – und reich zu werden. Also machten sie sich scharenweise auf den Weg, Frauen, Greise und Kinder, obwohl die Straßen nicht mehr sicher waren und man von Wegelagerern überfallen wurde und es im Hochland zuweilen nicht einmal mehr eine Handvoll Getreide oder einen Löffel voll Mehl gab, da ja alles in die Hauptstadt floß. In den verlassenen Dörfern trocknete die Dürre unterdessen das Land aus und die Brunnen versiegten. Im Herbst wurden dieselben Dörfer von den Militärs besetzt, was das Leben dort noch härter machte. Sie verlangten Wegegeld, erhoben bei denen, die nicht weiterkamen, Steuern, beschlagnahmten Proviant und Gepäck und vergriffen sich an den Mädchen. Es wurde auch von einem Aufstand in der Garnison von Uasentet berichtet, der sich gegen die Offiziere gerichtet hatte, die die beschlagnahmte Ware einer Karawane nicht mit den Soldaten teilen wollten. Die Unruhen waren von der Miliz des Gouverneurs niedergeschlagen worden, und man hatte über hundert Soldaten auf der Eukalyptusallee vor Cheren erhängt. Es hieß, daß noch weitere Garnisonen und auch die Admiralität und die Richter der Hauptstadt von ihrem Treueid an die Regierung Abstand genommen hätten. Der Verkehr in den Straßen aber ging weiter, und wenn überhaupt eine Veränderung zu bemerken war, so nur das wachsende Durcheinander unter den vielen Menschen, die täglich aus allen Himmelsrichtungen hier eintrafen und Zuflucht suchten und von den Baracken der Vorstädte verschlungen wurden.

Das war das Gute. Von woher man auch immer kam, vom Süden, aus dem Inneren des Landes oder vom Meer, Mahò lag dort oben, es war auf einer weiten Höhe aus tiefen, riesigen Wurzeln in den Himmel gewachsen, und solange nicht ein Blitz oder eine Laune der Götter es zerschlug, würde es weiterwachsen und sich verzweigen, bis es den ganzen Horizont bedeckte. Und auf dem Berg, in den Straßen dieser verwinkelten Stadt, sammelten sich

Araber, Jemeniten, Schwarze, Juden und Türken in eigenen Vierteln. Die Italiener verkauften Eis, die Chinesen verhökerten für ein paar Münzen Krawatten, die Armenier boten Korn und Hirse und anderes Getreide für die Tauben feil, die Griechen füllten Limonaden in Flaschen, und wenn es überall sonst auf der Welt auch manchmal still wurde, hier in Mahò nicht. Hier hörte der Lärm niemals auf. Durch die große Straße, die die Stadt durchschnitt, zog eine unendliche Prozession von Wagen, Familien, Viehherden und Karren. Da waren auch die Fischer, die ihre Boote und Netze verlassen und sich in die Abenteuer dieses Labyrinths gestürzt hatten. Glücksspieler mit den Assen in der Tasche und der Pistole unter dem Arm kamen in Kutschen daher und bahnten sich den Weg durch die zerlumpte Menge derer, die zu Fuß durch die Wüste hierhergelangt waren, oder auf einem Dampfer den Ozean durchschifft oder die Savanne auf dem Rücken eines Maultieres durchquert hatten, Menschen aus aller Welt hatten sich in Mahò ein Stelldichein gegeben: in diesen überfüllten Straßen, den verdreckten Winkeln, in den von Mäusen bevölkerten Hütten und in den funkelnagelneuen Palästen aus Ziegelstein und Zement, wo man selbst für pures Gold kein freies Zimmer mehr bekam. Die Menschen aßen das, was sie fanden und verrichteten ihre Notdurft hinter den Mäuerchen oder in die Pfützen. Sie schliefen, wo es gerade ging, zwischen Blech und in muffigen Hausfluren oder auf Steinen sitzend. Sie lebten auf dem Schrott, der sich bei den Palmenalleen türmte, die zum weißen Würfel des Hilton führten. Und jeden Morgen stürzten sie sich erneut in die Straßen, versammelten sich auf Plätzen, hockten sich nieder, einer auf den anderen, und warteten darauf, daß etwas geschah, daß das Glück erscheine, egal in welcher Gestalt, und sie beim Namen riefe, und sie lächelnd auflese von den staubigen Palmenalleen und den Märkten – wo es gedörrten Fisch gab, der steif war wie Johannisbrot, und glänzende Datteln, mit Fliegendreck verziert – und aus den stickigen Sälen, in denen drei Dutzend beieinanderlagen und darauf warteten, daß das Glück, diese alte Hure, endlich käme und sagte: Lemlem, breite deine Röcke aus, ich fülle sie dir mit Gold. Und du, Ismail, öffne deine Taschen, ich stopfe sie dir mit Talern und Pfunden aus. Andere hatten sich, nachdem sie endlich in Mahò angelangt waren, damit abgefunden, daß nichts geschah, und standen unbeweglich neben den vorbeirasenden Karren und Rädern, lehnten an Fenstern und beobachteten die, die unten vorbeigingen, hockten auf Treppen und Simsen und stritten über den Lärm oder über die Liebe, lagen eng beieinander in Zimmern, in denen sich Bündel und altes Zeug häuften.

In Mahò kostete ein Ziegelstein so viel wie ein Kilo Brot, ein Quadratmeter Grund mehr als eine Beerdigung mit Blaskapelle, und um eine Bruchbude in einem Winkel des Amatereh zu kaufen, hätte es des ganzen Goldes bedurft, das der Madonna von Ghéleb um den Hals hing.

Mahò: ein altes, aus Hütten bestehendes Dorf, das sich in eine Metropole ohne Abwässeranlagen verwandelt hatte, mit Zementbauten, Marmortreppen und Blechhütten. Die Frauen verrichteten ihre Notdurft in den Straßengräben, entlausten ihre Kinder auf den Türschwellen, schwatzten mit den Nachbarinnen, kochten über Feuern, die sie auf den Müllhaufen entzündet hatten, gemeinsam die Wäsche aus. Wer keine Behausung hatte, lebte auf den Gehsteigen, oder hinter den Mauern der neuerrichteten Industriegebäude, unter den rußschwarzen Schloten. Hier kamen vor den Augen der Passanten die Kinder zur Welt, Paare liebten sich, an eine Blechwand gelehnt, die Leute starben mitten im Geschrei der Menge, und müde sank die Seele zur Hölle hinab. Aber in Mahò gab es auch Tausende, die Tag und Nacht die Sümpfe unter den Anhöhen von Cafèsc durchstocherten auf der Suche nach Öl. Denn abgesehen von den Taschendieben, Räubern, Gaunern, Huren und dem ganzen Schwanz von Advokaten, Notaren und Kupplern, den sie hinter sich herzogen, war Mahò voll von Ausgräbern, Trägern und Erforschern, die auf der Jagd nach dem schwarzen Gold und bis zur Hüfte im stinkenden Wasser versunken, die Löcher bohrten. Und wer nicht wegen des Öls in der Erde herumscharrte, der tat es, um eine Wurzel zu finden, irgend etwas zum Beißen, der durchwühlte die Müllberge vor der Stadt wie alle anderen: Frauen, Kinder auf dem Rücken, schwangere Mädchen, die so breit waren wie Schränke, Bettler ohne Beine, die auf Deckeln von Heringskisten mit Rädchen darunter saßen, Kinder mit hervortretenden Augen und Armen, die ihnen die eigenen Eltern verstümmelt hatten, damit sie mehr Mitleid erregten und etwas einbrachten fürs Leben, Greise auf Krücken. Unter denen, die nach Öl suchten, waren auch solche, die neben den fünf Sinnen und den sieben Lastern auch die Geldgier im Leibe hatten, erfahrene Leute, die ihre Muskeln bei den Goldgräbern in der amerikanischen Wüste oder in den Bergwerken Europas gestählt hatten, Dichter, Mörder und Seiltänzer, die alles stehen- und liegengelassen hatten, um im Hochland ihr Glück zu suchen, um auf Knien das Grasland zu durchgraben, irgendein Stück Erde, in dem es noch keine Wagenspuren, Marktstände oder Boulevards gab – um das Erdpech zu schnuppern, schlammverschmiert, im Unterhemd und mit nacktem Rücken, vor Schweiß glänzend unter einer Sonne, die so heiß war, daß es schien, als könne sie sogar die Steine erweichen. Aus Massaua trafen Bohrer, Pumpen und Motoren ein. Die Leute standen vom Morgengrauen bis zum Sonnenuntergang bis zum Halse im Schlamm und kehrten das Landschaftsbild völlig um. Und hin und wieder blubberte aus der harten Erde ein stinkendes Gas hervor, eine schwarze glitschige Flüssigkeit, die dann mit der Wucht einer Lokomotive gen Himmel spritzte. Nach und nach nahmen auch das Weideland und die Hügel das Aussehen einer geteerten Wüste an. Dann kamen die Engländer und bohrten noch tiefere Löcher. Ihre Türme waren höher und ihre Bohrer so stark, daß sie sofort bis in den Bauch der Erde drangen und das Öl unter den Gruben der anderen wegsaugten. Der Petroleum Company waren alle recht, Engländer wie Jemeniten, solange sie nur fünfzig Prozent des Ertrages abgaben. Nunmehr war klargeworden, daß man schnell reich werden konnte, wenn man nur hart arbeitete. Das wichtigste war, die richtigen Löcher zu bohren. Die Engländer, die nach und nach alle ertragreichen Löcher aufgekauft hatten, waren nach wenigen Monaten die Herren geworden. Sie gründeten Gesellschaften, um Hotels, vierstöckige Kaufhäuser, Bordelle mit hundert Zimmern und Straßenbahnlinien zu bauen, die die Stadt von einem Ende zum anderen durchzogen. Ganze Viertel wurden abgerissen, um von Grund auf wieder aufgebaut zu werden.

Eine Choleraepidemie brach aus. Wochenlang verflüssigten sich die Menschen im Durchfall. Überall sah man Männer mit heruntergelassenen Hosen und über dem Bauch zusammengerollten Kaftanen, die dahockten und sich mit glühendheißen Gedärmen in Krämpfen wanden. Dann, als die Stadt schon in der Scheiße zu versinken drohte, klang die Cholera ab, was aber blieb, war die Angst vor weiteren Krankheiten. Also beschlossen die Engländer am selben Tage, an dem sie für zwölf Kisten goldene Pfund-Sterling die Petroleum mit ihrem gesamten Besitz an Schächten, Flaschenzügen und Bohrern kauften, obligatorische Gesundheitskontrollen einzuführen. Mit nacktem Hintern marschierten die Leute nun reihenweise in eine Blechbaracke, in der auf einem Herd ein Topf mit heißem Wasser stand und Männer in weißen Kitteln ihnen befahlen, sich zu beeilen. Die Mütter dachten nicht einmal daran, sich mit den Händen zu bedecken, obwohl sie die Blicke der Männer auf sich fühlten, denn dort drinnen wurden Frauen wie Männer ohne Unterschied ausgezogen, mit einer Flüssigkeit abgerieben und mit einem warmen Wasserstrahl abgespült. Das Innere der Baracke war eine einzige große Dampfwolke, ein dichter Nebel, in dem die Weißkittel unablässig zur Eile antrieben. Die Menschen zogen sich aus, wieder an, sie sputeten sich, mit ihren Kindern wieder hinauszugehen, die genauso verzweifelt wimmerten wie beim Betreten der Baracke. Draußen wurden alle nochmals desinfiziert, und mit Namen, Vornamen, Herkunft und dem ganzen Rest registriert. Während sie sich die Hosen zuschnürten und das Hemd wieder reinsteckten, entdeckten sie, daß das Geld aus den Taschen verschwunden war, verdammt, und die Brieftaschen geleert, aber die Soldaten sagten schon wieder, man solle sich beeilen und sich in die Reihe stellen, schnell, denn im neuen Jahrhundert hatten es alle sehr eilig. Man wurde aus der Umzäunung hinausgeschoben, und andere, die draußen gewartet hatten, wurden vorgelassen.

Das war das Schicksal von Mahò. Ganz abgesehen von den Desinfektionen, begannen die Leute allmählich zu begreifen, daß ihre Rechnung nicht aufgegangen war, daß sie hier im größten Sumpf, den es auf der Welt gibt, gelandet waren, nur um sich die Knochen schinden zu lassen, um von morgens bis abends Räder zu bewegen oder Gleise zu verlegen und darüber alt zu werden. Aber geduldigt warteten sie noch immer, denn vielleicht würde das Glück früher oder später ja doch noch kommen. Im übrigen war für einige bereits alles glattgegangen. Es waren jene siebzig oder achtzig, die alle anderen die Macht des Schicksals spüren ließen. Sie waren reich und trugen Gamaschen, gaben Befehle, verliehen Geld zu Wucherzinsen und verkauften für einen Hunderter, was sie für einen Zehner gekauft hatten. In den Liegestühlen auf den Veranden ihrer Villen, die Stiefel auf das Geländer gelegt, den Hut ins Gesicht gezogen, tranken sie Papayasaft und gaben den Aufsehern Anordnungen, ohne auch nur die Zigarre aus dem Mund zu nehmen. Es waren diese Nabobs, die die Hoffnung von Hunderttausenden in jenem Ameisenhaufen nährten. Denn hätten sie nicht daran geglaubt, daß man über Nacht reich werden könne, so wie man eines Morgens ohne Stimme oder mit Bauchschmerzen aufwachen konnte, dann wären sie lieber in die Wüste gegangen, um dort Unkraut zu säen. Aber sie warteten, trugen sich mit Geduld, hofften auf das Glück. Almereida wurde eben damals gewählt, als man sich bei der Petroleum darüber klargeworden war, daß man eine Art Regisseur brauchte, wenn alles so bleiben sollte wie es war, jemanden, der von der Terrasse des Hilton aus die Situation unter Kontrolle hielt und die Fäden bewegte.

Es war alles gutgegangen, bis die Zuwanderer so zahlreich wurden, daß kein Deich mehr imstande war, diesen Strom, der sich über Mahò ergoß, aufzuhalten. Alle Schleusen brachen durch. Auch die Baracke der Gesundheitskontrollen wurde überfallen und angezündet, die Schlagbäume und Schilderhäuser an den Stadttoren wurden zerstört. Es war eine Invasion, der auch die Armee nicht mehr Herr werden konnte. Trotz Blockaden und Verhaftungen und obwohl so viele zurückgewiesen wurden, gelang es täglich Tausenden, sich einzuschleichen. Wenn es bei Tag nicht klappte, so versuchten sie es nachts, und wenn es heute nicht ging, dann eben morgen. Sie durchquerten Sümpfe, strichen über Wüsten und Hügel und fanden immer einen Weg, um in die Stadt zu gelangen. Die Geschwader der Kavallerie zogen resigniert von einem Ort zum anderen, denn für die wenigen, die sie an einem Nachmittag fassen und zurückweisen konnten, hatten sich bis zum nächsten Morgen hinter ihrem Rücken gleich doppelt so viele zusammengefunden, die in Richtung Stadt zogen. Gefreite und Unteroffiziere waren nunmehr bereit, schon für einen geringen Obolus ein Auge zuzudrücken. Es genügten ein silberner Ring, ein paar Münzen oder ein wenig Tabak. Die Wachposten wurden selbst wenn sie eben erst von einem Rundgang zurückgekehrt waren, wieder losgeschickt, damit der Weg frei war, um eine Handvoll armer Schlucker oder auch ein ganzes Dorf, das dafür drei Ziegen und zwei Hennen hergegeben hatte, die

Grenze passieren zu lassen. Im übrigen hatte der Gouverneur gesagt: »Mahò ist groß!« Damit hatte er sagen wollen, daß es zu einer wichtigen Stadt geworden war, aber die Soldaten hatten es so verstanden, daß es dort Platz für alle gab und daß es sinnlos geworden war, sich zum Fliegenfangen am Grenzübergang aufzustellen, um so mehr, als die Petroleum billige Arbeitskräfte benötigte und alle willkommen hieß, die in der großen Lotterie von Mahò ihr Glück versuchen wollten. Den Unglücklichen waren Hunderte von Rechtsanwälten und Gesetzeshütern gefolgt, denn allenthalben gab es Streitigkeiten, Verträge, Tauschhandel, Prozesse und viel Wichtigtuerei. Abends gab es überall rauschende Feste. Die Leute ließen die Arbeit liegen und zogen in die Bars und Bordelle des Amatereh. Die Spielhöhlen waren zum Bersten voll, und alle, Spieler, Gauner, Huren, Advokaten und Musiker, fanden früher oder später etwas, womit sie sich bis zum Morgengrauen vergnügen konnten. Nachts gab es in Mahò für alle etwas zu tun. Bei Sonnenuntergang füllten sich auch die Kathedralen und Moscheen. Nachdem die Predigt beendet war, setzte man sich sein Käppchen wieder auf, brachte die Familie nach Hause zurück, speiste zu Abend, und dann schleunigst ab in irgendein kleines Lokal, wo die Sünde billig feilgeboten wurde, wo man Tarock spielte oder sich, wenn Zahltag war, ohne Umstände betrinken oder die Nacht mit einem Mädchen von stattlicher Fülle verbringen konnte. In Mahò mußte man nur die Augen aufmachen, sich mit den Ellenbogen den Weg durch die Menge bahnen, zwischen den flanierenden Familien, den fliegenden Händlern, den Kindern mit der Zuckerwatte, die ihnen die Hände verklebte, hindurch. Mahò war ein Ameisenhaufen voller Kamele, Taschendiebe, Zuckermandelverkäufer, Gepardenbeschwörer, die ihre Tiere mit Musik einschläferten, Giftmischer – ein Tropfen würde einen Elefanten umbringen und bei zweien wird er euch steif wie ein Maiskolben – Hexen, die aus den Händen lasen und Militante, die für zwei Centimes Kropotkin und Bakunin verkauften, im Kleinstdruck und auf Papier, das so dünn war wie Schmetterlingsflügel. Für den gleichen Preis gab es Pülverchen, die verfaulte Zähne nachwachsen lassen und schwachsinnigen Kindern ihren Verstand wiederbringen sollten. Da waren auch Frauen mit Turban, die Glücksbringer verkauften und man konnte an den Tischen der Kraftmeier stehenbleiben. Unter Öllämpchen wurden Lose verkauft. Es gab ein sterilisiertes Huhn, oder eine Milchziege zu gewinnen, oder auch eine ganze Stadt, größer noch als Mahò, stand auf dem Plakat, eine Metropole, hieß es, mit Straßen, Laternen, Telegraphenmasten und Schaufenstern, die so reich ausgestattet waren, daß sogar die Innereien auf den Verkaufstischen der Fleischer aussahen wie Schmuckstücke. Die Leute sprachen viel über solche merkwürdigen Orte, unbekannte Städte mit märchenhaften Namen, die vielfach gekauft und wiederverkauft, am Abend im Kartenspiel oder in der Lotterie gewonnen und gen Morgen einem Mädchen geschenkt wurden. Bei dem Fieber, das in jenen Monaten in Mahò herrschte, gab sich keiner die Mühe nachzuprüfen, ob diese Orte wirklich existierten. Wer unversehens der glückliche Besitzer einer solchen in den Schluchten verborgenen Metropole geworden war, zog es vor, einfach dem Wort darauf zu glauben, daß sie existierte. Eine Stadt in der Tasche zu haben, auch wenn es sie möglicherweise gar nicht gab, war immer eine gute Sache, und wenn man reingelegt worden war, so ergab sich früher oder später gewiß die Gelegenheit, sie wieder zu verkaufen, oder sie vielleicht sogar zum zehnfachen Preis zu versteigern, denn es gab genügend reiche Leute in Mahò, die nicht darauf achten mußten, was sie ausgaben, und Hunderte von Advokaten, die behaupteten, man könne hier schlichtweg alles zu einem guten Preis loswerden, es sei sogar möglich, die eigene Mutter als Jungfrau anzubieten oder sich auf der Börse eine Züchtung von fliegenden Mauleseln veranlagen zu lassen. Und zwischen ihren Gesetzesbüchern und Stempelpapieren warteten die Advokaten nur darauf, ein solches Geschäft in die Hand zu nehmen.

Die Pilger und Tiere, die vom Norden herunterkamen, versammelten sich in Anaghit, wo jeden Montag auf hingeworfenen Strohmatten und unter dem Geblöke der Kamele ein Markt stattfand. Dann mußten sie weiter nach Ghedrén hinabsteigen und von da hinauf nach Mahò. Oder sie kamen von Agordat, Mütter, die die Träume ihrer Töchter nachträumten, um sie besser überwachen zu können, gelangten an den Fluß Barca und zogen weiter durch Cheren hindurch. Der dritte Weg führte durch Addì Caieh, stieg weiter gen Norden nach Digsa hinauf. Der vierte führte über das Meer. Von Massaua kam man dann in eine Sandwüste, die mit Leichen verdursteter Maulesel und Kamele übersät war. Das Fell der Aase blieb heil, nur das Fleisch darunter trocknete aus, denn weder die Geier noch die Mäuse wagten sich in diese Wüstenei vor. Man tat also besser daran, den Gleisen zu folgen, wenigstens bis zu den Bergen. Die ersten drei Routen liefen unterhalb des Tanadù-Gebirges in einem Knoten zusammen, und von dort stieg man hinauf zum Cubub-Ebanà-Paß, wo fünf Jahrhunderte zuvor der heldenhafte Zara Jakob die goldenen Trompeten zum letzten Kampf gegen die Invasoren hatte blasen lassen und wo König Iecunò Amlàc, Blut vom Blute König Salomons und der Königin von Saba, mit seinem Löwenheer die Elefanten der Zagué besiegt hatte.

Blinde mit grauen Augen, als hätten sie Spinnweben auf den Pupillen, und alte Moritatensänger erzählten diese Geschichten und verlangten ein Almosen für falsche Weissagungen oder für ein Sprichwort, das keiner verstand. Was soll das bedeuten? fragten sie. Da gab der Blinde stammelnd eine der Verrücktheiten zum besten, die er im finstersten Winkel seines Hirns ausgekocht hatte, oder er deutete den anderen ihre Träume, als handle es sich um wirkliche Ereignisse, denen er beigewohnt hatte, oder er erklärte das Los der Toten oder das Geheimnis der Sonnenfinsternis. Andere erzählten für ein paar Centimes Geschichten, die vor tausend Jahren passiert waren, oder sie fragten: Warum geht ihr nach Mahò? Wie weit ist es noch bis dahin? fragte man die Blinden und die Bettler, aber keiner von ihnen kannte die Stadt. Wie soll sie heißen? Ach so, jener Ort, von dem sie nun seit Jahren täglich reden hörten, der, wenn die Alten sich recht erinnerten, aus kaum mehr als sieben oder acht gottverlassenen Strohhütten bestand. Mahò, nein, geht nicht dorthin, diesen Ort gibt es nicht, sagten die Blinden, es ist nur ein Märchen, ein Hirngespinst. Warum ausgerechnet nach Mahò, wo es doch auf der Erde von Alexandrien bis Theben, von Axum bis Gondar so viel Wunderbares gibt? wollten die Bettler wissen. Dann, und sei es nur, um neue Geschichten zum Erzählen und neue Träume zum Deuten zu finden, erhoben auch sie sich von den Steinen und machten sich auf den Weg, um zu entdecken, was es mit dieser Stadt auf sich habe, die die Menschen aus allen Winkeln der Erde herbeizog.

Die Straße führte durch Palmenwälder, Eukalyptusbäume und ineinander verschlungene Ginsterbüsche hindurch. Sie schlängelte sich an Bächen entlang, die von wolkenverhüllten Bergen herabbrausten, kletterte meilenweit die Felsen hinauf, führte wieder auf Hochplateaus hinab und unter Geiernestern hindurch. Oder Nebel kam auf, der Pfad verschwand und man mußte mit trockener Kehle weiter über den zackigen Felsen klettern. Es war merkwürdig, aber das Leben hinter sich zu lassen und sich nach Mahò aufzumachen, bedeutete vor allem, daß jene Dinge, die bisher wesentlich gewesen waren – die Erde, die toten Angehörigen, der Garten, die Ziegen, Gott – plötzlich unwichtig wurden. Es wurde immer unklarer, was der Sinn des Lebens war. Die Menschen verlernten über Nacht ihre ältesten Gewohnheiten und empfanden statt dessen neue Bedürfnisse. In Mahò vergaßen sie das Beten, und immer dringlicher wurde der Wunsch, sich möglichst der Menge der Unbekannten anzugleichen, die an diesem Ort lebten oder auf dem Wege dorthin waren. Nur darum ging es.

Es war General Semmar Mestir, Kommandant der Piониertruppe, der auf die Idee kam, diesen Exodus für den Bau eines Forts oberhalb von Chelamét auszunutzen. Allen Wanderern nach Mahò, die durch Senafé, Agordat und Anaghit kamen, wurde befohlen, über fünf Meilen hinweg einen Stein auf der Schulter zu tragen, und mit den vielen Steinen, die so nach Chelamét gelangen würden, sollte das Fort gebaut werden. Jeder hatte das Recht, nach fünf Meilen seinen Stein auf dem Weg abzusetzen. Der nächste würde ihn dann wieder aufheben und über weitere fünf Meilen transportieren. So stellte sich General Mestir das vor, aber die Sache klappte nur am ersten Tag nach der Verkündung des Gesetzes zur Erbauung des Forts. Gleich danach ging den Leuten ein Licht auf und keiner lud sich mehr einen Stein auf den Rücken, denn es war klar, daß weiter vorne noch mehr Steine auf dem Weg liegen würden. Bis Chelamét war es aber noch weit, und die meisten waren der Ansicht, daß es absolut unnötig sei, sich schon jetzt einen Stein aufzubürden. Aber auch an den Steinen, die weiter vorne lagen, liefen sie vorbei und taten so, als ob sie sie nicht sehen würden. Und als die ersten Häuser von Chelamét auftauchten, erklärten sie den Soldaten, daß sie keine Steine trügen, weil sie ihre Transportpflicht allesamt schon am Anfang des Weges erfüllt hatten. Nach zwei Wochen, als immer noch keine Steine auf der Anhöhe des Forts angekommen waren, begriff der General, daß man eine Möglichkeit gefunden hatte, das Gesetz zu umgehen. Da hatte er eine weitere Idee. Er überredete den orthodoxen Erzbischof von Cheren dazu, seine Mönche zu mobilisieren und sie auf den Wegen nach Mahò predigen zu lassen. Wer seinen Stein nicht fünf Meilen weit trüge, werde von sämtlichen Heiligen verflucht, aus dem Buch der Vorsehung ausgelöscht und werde in der Hauptstadt niemals sein Glück machen. Die Mönche schrien ihre Standpauken auf die Wanderer nieder, die Pilger verwünschten laut diese Raben, die das Unglück auf sie herabbeschworen, aber, um kein Risiko einzugehen, bückten sie sich, hoben ihre Steine auf und schleppten sie fünf Meilen weit. Und so konnte General Mestir den Bau seines Forts innerhalb eines Jahres beenden.

Hinter Chelamét zog sich die Straße in hundert Kurven und Kehren weiter über die Höhen und durch viele Dörfer hindurch. Die mißtrauischen Bauern hätten diese Herde von zerlumpten Menschen gerne verjagt, aber es waren zu viele. Während die Hunde verweifelt bellten, begnügten sie sich also damit, sich in ihre Hütten einzuschließen und darauf achtzugeben, daß die Vorbeiziehenden nicht noch mehr Hühner stahlen oder den Mühlstein wegtrugen oder sich an den Mädchen vergriffen. Aber nur anfangs war das so, denn später verließen auch die Bauern, die in den Dörfern entlang des Weges nach Mahò lebten, ihr Land und wanderten in die Stadt.

Während die Stadt immer reicher wurde, verwandelte sich der Rest des Landes allmählich in eine Wüste. Die Bauern hatten keine Lust mehr, die Saat auszustreuen, die Felder waren voller Heuschrecken und Mäuse, das Vieh war gestohlen worden. Im Inneren des Landes waren die Familien bereit, für den Transport nach Mahò Summen zu bezahlen, die ausgereicht hätten, um ganz Afrika von einer Küste zur anderen zu durchqueren. Auch die Ras fühlten sich in ihren Hoheitsgebieten nicht mehr sicher. Und wer nicht bezahlen konnte, machte sich zu Fuß auf, wohl wissend, daß ihm eine beschwerliche Reise bevorstand, die Wochen, Monate oder Jahre dauern würde. Tausende waren unterwegs, die Kinder auf den Rücken gebunden, die Ziege an einer Leine hinter sich herziehend, ihr gesamtes

Hab und Gut gebündelt über die Schultern gehängt. An den Quellen rasteten sie und schöpften Atem, hier übernachteten sie und tauschten Informationen aus. Gruppen, die tagelang miteinander gewandert waren, lösten sich auf, und es bildeten sich neue, oder man schloß sich zu einer einzigen Karawane zusammen und machte sich im Morgengrauen wieder auf den Weg. An den Quellen entstanden improvisierte Dörfer und fliegende Handelszentren, Märkte, auf denen man alles fand, was man für die Reise benötigte, vom Feuerzeug über das Taschenmesser bis hin zu Drucken von Currier and Ives, die man sich einmal zu Hause aufhängen würde, falls man sein Glück machen sollte. Nach einer durchschwatzten Nacht wurden dann die Esel wieder bepackt, und weiter ging's, die Berge hinauf, in Reih und Glied, einer hinter dem anderen, als wäre diese Reise und überhaupt das ganze Leben im Grunde nichts anderes als ein gemeinsamer Spaziergang, ein etwas längerer Ausflug. Die, die wußten, daß sie nichts zu verlieren hatten, und auch die Kinder, wanderten schnell. Die Alten hingegen setzten mißtrauisch einen Fuß vor den anderen, weil man ja nie wissen kann. Oft brannte die Sonne gnadenlos auf die Reisenden herab, oder ein Wind kam auf, der trocken und sandig aus dem Nichts ins Nichts wehte, und sie zwang, mit gekrümmtem Rücken und eingeknickten Beinen zu laufen. An anderen Tagen bedeckte sich der Himmel mit Wolken, die so schwarz, so dick und so schwer waren, daß nichts mehr sie vertreiben konnte. Die Menschen erwarteten nichts Gutes und schauten in den Himmel, der oft nichts anderes von sich gab, als donnernde Paukenschläge, keinen Blitz und keinen Regen. An solchen Tagen blickten die Soldaten zum Himmel auf und befürchteten, alles falsch gemacht zu haben. Welchen Sinn hatte es, sein Leben damit zu verschwenden, daß man Rudeln von barfüßigen armen Schluckern von der Wüste bis in die Berge hinterherlief, anstatt in Mahò zu bleiben. Jeder einzelne von ihnen meinte, die einzige Gelegenheit zu verpassen, die das Glück ihm jemals im Leben bieten würde. Trugbilder und Gespenster zerschmolzen wie Butter in den Träumen vom Reichtum und Gold. Die Bataillone und Kompanien in den Biwaks und Lagern lösten sich daher allmählich auf. Die Offiziere ließen sich in die Hauptstadt versetzen und kamen nicht mehr zurück, Sergeanten zogen im Morgengrauen zu einem Rundgang aus, und noch bei Sonnenuntergang wartete man vergeblich auf ihre Rückkehr. Drei Tage später trafen sie in Mahò ein und verschwanden dort in der Menge, die sich in diesem großen Ameisenhaufen der Hauptstadt nimmermüde von einem Gehsteig zum anderen bewegte. Nach einem Besuch in den öffentlichen Bädern stürzten sie nach Seife duftend in ein nicht allzu teures Bordell, um dort ihre letzten Ersparnisse aufzubrauchen und zu vergessen oder besser, sich daran zu erinnern, daß die Tragik des Lebens nicht so sehr darin besteht, daß man es nur einmal geschenkt bekommt, was schon schlimm genug ist, sondern darin, daß man gezwungen wird, diese einzige, unwiederholbare Gabe am falschen Ort auszukosten. Oder aber sie dachten im Schatten eines Eukalyptusbaumes bei den letzten Tropfen einer Flasche darüber nach, daß nur der Wahnsinn oder ein magnetischer Fluch eine Million Verzweifelter dazu bewegen könne, sich ausgerechnet hier in Mahò die Hörner abzustoßen.

Die Regierung bemühte sich, die zigtausend Unglücklichen zu beschäftigen, die da in Erwartung des Glücks auf dem Bordstein saßen. Man ließ sie die Plätze neu pflastern, begann unnötige Grabungen inmitten der Straßen und konstruierte Abwässeranlagen, die im Nichts begannen und vor einer Mauer endeten. Ein Loch, das man vor einer Woche zugeschüttet hatte, wurde wieder aufgebuddelt, und noch ein paar weitere Gruben wurden ausgehoben, in die sich die ekligen Ausscheidungen der Stadt ergießen sollten. Dann wurde alles wieder zugeschüttet und mit

Erde bedeckt. In Sträßchen, zu deren Säuberung zwei Leute genügt hätten, setzte man zwanzig Nichtstuer ein, die bis zum Abend brauchten, um mit dem Kehren und Steineputzen fertig zu werden. Die Telegraphenmasten wurden von einem Ende der Stadt zum anderen weiß gestrichen, und einen Monat später beschloß man, sie nun rot zu lackieren. Ein Befehl zur Ausrottung der Heuschrecken wurde erlassen, man bezahlte einen halben Centime für jede getötete Ratte, ließ Pfähle setzen, um die Straßenbahnschienen im Stadtzentrum zu erhöhen, und als der Gouverneur auf die Idee kam, einen Flugplatz zu bauen, wurden Hügel eingeebnet und Berge versetzt. Trotz allem gab es jedoch immer noch genügend Leute, die auf dem Bordstein saßen und gähnten oder mit den Händen in der Hosentasche herumspazierten. In Mahò gab es einfach zu viele Menschen.

6

Als Teresa an jenem Freitag im Hilton eintraf, war ihre Monatsblutung ein paar Tage vorher zu Ende gegangen. Am Sonntag darauf setzte sie jedoch wieder ein. Das gleiche war vor zwei Monaten Maria Luisa passiert. Ein paar Tage nach ihrer Ankunft – die Binden lagen noch eingeweicht in einer Schüssel unter dem Bett – kehrte die Regel wieder, genau an dem Tag, an dem auch die Blutungen der anderen Kusinen des Gouverneurs einsetzten. Und da die Menstruationen von Anna, Maria und Maria Assunta seit über einem Jahr immer am gleichen Tag begannen und am gleichen Tag aufhörten, und an jenem Sonntag alle zusammen erneut zu fließen begannen – was Maria im übrigen auch in das kleine Heft eingetragen hatte, in dem sie über die Ausgaben Buch führte –, setzte an diesem Tag, zur selben Stunde, auch Teresas Monatsblutung wieder ein.

Und auch die Dienerinnen und Kammermädchen des Hauses mußten laufen, um sich mit Binden zu versorgen, denn auch sie folgten dem Zyklus der Familie, wie auch Donna Almereida, Maddalena, Piera und Lucia, die in ihrem Alter jedoch nicht mehr sehr viele Eier auszubrüten hatten. Teresa wollte wegen dieses erneuten Flusses einen Arzt konsultieren, aber Donna Almereida erklärte ihr, daß der Mond von Mahò daran schuld sei, ein Mond, so dick und so rund, daß er, wenn er voll ist, den trächtigen Kühen die Kälber aus dem Leib zieht. Sie gebären im Stehen, ohne auch nur Muh zu machen. Und er läßt die Korken aus den Champagnerflaschen springen und die noch grünen Rosenknospen aufplatzen.

Am Samstag darauf stiegen alle Mädchen der Familie des Gouverneurs zur Terrasse des Hilton hinauf, um ihre Binden zu waschen. Sie tauchten ihre Arme in den Schaum, hängten die Stoffstücke in die Sonne, und nachdem die Brise sie getrocknet hatte, begannen sie, sie auf dem grünen Ministertisch glattzubügeln, wenn der Gouverneur nicht gerade eine Versammlung abhielt. Dann erzählte Donna Almereida erneut, und obwohl sie dies bereits während sämtlicher vorhergehender monatlicher Bügelstunden getan hatte, von ihrer ersten Monatsblutung und lächelte dabei stumpfsinnig, wie immer, wenn nostalgische Gefühle sie überwältigten. Mit dreizehn Jahren, stellt euch das vor! Ich schrie, als müßte ich verbluten, Mamma mia! Ich dachte, ich hätte mich verletzt, ohne es zu bemerken. Oder daß dir jemand hingestochen habe, unterbrach sie Piera. Ja, eben, mit einem Messer hineingestochen, das so fein war, daß ich nicht einmal davon aufgewacht bin. Oder daß mein Eingeweide blute und ich sterben müsse. Und sie erzählte ihre üblichen Geschichten. Daß sie dalag wie ein gerupftes Huhn, die Beine starr vor Angst, erfüllt von der entsetzlichen Furcht, daß bei der geringsten Bewegung das Blut aus ihr hervorsprudeln würde wie aus einem löchrigen Faß. Und die anderen kleinen Mädchen, die ihr den

Rock hochhoben, um den roten Saft zu sehen, der ihr zwischen den Schenkeln hervortröpfelte, und über ihr Unglück lachten. Und dann kam ihre Mutter zwischen Hühnern und bellenden Hunden herbeigelaufen, um nach dem Tumult zu sehen. Ja, Alice Peis, jetzt bist du eine Frau, erklärte ihr die arme Alte, und jetzt geh wieder spielen und paß auf, daß dir die Buben nicht nachlaufen, sagte sie, nachdem sie ihr eine Binde zwischen die Beine gestopft hatte. Für mich aber war es der schönste Tag meines Lebens, als es soweit war, rief das Dienstmädchen Dahab Kamsai, das soeben den Kaffee hereingebracht hatte. Denn dann ist man kein Kind mehr. Man kann sich verlieben, verloben, heiraten und Kinder kriegen, sagte Dahab. Und waschen und bügeln und zwanzig Kinder bekommen und sie abwischen und sich verprügeln lassen, unterbrach sie schnaubend Maria Assunta, die beschlossen hatte, niemals zu heiraten, denn die Männer sind alle gewalttätig und verlogen, genau, was denn sonst? In jedem Manne steckt ein Kind, belehrte sie Maddalena. So ein Quatsch, gab Maria Assunta zurück. In jedem Mann, auch in denen, die anständig aussehen, steckt ein Vergewaltiger, das ist es, was in ihnen steckt. Bei mir hingegen kam die Blutung einfach nicht, sagte Anna leise und wandte sich dabei nur an Teresa, denn während die anderen auch diese Geschichte bereits bestens kannten, war Teresa doch zum ersten Mal beim Bindenbügeln zugegen. Dabei waren meine Brüste so groß wie Granatäpfel und ich hatte einen Ziegenbart zwischen den Beinen. Abends, wenn ein Fest gefeiert wurde, liefen mir die jungen Männer auf der Wiese nach. Sie wollten, daß ich mit ihnen aufs Feld oder hinter die Gärten ginge. Aber kein Tropfen Blut. Dieses sterile Kind, klagte meine Mutter, und eines Tages brachte sie mich in die Stadt zu einem Medizinprofessor. Der heißt mich, die Beine breit zu machen und untersucht mich, dreht mich linksherum und rechtsherum. Man muß Geduld haben, sagt der Professor und sieht mich von hinter seiner Brille an. Jede Pflanze hat ihre Jahreszeit. Herr Professor, ich will kein unfruchtbares Vieh im Hause haben, sagt meine Mutter, das bringt Unglück, bei uns landen die Hennen, die keine Eier legen, im Kochtopf. Damit lag sie mir jeden Tag in den Ohren. Dann kam eines Morgens mit einem Mal so viel Blut heraus, daß nicht genug Tücher im Haus waren, um es aufzufangen. Siehst du, wie du bist, sagte meine Mutter, entweder gar nichts oder zuviel, immer mußt du übertreiben, sagte sie. Aber nun gut, das hätten wir auch geschafft, jetzt bist du so weit wie alle anderen, schau, daß du richtig damit umgehst. Und so ließ sie mich liegen. Ich weinte und war davon überzeugt, daß ich innerhalb weniger Minuten sterben würde.

Die Frauen vom Versammlungstisch der Minister reichten sich die heißen Bügeleisen, mit denen sie das Leinen glätteten, sie falteten die Tücher zusammen und stapelten sie. Die Mutter des Gouverneurs erzählte weitere Geschichten, unter anderem von ihrem ersten Liebhaber, der sich an einem Olivenbaum erhängt hatte. Dahab Kamsai brachte noch mehr Kaffee. Dann ging Alice Peis, genannt Donna Almereida, voran, und das Gefolge der Frauen setzte sich in Bewegung, um wieder alles in den Schubladen zu verstauen, denn bis zum nächsten Monat würde die Wäsche nicht gebraucht werden.

Teresa war erst seit wenigen Wochen im Hilton, aber der Gouverneur hatte bereits damit begonnen, ihr den Hof zu machen. Abends schlich er ihr in den Korridoren heimlich nach. Bei Tisch wollte er, daß sie ihm gegenüber sitze, damit er sie mit der Fußspitze anstupsen könne. Tags stand er plötzlich vor ihr und tat so, als wäre er ihr durch Zufall über den Weg gelaufen. Almereida war verliebt, und nachts träumte er von ihr. Donna Almereida, der die Aufmerksamkeit ihres Sohnes für ihre Nichte nicht entgangen war, erwischte ihn eines Abends, wie er durch das Schlüssellloch seiner Kusine spähte. Sie packte ihn am Ohr und zerrte ihn in sein Zimmer. Und wenn du es wagst, sie anzufassen, schimpfte Donna Almereida, dann werde ich dich, so wahr ich dich geboren habe, entmannen. Der Gouverneur wurde rot wie eine Tomate und versuchte ihr zu erklären, daß alles nur ein Spiel gewesen sei. Er beteuerte, daß Teresa ihm völlig gleichgültig sei.

Es mußten indessen noch viele Wochen vergehen, bevor Teresa sich endlich überreden ließ, und Anfang Mai war sie endlich dazu bereit, eine Nacht mit ihm zu verbringen. Nicht im Hilton jedoch, wo Donna Almereida sie hätte entdecken können, und auch nicht in Mahò, wo die Geheimpolizei ihn zu sehr im Auge hatte, als daß sie unbeobachtet geblieben wären. Der Gouverneur ließ sich daher einen Besuch bei seinem Jugendfreund Doktor Alfonso Bonaventura einfallen, einem italienischen Zahnarzt, der in einem Ort nahe Anaghit, auf der Straße nach Ciagghené, wohnte. Eines Nachmittags stürzte Almereida ins Zimmer seiner Mutter und klagte über Zahnschmerzen. Die Mutter wollte ihm in den Mund schauen, aber er fuhr fort zu fluchen und zu jammern, er könne es mit diesen faulen Zähnen nicht länger aushalten. Es sei an der Zeit, daß er sich Goldzähne einsetzen ließe, damit diese Schmerzen, die ihm den Schlaf raubten, endlich ein Ende hätten. Dann, als sei mit einem Mal alles wieder vorbei, begann er, von Doktor Bonaventura zu sprechen. Wann wird er uns besuchen kommen? fragte seine Mutter, die schon daran dachte, die Gelegenheit wahrzunehmen und sich auch von diesem Zahnarzt untersuchen zu lassen, über den der Sohn mit solcher Begeisterung sprach. Nein, er wird nicht kommen, ich werde zu ihm fahren, sagte der Gouverneur. Um keinen Verdacht zu erregen, fügte er hinzu, daß eine Reise nach Anaghit geradezu lebensgefährlich sei. Wenn du wüßtest, Mama, Straßen voller Staub, rauf und runter über Berge und Schluchten. Aber wenn eines der Mädchen die Gelegenheit zu einem Besuch beim Zahnarzt wahrnehmen möchte, so würde er sie gerne mitnehmen, erklärte Almereida. Und da er beim Abendessen erneut mit großer Wärme von diesem Zahnarzt sprach, wollten alle Frauen als Begleiterin des Gouverneurs nach Anaghit fahren. Almereida sah, daß die Sache kompliziert zu werden begann, aber unverhofft kam ihm ausgerechnet seine Mutter zu Hilfe, indem sie sagte, die Reise sei zu anstrengend. Es sei besser, abzuwarten, bis Doktor Bonaventura einmal in die Stadt käme. Außerdem gäbe es im Auto nicht genügend Platz für alle. Der Gouverneur atmete erleichtert auf. Wenn eine von euch Carlo Leopoldo begleiten möchte, sagte Donna Almereida und sah die Nichten an. Aber im selben Augenblick kam ihr ein Gedanke, der ihr die beste Lösung des Problems zu sein schien. Warum telegraphieren wir diesem Doktor nicht und bitten ihn, herzukommen? fragte sie. Dann könnte er alle in Ruhe untersuchen. Sofort füllte sich das Zimmer mit dem Geschrei der Frauen, die über diesen Vorschlag sehr glücklich waren. Natürlich, warum kommt nicht er nach Mahò? Almereida war entsetzt. Sein Plan drohte, ins Wasser zu fallen.

Nein, stotterte er und hielt die Griffe von Messer und Gabel fest umklammert, das ist unmöglich, Bonaventura ist leider gestürzt und hat sich zwei Rippen gebrochen, er kann keine langen Reisen unternehmen, er hat Fieber, sagte Almereida ohne auch nur einmal Atem zu holen. Der Arme, man sollte ihm einen Arzt schicken, meinte Maddalena. Aber gewiß, er hat zwei gebrochene Rippen, betonte enthusiastisch der Gouverneur, als gehöre auch dies zu den Verdiensten des Zahnarztes. Noch am gleichen Abend tat es Teresa leid, Almereida zugesagt zu haben. Sie überlegte, ob sie nach einer Entschuldigung suchen sollte, um nicht mitfahren zu müssen, auch wenn ihr dann die Perlenkette verlorenginge, die er ihr versprochen hatte. Es beruhigte sie nur wenig, zu wissen, daß auch die anderen Frauen dabei sein würden, daß Donna Almereida auf eine Rückkehr vor Sonnenuntergang bestanden hatte und daß sie, selbst wenn der Gouverneur sie unter irgendeinem Vorwand zwingen würde, unterwegs zu übernachten, bei den Kusinen bleiben könne, um zu verhindern, daß Carlo Leopoldo seine Finger unter ihre Gummibänder steckte, und dabei ein rotes Gesicht bekam und zu keuchen begann wie immer, wenn es ihm gelang, sie hinter eine Türe zu drängen und ihre Brust zu betasten und ihr in die Schenkel zu kneifen.

Almereida schickte dem Zahnarzt noch am selben Abend ein Telegramm. Nun blieb nur noch das Problem, wie man sich der anderen Mädchen entledigen könne, um mit Teresa allein zu sein. Obwohl Anna und Maria Assunta von nichts anderem sprachen als von der bevorstehenden Reise und davon, wie sehr die Vorstellung eines Ausflugs im Automobil des Gouverneurs sie begeistere, da es beinahe so war, als habe die Königin von England sie an den Hof gerufen, überlegte Almereida, wie er es anstellen könnte, sie zu Hause zu lassen. Die Mädchen ließen sich unterdessen Bänder an ihre Strohhüte nähen, damit der Fahrtwind sie ihnen nicht vom Kopf risse, sie ließen sich die Kleider mit künstlichen Blumen besticken und zogen los, um sich flache Schuhe und Chauffeursbrillen gegen den Staub zu kaufen. Almereida sagte zu allem ja: Ja, ihr könnt neben dem Fahrer sitzen. Ja, meinetwegen, ihr könnt auch die Katze mitnehmen, solange ihr sie in einen Korb setzt. Ja, einverstanden, wir werden auch bei Mama Zagà, der gallischen Hexe, haltmachen, die den heiratsfähigen Mädchen die Hand las und aus dem Kaffeesatz Liebesabenteuer und Hochzeiten vorhersagte. Almereida stimmte allem zu.

Aber am Dienstag- oder Mittwochabend, am Tage vor der Abreise, begann es damit, daß die Mädchen eine leichte Übelkeit fühlten, die Eingeweide brannten ihnen, und es befiel sie ein merkwürdiges Schwindelgefühl. Noch bevor Dahab Kamsai den Zitronensaft aufgewärmt hatte, erbrachen sie sich alle miteinander – mit Ausnahme von Teresa. Sie waren bleich und krümmten sich von Krämpfen gepackt, als wolle ihnen die Seele aus den Mündern hinausfahren, und selbst als sie nichts mehr zu erbrechen hatten, würgte sie noch die Schlinge der Übelkeit und wanden sie sich in Krämpfen. So sehr, daß man sich fragte, wo sie wohl den Brei, der aus ihren Mündern kam und sich auf die Teppiche ergoß, noch herholten. Da begann Almereida zu befürchten, es mit dem Pulver übertrieben zu haben, das er ihnen heimlich in die Teetassen geschüttet hatte, und er ließ einen Arzt kommen. Sie wurden eine nach der anderen abgetastet, angeschaut und abgehorcht. Ihre Hälse und Zungen wurden untersucht. Drei Tage Bettruhe und Reisbrei, sagte der Arzt, während er sich die Hände über dem Becken wusch, und die Mädchen begannen verzweifelt zu weinen, denn nun würden sie nicht mitfahren können, würden nicht im Gregoire des Gouverneurs durch die Landschaft fliegen, würden auch nicht von Mama Zagà die Zukunft erfahren und keine Freudenschreie ausstoßen, wenn sie mit voller Geschwindigkeit über die Hügel sausten und der Wind ihnen durchs Haar fuhr. Sie weinten und schluchzten im Chor, was selbst Almereida erschütterte. Der Gouverneur versprach, daß er auf der Rückreise die gallische Hexe ins Auto laden und sie ins Hilton bringen würde, ganz für sie allein. Selbst wenn er sie an der Stoßstange festbinden müsse, um sie herzuschleifen, sagte der Gouverneur in Pantoffeln und Morgenrock und sah auf die vergifteten Kusinen, die blaß zwischen ihren Leintüchern lagen. Dieses Versprechen beruhigte sie ein wenig. Sie hörten auf zu weinen, zogen die Nase hoch und waren wenig später eingeschlafen.

Am nächsten Morgen saßen Teresa und Almereida aufrecht auf dem Rücksitz des Gregoire, dessen Motor im Hof einen Lärm machte wie ein Fischerboot, und brachen auf nach Anaghit. Dahab Kamsai hatte den Chauffeur ermahnt, langsam zu fahren und auf die Kurven zu achten. Donna Almereida hatte darauf bestanden, daß der Gouverneur sich einen Schal um den Hals wickle: Deck dich zu, oder du wirst dir Teufel was holen! hatte sie immer wieder über den Vorplatz des Hilton gerufen, an dessen Eingang die Wachen in Habachtstellung strammstanden.

Inzwischen traf bei Doktor Bonaventura das Telegramm ein: Er wurde darin aufgefordert, sich wegen eines dringenden Falls sofort ins Krankenhaus von Mahò zu begeben. Der Zahnarzt, der seit Jahren keinen Fuß mehr in die Hauptstadt gesetzt hatte, meinte, es handle sich um einen Irrtum oder einen Streich, den ihm irgendein Spaßvogel gespielt hatte, aber das Telegraphenamt bestätigte, daß die Nachricht an ihn adressiert sei und in der Tat aus Mahò käme. Da zweifelte Bonaventura nicht länger, packte seine Instrumente zusammen, sattelte das Maultier und machte sich auf den Weg. Alles klappte bestens. Almereida und sein alter Schulfreund begegneten sich auf halbem Wege. Sie umarmten sich, der Gouverneur stellte ihm Teresa vor und sprach von seinen Zähnen. Der Arzt erzählte vom Telegramm und dem dringenden Ruf in das Krankenhaus. Almereida tat so als sei er verärgert und wiederholte, daß ihm die Zahnuntersuchung wichtiger sei als alles andere. Er riß noch einmal den Mund auf. Und weißt du, was wir machen? sagte der Gouverneur, du fährst mit dem Wagen ins Krankenhaus, um zu sehen, was sie von dir wollen. Meine Kusine und ich, wir reiten inzwischen auf dem Maulesel weiter und warten irgendwo auf dich, zum Beispiel bei dir zu Hause. Es war das erste Mal in seinem Leben, daß er in einem Auto fahren sollte. Doktor Bonaventura war ganz aufgeregt. Er unternahm noch einen Versuch, den Gouverneur davon zu überzeugen, daß er doch nicht auf die Bequemlichkeit seines Gregoire verzichten solle, daß er das Angebot unmöglich annehmen könne und daß es auch genügen würde, wenn er so in vier, fünf Stunden in Mahò ankommen würde. Aber Almereida hatte Teresa schon auf den Maulesel hinaufgeholfen, war selbst aufgestiegen, und ritt grußlos davon. Der Gregoire wendete zwischen den Agaven, und Bonaventura verschwand eng beim Chauffeur sitzend in einer Staubwolke.

Im Krankenhaus hatte man den Befehl bekommen, den Zahnarzt die Gebisse sämtlicher Patienten untersuchen zu lassen, einschließlich die der Toten, und ihn, ohne ihm zu gestatten das Haus zu verlassen, mindestens zwei Tage lang aufzuhalten.

In der einzigen Herberge von Anaghit verbrachten der Gouverneur und Teresa einstweilen ihre erste Liebesnacht. Aber es ging nicht alles so glatt, wie Almereida es erwartet hatte. Teresa verweigerte sich immer noch. Sie hielt die Beine fest übereinandergeschlagen und kratzte. Obwohl ihr Cousin auf jede erdenkliche Weise versuchte, sich einen Weg zu bahnen, mußte er am Ende fluchend und voller Wut aufgeben. Almereida stand auf und öffnete das Fenster. Ein lauer Wind, der unten im Hof die trockenen Blätter eines riesigen Affenbrotbaumes umherfegte, wehte ins Zimmer, in das nun auch das fahle Mondlicht und das Zirpen der Grillen drang. Almereida blickte in die Nacht hinaus, dann auf seine Kusine, die unbeweglich unter dem Leintuch lag, dann wieder in die Nacht. Er stützte die Ellenbogen auf das Fensterbrett, legte den Kopf in die Hände und betrachtete die langen Schatten, die das Mondlicht in den Hof warf, während der schwere Atem der schlafenden Teresa das Zimmer erfüllte. Almereida war beleidigt, er fühlte sich gedemütigt. Es war doch nicht möglich, daß diese Frau nicht kapierte: Tausende hätten Schlange gestanden, um mit dem Albino, dem Gouverneur von Mahò, eine Nacht zu verbringen. Und die hier, deine verdammte Nichte, liebe Mutter, zeigte mir die kalte Schulter und schläft, als sei sie mit dem dümmsten ihrer Brüder oder mit einer saftlosen Tunte im Zimmer, verstehst du, Alice Peis? Er drehte sich um, schlug die Fensterläden zu, warf sich auf das Bett, riß die Leintücher weg und begann, ihre Hüften zu kneten, ließ sich das Gesicht zerkratzen, glitt mit den Händen über ihre Brüste. Sie widersetzte sich standhaft, hielt die Beine fest übereinandergeschlagen, schob seine Hände zurück und kratzte ihn, ohne ein Wort zu sagen. Sie spürte, wie ihr der Cousin immer dichter auf den Leib rückte, fühlte den Körper Almereidas auf dem ihren, den Tabakgeruch und den Schweiß des vor Erregung wie im Schüttelfrost zitternden Gouverneurs, der sie fast erdrückte. Mit dem einen Arm hielt Almereida sie umklammert, mit der freien Hand fischte er in der Tasche seiner Offiziershose herum und hielt ihr dann die Kette vor die Augen, die er ihr versprochen hatte. Sie packte sie und warf sie gegen die Wand. Die Schnur zerriß und die Perlen hagelten auf den Boden. Da ließ Almereida sie los, setzte sich neben sie und rührte sich nicht mehr. Teresa blieb mit weit aufgerissenen Augen liegen und wartete auf den nächsten Angriff. Sie fühlte sich unbehaglich, bedroht, aber sie hatte auch große Lust, diesen Kampf, in dem sie dem wichtigsten Mann des ganzen Landes die Stirn bot, bis zum letzten auszukosten. Sich seinen Angriffen zu widersetzen und ihn zu besiegen, bewirkte, daß sie sich wie eine Frau fühlte, wie die anderen, als sie zum ersten Mal ihre Monatsblutung hatten, oder wie damals, als Almereida in ihr eines Tages nicht mehr nur eine Kusine sah und damit begann, sie unter dem Eßtisch zu plagen. Sie fühlte den Gouverneur, der unbeweglich neben ihr saß und schwer atmete. Aber sie schlief nicht, liebste Mutter. Ich wußte, sie war wach. Erst nach ein oder zwei Stunden, mitten in der Nacht, merkte ich an ihrem regelmäßigen Atem und ihrem Keuchen, daß sie endlich eingeschlafen war. Ich umarmte sie, und küßte ihre Schultern und ihren Hals – so schien es mir wenigstens, und es war kein Traum –, meine Hand fuhr über ihre Hüften, so schien mir, und über ihre Haut, die unter meinen Fingern, die zwischen ihren Kurven nach einem Zufluchtsort suchten, wie Samt war, liebe Mutter, leise, damit sie nicht aufwachte, mit dem Finger tiefer hinein, der den Weg weist und zu den Kardinalpunkten hinführt, der, den man hochhält, um zu sehen, woher der Wind weht. Und es schien mir, als sei er drinnen bis zum Knöchel und der Wurzel, drinnen im feuchten Fleisch dieser eigenartigen Kusine, liebe Mutter, die träumend glücklich weiterschnarchte. Und es schien mir, als versteife sich dieser Finger, auf und ab, immer rascher, versteht Ihr, Alice Peis? Und ich fragte mich, ob der Gleichmut eures Frauenschlafs so weit gehen kann, ob es möglich ist, Mutter, daß eine Frau so unempfindlich ist und weiterschläft, während eine Hand zwischen den Haaren in die Falten ihres schlaftrunkenen Fleisches fährt und den Saft aus dem Körper preßt, aber genau das ist mit meinem Finger geschehen, wenn es ein Finger war, so wie es mir erschien, denn dann, Mutter, überwältigten mich auch Müdigkeit und Erschöpfung, und der Schlaf übermannte mich. Und Almereida träumte, daß er Teresa noch stundenlang küßte, und daß sie ihn, wenn er erschöpft davon ablassen wollte, jedesmal wie rasend wieder herausforderte, so daß er sich nicht zurückziehen konnte. Nein, nein, Herr Gouverneur! sagte sie und quälte ihn weiter mit ihrem heißen Begehren. Er fühlte sich ganz zermürbt, als umklammere ein eiserner Ring seinen Kopf. Und so erwachte Almereida am nächsten Morgen zerschlagen. Sein abgekühltes Blut floß ihm müde durch die Muskeln, die so schlaff waren, daß sie ihn kaum vom Bett hochziehen konnten, so sehr hatten ihn seine Träume erschöpft. Auf dem Bettrand, neben einem Gouverneur im Unterhemd, saß Teresa. Die Sonne schien in ihre blutunterlaufenen Augen. Vögel kreischten und aus dem Hof drangen die Rufe der Kinder und der Frauen, die dort den Taf wuschen und zerstampften. Teresa erwachte im hellen Licht, das durch das Fenster auf ihr Gesicht fiel. Sie stand auf und streckte sich. Sie sah an ihrem nackten Körper herab und auf die über den Boden zerstreuten Perlen.

7

Der Zirkus Robinson verließ Khartum. Er ließ die Baustellen hinter sich, die die Engländer errichtet hatten, um das Gassengewirr der arabischen Stadt in endlose, schnurgerade Straßen zu verwandeln, die von weißgekalkten Häusern gesäumt waren. Der Robinson überquerte die Niederungen und Sümpfe an der Gabelung des Weißen und des Blauen Nils und wanderte weiter gen Süden. Man kam nur langsam vorwärts, mußte die Augen offen und das Gewehr mit dem Finger am Abzug auf den Knien halten, denn viele Desperados hatten sich zu Räuber- und Frauenhändlerbanden zusammengetan und lauerten an den Engpässen zusammengekauert im Hinterhalt.

Täglich füllten sich die Straßen mit noch mehr Leuten, die nach Mahò wollten. Die Menge wartete geduldig darauf, daß der Bau irgendeiner Brücke beendet, der Pfad durch eine Schlucht geschlagen würde, oder sie warteten auf ein sagenumwobenes Schiff, das niemand je gesehen hatte, von dem die Blinden jedoch voll Überzeugung berichteten, daß es alle ans andere Ufer bringen sollte. Dann kam man durch verlassene, zerstörte Dörfer, und sehr bald schon war kein Heu mehr für die Tiere des Robinson aufzutreiben, und das Wasser wurde knapp. Man müßte weiter hinauf zu den Weiden des Hochlandes ziehen, sagten die Schäfer, aber Esterhazy wollte nicht noch mehr Zeit verlieren. Nach Sonnenuntergang brüllten die Tiere oft vor Hunger, und es wurde immer schwieriger, Wasser zu finden. Der Staub und der Durst dörrten die Kehlen aus und raubten Mensch und Tier die Kräfte, die für diese beschwerliche Reise so notwendig waren. Protest wurde laut und schlechte Laune machte sich unter den Menschen breit, die zuweilen grundlos in Wut ausbrachen oder gänzlich verstummten. Über die kleinsten Kleinigkeiten gerieten sie aneinander. Esterhazy bemühte sich, die Streitereien zu schlichten und unter Kontrolle zu halten. Ein paar der Tiere hatten nicht mehr die Kraft, weiterzuwandern. Zwei Pferde sackten erschöpft zusammen, und man mußte ihnen den Gnadenschuß geben. Auch die Elefanten begannen, Schwierigkeiten zu machen. Ein glühendheißer, staubiger Scirocco kam auf, was alles noch mehr erschwerte. Man mußte Mund und Augen schützen, die Kleider klebten am Leib. Es kostete Menschen wie Tiere doppelte Kraft, gegen den Wind anzukommen. Aber Gott sei Dank war Mahò nun nicht mehr fern. So überwanden sich alle zu einer letzten Kraftanstrengung. Die Menschenmenge, die in Richtung Mahò wanderte, war inzwischen riesengroß. Sie hatte sich unter die Elefanten, Pferde und Kamele des Zirkus gemischt, und wenn Esterhazy sich zuweilen umdrehte, kam es ihm vor, als führe er die Arche Noah durch die Wüste. Die Menschen folgten ihm schweigend. Sie hatten den Durst vergessen, übriggeblieben war nur die Erschöpfung. Immer häufiger mußten sie Rast machen.

Während einer dieser Rastpausen merkte Esterhazy inmitten Tausender Menschen und Tiere, daß ihm nichts mehr einfallen wollte, was den Mühen dieser Reise oder gar seine Anwesenheit in diesem Teil der Erde noch einen Sinn verlieh. Sicher, er fuhr fort, die Menschen zu beruhigen, für sie zu sorgen und über sie zu wachen. Er ging voraus wie immer und sagte dieselben Dinge, aber nichts konnte ihn mehr erfreuen oder aufleben lassen, außer vielleicht die langen Zwiegespräche mit Miss Ana. Und nicht einmal Miss Ana konnte ihm das Gefühl vermitteln, für etwas zu leben, das ihn wirklich interessierte. Es war, als gingen die Reise, Mahò und der Zirkus nur die anderen etwas an, und als sei er nur zufällig da hineingeraten, nur vorübergehend, wie ein Soldat, der zu einem Krieg einberufen worden ist, der nichts mit ihm zu tun hat, und nur darauf wartet, Fronturlaub zu bekommen.

In Mahò angekommen, fand die Truppe des Robinson-Zirkus eine Stätte des Chaos vor. Nichts glich dem Bild der jungen, reichen am Fuße des Iama-Gebirges schlummernden Metropole, von der während der Reise die Rede gewesen war. Die Leute hier belagerten die Gehsteige, bevölkerten die Plätze oder kauerten unter Vordächern. Ganze Familien hausten in Bretterverschlägen, die Kinder spielten im Schlamm. Menschen lagen in ihren Behausungen aus Planen, die über zwei Baumstämme gespannt waren, im Staub. Im großen Park, der die Vorstadt mit dem Zentrum verband, war eine riesige Zeltstadt entstanden. Nachts verwandelten sich Straßen und Plätze in einen einzigen riesigen Schlafsaal. Frauen, Greise und Kinder schliefen, in dreckige Lumpen gehüllt, zusammengerollt vor den Haustüren. Selbst mitten in der Nacht trafen neue Menschenmengen ein. Zehntausende strömten herbei, sie zogen Ziegen, Bündel, Frauen und Esel hinter sich her, trugen Koffer und ihr ganzes Hab und Gut. Die Karren, die den Müll und die Toten aufsammelten, wurden häufig überfallen. Arme, Hände und Münder machten sich über die auf der Straße gekippten Abfälle her. Man raufte sich um ein Paar durchgetretener Schuhe, einen Lumpen oder einen Quadratmeter Grasfläche, auf dem man die Nacht verbringen konnte.

Da auch die Geschäfte überfallen wurden, verkauften die Bäcker ihre Ware durch die halbgeschlossenen Fensterläden hindurch und achteten dabei peinlich darauf, das Brot nur an diejenigen abzugeben, die zuvor Geld hereingereicht hatten. Viele Läden waren trotz der verriegelten Türen aufgebrochen worden. In den Herzen der Menschen schlummert neben einem Kind auch eine Bestie, die der Hunger wild macht, hatte der Rabbi in der Samstagspredigt gesagt. Und in Mahò verschlang diese Bestie alles, was sie nur zwischen die Zähne kriegen konnte. Die Gewalttätigkeit war hier offensichtlich, greifbar, sie stand den Menschen ins Gesicht geschrieben. Man roch sie in den Straßen, auch bei Tag. Die Sekten, die Kirchen und die Gemeinde taten, was sie konnten. Sie verteilten in den

Höfen Essen, aber die Suppe reichte nie aus. Die Schlange vor den Kochkesseln wurde immer länger. Viele schlürften rasch ihren Napf aus und stellten sich wieder an, barfuß und in speckige Lumpen gehüllt. Greise mit struppigen Bärten, Kinder mit nacktem Hintern, den Blechnapf in der Hand, Menschen, die warteten. Oft wußten sie nicht einmal mehr, worauf. Sie warteten einfach. Die Läuse bissen sich in ihren Achseln fest, die Fliegen krabbelten ihnen über das Gesicht. Da waren Frauen mit einem Kind an der Brust, zweien am Rockzipfel und womöglich noch einem weiteren, das in ihrem Leib wuchs.

Manchmal lag morgens ein dichter gelber Nebel über der Stadt. Er setzte sich in den Palmen fest, legte sich auf die grauen Agaven und brannte in den Augen. Und doch waren auch die Ärmsten überzeugt davon, daß nur hier zwischen diesen Eukalyptusalleen und diesen abgeblätterten Häuserwänden das Glück wohnte und sich irgendwo versteckt hielt, daß eines Tages, früher oder später, ein Erdölindustrieller sie herbeiwinken und vielleicht sogar mit Namen aufrufen würde, und daß dann das Leben eines jeden von ihnen sich verändern werde, wenn nicht durch das Erdöl, so durch das Gold. Man sprach von neuen Adern, gelb wie Butter, die zwischen dem Moos und den trockenen Blättern irgendeines Berghanges zum Vorschein gekommen waren und die man nur zu schürfen brauchte. Oder das Gerücht von einer neuen Fabrik, die ein Millionär irgendwo eröffnet hatte, ging in Mahò um und ließ die Fieberkurve in der Stadt ansteigen. Aber nur hier, in diesem Knäuel von Winkeln, Gassen, Minaretten und unterirdischen Gängen des Zentrums konnte man solche neuen Nachrichten erfahren. Deshalb war es wichtig, hier zu sein. Immer. Um schon vom frühen Morgen an den Köder auswerfen zu können und zu warten. Sich niederzusetzen und zu warten, denn früher oder später würde das Glück vorbeikommen, ganz in Seide gehüllt, mit hohen Absätzen, die Handtasche unter dem Arm, und würde irgend jemandem zuzwinkern. Das war es, was diese vielen Menschen auf der Straße taten, durch die Esterhazy sich nun auf dem Rücken eines Maultieres einen Weg zu bahnen versuchte, indem er langsam durch die weiche, langsame Masse vordrang, die sich zwischen Hunden, nervösen Pferden und knatternden Automobilen ausbreitete. Man mußte sich mit Hilfe der Ellenbogen vorwärts arbeiten, zwischen Menschen hindurch, die in alle Richtungen liefen, als wäre ihnen plötzlich entfallen, weshalb sie ihre Häuser verlassen und sich einfach in Bewegung gesetzt hatten. Auch Esterhazy ließ sich vom Strom treiben. Die frühe Nachmittagssonne schien ihm ins Gesicht, und er wußte nicht mehr, wo es ihn hintragen würde. Dann plötzlich schien etwas die Bewegung der Masse aufzuhalten und sie in die entgegengesetzte Richtung zu treiben. Einige begannen zu schreien, zurückzulaufen, zu rennen. Andere fielen zu Boden oder suchten nach einem Weg, um in die Gassen zu verschwinden. Die Schreie der Frauen, das Pfeifen der Polizisten, Arme, die sich ins Leere streckten, um nach weinenden Kindern zu greifen. Und während die Menge versuchte, zurückzuweichen, verteilten die Stöcke die ersten harten, wilden Schläge. Arme und Hände, die auf und nieder gingen, Schmerzensschreie und das Weinen von denen, die man an den Haaren gepackt, hochgezogen und weggerissen hatte und die sich nun an die Mauer drückten oder zu fliehen versuchten. Andere stürzten nieder, verschwanden unter den Vordächern oder in den Häusereingängen, am liebsten wären sie im Erdboden verschwunden. Dann noch mehr berittene Polizei. Wenn man nur auf die Dächer hinaufklettern könnte! Aber einigen waren das wohl schon gelungen, denn Dachziegel und Steine flogen herab. Einer traf einen Polizisten mitten ins Gesicht, während die dunkle Menschenmasse weiter nach hinten drängte. Die Schreie vermischten sich mit dem dumpfen Lärm von zerberstenden Schaufenstern, von Türen, die eingeschlagen und Karren, die umgestürzt wurden und deren Räder in die Luft ragten. Die Wand der Polizisten in schwarzen Uniformen drang immer weiter vor. Sie bewegten sich zu Fuß oder zu Pferde mit erhobenen Schlagstöcken fort. Als diese schwer herniedersausten, platzte die Stirn eines Jungen auf wie eine Melone, und nun galt es, die letzte Kraft aufzubieten und in diesem aufgewühlten Meer zu retten, was noch zu retten war. Nach der Verzweiflung kommt die Wut. Während immer mehr Ziegel von den Dächern herunterflogen und einige mit Stökken und Eisenstangen vorstürzten, die sie von den Baustellen geholt hatten, schoß ein Strahl – möglicherweise hatte man eine Klinge in den Bauch eines Pferdes gestoßen – in die Höhe, schwarz von Kot und Blut. Ein verzweifeltes Wiehern, Schwanken zwischen Himmel und Erde, unten ein Polizist, der wohl bis zu dem Moment nichts begriffen hatte, da er mit seinem Pferd in den Schlamm niederstürzte. Die Augen des Tieres quollen in Todesangst hervor, der Kopf des Polizisten rollte über den Boden, obwohl die anderen ihm sofort zu Hilfe eilten. Aber sie kamen zu spät. Keuchend versuchten sie, ihn hochzuziehen, trotz der Prügel und der zerschlagenen Köpfe, und trotz der Schreie, die die Menschen ausstießen, weil diesmal Ernst gemacht wurde.

All das sah Esterhazy auf dem Wege zum Hilton, wo er die Ankunft des Robinson ankündigen wollte. An der Spitze der Marmortreppe hielt ihn eine Wache auf und fragte mit spöttisch herabgezogenen Mundwinkeln, wer, warum und wie, bevor es hieß, ja, dieser kann eintreten. Der Wachposten begleitete ihn sogar über die Treppen, Teppiche und Zwischengeschosse, bis hin zu einem Zimmer, in dem einige Stühle an den Wänden standen. Nun galt es zu warten, Platz zu nehmen und sich in Geduld zu fassen, sonst nichts. Zum Glück aber dauerte es nicht allzu lange, gerade lang genug, um wieder Atem zu schöpfen. Hinter der geschlossenen Tür gab jemand Anweisung, ihn eintreten zu lassen. Der Soldat mit dem Bajonett erschien wieder. Folgen Sie mir, sagte er. Im Zimmer saß Semmar Woldeyesus, korpulent, mit Pockennarben im Gesicht. Seine Finger und Zähne waren vom Tabak braun gefärbt. Er war elegant, geradezu herausgeputzt, als käme er gerade von einer Hochzeit, vielleicht gar von seiner eigenen, denn er hatte eine schwarz-grau gestreifte Weste an, trug einen Frack und eine blaue Krawatte und hatte eine Blume im Knopfloch. Der persönliche Sekretär des Gouverneurs schien überglücklich, daß sich ihm endlich jemand mit irgendeinem Anliegen vorstellte. Er erhob sich und ging mit ausgestreckter Hand auf Esterhazy zu. Kaum erwähnte dieser den Zirkus Robinson, strahlte Woldeyesus. Er gestand, noch nie eine Zirkusvorstellung besucht zu haben, war jedoch der Ansicht, daß der Zirkus und das Kinematographentheater die einzigen Schauspielformen mit Zukunft seien. Das Theater ist langweilig, und die Musik hat bereits vor zweihundert Jahren, mit Mozart, alles gesagt, was sie zu sagen hatte, meinte Woldeyesus und machte ein trauriges Gesicht. Er ließ sich jedoch unverzüglich die Geschichte des Robinson erzählen, fragte nach den Glanznummern und den Attraktionen, die man aus Paris mitgebracht hatte, und wollte alle Neuigkeiten wissen, die Esterhazy in Europa erfahren hatte. Dann kam das Gespräch wieder auf den Zirkus zurück, und der Sekretär des Gouverneurs erkundigte sich, wie viele Tiere man nach Mahò gebracht hatte, welche Arten, welche Rassen. Das ist außerordentlich! Ein Zirkus ist eine ganze Stadt, die sich von einem Platz auf der Erde zum anderen bewegt, sagte Woldeyesus und zündete sich eine weitere Zigarette an. Esterhazy lächelte. Ich bin sicher, daß wir gute Freunde werden, Herr Esterhazy, sagte der Sekretär des Gouverneurs und roch an der Blume in seinem Knopfloch. Wir haben für Sie einen prachtvollen Rasenplatz ausgewählt, der Ihnen gewiß behagen wird, erklärte er und fügte hinzu, daß am Rande des Platzes ein Brunnen sei, daß sich in nächster Nähe eine Reihe von Cafés befänden und daß dort viele Familien ihren Sonntagsspaziergang machten. Und wenn man ein wenig Reklame machte, würden diese Leute sich mit Fäusten einen Platz auf den Rängen des Robinson erobern wollen. Esterhazy war zufrieden. Das waren Nachrichten, die ihn die Enttäuschung über die erste Begegnung mit Mahò, über die mühselige Durchquerung der Stadt und den Zusammenstoß mit der Polizei vergessen ließen. Ach ja, sagte Woldeyesus, zu viele Leute wollen hier um jeden Preis reich werden, während unsere Regierung jedoch der Ansicht ist, daß auch ein großer Kuchen nicht in zu viele Stücke aufgeteilt werden darf, denn sonst wird keiner mehr satt. Deshalb sorgt die Polizei hin und wieder für Ordnung, wir schicken die Nichtstuer ins Gebirge und in ihre Hütten zurück, wir machen reinen Tisch. Das ist notwendig , um weitere Zuwanderer abzuschrecken und um diese Hungerleider in ihre Hinterländer zurückzutreiben, erklärte der Sekretär. Denn, wissen Sie, auch eine Straßenbahn hat nur so viele Plätze, wie sie eben hat. Einige werden sich immer damit abfinden müssen, zu Fuß gehen zu müssen. Sie begreifen die Metapher? fragte er und sah Esterhazy an, der, offen gestanden, mit den Gedanken noch bei der Geschichte von dem Kuchen weilte. Ja, natürlich. Aber wir sprachen doch soeben von jenem schönen Rasenplatz für den Zirkus. Aber sicher, er liegt vielleicht ein wenig außerhalb, mir jedoch erscheint er hervorragend geeignet. Überhaupt, ich meine, warum sehen wir ihn uns nicht gleich gemeinsam an?. Ein Soldat erhielt den Auftrag, mit Esterhazys Maultier dem Automobil des Sekretärs zu folgen. Ein weiterer Soldat setzte sich finster und steif hinter das Lenkrad der schwarzen Limousine mit dem Wappen des Gouverneurs auf dem Kühler. Er ließ die Hupe häufig posaunen, damit die Leute den Weg freigaben, und wenn jemand über die Straße lief, bremste er heftig und fuhr mit einem Ruck wieder an. Im Stadtzentrum mit seinem bunten Wirrwarr und den herben und süßlichen Gerüchen schien sich alles wieder normalisiert zu haben. Es war nichts mehr von dem Aufruhr zu erkennen, der noch vor kurzem hier geherrscht hatte. Die große Straße im Rücken des Hilton erschien wie ein offener Messepavillon an einem Festtag, von Familien übervölkert, ein riesiger Karneval mit Leuten, die sich in tausend Sprachen und Dialekten unterhielten, wie es am Tag des jüngsten Gerichts sein wird, wenn sich die Särge auftun werden und der liebe Gott uns alle ausschelten wird. Vielleicht weil die Dinge sich von einem Automobil aus betrachtet ganz anders ausnehmen, bemerkte Esterhazy zum ersten Mal den Duft von Harz, Zimt, Vanille und geröstetem Kaffee, der die Straßen durchzog. Sehen Sie das? Und dieser Dreck reicht von Ciabub bis Af Abed, sagte Woldeyesus. Aber Esterhazy war zerstreut und verspürte nicht die geringste Lust, dem Geschwätz des Sekretärs zuzuhören. Er zog es vor, sich umzuschauen und zwei Hunde zu beobachten, die ein paar Meter vor der Kühlerhaube herliefen, und einer deutlichen, scharfen Spur folgten, die von dem einen Ende der Stadt zum anderen verlief.

Just am selben Abend erschien Anna Beyené, eine der Kusinen des Gouverneurs, in einer Grotte hinter einer Wiese des Iamo-Gebirges die Madonna. Geduldig,wie nur die Muttergottes es sein konnte, hatte die Heilige Jungfrau den ganzen Nachmittag lang den Unglücksgeschichten Annas gelauscht, dem Bericht von ihren Kinderkrankheiten, der Geschichte von ihren katarrhalisch entzündeten Bronchien und von der Feuchtigkeit in ihrem Geburtsort Arruddin. Sie erzählte vom Elend, von ihrer Kindheit, von der bösen Frau, die sie zu sich ins Haus genommen und jahrelang gequält hatte, und Anna schreckte nicht einmal davon zurück, von Ammaniel zu sprechen. Er war es gewesen, der ihr die Heirat versprochen hatte, und eines Abends, an einem Freitag oder Samstag, hatte er sie am Arm mit sich ins Schilf gezogen. An dieser Stelle ihrer Erzählung begann Anna zu weinen und fand keine Worte mehr. Im übrigen weinte sie seit Jahren über diese Geschichte, was zwei tintenschwarze Augenringe auf ihrem Gesicht zurückgelassen hatte, die nicht wieder weggehen wollten. Dann erzählte sie der Madonna von Donna Almereida, die sie zu sich genommen hatte, sie rief sich Donna Almereidas Taubenbrühe, die geschlagenen Eier, die geriebenen Karotten und den Papayasaft ins Gedächtnis, der sie von einer Anämie kuriert und ihr wieder auf die Beine geholfen hatte. Die Madonna hörte ihr geduldig zu. Als Anna Beyené mit ihrer Erzählung fertig war, erstrahlte die Madonna, drehte sich dreimal um sich selbst und verschwand zwischen den Wolken. Von jenem Tag an ging Anna jeden Freitag zu den Grotten. Sie setzte sich auf einen Schemel, den sie von zu Hause mitgebracht hatte, und redete stundenlang. Aber die Madonna ließ sich nicht mehr blicken. Wer weiß, wie sehr du sie ermüdet hast mit deinem Geschwätz, sagten die Verwandten im Hilton. Die Arme! Sie wird von deinem Geflenne ganz erschöpft sein, meine Liebe. Ich kann mir vorstellen, wieviel Unglücksgeschichten du ihr erzählt hast, sagten sie.

Aber Anna wußte, daß die Madonna gut war. Sie hatte vielleicht viel zu tun, aber sie konnte sicher nicht darüber böse sein, was sie miteinander geredet hatten. Du hast gut reden! Du hast sie doch kein einziges Mal zu Wort kommen lassen, sagten die Verwandten. Du wirst der Armen nicht einmal erlaubt haben, den Mund aufzumachen, so eine Heulsuse bist du. Man belästigt die Heiligen nicht auf diese Weise, meine Liebe, meinten vorwurfsvoll Piera und Maddalena. Aber Anna Beyené wußte, daß sie ihr früher oder später wieder erscheinen würde, eingehüllt in den blauen Mantel mit den Schnallen in der Taille, den Kopf zur Seite geneigt, und ihr die große Erleuchtung bringen würde. Und dann würde allen Verwandten die Luft wegbleiben, diesen häßlichen Klatschbasen, die sie nur verwirren wollten, wenn sie da alle schwatzend in der Küche des Hilton beieinandersaßen und Erbsen auspalten.

8

Gleich nachdem die Kamele hinausgeführt worden waren, kam Miss Ana Hudson, die den Gerüchten zufolge schon bei der Abfahrt von Marseille Esterhazys Geliebte geworden war, in die Manege. Erst hüpfte Miss Ana in Kunstsprüngen neben einem weißen Pony her. Dann setzte sie ihre Ballettvorführung auf dem nackten, mit Kolophonium eingeriebenen Pferderücken fort. Das Pferdchen galoppierte fröhlich in der Manege im Kreis herum, das Mädchen vollführte Salti mortali und Pirouetten, krümmte seinen Körper, rutschte auf dem schweißnassen Ponyrücken nach vorn und schnellte empor wie eine Sprungfeder. Beim Herunterfallen setzte sie ihre Füße wieder leicht auf den Rücken des Pferdes, dessen Laufrichtung der Richtung ihres Sprungs entgegengesetzt war. Oben schwangen sich die Akrobaten von einem Trapez zum anderen. Sie warfen die Mädchen ins Leere, die im selben Augenblick, in dem sie kopfunter fielen und verloren schienen, wie durch ein Wunder von den Armen eines ihrer Kameraden ergriffen wurden, um wieder weiter von Trapez zu Trapez zu fliegen. Und auch die Hünen der Boxmannschaft des Robinson zeigten ihre Kunststücke, wunderschöne Jünglinge, deren Haut im Licht glänzte, da ihr italienischer Meister darauf achtete, daß sie stets gut mit Öl eingerieben waren.

Die größte Attraktion des Robinson war jedoch das Kinematographentheater. Esterhazy hatte Jakob Ghisc erlaubt, neben dem großen Zelt einen Pavillon für die Filmvorführungen zu errichten. Die Magie der beweglichen Bilder war in Mahò schon von den Schaubuden her ein wenig bekannt, wo man für zehn Centimes an einer Filmspulrolle drehen und die sich abwickelnden Bilder betrachten konnte. Dieses Spektakel hier war nun aber dank des Projektors, den Ghisc aus Paris mitgebracht hatte, etwas ganz anderes. »Ein phantastisches Wunder der Technik« stand auf den großen Reklameplakaten, die man überall in der Stadt sehen konnte. Hier mußte man an keiner Kurbel drehen. Man mußte einfach nur Platz nehmen, und alles bewegte sich von alleine, wie vor einem Fenster oder auf einer Bühne vor den Augen der Leute. Der einzige Unterschied besteht darin – erläuterte Woldeyesus dem Gouverneur mit denselben Worten, in denen Esterhazy ihm dieses Wunderwerk erklärt hatte –, daß statt Menschen Eisenbahnen in Höchstgeschwindigkeit über die Bühne fahren, oder Schiffe auf hoher See, und Wasserfälle, die mit ganzer Wucht auf die Zuschauer niederprasseln. Könnt ihr euch das vorstellen, Weiber? fragte Almereida beim Abendessen seine Mutter und seine weiblichen Verwandten, die das Kauen vergaßen und mit vollen Backen zuhörten: ein reißender Fluß, der über die Bühne braust, Straßenbahnen voller Menschen – über die ganze Wand hinweg! Kurz, du mußt dich nur hinsetzen, und schon saust vor deiner Nase ein Rudel Jagdhunde hinter einem Hasen her, oder du siehst die englische Königin, wie sie ins Theater geht! Denkt nur, wie wunderbar! Die Frauen dachten den ganzen Abend lang daran, und auch beim Zubettgehen sprachen sie mit ihren Dienstmädchen über nichts anderes. Auch diese malten sich die Wunder aus und konnten darüber keinen Schlaf finden. Donna Almereida hingegen gelang es, einzuschlafen, aber sie träumte so merkwürdige Dinge, daß sie am Morgen glaubte, bereits ein Dutzend von jenen Filmen gesehen zu haben, von denen beim Abendessen die Rede gewesen war.

Außer den Flüssen, Straßenbahnen und Hochseeschiffen gab es für die, denen der Kinematograph nicht so sehr zusagte, die Artisten, Tiger und Clowns des Robinson-Zirkus, der eine ganze Welt der Sensationen anzubieten hatte. Die Zirkusleute durchstreiften jeden Winkel von Mahò und beschrieben durch ihre Megaphone die sensationellen Nummern und die Wunder des Robinson. Samstag abend, am fünften Jahrestag der Wahl Almereidas, fand die große Eröffnungsvorstellung statt. Die Frauen hatten ihre Samtschuhe und die langen Abendkleider angezogen, die sie seit langem in Erwartung einer großen Gelegenheit in Naphtalin konserviert hatten. Andere hatten sich extra für diesen Abend Taftröcke und Seidenblusen nähen und sticken lassen. Der Gouverneur trug seine weiße Gala-Uniform mit den Zierborten und den goldenen Knöpfen, und alle seine Blechorden baumelten ihm auf der Brust. Gleich nachdem er sich zwischen Mutter und Erzbischof auf seinem Louis-Quattorze-Sessel niedergelassen hatte, der extra auf einem Karren vom Hilton hierhergebracht worden war, begann das Orchester, die Nationalhymne zu spielen. Da sprang Almereida wieder auf und blieb steif wie ein Stock stehen, ohne auch nur mit der Wimper zu zucken oder die Fliegen vom Gesicht zu verscheuchen, bis eine heitere Sarabande den Auftakt zu dem Sepktakel mit den Pirouetten der Seiltänzer, den Späßen der Clowns, dem Traben der Pferde und den Wurfkünsten der Jongleure gab, Nummern, die Almereida, der dem Kinematographen entgegenfieberte, alle langweilten. Man kürzte daher die Vorstellung um die Hälfte ab. Die Trapezkünstler vollführten kaum vier Sprünge, und nach der Abschlußparade, in der die Kamele müde schaukelten und käuten, wurde der Gouverneur zum Pavillon der Filmvorführungen geleitet. Nachdem die Frauen, die Minister und die Obersten der drei Heere Platz genommen hatten, wurde der Saal verdunkelt, und auf der Leinwand begann ein Licht zu flimmern. Ein paar Blitze, dann ein schwarzer, ein weißer, ein grauer Fleck, und die Leinwand teilte sich horizontal in zwei Hälften. Die weiße Fläche oben war der Himmel, die graue unten das Meer, in dem, geduckt wie eine Ente, ein Schiff seinen Dampf in die milchigen Wolken stieß. Alle klatschten begeistert, und eben in diesem Moment trat keuchend ein Leutnant in den Saal. Er bahnte sich den Weg nach vorne. In der dritten Reihe fand er General Russom Ghebru, den Stabsführer der Kavallerie, dem er eine dringende Nachricht ins Ohr flüsterte, die kurz zuvor per Telegramm eingetroffen war. Der General stürzte zur ersten Reihe links vor, wo der Verteidigungsminister entzückt und mit offenem Mund auf das Wunder des Schiffes starrte, das da an der Wand schwamm. Es war der Minister persönlich, der Almereida wenige Augenblicke später die Nachricht vom Aufstand der Garnisonstruppen bei Af Abed ins Ohr flüsterte. Der Gouverneur erblaßte, stand auf und befahl, daß man das Licht anzünde. Ghisc unterbrach die Vorführung und alle Männer der Regierung und des Militärs eilten hinaus, während Donna Almereida erbost anordnete, man solle sich wieder hinsetzen, das Licht ausmachen und mit dem außerordentlichen Spektakel fortfahren. Aber nur die Frauen und Töchter der Minister gehorchten ihr. Die Männer waren bereits hastig und aufgeregt in die Autos und Kaleschen gestiegen, brachen nun grußlos auf und fuhren in die Dunkelheit, die hinter Tausenden von Lämpchen, Blumen und bunten Ballons lag, die man für das Fest aufgehängt hatte.

Vor zwei Wochen war der Alarmzustand ausgerufen worden, und wenn auch im Zentrum und im großen Vorstadtgürtel vor allem tagsüber das Leben wie üblich weiterging, so war in Felùs, dem alten Araberviertel, das zum teuersten Wohnquartier in Mahò geworden war, eine Veränderung eingetreten. Hier in Felùs befanden sich die luxuriösesten Hotels, die besten Restaurants und die exklusivsten Lokale. Hier herrschte – vor allem nachts – die Angst. Die Menschen in den anderen Teilen der Stadt wußten, daß sie nichts zu verlieren hatten, selbst wenn es plötzlich zu einem Militäraufstand kommen würde. In Felùs hingegen lebten diejenigen, die sich im Schutz Almereidas und der Petroleum bereichert hatten. Es war ihnen bewußt, daß sie ihre Häuser und ihre Lehnsessel an die Männer des neuen Regimes würden abtreten müssen, sollten sich die Verhältnisse ändern. Aber das war nicht alles. Sie fürchteten, daß sich die Rebellen, wenn sie die Hauptstadt angriffen, vor allem auf das reiche Viertel Felùs stürzen würden. Hier würden sie ihre Brände legen, Gewalttaten begehen und Razzien durchführen. Den übrigen Teil der Stadt würden sie verschonen, um sich die Sympathien der neidischen Händler, der grollenden Handwerker und überhaupt aller zu sichern, die am Rande des durch Erdöl und Almereida ausgebrochenen Wohlstands lebten und sich mit den Krümeln zufriedengaben, die vom Kuchen der Bewohner von Felùs abfielen, und den selbige eigentlich ganz alleine aufessen wollten. Daher war der Norden von Mahò zu einer Gespensterstadt geworden.

In der Hotelbar des Nebésta ging ein alter Kelllner mit fleckenloser Jacke und der tadellosen Haltung eines Majordomus im menschenleeren Salon auf und ab. Er verrückte das Silberbesteck auf den unbesetzten Tischen um einige Milimeter, ebenso die Kerzenständer mit den noch unangezündeten Kerzen und die Blumen in den Vasen. Mit schleppendem Schritt ging er auf das Grüppchen seiner Untergebenen zu, die wie die Hühner auf der Stange neben dem Eingang strammstanden und auf die Gäste warteten, die nicht kamen. Er beschimpfte sie wegen ihrer Trägheit und wegen ihrer speckigen, schlechtsitzenden Jacken. Aber nicht einmal die Hotelbesitzer achteten noch auf diese Kleinigkeiten. Sie wußten, daß ihnen nichts anderes übrigblieb, als zu warten. Warten, bis die schwarzen Gewitterwolken am Himmel von Mahò wieder abzögen, ein täglich drohender Sturm, der nie ausbrach. Warten, bis die Angst sich wieder legte.

Manchmal kamen ein paar Leute, um hastig zu Abend zu essen. Sie kamen immer dann, wenn an die Stelle des staubigen Lichts, das den ganzen Nachmittag über in scharfen, weißen Streifen den Fußboden beschienen hatte, der goldene Widerschein des Abendhimmels getreten war, der die gekalkten Mauern lilafarben aufleuchten ließ. Dann legte sich langsam die Nacht über die haarigen Stämme der

Palmen, über die Tischdecken und das silberne Besteck des Nebésta. Um diese Zeit trafen manchmal Paare oder Grüppchen von Überlebenden ein. Gespenster, die schnell eine Bouillon, einen Zighnì oder ein paar gebackene Kürbisblüten verschlangen und zwei Flaschen Wein in sich hineinlaufen ließen, um dann sofort wieder nach Hause zu schleichen. Es gab nur wenige freudige Augenblicke für den Oberkellner, der in seinem abgetragenen Frack so steif zwischen den leeren Tischen hindurchschritt, als ginge er über Eis, und den Kellnern Befehle gab, sie mit den Augen anblitzte oder sie mit einem Kopfnicken herbeirief und ihnen ins Ohr flüsterte, was sie dem einzigen Gast, der heute abend an Bord gestiegen war, bringen sollten, welche Flasche Wein, und ein schärferes Messer, zum Donnerwetter. Aber schon bald war das Lokal wieder gähnend leer. Die Kerzen wurden ausgeblasen und die Tische abgedeckt. Der Oberkellner schleppte sich ins Kämmerchen, hängte seinen Frack auf und kämmte sich die von der Brillantine fettglänzenden Löckchen. Da erst fiel ihm am Surren der Milliarden von Insekten auf, daß die Nacht über der Stadt hereingebrochen war. Alles war nun still, die Straßen leer. Nur den einen oder anderen Karren hörte man manchmal langsam über das Pflaster fahren, oder die Stimmen der Soldaten, die mit aufgepflanzten Bajonetten Winkel für Winkel das Quartier inspizierten.

In der anderen Hälfte von Mahò trafen hingegen weiterhin die Neuankömmlinge ein. Es waren Bauern, die vor dem Terror der aufständischen Militärs aus ihren Dörfern geflüchtet waren. Eine Masse von Menschen, denen es gelungen war, irgendwie durch das engmaschige Netz der bewaffneten Wachposten und des Stacheldrahtes zu schlüpfen, das Almereida rings um die Stadt hatte aufspannen lassen. Menschen, die es verstanden, sich in der Finsternis der Nacht, in der Staubwolke eines Ochsenkarrrens, in den Kellern und Speichern zu verstecken, oder vom Erdboden zu verschwinden, ohne eine Spur zu hinterlassen. Die Soldaten überwachten die Kreuzungen, die Straßen und die Winkel, und dennoch gelang es zigtausend Verzweifelten, in die Stadt einzudringen. Menschen, die nicht einmal den Tod fürchteten, die in der großen Regenzeit durch den Schlamm gewatet waren und sich den Überfällen der Banditen ausgesetzt hatten. Und wenn es gelang, ein paar von ihnen zu fassen, eine Gruppe oder eine Familie, und sie in die Kaserne zu schleifen, so waren sie, Männer wie Frauen, vor Angst wie versteinert. Sie sagten kein Wort, auch dann nicht, wenn sie unter Stockschlägen, Fausthieben auf den Mund oder Fußtritten zu Boden sanken. Gewiß, sie konnten manchmal nicht umhin zu zittern, zu weinen oder sich in die Hose zu machen, wenn man sie brutal in den Magen schlug oder wenn drei oder vier Mann vor ihren Augen ihre Töchter vergewaltigten. Aber es waren Menschen, die stundenlang mit niedergeschlagenen Augen unbewegt dasitzen konnten, selbst während der schlimmsten Verhöre, in denen man mit Ohrfeigen und in dem man sie anspuckte aus ihnen herauszubekommen versuchte, wer sie geschickt hatte, welchem Heer sie angehörten, aus welchem Volk sie stammten, wer sie bezahlte, wo die Anführer seien, die Schlupfwinkel, die Waffen, denn die Regierung war davon überzeugt, daß die Aufständischen einem bestimmten Plan folgend in Mahò einfallen wollten und ihre Soldaten dazu als Hirten und Bauern verkleideten, Leute, die dann, wenn man es am wenigsten erwartete, das Hilton, die Banken und die Telegraphenämter überfallen und dem Feind Tür und Tor öffnen würden. Das war es, was man wissen wollte. Und deshalb waren die Verhöre hart, endlos und brutal. Stockschläge und Prügel, dann alle an die Mauer, nackt, Arme hoch, damit man auch zwischen den Haaren nachsehen konnte, Männer und Frauen gemischt, Tiere, die resigniert und geduldig alles ertrugen, selbst die physische Gewalt der Unteroffiziere, die überall in der Welt meinen, nur kraft ihrer verschwitzten Uniform das Recht zu haben, anderen in den Taschen herumzusuchen und den Frauen unter die Röcke zu fahren, die, wenn's zu Ende ist und wenn sie dann noch sprechen können, auch noch danke schön sagen. Denn man weiß ja, es hätte auch noch schlimmer laufen können. Und abgesehen davon, daß man ihnen den Rücken zerschlagen und ihnen mit dem Finger den Hinterausgang untersucht hatte, konnte man doch wenigstens noch auf eigenen Beinen fortgehen, und deshalb danke schön, Herr Unteroffizier, danke! Auch wenn sie mir ins Gesicht gespuckt haben und sie verlangt haben, daß ich ihn Ihnen lutsche, trotzdem vielen Dank. Es waren Leute, die sich auch noch bedankten oder stumm blieben, wenn man sie mit dem Befehl hinausjagte, noch vor Sonnenuntergang zu verschwinden und sich in diesem Teil der Erde nie wieder blicken zu lassen. Und mit der Drohung, daß sie, sollte man sie noch einmal erwischen, augenblicklich erschossen würden. Aber trotz alledem trafen sie weiterhin täglich zu Tausenden ein.

Almereida machte sich Sorgen. Er wußte, daß er auf einem riesigen Pulverfaß saß, das jeden Augenblick in die Luft gehen konnte. Daß viele sich zu Gewalttaten hinreißen lassen würden, nur um zu überleben. Oder um aus dieser Langeweile, diesem Müßiggang herauszukommen, in den die Umstürzler, Gewerkschaftler und sonstigen Staatsfeinde ihr Gift streuen konnten. Alì Abd Allah, der Industrieminister, war der Meinung, daß man unbedingt eine Beschäftigung finden müsse für diese Tausende von Nichtstuern, die da die Straßen und Plätze bevölkerten und den ganzen Tag nichts anderes machten, als sich zu kratzen oder mit verschränkten Armen dazuhocken und zu warten; irgendeine Beschäftigung, um die Gemüter und die allgemeine Stimmung, die sich von Tag zu Tag mehr aufheizte, ein wenig abzukühlen. Aus diesem Grunde wurde Herr Werner von Gneissenau nach Mahò berufen, ein preußischer Schulmeister, der sich gleich nach seiner Ankunft mit weißer Hemdbrust und üppigem, orangefarbenem Brusttaschentuch dem Gouverneur vorstellte. Schweigend musterten sich die beiden ein paar Augenblicke lang. Almereida mißtraute Leuten, die sich allzu auffällig kleideten. Der kalte, kraftlose Händedruck des Deutschen hatte dem Gouverneur einen denkbar schlechten Eindruck vermittelt, der jedoch bald durch die genialen Ideen des Preußen weggewischt wurde. Der Plan war dem Anschein nach äußerst simpel. Die Menschen sollten in Gruppen von jeweils zwanzig Personen eingeteilt werden, ohne Rücksicht auf Alter, Geschlecht oder Sprache, und diese sollten unter der Leitung eines Gruppenführers jeden Morgen eine Stunde lang Gymnastik betreiben. Almereida war begeistert von der Vorstellung, daß die ganze Menschenmenge sich in Reih und Glied stellen und sich im Rhythmus von trockenen deutschen Befehlen beugen und aufrichten müsse. Er wollte dem Preußen von neuem die Hand schütteln. Der Deutsche sprang auf, schlug die Hakken zusammen und blieb regungslos stehen. Exzellenz, sobald ich den Gruppenführern die Übungen und die Befehle beigebracht habe, können wir beginnen, sagte von Gneissenau.

Zwei Wochen später hallten die Straßen, Plätze und Wiesen von dem eins-zwei, eins-zwei wider, das an allen Ecken und Enden der Stadt ausgerufen wurde. Die Menschen liefen halbnackt und nur mit Unterhemden bekleidet in Zweierreihen die Alleen entlang. Auf Befehl des Gruppenführers standen sie stramm, machten Kniebeugen, kreuzten die Arme, kreisten mit den Oberkörpern und schüttelten ihre Beine aus. Alle gleichzeitig. Einige taten es mit Begeisterung, andere unwillig, während die Soldaten sie Gewehr bei Fuß überwachten. Die Gruppenleiter führten ihre Leute von einer Wiese zur anderen, Arme kreuzten sich in der Luft, eins-zwei, eins-zwei, man mußte sich tief hinunterbeugen, hüpfen, die Hände in die Hüften gestützt, dann im Gleichschritt weiterlaufen, rückwärts-vorwärts, vorwärts-marsch, eins-zwei, eins-zwei.

Der Preuße war unermüdlich in seinem Auto unterwegs. Er kontrollierte, stoppte die Zeiten und vergewisserte sich, daß seine Methode korrekt angewandt wurde. Manchmal befahl er dem Chauffeur, vor einer Gruppe, die gerade die Arme schwenkte oder Kniebeugen machte, stehenzubleiben. Er stieg schimpfend aus, wedelte mit dem Spazierstock in der Luft und traktierte einen Unlustigen, der seine Übungen nicht richtig machte, mit Ohrfeigen und Fußtritten. Das war notwendig, um klarzumachen, daß die Übungen tadellos ausgeführt werden mußten, denn die Perfektion ist die Seele der Disziplin. Wenn er bemerkte, daß auch die Unteroffiziere des zutiefst heruntergekommenen Almereidaschen Heers unfähig waren, ihre Gruppen zu führen, stellte sich der Preuße selbst in Position, dick wie er war, um es ihnen vorzumachen, eins-zwei, eins-zwei, mit seinem blankgescheuerten Hosenboden, der in der Mittagssonne glänzte. Der Schweiß tropfte ihm von der Stirn, sein Gesicht war verzerrt und die Augen traten ihm aus den Höhlen. Um ihn herum standen zu Hunderten die staunenden Opfer, grinsend und feixend, die Hände in den Hosentaschen, und beobachteten ihn mit großen Augen, so wie man einen Fakir auf dem Nagelbrett beobachtet. Aber keiner wagte es, einen Kommentar abzugeben. Sogar die Fliegen hielten sich vom Preußen fern, wenn er dieser Herde von Nichtstuern als gutes Beispiel voranging, die dann klapprig und schwunglos versuchte, es ihm gleichzutun. Die Übungen, Märsche und Manien des Preußen wurden widerstandslos hingenommen. Allen war bewußt: Wenn man hier in Mahò leben wollte, mußte man solche Opfer eben bringen. Anderswo, im übrigen Teil des Landes, war das Leben noch um einiges härter. Dort waren die Soldaten, die sich als Herren aufspielten, mordeten und das Bauernvolk ausraubten. Hier in Mahò konnte man sich immerhin noch schlecht und recht durchs Leben schlagen.

In den ersten Tagen hatte das Kinematographentheater keinen Erfolg. Ghisc sah, wie die Leute massenweise ins Zirkuszelt strömten, um den Akrobaten und Pferdevoltigeuren zuzusehen, aber keiner setzte einen Fuß in seinen Pavillon. Die Leute trauten sich nicht in die dunkle Kinobaracke hinein. Sie meinten, daß darin irgendein Schwindel verborgen sei. Warum sollte es dort sonst so dunkel sein? Und im übrigen, warum kostete ein so ungewöhnliches Schauspiel mit Lokomotiven, Dampfern und Straßenbahnen nur zehn Centimes?

Nach drei Tagen gähnender Leere beschloß Ghisc, unter den ersten sieben, die den Mut aufbringen würden, bei ihm einzutreten, einen jungen Ziegenbock zu verlosen – und wenn es weniger als sieben wären, würde er es eben mit diesen versuchen. Durch das Megaphon stachelte er die Jünglinge an, die an der Baracke vorbeigingen, und lud sie ein, die Herausforderung anzunehmen. Zwei Halbstarke, die vor lauter Muskeln fast aus den Nähten platzten, traten als erste vor. Zwei Ehemänner befahlen ihren Frauen, draußen zu warten, spuckten sich in die Hände und traten ein. Nach und nach kamen noch mehr. Ein paar junge Männer, die tagsüber mit schweren Bohrmaschinen arbeiteten, zogen sich ihre Jacken aus, krempelten die Ärmel hoch und stürzten sich in den Pavillon, als würde sie dort nicht eine ausgespannte Leinwand, sondern ein Gorilla erwarten. Die Verlosung von drei jungen Ziegenböcken genügte, um den Kinematographen in der Leute Gunst steigen zu lassen. Die Männer, die den Schneid gehabt hatten, hineinzugehen und dann mißtrauisch mit geballten Fäusten neben der Leinwand stehengeblieben waren, kamen begeistert wieder heraus. Sie versicherten ihren Freunden, Verlobten und Schwestern, die draußen warteten, daß das eine ganz großartige Sache sei. Sie nahmen sie beim Arm, zahlten nochmals zehn Centimes und gingen wieder hinein. Nach einer Woche war das Kinematographentheater des Robinson zur größten Attraktion von ganz Mahò geworden. Nach zwei Wochen nahm Ghiscs Pavillon an manchen Abenden mehr ein als der Zirkus.

Schon bald stellte sich das Problem, wie man den Bestand der Filme erneuern könne, denn die alten hatten die meisten Kinogänger nun schon mindestens zweimal gesehen. Neue Filme mußten beschafft werden. Also telegraphierte Ghisc nach Paris und Marseille und bestellte ein paar Rollen, denn nunmehr war klargeworden, daß die Leute sich keinen einzigen Streifen entgehen lassen und dafür auch einen erhöhten Eintrittspreis hinnehmen würden. Eines Abends wollten der Gouverneur und seine Familie das gesamte Filmrepertoire des Robinson sehen. Almereida war begeistert von einem Film über einen Angriff des vierten Dragoner-Regiments mit gezückten Säbeln sowie über ein Rudel Füchse, das am Ufer des Bodensees den Jägern zu entfliehen suchte. Und das waren auch die Filme, die den Hunderten von Menschen am besten gefielen, die jeden Nachmittag und jeden Abend in langen Schlangen darauf warteten, in das Kinematographentheater eintreten zu können. Die Einnahmen waren vor allem am Wochenende so groß, daß Esterhazy erwog, den Kinematographen vom Zirkus zu trennen, der unter der Konkurrenz von Ghiscs Filmen zu leiden begann. Oft kamen die Leute, um in den Zirkus zu gehen, sahen dann neben dem großen Zelt die Wunder-Baracke stehen, von der in der ganzen Stadt geredet wurde, und beschlossen, das Geld, das sie in der Tasche hatten, für das fremdartige neue Spektakel auszugeben, das da aus Europa eingetroffen war. Um so mehr, als man in Mahò nur ein paar Schritte vor die Stadt gehen mußte, um Kamele, Elefanten und Löwen zu sehen.

Ghisc und Esterhazy machten sich auf die Suche nach einem neuen Standort für den Kinematographen. Sie fanden nicht weit von Felùs entfernt eine alte, verlassene Glaserei. Sie ließen die Wände neu streichen und einen Fußboden auslegen, sie bestellten aus Kairo kleine Polstersessel, und eines Sonntagachmittags wurde das Elektrische Theater Bewegter Bilder von Mahò eingeweiht. »Eintritt dreißig Centimes. Garantiert unterhaltsam, auch für Damen und Kinder. Einmalige, großartige Darbietung für mutige Männer« stand auf einem Plakakt am Eingang. Rings um die ehemalige Glaserei gab es kleine Bars und Obststände. Leute spazierten umher, es herrschte ein reges Kommen und Gehen. Ramel Yared – das Mädchen, das Ghisc an die Kasse gesetzt hatte – brachte es fertig, in wenigen Minuten Hunderte von Eintrittskarten abzureißen, das Geld entgegenzunehmen und Wechselgeld herauszugeben, ohne daß am Abend bei der Abrechnung auch nur ein Centime fehlte.

Gleich zu Beginn lief das Elektrische Theater großartig. Für Kinder gab es eine Ermäßigung in Höhe von fünfzehn Centimes, solange sie nicht über die Marke hinausragten, die Ghisc mit Ölfarbe an die Eingangstür gemalt hatte. Soldaten zahlten zwanzig Centimes. Alle zwei Wochen fuhr jemand nach Massaua, um die neuen Filme abzuholen, die per Schiff aus Marseille kamen. Ghisc durchblätterte die Kataloge, studierte Handlungen und Sujets und wählte aus, was sich für sein Publikum eignete. Man hätte auch Streifen von siebzig oder hundert Meter Länge bekommen können, aber die waren weniger günstig, denn bei dreißig Metern Länge sahen sich die Leute den Film zwar vielleicht zweimal hintereinander an, dann aber standen sie auf und machten ihre Plätze für diejenigen frei, die draußen Schlange standen. Wegen der großen Nachfrage wurde jeden Samstag »Die zwei Waisenmädchen« gezeigt, ein französischer Film, der Ghisc und Ramel nicht besonders gefiel. Sie hatten Dutzende von weit besseren Filmen angeboten, aber »Die zwei Waisenmädchen« waren inzwischen zu einem Mythos geworden. Wer diesen Film nicht gesehen hatte, der hatte ihn gewiß Bild für Bild erzählt bekommen, die meisten wollten ihn aber trotzdem noch mit eigenen Augen sehen. Und das Elektrische Theater kam an allen Samstagen den Wünschen seines Publikums nach. Am Ende einer jeden Vorstellung, wenn die beiden Waisenmädchen sich wiederfanden und in die Arme fielen, erhob sich ein Sturm der Begeisterung.

Erfolg hatten auch die amerikanischen Filme, die Ghisc dank der Pariser Agentur der Firma Edison nach Mahò bringen konnte. Wenn die Wolkenkratzer und die Türme des Park Row Office Building auf der Leinwand erschienen, war das Publikum überwältigt. Es klatschte sich die Hände wund beim Anblick der Straßen voller Autos, der hölzernen Promenade am Ufer von Atlantic City, der Bauarbeiter, die wie Spinnen am Gerüst des Masonic Temple von Chicago hinaufkletterten. Aber die Zuschauer applaudierten auch den elektrischen Straßenbahnen, den Fahrradrennen und dem Meer von Strohhüten und Mützen auf dem Madison Square. Das waren Bilder, die bei einigen Zweifel darüber aufkommen ließen, ob tatsächlich Mahò der reichste Ort der Erde sei, oder ob das Glück nicht vielmehr längst über den Ozean gezogen sei. Andere hatten beim Hinausgehen das Gefühl, als seien sie selbst schon immer dort drüben gewesen und wüßten über sämtliche Geheimnisse Bescheid, die es unter dem Himmel der Vereinigten Staaten gab.

Ghisc, dem nicht entgangen war, daß die Kinobesucher es auf starke Gemütsbewegungen abgesehen hatten, war nicht verwundert, wenn das Publikum stets gleichermaßen rührselig reagierte – ob es nun der Geschichte von einem Italiener folgte, der aus Amerika zurückkehrt und den König seines Landes tötet, um seinen im Kanonenfeuer umgekommenen Bruder zu rächen, oder ob es in einem anderen Film der Königin zusah, die von Trauer überwältigt dem Begräbnis ihres Gemahls beiwohnt, der vom Italiener aus dem vorhergehenden Streifen um die Ecke gebracht worden war (letzterer übrigens ein Film, der nur wenige Tage lang gezeigt wurde, denn kaum hatte Almereida Wind vom Inhalt des Streifens bekommen, ließ er ihn beschlagnahmen und wollte ihn eigenhändig im Küchenkamin verbrennen). Die Männer waren vor allem von Boxkämpfen und Kriegsfilmen begeistert. Das Kanonenfeuer der Engländer im Burenkrieg, in dem Schwaden von Pulverrauch die Filmkamera umhüllten, war ein voller Erfolg. Ebenso gut gingen die Filme, in denen der Blick der Kamera über die Savanne fegte oder auf der Jagd nach Flamingos und Krokodilen von einem Sumpf zum anderen zog. Dann gab es da ein risikoloses Repertoire, das mit absoluter Sicherheit allen gefiel und das vom Begräbnis der Königin Viktoria bis zur Überschwemmung der Loire reichte, vom Brand des Kaufhauses Pascal in Marseille bis zu den fürchterlichen Vulkanausbrüchen auf Martinique, denn nichts sagte den Leuten so sehr zu wie die Vorführung von Katastrophen.

Eines Tages bestellte Ghisc zwei erotische Filme aus dem Katalog der Edison, die in Amerika produziert worden waren. Der erste entpuppte sich als rechter Schwindel. Nachdem ein Mädchen sich etwa zehn Minuten lang ein Dutzend Paar Strümpfe an- und ausgezogen hatte und sich offenbar für keines recht entscheiden konnte, brach der Film plötzlich ab und ließ die Zuschauer auf dem Trockenen sitzen. Der zweite Film aber war so pikant, daß ein Abend in der Woche, der Donnerstagabend, ausschließlich für seine Vorführung reserviert wurde, die nur Männer besuchen durften. Diese Einrichtung wurde ein Erfolg. Die Männer ergriffen johlend für den Ehemann Partei, dem es nach einigen fehlgeschlagenen Versuchen endlich gelang, den Rock der Sekretärin zu lupfen. Die Zuschauer trampelten begeistert mit den Füßen und brüllten wie die Stiere, als er sie inmitten der auf dem Schreibtisch verstreuten Papiere umarmte. Dann hüpften sie plötzlich aufgeregt auf ihren Sesseln herum, um den Ehemann aufmerksam zu machen, daß gleich, in der nächsten Szene, seine Alte in einem schnellen Einsitzer erscheinen würde, mit Froschaugen und mit gefiedertem Filzhut auf dem Kopf. Sie ertappte die beiden in flagranti. Der Stuhl, der Ehemann und die auf seinen Knien sitzende Sekretärin kippten um, und alle drei streckten ihre Beine in die Luft, während die Ehefrau mit dem Schirm auf ihren Gatten eindrosch. Das ging ein paar Wochen lang so weiter, dann wurden die erotischen Donnerstage im Elektrischen Theater eingestellt: Die Konkurrenz der Bordelle und Revuetheater von Mahò mit ihrer Ware aus Fleisch und Blut war zu stark. Vom Kino erwartete das Publikum etwas, das es nur hier in diesem dunklen Saal zu sehen gab. Einem Mädchen in Unterhosen zogen sie deshalb allemal die Wunder des Fortschritts vor oder solch unerhörte Dinge, wie sie derzeit in Paris geschahen, wo es einem Mann gelungen war, in einer Maschine mit einem großen Propeller obendrauf eine Stunde lang über der Stadt zu kreisen.

Die Filme trafen regelmäßig ein und das Geschäft wäre großartig gelaufen, wenn Ghisc nicht eines Tages klargeworden wäre, daß er unsterblich in Ramel verliebt war, das Mädchen, das die Eintrittskarten verkaufte. Ramel wurde also seine Verlobte, verließ ihre Familie und zog zu Ghisc, der eine kleine Wohnung in einer der Straßen von Felùs bewohnte. Aber Ramel war nicht nur verliebt, sondern sie war es auch leid, den ganzen Tag vor dem Kinematographentheater zu sitzen und Eintrittskarten abzureißen und den schlangestehenden Familien dabei zuzusehen, wie sie gekochte Maiskolben aßen und darauf warteten, daß sie an die Reihe kämen und in den Kinosaal eingelassen würden. Ghisc sagte ihr immer wieder, sie solle sich doch gedulden: Bald würde sich ihr Leben gänzlich ändern, denn es sei ihm eine großartige Idee gekommen, aber dazu brauche er Geld, und bald würde er auch genügend Geld beisammen haben. Ramel versprach, sich zu gedulden und abzuwarten, aber es war offensichtlich, daß sie das Elektrische Theater nicht mehr ertrug. Sie war auch nicht mehr freundlich zu jenen Besuchern, die sie vor dem Kauf der Eintrittskarte baten, ihnen die Handlung des Films zu erzählen. Nach ein paar Monaten begann sie, auch mit Ghisc zu streiten. Sie kam traurig nach Hause, wollte nicht mehr sprechen, setzte sich schweigend auf die Terrasse und schlief, ohne sich vorher die Kleider auszuziehen.

Eines Abends, nach einem heftigen Streit mit Ramel, ging Ghisc zu Esterhazy, um ihm mitzuteilen, daß er beschlossen hatte, den Kinematographen zu verkaufen. Er erklärte ihm, daß er einen anderen Beruf ergreifen wolle und daß Ramel es leid sei, Eintrittskarten zu verkaufen. Esterhazy redete auf ihn ein und sagte, er solle keinen solchen Unsinn machen, sondern durchhalten, aber es war alles vergebens. Im übrigen war Ramel entschlossen, Schauspielerin zu werden, und auch Ghisc war seit langem davon überzeugt, daß die Zukunft des Elektrischen Theaters nicht darin lag, en gros Filme aus dem Katalog einzukaufen. Um wirklich Geld zu machen, mußte man Filme produzieren, sich die richtigen Geräte beschaffen und Filme drehen, die man dann an die Kinematographen verkaufen konnte, die zur Zeit in Nordafrika eröffnet wurden. Oder nach Paris und Amerika. Esterhazy hörte ihm zu und zupfte sich schweigend am Schnurrbart, denn er war im Innersten davon überzeugt, daß das Kino eine vorübergehende Mode war. Schon bald würde man etwas Neues erfinden, und dann würde keiner mehr etwas von den Streifen des Elektrischen Theaters wissen wollen. Gleichzeitig schien es ihm absurd, ein Unternehmen ausgerechnet in dem Moment aufzugeben, in dem es am meisten einbrachte. Aber er wußte nur zu gut, daß Ghisc bereits seit Paris die fixe Idee hatte, Filme zu machen und daß er schon damals starrköpfig an seiner Auffassung festhielt, daß der Weg zum Kino über die Produktion liefe. Du weißt, sagte Esterhazy, ich verstehe nichts vom Film. Aber wenn du meinst, der Augenblick sei gekommen, können wir verkaufen. Sofort, wenn du willst, sagte er.

Diesmal war Ghisc an der Reihe, sich am Schnurrbart zu zupfen. Von diesem Moment an – das fühlte er sehr deutlich – würden er und Esterhazy getrennte Wege gehen. Sie waren nicht länger ein Herz und eine Seele, wie sie es sich damals bei einer Flasche Wein in einer der Kneipen in Montmartre versprochen hatten. Eines war klar: Esterhazy würde niemals den Standpunkt von Ghisc teilen können, für den die Bilder des Kinos seit einiger Zeit eine unerschöpfliche Quelle des Interesses und der Begeisterung bedeuteten.

9

In Mahò, genauer gesagt im Hilton, im Hause Almereidas, geschah ein Wunder, eines jener Ereignisse, die eigentlich nur in der Heiligen Schrift vorkommen dürften, die aber dennoch manchmal auch auf dieser Erde geschehen und die Menschen vor Erstarren wie vom Donner gerührt erscheinen lassen. Inzwischen hatte der Sommer begonnen. Seit Almereidas und Teresas Ausflug zu Doktor Bonaventura waren einige Wochen vergangen. Auf der Terrasse des Hilton, zu Besuch bei den Frauen des Gouverneurs, saßen Generalsgattinnen, Bankdirektorstöchter, Mütter von Pfarrern sowie Schwestern und Tanten von Ministern. Donna Almereida reichte Sirup und Zimttee. Teresa, die gerade die Bananentorte aufschnitt, wurde plötzlich blaß, bekam einen Schluckauf, mußte rennen und sich in eine der Azaleenvasen auf dem Fensterbrett übergeben. Drei Tage später hatte Teresa immer noch Magenschmerzen. Die Übelkeit lähmte sie, und vom Brechreiz gekrümmt hing sie über der Porzellanschüssel, die Dahab Kamsai ihr hin und wieder ausleerte. Am vierten Tag ging es ihr etwas besser. Sie stand auf, untersuchte im Spiegel ihre Zunge und erkannte, daß sie schwanger war. Der verfluchte Ausflug kam ihr wieder in den Sinn, und sie hatte den berechtigten Verdacht, daß Almereida in jener Nacht die Stunde ausgenutzt hatte, in der sie fest schlief, so fest, daß sie nicht einmal aufgewacht wäre, wenn ein Dragonergeschwader über ihr Bett galoppiert wäre.

Teresa zog sich an, verließ ihr Zimmer und gab vor, wieder genesen zu sein. Wenn ihr ein Krampf plötzlich den Magen umdrehte, lief sie und schloß sich im Badezimmer ein oder versteckte sich in einem Winkel des Gartens, aber sie klagte nicht mehr und wollte sich auch von keinem Arzt untersuchen lassen, wozu Donna Almereida sie seit Tagen zu überreden versuchte. Teresa wollte, daß niemand auch nur ahnte, was in ihrem Leib vorging. Nach einem weiteren Monat begann sie, in die Breite zu gehen. Den Frauen auf der Terrasse fiel auf, daß sie zunahm, daß ihr Bauch von Tag zu Tag dicker wurde. Donna Almereida lobte ihren Appetit, Maddalena freute sich, daß ihr Magen wieder in Ordnung war und die anderen staunten darüber, wie gut ihr die Luft von Mahò bekam. Aber ihre Schwangerschaft war inzwischen so offensichtlich, daß ihr der Augenblick gekommen schien, etwas zu unternehmen. Das Naheliegenste war, so meinte sie zumindest, das Ende eines der üblichen Regierungsempfänge abzuwarten und dann, nachdem alle Besucherinnen mit ihren Ehemännern gegangen waren, in einem Zug eine Flasche Châteauneuf-du-Pape auszutrinken, die Augen zu schließen und sich von der Terrasse des Hilton zu werfen. Oder sich mit Säure zu vergiften oder sich aufzuhängen oder zu fliehen, um dieses Albinokind in irgendeinem nördlichen Land zur Welt zu bringen. Statt dessen wartete sie, bis das Abendessen beendet war und der Gouverneur die Gäste verabschiedet und sich in sein Arbeitszimmer zurückgezogen hatte, wo er allabendlich mit der Schere und dem schwarzen Zensurstift die neueste Ausgabe der *Gazzetta von Mahò* bearbeitete, bevor sie in Druck ging.

Nachdem sie sich vergewissert hatte, daß Almereida alleine war, ging Teresa ohne anzuklopfen zu ihm hinein. Der Gouverneur, dessen Gesicht nur zur Hälfte von der

Lampe beleuchtet wurde, hob den Blick nur knapp über die kleine Brille, die er abends zum Lesen aufsetzte. In dem scharfen Lichtstrahl schimmerte seine lockige Albinomähne wie schaumige Zuckerwatte. Ich bin schwanger, sagte Teresa und verstummte wieder. Sie wollte, daß er nun das Wort ergreife. Es folgte ein langes Schweigen. Nun, für alles gibt es Mittel und Wege, sagte Almereida lächelnd. Du könntest mir zum Beispiel sagen, wen du zum Vater erklären möchtest, und wenn er seine Schuld nicht eingesteht, könnten wir ihn noch morgen erschießen lassen, was meinst du? Er erwartete, daß die Kusine nun lächeln oder zu weinen anfangen würde. Statt dessen näherte sich ihm Teresa mit der ganzen Wut, die sich in ihr angestaut hatte und versetzte ihm eine Ohrfeige, von der ihm die Brille von der Nase flog. Mit der anderen Hand zerkratzte sie ihm das Gesicht. Almereida erbleichte. Er wußte nicht, ob er lachen oder sie mit Fußtritten davonjagen sollte. Er warf die Zeitungsausschnitte, die auf seinen Knien lagen, beiseite und ging langsam mit wutverzerrtem Gesicht auf sie zu. Sie wich ein paar Schritte zurück, überzeugt davon, daß er sie nun umbringen würde. Er aber packte sie bei den Schultern und fragte mit gedämpfter Stimme: Wem hast du es gesagt? Dabei schüttelte er sie mit der ganzen Kraft, die in seinen Armen steckte. Dir! Und morgen sag ich es deiner Mutter, so eine Sache kann man nicht lange geheimhalten, antwortete Teresa.

Almereida ließ sie los. Er kehrte zu seinem Platz zurück und fuhr sich mit den Händen durch seinen Haarschaum. Meine Mutter darf nichts wissen. Absolut nichts, verstanden? sagte der Gouverneur mit fremder, unnatürlich leiser Stimme. Es klang, als wimmere er, und sie dachte bei sich, daß er doch ein noch viel erbärmlicherer Wurm sei, als sie bisher geglaubt hatte. Wieder trat Schweigen ein. Man hörte nur das Quaken der Frösche und das Zirpen der Zikaden in der Ferne. Also, du willst doch nicht, daß ich dich heirate? fragte Almereida und blickte immer noch zu

Boden. Eher würde ich mich in einen Abgrund stürzen, antwortete sie entschieden. Sie starrte ihn voller Verachtung an. Ah, gut, um so besser, sagte Almereida aufatmend. Du wirst sehen, wir bringen alles in Ordnung, mach dir keine Sorgen. Mit einem Satz aber stand Teresa wieder neben ihm, sah ihm einen Augenblick lang in die Augen und spie ihm die ganze Ladung Spucke ins Gesicht, die sie zusammenbringen konnte. Dann verließ sie das Zimmer und knallte die Türe hinter sich zu.

Schon seit einigen Wochen flüsterte man sich in den Korridoren des Hilton zu, daß die Kusine des Gouverneurs – nein, nicht die, die andere, die dickere – womöglich schwanger sei. Auch die Dienstmädchen redeten beim Tellerabtrocknen oder Fußbodenwischen oft von ihren breiten Hüften und von den roten Äderchen, die sich neuerdings auf ihren Wangen gebildet hatten, und man erinnerte sich an die Übelkeit und das Erbrechen in den vorigen Monaten. Auch Medat Abrham, die neun Kinder zur Welt gebracht hatte – sechs lebende und drei tote –, und die also in diesen Dingen Erfahrung hatte, sagte, daß ihrer Meinung nach – ich kann mich täuschen, versicherte sie jedesmal, wenn sie ihre Behauptung aufstellte, und legte dabei die Hand auf die Brust – kein Zweifel darüber bestehen konnte: Sie war schwanger, ganz gewiß. Selemawit Sileman rechnete leise mit den Fingern nach und kam immer auf acht. Das arme Mädchen, sagte sie und schnaubte. Wenn sie es wenigstens rechtzeitig gemerkt hätte, so hätte man ja mit Chinin oder mit einem Kraut versuchen können, etwas dagegen zu tun, aber jetzt, herrjeh, ist es zu spät, sagte sie und wedelte mit den acht steif ausgestreckten Fingern unter den Nasen ihrer Zuhörerinnen herum. Nur Sabba Sium, die älteste unter den Küchenmägden des Hilton, war anderer Meinung. Sie sagte, das sei alles nur Weibergeschwätz. Teresa bekomme eben die Luft von Mahò besonders gut, sie müsse nur darauf achten, nicht zu viel zu essen, das sei alles. Nun, jedenfalls wenn sie tatsächlich schwanger wäre, fügte Medat Abrham hinzu, so wäre das eine große Schande. Wer weiß, wer's gewesen ist! Und sicher würde Donna Almereida dann tagelang verrückt spielen und so lange herumschreien, bis Teresa ihr Geheimnis ausgespuckt hätte, und dann würde sie sie aus dem Haus jagen oder die sofortige Eheschließung fordern, um den Skandal wiedergutzumachen. Das Geschwätz, das durch das ganze Haus ging, von der Waschküche zur Garderobe und von der Küche in die Vorratskammer, kam schließlich auch Donna Almereida zu Ohren, und wie erwartet füllte sich das Hilton sofort mit ihrem Geschrei. Teresa schloß sich in ihr Zimmer ein und wollte mit niemandem mehr sprechen. Die Mutter des Gouverneurs rief sie, beschimpfte sie und schlug mit den Fäusten an ihre Tür, aber das nützte alles nichts. Das Mädchen wollte nicht öffnen. Da befahl Donna Almereida, man solle sie verhungern lassen und stürzte zu ihrem Sohn. Entschuldige, Mama, aber ich kann darüber noch nicht sprechen, stotterte er und hüpfte unruhig im Zimmer umher, denn er hatte seit Tagen diesen Ausbruch seiner Mutter erwartet. Es ist etwas ganz Außergewöhnliches geschehen, sagte er immer wieder, während er ihr Gesicht in seinen Händen hielt und sie schamrot mit einem Lächeln wie aus Gummi ansah: Ein Wunder ist geschehen, etwas so Außergewöhnliches, daß man nicht daran glauben möchte, das aber doch manchmal geschieht, eines von jenen Dingen, vor denen auch die Wissenschaft kapitulieren und den Hut ziehen muß. Aber im Augenblick kann ich darüber noch nicht sprechen, wiederholte der Gouverneur. Bitte, laß Teresa in Frieden, sie braucht Ruhe, in ein paar Tagen werde ich dir alles erklären, stammelte er wieder.

Das war am Montag. Am darauffolgenden Donnerstagabend wurde die Tafel gedeckt, als würde der russische Zar als Gast erwartet: silberne Platzteller, Kristalleuchter, vergoldete Becher. Und doch wurde es ein langweiliges Abendessen, das sich schleppend von der Consommé bis zu den gefüllten Rebhühnern zog. Die beiden anwesenden Generäle guckten Löcher in die Luft. Tarikh el-Aziz, der Direktor der *Gazzetta von Mahò*, war bemüht, ein paar geistreiche Scherze zu machen, aber sie fielen ins Leere und niemand lachte. Die drei Minister, die Almereida gegenübersaßen, hatten die Spannung, die in der Luft lag, bemerkt. Sie beugten sich über ihre Teller und zerschnitten oder schlürften wortlos die Gerichte, die die Diener ihnen vorsetzten. Der Gouverneur sah zuweilen mit haßerfülltem Blick zum Erzbischof zu seiner Rechten hinüber, weil er für diese Komödie fünftausend Silbertaler und einen dreistöckigen Palast im Stadtzentrum verlangt hatte. Donna Almereida schnaufte, blickte in die Runde und fuhr sich dabei, um die Speisereste aus ihren Zahnlücken zu entfernen, bei geschlossenen Lippen mit der Zunge über die Zähne, wobei sie hie und da schnalzte. Teresa hatte Ringe unter den Augen. Die Übelkeit der ersten Monate hatte sie wieder überfallen, und ihr Magen verkrampfte sich vor Wut. Doch der Gouverneur hatte sie gebeten, unbedingt bei diesem Abendessen dabeizusein, und auch Donna Almereida hatte darauf bestanden. Blaß und kraftlos hatte Teresa sich vom Bett erhoben und sich trotz ihrer Kopfschmerzen hierher geschleppt. Sie fand oft nächtelang keinen Schlaf und hatte dann am Morgen so starke Schmerzen in den Schläfen und hinter der Stirn, daß sie sich am liebsten umgebracht hätte. Nun also, Herr Gouverneur, verehrte Herren Minister, meine Damen und Herren, sagte der Erzbischof nach dem Obstgang und legte mit einem stumpfsinnigen Lächeln auf den Lippen die Hände übereinander, als wolle er die Lottozahlen verkünden. Ich glaube, meine lieben Freunde, wir sollten heute abend alle miteinander sehr glücklich sein. Alì Abd Allah, der Industrieminister, der sich fürchterlich langweilte, verbarg in diesem Augenblick ein riesiges Gähnen hinter der vorgehaltenen Hand. Wir müssen glücklich sein, fuhr der Erzbischof fort, denn der Himmel hat unsere geliebte Stadt gesegnet – hier wurde das Lächeln auf seinen Lippen noch breiter und strahlender, wodurch seine sieben Goldzähne zum Vorschein kamen. Unser liebes Fräulein Teresa, die Kusine des Herrn Gouverneurs, erwartet ein Kind!

Alle außer jenen, die bereits wie Teresa kreidebleich waren, und denen, die zu dunkelhäutig waren, als daß man eine Veränderung hätte bemerken können, erblaßten nach dieser Verkündung. Die beiden Generäle rissen die Augen auf, die Minister stießen sich gegenseitig mit den Ellenbogen an und gaben sich unter dem Tisch Fußtritte: Also hat man den Gouverneur erwischt, dachten sie. Auch wenn im Hilton mittlerweile alle auf dem laufenden waren, war es doch das erste Mal, daß diese Schande im Hause, bei Tisch, und noch dazu vor fremden Leuten, zur Sprache kam. Doch der Amtsarzt unserer Diözese, Doktor Mehretab, der das Fräulein Teresa vor wenigen Tagen untersucht hat, fuhr der Erzbischof fort, hat bestätigt, was zuvor auch schon im Krankenhaus festgestellt worden war, und uns versichert, daß es sich dabei nicht etwa um eine Phantasterei oder einen groben Fehler handelt. Wir wissen nun mit absoluter und definitiver Sicherheit, daß Fräulein Teresa, obwohl sie ein Kind zur Welt bringen wird, noch völlig unberührt und Jungfrau ist.

Verfluchtes Schwein, dachte Teresa im stillen, einer Ohnmacht nahe. Donna Almereida hingegen jubelte, als hätte sie im Lotto gewonnen. Sie lachte, klatschte in die Hände, schenkte Wein in die umstehenden Gläser. Diese Geschichte von der jungfräulichen Schwangerschaft, die noch dazu ihre Nichte betraf, erfüllte sie mit einer merkwürdigen Heiterkeit, wie wenn in ihrem eigenen Hause ein außergewöhnliches Naturereignis stattgefunden hätte, um das die Nachbarinnen sie nun beneiden würden und das selbst die Bankiersfrauen sich nicht leisten konnten. Denn, meine Lieben, man weiß ja, wie das Glück ist: Es regnet immer ins volle Faß. Doch auch die anderen waren erstaunt, verwundert und hingerissen von diesem Wunder. Almereida stand auf, hob das Glas und wollte mit dem Erzbischof und der Kusine anstoßen. Teresa schaute in die Runde und versuchte zu lächeln. Sie nahm all ihre Kräfte zusammen. Dann fiel sie in Ohnmacht.

Man trug eine Bank vor die Tür, setzte sich vor dem Schaufenster des Friseurs in den Schatten, und dort blieb man sitzen und schaute zu, wie die Straßen sich mit Anwälten in Gamaschen, mit eleganten Damen, die Seidenschirmchen trugen, und mit großen Gruppen von Frauen füllten, die sich müde und hungrig dahinschleppten – mit rachitischen Kindern auf dem Arm, die nicht einmal mehr die Kraft hatten, zu wimmern.

Auch die Hunde beobachteten, soweit sie nicht unter den Tischen dösten, neugierig die Prozession oder stellten die Ohren auf und streckten die Schnauzen in die Luft, wenn in der Menge auf der anderen Straßenseite eine räudige, vom Durst verzehrte Hündin erschien. Inzwischen sahen auch die, die erst vor wenigen Jahren nach Mahò gekommen waren, verächtlich auf die Neuankömmlinge herab. Sie waren so zerlumpt und heruntergekommen, redeten in so merkwürdigen, derben Sprachen, daß die anderen, die selbst nur mit Mühe über die Runden kamen, sich im Gegensatz dazu reich dünkten.

Mittlerweile versuchten Prediger, Nonnen und parfümierte alte Jungfern in einem wahren Feldzug, eine möglichst große Zahl von Verzweifelten für sich zu gewinnen. Überall wurde Suppe verteilt. An der einen Ecke gab es Brot, an der anderen Ingwer und Zighnì, vor der Baptisten-Kirche Kiccià und Tee mit Keksen. Wer wollte, konnte den ganzen Tag herumziehen und sich den Bauch vollschlagen, und wem nach einer zweiten Portion war, der konnte versuchen, sich danach zu erkundigen, wann am nächsten Tag die Predigt, die Versammlung oder die Messe beginnen würde. Zur Belohnung bekam er dann gleich noch einen halben Liter Kaffee eingeschenkt. Diese Jagd auf die Hungerleider half vielen zu überleben, ohne daß sie auch nur einen Centime ausgeben mußten. Auch für Kleidung war gesorgt. Gebrauchte Hosen voller Wanzen wurden verteilt, Schuhe, die man den Toten ausgezogen hatte, speckige Unterhemden und zerbeulte Hüte. Aber wenn man keine großen Ansprüche stellte, konnte man sich aus diesen Kleidungsstücken eine neue Garderobe zusammenstellen. Bald war der Ansturm auf Mahò jedoch so gewaltig, daß kein Kochtopf mehr groß genug war, um alle zu verköstigen. Von der großen Nachfrage überfordert, wurden die Vergabestellen der Wohlfahrt nach und nach geschlossen, und die Leute waren wieder auf sich selbst gestellt. Zur Vermeidung von Epidemien wurde der Befehl erlassen, die streunenden Hunde zu töten, die zu Hunderten in Mahò herumliefen. So hallten in den Nächten die Straßen von den Pistolen- und Gewehrschüssen wider, die auf die Hundemeute abgefeuert wurden. Manchmal mußte dabei allerdings auch ein Mensch daran glauben. Schuld war die Dunkelheit, die Grausamkeit des Schicksals. Die Menschen, die auf den Bürgersteigen übernachteten, fühlten sich nicht mehr sicher. Sie zogen sich vorsichtshalber in die Hausflure, unter die Brücken, ans Ufer des Lebca zurück, oder kletterten auf Bäume und Dächer. Aber auch hier pfiffen ihnen die Kugeln um die Ohren oder sausten ihnen zwischen den Beinen hindurch und erschreckten sie zu Tode.

Aufgrund dieser und ähnlicher Ereignisse ging den Leuten erstmals auf, daß sie – obwohl sie in verschiedenen Sprachen und Dialekten redeten, sich wegen einer einzigen Kartoffel prügelten und sich vor den Brunnen gegenseitig steinigten – eines gemeinsam hatten, und zwar die Angst. Es kam zu einer großen Demonstration – gegen Almereida, gegen die Hundeausrottung und das Schießen auf den Straßen – und zu Zusammenstößen, die die Einwohner von Mahò von ihren Fenstern aus beobachteten. Drei

Stunden Kampf, Mann gegen Mann: Polizisten mit Schlagstöcken gegen steinewerfende Greise, Frauen mit Pfannen und Hämmern, Knaben, die Karren umstürzten und Geschäfte anzündeten. Es gab viele Verletzte. Die Nonnen und Wohlfahrtsvereine erschienen wieder auf der Bildfläche und leisteten erste Hilfe, denn keiner wollte sich ins Krankenhaus einsperren lassen. Dann legte sich eine bleierne Ruhe über die Stadt. Alle warteten auf eine Reaktion der Regierung, die gewiß noch drastischere Maßnahmen ergreifen würde. Die Zeitungen forderten die Wiederherstellung der Ordnung und bezichtigten die Polizeiführung der Unfähigkeit, da sie die Situation nicht unter Kontrolle zu halten wisse. Die Einwanderer verschlossen sich tagelang in ihren Hütten, versteckten sich unter den Blechverschlägen, hockten unter Treppenabsätzen und lauschten gebückt dem Geschrei der Raben und der Hyänen, denen sie in dieser allgemeinen Stille abzuhorchen versuchten, was wohl als nächstes passieren würde.

Die Regierung schwieg sich aus, und langsam, unmerklich, wurde alles wieder so, wie es gewesen war. Die Menschen kampierten wieder, wo immer sie wollten. Tag und Nacht brannten Feuer an den Straßenrändern, die Stadt war voller Müll, Kinder stampften barfuß in den Pfützen herum. Rudel von Hunden, die überlebt hatten, streunten von einem Viertel ins andere, und in den Zeltstädten und Lehmhüttensiedlungen rings um die Stadt entstanden provisorische Märkte, Stände, auf denen schlichtweg alles zum Verkauf angeboten wurde: an Hunger verendete Hühner, rostige Schrauben oder Dörrobst. Die Eigentümer plusterten sich hinter ihrer Ware auf wie die Gockel und klimperten mit dem Kleingeld in der Tasche. Es waren Lumpenbasare, wo auf Ständen ohne Lizenz, auf achtlos hingeworfenen Strohmatten und auf im Straßenstaub ausgebreiteten Leintüchern zu Schleuderpreisen die gleichen Waren angeboten wurden, die in den Schaufenstern der Innenstadt auslagen. Auf den Märkten und Plätzen predigten indessen die deutschen Gewerkschaftler, daß der Kapitalismus in den letzten Zügen liege und sich in Mahò bald alles ändern werde, da die zunehmende Monopolisierung eine Revolution begünstige. Die Menschen hörten zu, ohne jedoch viel zu begreifen. Sie hatten gehört, daß sich – wenn es nach den Deutschen ginge – die Bauern, die Armen und die Kaufleute vereinigen sollten, da sie die unmittelbaren Opfer der Monopole seien. Dann aber sahen sie, wie die Kaufleute auf den Plätzen gegen die fliegenden Märkte am Lebca-Ufer protestierten, und sie begriffen, daß die Parolen der Gewerkschaft reines Geschwätz waren. Wie zuvor kämpfte jeder im eigenen Interesse ums Überleben.

Nach zwei Wochen waren die protestierenden Kaufleute über die illegalen Basare so erbittert, daß sie beschlossen, ihre Geschäfte zu schließen. Die Gewerkschaftsführer, die sich nun für die eine oder andere Seite entscheiden mußten, stimmten einem Manifest gegen die fliegenden Händler zu. Sie bringen den Markt durcheinander und drücken den Wert der Löhne, stand auf einem Flugblatt. Zwei moslemische Gewerkschaftsführer waren anderer Meinung und nutzten die Gelegenheit, um die Zwistigkeiten, die schon seit langem geschwelt hatten, in einen offenen Bruch zu überführen. So entstand eine zweite Gewerkschaft, die Arbeiter-Union. Die Union erklärte, daß die billigeren Preise der fliegenden Händler den Verbrauchern nur zugute kämen und daß die Kaufleute sich ja wehren könnten, indem sie ihre Preise ebenfalls herabsetzten. Endlose Diskussionen begannen, wobei die beiden Gewerkschaften zwar tagsüber heftig aneinandergerieten, sich gegenseitig Beschimpfungen an den Kopf warfen und einander beschuldigten, von der Petroleum finanziert zu sein, abends trafen sich die Führer beider Parteien dann aber im Hause irgendeines Freundes und entwarfen gemeinsam das Programm für den kommenden Tag. In der Tat waren sie sich darüber einig, daß das Wichtigste sei, eine möglichst große Anzahl von Menschen hinter sich zu haben. Weniger wichtig war, ob es sich dabei um die zerlumpten Bewohner der Barackensiedlungen und der Vorstädte am Lebca-Ufer handelte oder um die reichen Händler von Feldùs. Was alleine zählte war, daß sie – wenn sie sich mit dem einen oder anderen Minister oder dem Gouverneur persönlich um einen Tisch versammeln würden – glaubhaft behaupten könnten, die Vertreter des denkbar größten Teils der Bevölkerung zu sein, und daß sie allein dieser Quantität wegen Achtung verdienten.

Die Polizei hockte geduckt hinter den krumm gewachsenen Palmen und beobachtete die Sache aus dem Abseits. Sie ließ sich nur bei Zusammenstößen blicken und patrouillierte um die Lagerstätten der Einwanderer, hielt sich dabei jedoch in der Ferne. Die Polizisten mußten auf ihren Rundgängen erkennen, daß es pures Glück war, daß bisher noch keine Epidemie ausgebrochen war. Der Gesundheitsminister ließ medizinische Untersuchungen durchführen, sodann traf man sich zu endlosen Versammlungen, die oft nur zu dem nächtlichen Beschluß führten, für den nächsten Tag eine weitere Versammlung einzuberufen oder eine Untersuchungskommission einzusetzen. In wenigen Wochen entstanden Dutzende von Kommissionen und Unterkommissionen, die fast immer widersprüchliche Untersuchungsergebnisse und Vorschläge unterbreiteten, welche dann auf den Schreibtischen der Minister verstaubten, ohne daß je einer die Zeit fand, sie zu lesen.

Almereida seufzte und zuckte die Achseln. Man muß die Schlachten der Reihe nach schlagen, sagte er, denn er fand, daß es wichtiger war, sich zunächst einmal um die Soldatenaufstände zu kümmern, die den Süden des Landes unsicher machten. Die Leute brauchen immer etwas, worüber sie sich beklagen können, sagte der Gouverneur zu den Ministern. Sie protestieren gegen den Regen, gegen die Kälte und gegen die Trockenheit. Und wenn sie nichts mehr haben, worüber sie sich beklagen können, müssen wir ihnen etwas geben, sagte er. Denn wenn sie sich eines Tages nicht mehr beschweren können, werden sie anfangen, unsretwegen mit den Zähnen zu knirschen. Dann erhob sich Almereida mit einer Zigarre im Mundwinkel vom Versammlungstisch, trat ans Fenster und ließ die Minister hinter sich die Versammlung alleine weiterführen. Er verlor sich im Anblick der Menschen auf der Straße oder der immer dunkler werdenden Wolken, die den tiefblauen Himmel durchpflügten, Gewitterwolken, die sich entladen wollten, die grollten und sich zu riesigen schwebenden Schaumbergen verformten, die hinter den Zacken des Iamo-Gebirges und den hohen Kronen der Eukalyptusbäume versanken.

Um zu beweisen, daß seine Regierung noch stark war, der Staat noch in der Lage, sich zu verteidigen, und das Gros der Truppen ihm noch treu, veranstaltete Almereida eine große Militärparade durch die Straßen Mahòs. Männer mit hölzernen Gesichtern, bleich wie Leintuch oder schwarz wie Ebenholz, von Pockennarben übersät, zogen verschwitzt, von der Fanfare angeführt, in Reih und Glied durch die Straßen der Stadt, stramm von Kopf bis Fuß bewaffnet und in Geschwader aufgeteilt, mit gipsgehärteten Tuchhelmen auf den Ohren oder kleinen Blechhelmen in der Stirn, mit gewichsten Stiefeln und aufgepflanzten Bajonetten, im Gleichschritt, die Musketen geschultert. Sie waren gleichgültig gegenüber dem Dreck, durch den sie marschieren mußten. Ein Kavallerie-Geschwader führte den Zug an, links-rechts, links-rechts: Hundert milchweiße Pferde, im Gleichschritt und in Reih und Glied, darauf hundert Reiter, die nicht einmal wissen konnten, daß, ploff, ploff, aus den zentnerschweren Pferdebäuchen unter den weißen Schwanzbüscheln, ploff, nach Belieben der Kot herausfiel, zwanzig Kilo schwere Pferdeäpfel, links-rechts, und daß die Infanteristen direkt hinter ihnen –

in Zehnerreihen, im Gleichschritt, zwanzig Reihen pro Geschwader – gar nicht anders konnten, die armen, als durch den kniehohen Dreck zu stampfen. Auf der Tribüne Almereida mit seinen Ministern, auch sie in Habachtstellung, und die Flagge von Mahò, die über den Müttern, Gattinnen, Schwestern und Tanten der Admiräle flatterte, als wäre nichts, strammstehende Generäle, die Hand zum Salut an der Stirn. Die anderen Zuschauer unten am Straßenrand klatschten, vor allem jetzt, wo die Kanonen, die Artillerie mit der Kriegsausrüstung und dahinter, rechts-links, rechts-links, der Rest der drei Waffeneinheiten über die Schlaglöcher holperten. Ein Leutnant, der wie besessen Befehle brüllte, und wie immer die schmetternde Fanfare, die alles aus sich herausholen ließ, damit das Aufschlagen der Absätze im Takt bliebe und man bis zum Finale nicht etwa schlappmachte. Mein Kompliment, General, sagte Almereida zu dem Fettwanst, der die Parade organisiert hatte, mein Kompliment auch Ihnen, Admiral. Danke, zu Befehl! Almereida dachte unterdessen, was für Leute das doch sind, die Militärs: farblos, mit kläglichen Ambitionen, am Kommandieren mehr als an der Macht interessiert, alte Waschweiber, die den Mund voll nehmen mit dem Geschwätz von Fahne, Vaterland und Familie, die unfähig sind, sich in den Dienst einer Sache zu stellen, sondern immer nur jemandem dienen wollen. Deshalb war es Gott sei Dank noch immer leicht, sich dieser Soldatenseelen zu bedienen, vor allem, wenn man sie gegeneinander aufhetzte. Jedenfalls mein Kompliment, Admiral. Oh, vielen Dank, ich bin geehrt und gerührt, daß seine Exzellenz der Gouverneur mit unseren Männern zufrieden ist. Nein, General, ein Soldat darf nicht gerührt sein, es ist ihm nicht gestattet! Ihr könnt Euch höchstens freuen, frohlocken oder hochgestimmt sein, erwiderte Almereida, während er sich die Nase putzte. Nun denn, wenn Exzellenz gestatten, ich freue mich, ich freue mich sehr, sagte der General errötend. Die Fanfarenklänge waren nunmehr schon weit, die Parade an ihrem Ende angelangt, Infanteristen und Pferde entkräftet. Die Fahnen hingen schlaff an ihren Masten und es erklang ein letztes mattes Links-rechts. Die Menge hatte sich schon beinahe aufgelöst, die Tribüne war fast leer. Und auf den Straßen, dem Schauplatz der Parade, dieser schönen Festlichkeit, war nichts als Kacke. Unendlich viel Kacke.

Am darauffolgenden Tag unterzeichnete der Gouverneur ein Dekret, in dem der Belagerungszustand erklärt wurde. Wer sich nach Mitternacht noch auf der Straße befand, sollte festgenommen werden. Konzentrationslager wurden für die diejenigen, die ohne Erlaubnis in die Stadt Mahò eindrangen, errichtet. Wer eine Waffe bei sich trage, werde auf der Stelle erschossen: Almereida und seine Minister waren nunmehr überzeugt davon, daß der Feind sie umzingeln und in die Stadt einbrechen wollte. Es wurde ein Aufruf an die Nation verlesen, und an die noch ergebenen Garnisonskommandanten wurden Depeschen verschickt. Der Gouverneur hielt außerdem eine lange Rede auf dem Semmar-Madgu-Platz, auf dem von Gneissenau die beiden Turnriegen in regungsloser Habachtstellung aufgestellt hatte.

Am gleichen Tag ernannte Almereida sich selbst zum Herr über sämtliche Waffeneinheiten, legte den Grundstein für ein neues Krankenhaus, weihte zwei Schulen ein und verlieh sich den Doktor honoris causa in Philosophie und Jura. Erschöpft verkroch er sich an diesem Abend mit der Katze, die auf seinen Knien schnurrte, in eine Ecke des Salons, während Maria Assunta Klavier spielte. Nach zehn Minuten begann ihr Musizieren dem Gouverneur auf die Nerven zu gehen: Ich bitte dich, hör auf zu spielen, von diesem Lärm bekomme ich Kopfschmerzen, sagte Almereida zu seiner Kusine. Ihr schien es unmöglich, daß die Musik irgendwelche Schmerzen verursachen könne, schon gar nicht bei einem ehemaligen Musiker wie dem Gouverneur. Sie verminderte daher zwar die Lautstärke, fuhr aber fort, auf den Tasten zu klimpern. Aber das ist Chopin, sagte Anna, und Piera, die neben dem Klavier saß und verzückt zusah, wie Maria Assuntas Hände über die Tastatur glitten, sagte, daß Chopin – so hieß er doch, nicht wahr? – nun, jedenfalls, das mußte man ihm lassen, er war einfach der Beste. Ich möchte hier in Ruhe ein wenig sitzen, entgegnete der Gouverneur. Morgen könnt ihr soviel Musik machen, wie ihr wollt, den ganzen Vormittag und Nachmittag lang, wenn ich nicht da bin. Maddalena erinnerte ihn daran, daß Maria Assunta bald ein Konzert zu geben habe und deshalb üben müsse, und erkühnte sich, hinzuzufügen, daß Maria Assunta sich ja schließlich nicht vor all den Leuten blamieren könne, die extra kommen würden, um ihr zuzuhören. Und im übrigen, sagte da Donna Almereida, laß sie doch noch zehn Minuten spielen, dann gehen wir sowieso alle zu Bett. Und da sie den ganzen Tag Quittenmarmelade eingekocht und nun geschwollene Füße hatte, wollte sie jetzt gleich ins Bett schlurfen und sagte den Musikfreunden gute Nacht. Und, entschuldige, aber ich kann einfach nicht glauben, daß man von so gefühlvoller Musik Kopfschmerzen bekommen kann, sagte nun Kusine Maria. Dann meldete sich womöglich noch Maddalena zu Wort, wenn du willst, hol ich dir eine Tablette oder koche dir einen Kräutertee, und will sich mit ihren knirschenden Knien erheben. Nein, ich möchte nur, daß ihr um Himmels willen aufhört, auf diesem Kasten herumzuklimpern, sagte seufzend der Gouverneur und stand auf. Das Schicksal wollte, daß just in diesem Augenblick etwas geschah, was besser unterblieben wäre. Maria Assunta nämlich, die sich die ganze Zeit über zusammengenommen hatte, konnte nun einfach nicht mehr. Erst brach aus ihrem Hals, dann aus ihrem tiefsten Inneren ein Schluchzen hervor, aus ihren Augen sprudelten murmelgroße Tränen, und ein animalischer Schrei befreite sich aus der Tiefe ihrer Eingeweide, ein langes, häßliches Heulen, in dem sich ihre ganze nun nicht länger zurückgehaltene Wut Luft machte. Der Gouverneur empfand diesen Laut als eine Schmähung, eine Beleidigung, eine weibliche Bosheit, und die Katze war wohl derselben Meinung, denn es sträubte sich ihr das Fell, sie machte einen Buckel und floh unter die Kredenz. Der Zufall wollte, daß Piera, als sie vom Stuhl aufsprang, mit dem Arm eine Vase zu Boden warf, die dort in Stücke ging. Da schnellten auch die anderen von ihren Stühlen hoch, wobei Maddalena versehentlich mit dem Ellenbogen an den Klavierdeckel stieß, der dadurch zufiel, und zwar auf Maria Assuntas Finger, die nun aussah wie verstümmelt, als habe ein Krokodil ihre Hände verspeist. Sie schrie vor Schmerz auf, und jetzt fing auch der Kristalleuchter an zu klirren, denn es war ein wahrlich ungeheurer Schrei, den sie sogleich in der Kehle zu ersticken versuchte. Als sich ihr Blick mit dem furchterregenden Blick des Gouverneurs traf, merkte sie, daß alles zu spät war, denn Almereida war bereits vom Sessel aufgesprungen und sauste auf diese elenden Weiber zu, die es nicht dabei beließen, seine Ruhe zu stören, sondern sich jetzt auch noch die Frechheit herausnahmen, solch einen Krakeel zu veranstalten. Vor ihm. Ihm, der soeben damit fertig geworden war, Erschießungsbefehle zu unterzeichnen und Höchststrafen zu verhängen, ihm, der sie alle zusammen mit einer Hand zerquetschen konnte, diese Huren, diese liederlichen, klavierspielenden Weibsbilder, sagte der Gouverneur, jetzt werde ich euch nach meiner Musik tanzen lassen, zum Teufel noch mal! Er stürzte aus dem Zimmer und rannte fluchend über Treppen und durch Korridore, schleuderte Stühle durch die Gegend, stürzte Kisten und Wäschestöße um, denn er suchte etwas, etwas Bestimmtes, das er aber nicht finden konnte und dessentwegen er Möbel verrückte, Türen knallte, Vasen und Fensterscheiben zerschlug und durch das ganze Haus schrie.

Als er zurückkehrte, saßen seine weiblichen Verwandten eng aneinandergeschmiegt da und weinten. Maria Assunta lutschte an ihren gequetschten Fingern, die anderen flehten den Gouverneur an, er möge sich wieder beruhigen. Sie schluchzten herzzerreißend, aber Almereida hörte sie nicht einmal, obwohl sie ihn auf Knien um Verzeihung baten. Er stürmte wie eine Furie ins Zimmer – mit dem Beil in der Hand. Der erste Schlag war so fürchterlich, daß Maddalenas Blut in Wallung geriet und sie in Ohnmacht fiel, und so sah sie nicht, wie die Axt wieder in die Luft gestreckt wurde und von neuem auf das schwarze Klavier niedersauste, das nur ein wenig ächzte und das Zimmer mit einem dumpfen Akkord erfüllte. Der dritte Schlag traf die elfenbeinernen Tasten, die in kleinen Büscheln zu Boden fielen. Die Sache begann, Almereida Spaß zu machen, und die Axt sauste wieder und wieder, wohl ein dutzendmal, auf das Klavier herab, ein Hieb durchschnitt die Saiten, die sich um die zersplitterten Hämmerchen wickelten, während Piera und Teresa vor Schreck in den Salon flohen. Carlo Leopoldo traten die blutunterlaufenen Augen hervor, der Schweiß rann ihm in Strömen über das Gesicht. Sobald dieser Schlächter mit dem Klavier fertig ist, wird er sich uns vornehmen, dachte Anna Beyené und bereite sich auf ihr Martyrium vor, indem sie die Arme ausstreckte und zur Zimmerdecke emporschaute und schnell ein Avemaria nach dem anderen über ihre Lippen fließen ließ. Lucia hingegen, die sah, daß der Weg frei war, nahm die Gelegenheit wahr und floh weinend aus dem Zimmer. Sie wollte nach Hilfe rufen, aber vor Aufregung versagte ihr die Stimme. Sie floh ans andere Ende des Korridors, aber auf halber Höhe der Treppe ließ sie ein Getöse erstarren, von dem der ganze Palast erzitterte: Ein Axthieb hatte nun den eisernen Rahmen zerschlagen, und die Spannung der Saiten hatte den Kasten zerrissen und in hundert Stücke zersprengt, die nun an die Wand flogen und sich mit all ihren Gefühlsnuancen, Noten und Halbtönen über den Boden verstreuten. In dem Augenblick, in dem Maddalena wieder zu sich kam, fiel das Klavier wie ein geschlachtetes, von Metzgerhieben erlegtes Tier entkräftet zur Seite. Maddalena starrte mit aufgerissenen Augen auf die Trümmer, die mit einem Gebrumm von dumpfen Tönen aus dem blutenden Bauch des Klaviers langsam ausvibrierten; und auf Carlo Leopoldo, der mit der Axt in der Hand, in zerrissener Jacke und mit verrutschtem Kragen daneben stand, und Chopin und sämtliche Kalenderheiligen verfluchte; und auf Anna Beyené, die einen Meter dahinter stand, die Arme gen Himmel gestreckt, und darauf wartete, diesem ihrem schrecklichen Erlebnis im Hause Almereida als Märtyrerin und Beinahe-Jungfrau zum Opfer zu fallen. Maddalena kam die Szene vor wie ein Alptraum. Sie mußte sich in den Arm zwicken, um sich zu vergewissern, daß sie nicht einfach nur schlecht träumte. Als sie merkte, daß alles wirklich war und daß der Gouverneur eine Stelle suchte, an der er seine Wut noch weiter auslassen könnte, zog Maddalena es vor, wieder in Ohnmacht zu fallen, was sie dann auch just in dem Moment tat, als Carlo Leopoldo dem Klavierwrack einen letzten Hieb versetzte. Dann, nachdem er sich mit dem Ärmel den Schweiß vom Gesicht gewischt hatte, verließ der Gouverneur das Zimmer. Anna Beyené folgte ihm in den Korridor, barfuß und auf Knien über den Boden rutschend, erstaunt darüber, daß er sie am Leben gelassen, sie nicht einmal angesehen hatte. Aber sie hatte nicht den Mut, von ihrem Cousin eine Erklärung zu fordern, der müde von dannen ging. Die Axt hing schlaff aus seiner Hand herab, die andere Hand vergrub er in seinem weißen Haarschopf.

10

Trotz der Verhaftungen, trotz des Stacheldrahtes und der Brutalität der Soldaten strömten die Menschen weiterhin nach Mahò. Draußen im verwaisten Land gab es nichts mehr zu essen. Die Bauern verließen massenweise ihre Äcker, Räuber und Diebe plünderten die Dörfer und brandschatzten die Ernte. Auch aus Asien und Europa kamen täglich neue Zuwanderer an, Männer und Frauen, die vor dem Elend in ihren Ländern geflohen waren und hier ein Stück Land suchten, einen Ort, an dem sie in Frieden leben konnten, Menschen, die über die Meere, durch die Wüsten und über die Gebirge gezogen waren und nun in langen Karawanen aus den hintersten Ecken, die auf den vergilbten Landkarten der Hafenämter noch verzeichnet waren, in Richtung Mahò zogen, ihre Wasservorräte prüften, Atem schöpften und sich den Staub von den Füßen wuschen. Mahò war ihr Mekka, das Paradies, in das sie gelangen wollten. Und so zogen sie dahin, gebeugt unter ihren Säcken und Bündeln, in denen, gut verschnürt, die Angst vor dem Unbekannten steckte, das sie erwartete, und auch die Fieberkrankheiten, die sie sich vom sumpfigen Wasser geholt hatten. Dann bekam die schwangere Schwester ihre Wehen, das fehlte gerade noch. Die erschöpften Eltern seufzten, denn im Alter möchte man sich schließlich irgendwo niederlassen. Im Alter verzichtet man gerne und gibt sich mit dem zufrieden, was man hat, und die Kinder werden lästig, weil die Reise so lang dauert, Kacka, Pippi, Aua und der ganze Rest. Man muß also häufig Rast machen. Und wenn es sich bei der Reise um einen Exodus, um eine Flucht handelt, so erscheint einem die Finsternis noch finsterer, das Geschrei der Frösche und Hyänen noch lauter.

Eines Nachmittags loderte am Himmel plötzlich ein Feuer auf. Die Hunde begannen zu bellen, und die Ziegen in den Herden der Wanderer meckerten angstvoll. Es war, als sei einer hinaufgestiegen und habe mit Fackel und Stroh die Wolken angezündet und als habe sich das Feuer dann über die ganze Erde ausgebreitet. Die Schlangen kamen verdutzt aus ihren Verstecken, die Esel ließen ihr Baritongebrüll erklingen und die Hennen, in Käfigen kopfüber an den Füßen aufgehängt, erhoben ihr Geschrei, während auf der geraden Linie des Horizonts die Leoparden leichtfüßig über das Sumpfland flogen. In diesem Augenblick begann die Welt plötzlich zu zittern. Man hörte nur ein dumpfes Dröhnen, die Erdkruste platzte auf und aus Rissen und Abgründen strömten Schwefel und Rauch hervor. Der Himmel verdunkelte sich, von den Bergen rollten schwer die Steine herab, die Wege barsten auf und die ganze Natur wurde umgekrempelt.

Als das Erdbeben aufhörte, war es bereits Nacht. Der Mond hatte über den Lehmwüsten seinen Trauermarsch begonnen. Mäuse und Maulwürfe huschten auf der Suche nach den verschütteten Eingängen zu ihren Höhlenlabyrinthen zwischen den Steinen umher. Die Luft roch nach Essig, bei Einbruch der Nacht hatte sich ein Wind erhoben, der bald den Mond hinter Wolken verbarg. Dann stimmten die Grillen und Insekten trotz der Angst ihre Lieder an, zart und trunken, als sei dies eine Nacht wie jede andere. Die Gedanken begannen, wieder den Traum von jener Großstadt zu hegen, wo jeder Tag ein Festtag war, und man vergaß die schlimme Nacht, die Blutbäder und seine Sünden. Schluß jetzt, wir gehen nach Mahò. Wir wollen unser Leben verändern! Ja, nach Mahò, wo ein Komet die Straßen beleuchtet und ein Großmaul an der Macht ist, sagten die Alten. Andere zuckten mit den Schultern, denn das war ihnen gleich. Früher oder später wird auch dieser krepieren, sagten sie. Die Erde hat schon viele feige Könige gesehen, die sich darauf eingerichtet hatten, ewig zu leben, Ras, die sich unsterblich dünkten und sich Grabstätten aus Marmor und Gold errichten ließen, mit sich selbst als Reiterstandbild darauf, als könnten sie dadurch weitergaloppieren bis in alle Ewigkeit. Aber wie Moses, David und Salomon sind auch sie gestorben, sie haben ihre Seele ausgehaucht wie alle anderen auch, denn das Leben ist nicht länger als die Zeit, die ein Tamarindenblatt braucht, um zu verwelken. Und auch er, der König dieses Ortes, an den wir immer noch nicht gelangt sind, wird sterben. Sie waren es leid, über Berge zu steigen und Wüsten und Ebenen und Meere zu durchqueren. Wenn die Erde wirklich rund wäre, wie es heißt, müßten wir jetzt längst schon wieder zu Hause angekommen sein, in Indien und Algerien, in Kroatien und Tunesien. Die Alten wußten schreckliche Dinge zu erzählen von dem Mann, der jene Stadt regierte. Oh ja, manche Menschen sind schlimmer als Hunde, sagten sie und wollten lieber nicht weiterreden.

Eines Nachmittags im September erschien am Himmel plötzlich ein schwarzer Fleck. Die Hunde blieben still und hoben ihre Schnauzen in den Wind. Ein dichter, dunkler Hagel verdüsterte die Sonne: Heuschrecken fraßen die Knospen von den Blättern, die Blätter von den Zweigen und die Zweige von den Stämmen, sie mähten mit ihren zahnlosen Scheren die Felder nieder und verwandelten das Grün, das seit der Schöpfung die Welt bedeckte, in Teerschwarz, Rostbraun und Aschgrau. Alles, was entsteht, wird zerstört werden, sagten die Alten, die versuchten, weise zu erscheinen. Die kleinen Buben, die daneben hockten, um brav das ganze Pippi aus ihren harmlosen, zwischen den Fersen baumelnden Pimmeln herauszulassen, hörten ihnen zu. Das ist es, was uns bevorsteht: gedörrtes Fleisch essen, abgestandenes Wasser trinken, das nach altem Käse stinkt, Enttäuschungen verdauen und unseren Weg mit Schmerzen pflastern. Das ist die Strafe für diejenigen, die einen Ort auf der Erde suchen, den es nie gegeben hat, als würden sie mit den Fingernägeln den legendären Heuhaufen durchscharren, um die Nadel zu finden. Oder vielleicht gibt es diesen Ort wirklich, diese imaginäre Stadt, von der alle sprechen. Sie muß weiß und riesengroß sein, höher als der Turm von Babel, verworrener als Rom zur Zeit, als es noch der Nabel der Welt war, eine Stadt, Stein für Stein von Engeln und Erzengeln erbaut, die es satt hatten, immer nur dem Allmächtigen zu dienen und die heruntergekommen sind, um mit Gold, Marmor und Maurerkellen an diesem Ort der Türme, Minarette und Kathedralen zu spielen. Abends am Lagerfeuer beschrieben die Alten den Kindern die Stadt, und in ihren Erzählungen wuchs Mahò in die Breite, in die Höhe und leuchtete kalkweiß, eine Stadt, die in der Phantasie um so strahlender und glücklicher erblühte, je ausgedörrter und staubgrauer die Wirklichkeit derer war, die von ihr erzählten. Es waren die Märchen von Greisen, von alten, aus der Bibel vertriebenen Patriarchen, die in der Frühe wie die Narren die Nase gen Himmel strecken und den Falken und Tauben nachsehen, die nach Osten ziehen. Alles ist auf Wanderschaft, Ziegen, Maulesel, Hunde, Vögel und auch sie sind ein Ebenbild des Schicksals dieser Menschen, denn sie müssen fliehen, auch sie stopfen sich oben voll und entleeren sich unten wieder und fühlen ihr steinhartes Herz, das bitter ist und leer, denn so ist das Leben. Wenn das Mahò sein soll, sagten sie, dieses chaotische Durcheinander aus Menschen, die blind sind vor Versessenheit auf das Glück, aus Mädchen, die sich für einen Haufen Vogeldreck hergeben, aus Vätern, die zu keiner Entscheidung fähig sind, aus ungehorsamen Ehefrauen und aus Knaben, die auf Brocken herumkauen, die man den Hunden hingeworfen hat, dann – so sagten die Alten – ist es besser, wir bleiben in dieser Wüste oder kehren dorthin zurück, wo wir hergekommen sind. Wenn das so ist, wenn dieser Ort wirklich so schmutzig ist, wie man sagt, dann lieber in unserem Elend weiterleben, mit ein paar steinharten Maiskolben, an denen wir uns die Zähne wetzen können: Kann man denn an einem Ort leben, an dem keiner mehr die Sprache spricht, die man versteht und keiner mehr auf eine Weise Scheiße sagen kann, daß man bei dem Wort auch die Farbe der Scheiße sieht und ihren Geschmack auf der Zunge hat? Sei unbesorgt, Alter, in Babel brauchst du keine Ohren und keine Zunge mehr, sagten jene, die aus der entgegengesetzten Richtung kamen. Dort braucht man nur Füße zum Laufen und eine Faust zum Klopfen, damit man anfragen kann, ob nicht jemand einen Diener braucht, den er verprügeln kann, einen Hund, der ihm den Dreck von den Stiefeln leckt, einen Mund, der sich mit dem zufriedengibt, was für das Vieh übrig bleibt, Schwestern und Töchter, die sich die Knochen schinden lassen, stumme Frauen, die auch dann noch lautlos auf Knien die Fußböden scheuern, wenn ihnen einer die Röcke hochhebt und ihnen hinten reinfährt, denn man weiß ja, das ist das Geringste, was einem passieren kann, wenn man zum Vieh gehört. Dann wollen auch wir umkehren, sagten die Alten. Lieber in der Wüste bleiben, lieber hier die Wanzen zählen und Skorpione aus dem Mehl graben, lieber sich von den Fliegen den Wundschorf fressen lassen und dafür wissen, daß die Jungen den Blick senken und die Nase zu gebrauchen lernen, um die Gefahren zu wittern und die Freunde von den Feinden zu unterscheiden.

Bis eines Nachmittags plötzlich wie ein riesiger weißer Fleck Mahò vor ihren Augen erstrahlte. Nun galt es, durch die überfüllten Straßen zu hinken, die Luft anzuhalten vor der Treppe der Moschee, den Mund aufzusperren vor Verwunderung über die Schaufenster und die Geschäfte, über das Gewirr von Minaretten und Kirchtürmen, über die Straßenlaternen, die in dieser Stadt die pechschwarze Nacht erhellten, wo der Tag niemals aufhörte und immer jemand sprach, lief oder sang, und wo keiner je schlief, wo die Kamine auf den Dächern rauchten, als werde hier das Brot für die ganze Welt gebacken. Wir bräuchten hundert Jahre, um zu begreifen, wo wir hier gelandet sind, sagten die Alten. Es wäre einfacher, vom Kohlenkeller bis zu den Kochkesseln die Hölle zu durchforschen, als diese Stadt, wo der Norden im Süden liegt, die Sonne im Osten untergeht und sich am Abend der Himmel von einem Horizont zum anderen entzündet, wo die Frauen sich die Gesichter schminken, als sei alle Tage Karneval, und die Männer so fein angezogen sind wie die Totengräber, aber dann wühlen sie zusammen mit den Hunden im Müll.

Nach Sonnenuntergang durchstreifte die Armee auch das Gelände außerhalb der Stadt. Die Soldaten durchsuchten Dörfer und Höhlen und durchkämmten die Sümpfe und das Dickicht unterhalb des Iamo-Gebirges. Im Morgengrauen kehrten sie zurück und schleppten Hunderte von barfüßigen, verängstigten Menschen hinter sich her, die sie in die mit Stacheldraht umzäunten Lager hinter der Akademie sperrten.

Der Bau eines neuen Gefängnisses, das zehnmal größer sein sollte als das bisherige, wurde beschlossen. Ein sternförmiges Zuchthaus mit acht Flügeln, wo wenige Posten genügen würden, um Tausende von Gefangenen zu überwachen. Für die Zeit bis zur Fertigstellung des neuen Gefängnisses ordnete die Regierung die Beschlagnahme sämtlicher für die Unterbringung von Gefangenen geeignete Räume an. Aus diesem Grunde wurde eines Tages Esterhazy ins Hilton gerufen, wo Woldeyesus ihn im Namen des Ministers aufforderte, der Polizei zehn Käfige zur Verfügung zu stellen, in denen jeweils mindestens zwölf Gefangene untergebracht werden könnten. Esterhazy protestierte. Er gab zu verstehen, daß das nicht möglich sei. Es gebe keinen Platz im Robinson, er wisse nicht, wohin mit den Tieren. Seien Sie unbesorgt, sagte Woldeyesus. Wir können sie in den Sümpfen aussetzen oder sie erlegen, wenn Ihnen das lieber ist. Das ist kein Problem, wiederholte der Sekretär des Gouverneurs lächelnd. Esterhazy begriff, daß es keinen Ausweg gab. Er erbat sich zwei Tage Zeit, um die Sache in die Wege zu leiten, und verpflichtete sich, die Käfige zu leeren. Wenige Tage später erschien Oberst Samsson Towolde im Zirkus Robinson.

Der Offizier lächelte, war freundlich und stellte viele Fragen. Er wollte alles über den Zirkus wissen, über die Gebräuche, die Schwierigkeiten und die Annehmlichkeiten eines derartig bewegten und ungewöhnlichen Lebens. Ich beneide Sie, wissen Sie, sagte der Oberst. Sie glauben nicht, was ich dafür geben würde, Ihren Beruf ausüben zu können! Die Lust würde Ihnen bald vergehen, antwortete der Direktor des Robinson, es ist ein viel härteres Leben, als man meint. Wir sind Nomaden, Zigeuner, Pilger, sagte er mit vorgetäuschter Lässigkeit und gespielter guter Laune, denn er erwartete, daß der Soldat von einem Moment zum anderen aufhören würde zu lächeln und mit hartem Gesicht die Gründe darlegen würde, die ihn in den Robinson geführt hatten. Er wollte tausend Sachen wissen: über Europa, über Paris und darüber, wie es in jenen Teilen der Welt um den Fortschritt stünde. Dann nahm er, da er, wie er sagte, keinen Alkohol trinke, ein Glas Tamarindensaft an. Es tut mir leid, daß Sie in einem solch ungünstigen Augenblick in unsere Stadt gekommen sind, sagte der Oberst zum Schluß und meinte damit den Alarmzustand. Wir versuchen, uns dem anzupassen, antwortete Esterhazy und zwang sich zu einem Lächeln.

Der Oberst wollte wissen, was die Tiere zu fressen bekamen, wieviel Fleisch, wieviel Heu, was es kostete, all diese Mäuler zu stopfen und woher der Nachschub käme. Towolde besaß folgende Eigenheit: Während er Fragen stellte und Esterhazy antwortete, schrieb er mit einem Bleistiftstummel Notizen in ein kleines Heft, das er auf den Knien hielt, geschwind und ohne dabei auch nur ein einziges Mal den Blick von seinem Gesprächspartner abzuwenden. Nach einer Weile stand der Oberst auf, machte ein paar Schritte zum Fenster hin, schob den Vorhang zur Seite und verharrte im Anblick des goldenen Abendlichtes. Esterhazy ließ ihn nicht aus den Augen. Als Towolde zum Tisch zurückkehrte und sich wieder vor seinen Tamarindensaft setzte, lächelte er nicht mehr. Er sagte hart, daß auf Befehl des Ministers bereits einige Gefangene in einen der Käfige gesperrt worden seien, und man nun die übrigen von Esterhazy versprochenen Käfige benötige und aus ihnen die Tiere herausnehmen müsse. Um meinen Bericht fertigzustellen, werde ich mich zwei Tage hier aufhalten müssen, erklärte der Oberst und legte die Stiefel übereinander. Esterhazy zwang sich, gleichmütig zu bleiben. Als er aufstand, um die Deckenlampe anzuzünden, da es inzwischen dunkel geworden war, erschien eine Alte mit einem Turban auf dem Kopf, eine Frau, die niemals sprach, niemals lächelte und niemals grüßte. Sie breitete eine Decke über den Tisch, stellte Teller und legte Besteck hin und trug in zwei dampfenden Töpfen das Abendessen auf. Als sie wieder hinausging, sah der Oberst, daß sie hinkte. Ihre Frau? fragte Towolde. Nein, eine ehemalige Akrobatin. Sie hatte vor vielen Jahren einen Unfall, aber sie wollte niemals fort vom Zirkus Robinson. Damals, auf dem Trapez, war sie großartig, und heute ist sie es in ihrer Sorge um mein Wohlergehen immer noch, sagte Esterhazy. Ich möchte Sie daran erinnern, Herr Direktor, daß ich morgen früh jemanden brauche, der mich bei meiner Inspektion durch den Zirkus führt. Natürlich wäre es mir am liebsten, wenn Sie selbst das tun könnten, aber ich möchte Ihnen natürlich nicht noch mehr Zeit stehlen. Einer unserer Artisten wird Sie begleiten, sagte Esterhazy.

Am nächsten Morgen wartete Misiè, auf den Stufen seines Wohnwagens sitzend, auf den Oberst. Als Towolde ihn auf seinen kurzen, krummen Beinen auf sich zuschwanken sah, begriff er, daß dies der Artist sein müsse, den ihm Esterhazy für seine Zirkusbesichtigung zugewiesen hatte. Misiè knautschte zwischen seinen Händen eine rote Mütze zusammen und sah schüchtern zu Boden. Er dressierte Schweine, und im Grunde fühlte er sich nur in ihrer Gesellschaft wohl. Obgleich man ihm gesagt hatte, er solle den Oberst nur begleiten, sonst nichts, fühlte er sich, als müßten sie eine lange Reise zusammen machen. Oder vielleicht würden sie miteinander in eine Kavallerielkaserne gehen, um Heu und Schlachtvieh für die Tiere des Robinson zu holen, da die Vorräte beinahe aufgebraucht waren. Als er erfuhr, daß sie nur durch das Zirkusareal spazieren sollten, wurde Misiè klar, daß es nichts Gutes bedeuten konnte, wenn die Regierung jemanden zum Rumschnüffeln hierherschickte. Er wurde ernst und hörte auf zu lächeln. Um so mehr, als er am Vorabend gesehen hatte, wie man in den großen Affenkäfig Menschen gesperrt hatte. Er hatte gesehen, wie Soldaten um die Umzäunung patrouillierten, und hatte gehört, wie die Gefangenen im Käfig jammerten.

Herr Towolde wollte seinen Inspektionsgang in der Manege beginnen. Er fragte nach der Anzahl der Plätze auf den Rängen, wieviele Meter, wieviele Pferde, wieviele Arbeiter, wieviele Elefanten und notierte alles in seinem Heft. Er fragte auch, wie lange Misiè schon beim Robinson war. Dann fragte der Oberst, ob er sich hier wohl fühle, ob er Probleme habe, ob er verheiratet sei und welcher Konfession er angehöre. Jüdisch und ledig, mein Herr, antwortete Misiè, und im übrigen keine Probleme, alles geht bestens, sagte er in einem Atemzug. Der Oberst lachte, legte ihm eine Hand auf die Schulter und erkundigte sich beinahe im Flüsterton bei Misiè – der nicht einmal mit seinen besten Freunden über solche Dinge sprach –, ob es wahr sei, daß die Frauen ganz verrückt auf die Zwerge seien, wegen ihres übermäßig proportionierten Rüssels. Er brach in Gelächter aus, der Oberst, und auch Misiè rang sich, während er am ganzen Leib schwitzte und seine Wangen glühten, ein Lachen ab, aber nur aus Höflichkeit. Er hätte weglaufen und sich im Futterheu der Pferde verkriechen mögen. Dann erzählte der Oberst die Geschichte von einer jemenitischen Prinzessin, die in einen Zwerg vernarrt war. Er erzählte das Märchen mit Inbrunst und hielt dabei Misiès Arm fest, als fürchte er, dieser würde im nächsten Augenblick die Flucht ergreifen. Jedenfalls war die Prinzessin wunderschön, der Zwerg knapp einen Meter groß und ein unvergleichlicher Liebhaber, der jedoch, so hieß es, seiner Frauen schnell überdrüssig wurde und sie häufig wechselte. So verließ er auch die Prinzessin, die darüber so unglücklich war, daß sie sich in einem Winkel des Schlosses an einem Balken erhängte. Towolde lachte, aber diesmal schaffte es Misiè einfach nicht, mitzulachen, denn die Erhängten hatten ihn immer traurig gemacht, ihm einen Schrecken eingejagt, der ihm das Blut in den Adern stokken ließ. Ihre blauen Gesichter blieben ihm wochenlang vor Augen und er fand darüber keinen Schlaf. Gott sei Dank erhoben sich, während der Oberst aus katarrhalisch knarrendem Halse genüßlich lachte, Flöten-, Trompeten- und Trommelklänge: Das Orchester des Robinson probte im Schatten der Eukalyptusbäume ein neues Stück, und Misiè nahm die Gelegenheit wahr, um das Thema zu wechseln.

Vor dem Elefantengehege fragte der Oberst auch den Wärter aus, einen alten Mann aus Dahakil, der am Stock ging, barfuß und verträumt wie ein alter Büffel, und dem ein Haufen bunter Kettchen fast den Hals abschnürte. Der Oberst fragte, wieviel die Elefanten äßen, wann sie schliefen, wieviel sie tränken und wann sie sich paarten. Der Alte sagte nur ja und nein und schüttelte dabei leicht den Kopf. Oder er fing an, endlose Reden ohne Hand und Fuß zu führen, in die er seine Träume und alles, was ihm durch den Kopf ging, einfließen ließ, denn er traute dem Mann in Uniform nicht, der ihm da Fragen stellte. Bei den Löwen wurde die Neugier des Oberst geradezu aufdringlich. Er nahm sein Notizheft wieder zur Hand und fragte ihn lauter Dinge, die Misiè nicht wußte. Wieviele Tage sie ohne Wasser auskommen könnten, wieviele Meilen sie in einer Nacht laufen könnten und ob sie wie die Katzen auch im Dunkeln sehen könnten. Wenn Misiè keine andere Antwort einfiel, erzählte er einfach von seinen Schweinen und tat so, als seien sie Löwen, denn über seine eigenen Tiere wußte er alles. Sie gingen hinter das große Zirkuszelt, und Towolde wollte die Baracke mit der Damentoilette sehen, ein Luxus, den Esterhazy nach seiner Parisreise eingeführt hatte. Erst gingen wir alle einfach aufs Feld, jetzt steht den Frauen diese Baracke zur Verfügung, sie heißt »Donnikker«, erklärte Misiè, als er dieses Monument des Fortschritts vorstellte. Dann gingen Misiè und der Oberst in jenen Winkel zwischen dem Kamelgehege und den Wohnwagen, wo der mit einer schmutzigen Plane bedeckte Käfig stand, in dem die Gefangenen eingepfercht waren, die man in der Nacht hergebracht hatte.

Wir haben sie vor ein paar Tagen in den Bergen gefaßt, erklärte der Oberst. Es waren ungefähr dreißig, fuhr er fort, aber leider konnten viele entkommen. Banden, die der Feind als Kundschafter vorausschickt. Wir werden sehen, wir müssen sie verhören, sagte Towolde. Er ließ sich einen Stuhl bringen, setzte sich vor den Käfig und begann das Verhör. Oft mußte Misiè die Hinterland-Dialekte übersetzen, in denen die Gefangenen sprachen. Sie versicherten, von einem Feind oder von aufständischen Soldaten nichts zu wissen. Warum versteckt ihr euch dann in den Bergen? fragte Towolde. Sie erzählten von ihren Ängsten, vom Hunger und davon, wie sie in der Wüste auf einen günstigen Augenblick gewartet hatten, um in die Stadt zu gelangen. Oder sie weinten und wiederholten, daß sie von nichts wüßten und niemandes Feind seien. Es waren auch ein paar Frauen und Greise darunter, aber vor allem Männer und Jünglinge saßen eng aneinander gedrängt in dem viel zu kleinen Käfig. Sie klammerten sich an die Gitterstäbe und erklärten immer wieder, was geschehen war, daß die Soldaten sie mit wer weiß wem verwechselt und auf sie geschossen, sie gefesselt und in die Stadt geschleppt hätten, übersetzte Misiè. Einer der Greise steckte seine Knie durch das Gitter und klagte, daß man sie auf dem Weg, sogar schon in den Bergen, mit Stöcken und Gewehrkolben geschlagen habe. Misiè sah den Oberst an. Wenn die Angst ihn nicht daran gehindert hätte, hätte er ihm gerne gesagt, daß es sinnlos sei, einen alten Menschen wie diesen so grausam zu behandeln. Daß das eine Schande war. Aber, wie immer seit der Zeit, da er alle Zähne verloren hatte, wußte er nicht mehr zwischen dem, was er nur dachte, und dem, was er tatsächlich aussprach, zu unterscheiden. Der Oberst antwortete: Wenn sie sie geschlagen haben, dann hatten sie dafür ihre Gründe. Ich muß sie jedenfalls noch weiter verhören. Vielleicht noch heute abend, sagte Towolde.

Am nächsten Tag setzte sich der Oberst vor die Tigerkäfige und sah hingerissen zu, wie die Tiere gähnten, auf und ab gingen oder sich über einen schon abgenagten Knochen hermachten. Towolde machte sich Notizen. Misiè hatte Zeit genug, um über die Schreie nachzudenken, die er in der Nacht gehört hatte. Vielleicht waren es die Gefangenen gewesen, die geschrien hatten. Seine Gedanken rutschten ihm unwillentlich einer nach dem anderen heraus, und der Oberst antwortete ihm: Gewiß, Misiè, auch die Folter ist manchmal notwendig, wichtig ist nur, daß sie richtig gemacht wird. Vor allem muß man den Punkt finden, an dem der Gefangene beginnt, die Wahrheit zu sagen. Im übrigen hat ein jeder seine Schmerzgrenze. Wir alle geben dem Schmerz schließlich nach, sagte Towolde, auch wenn manche sehr viel ertragen können, aber das muß man eben von Anfang an kapieren. Und während er die Tiger mit einem Stock ärgerte, legte der Oberst Misiè in einer komplizierten Erklärung dar, daß Wahrheit und Schmerz letztendlich zwei komplementäre metaphysische Einheiten seien. Man muß das richtige Gefühl dafür haben, nicht nur, um mittels des Schmerzes zur Wahrheit vorzudringen, sondern auch, um mit Hilfe der Wahrheit dem Schmerz zu begegnen, und vor allem, um zu unterscheiden, ob einer lügt, weil er nichts weiß oder weil er eben ein Lügner ist. Lügen ist für viele ein Spiel, eine Herausforderung an die Wahrheit. Manche setzen sich freiwillig dem Leid aus und genießen dabei die Lüge, während andere beim Lügen meinen, sie sagen die Wahrheit. Die Arbeit des Folterers ist sehr schwierig, mein lieber Misiè. Es ist eine Reise in die kranken und verformten Gehirne. Ein Gang durch dunkle Labyrinthe, wo man nach der Wahrheit suchen muß und sich nicht im Gewirr der eigenen Gefühle verlieren darf.

In der Manege übte eine Gruppe von Jongleuren eine neue Nummer mit Tellern und Keulen. Arbeiter lackierten zwischen den Sitzreihen die Zeltmasten mit roter und weißer Farbe. Während Misiè die Namen der Akrobaten und Arbeiter aufzählte, die der Oberst notierte, kam ein weiterer Offizier zu ihnen. Die Offiziere tuschelten ein paar Minuten lang miteinander, dann forderte Towolde Misiè auf, den Direktor zu holen: Weitere Gefangene befanden sich auf dem Wege hierher, für die auf der Stelle weitere Käfige benötigt wurden. Esterhazy antwortete sehr barsch. Er hatte erfahren, daß sich einige der im Käfig festgehaltenen Leute in einem schlimmen Zustand befanden. Er hatte in der Nacht die Schreie vernommen und von den Folterungen gehört. Noch bevor Towolde den Mund aufmachen konnte, sagte er, daß man Menschen nicht so gefangenhalten könne – ohne ihnen etwas zu essen zu geben und dafür zu sorgen, daß ein Arzt sich um die Kranken kümmere. Wenn Sie wollen, lassen Sie sie doch von Ihrem Veterinär verarzten, erwiderte der Oberst, verschwenden Sie jetzt aber bitte nicht weiter meine Zeit und verschaffen Sie mir sofort Platz für die, die auf dem Weg hierher sind. Verzeihung, sagte der andere Offizier, aber wir haben es wirklich sehr eilig. Und entschuldigen Sie, daß wir heute abend nicht die Vorstellung besuchen können, fügte Towolde hinzu, aber der Hauptmann und ich, wir müssen so schnell wie möglich ins Hauptquartier. Und ich darf Sie bitten, die Käfige auf schnellstem Wege zu räumen.

Sie kamen mitten in der Nacht zurück. In aller Stille schleppten sie die Schar neuer Gefangener hinter sich her, die in Zweierreihen aneinandergefesselt den Pferden folgen mußten. Towolde und der Offizier trieben sie unweit der Wohnwagen hinter der Manege zusammen und begannen sofort, sie zu verhören. Vermutlich kamen bei den Folterungen einige ums Leben. Am nächsten Tag jedenfalls berichteten zwei Trapezkünstler, sie hätten kurz vor Sonnenaufgang beobachtet, wie Soldaten mehrere Leichen an den Füßen weggezogen und auf einem Karren fortgeschafft hatten, und am Morgen wurden bei den Käfigen Blutspuren entdeckt. Esterhazy ging erneut zum Oberst und verlangte eine Erklärung für die Schreie, die in der Nacht den ganzen Zirkus wach gehalten hatten. Der Oberst hatte sich bereits über die Dutzende von Notizblättern gebeugt, die er während der letzten Tage zusammengestellt hatte, und arbeitete. Er hörte Esterhazy an und spielte dabei an seinen goldenen Jackenknöpfen herum. Ein unglaubliches Tohuwabohu, nicht wahr, Herr Direktor? Sie hätten die Gefangenen sehen sollen! Sie haben untereinander gekämpft wie die Tiere, sagte er und lachte. Esterhazy bemerkte die Blutflecken an den Ärmeln von Towoldes Jacke. Aber jetzt haben sie sich wieder beruhigt, und nun entschuldigen Sie mich, ich habe wirklich viel zu tun.

Esterhazy ging hinaus und eilte zu den Käfigen. Er sah die blassen Menschen dichtgedrängt hinter den Gitterstäben sitzen und bemerkte die dunklen Blutspritzer im Gras. Er sprach die Gefangenen an, fragte sie mehrmals, was geschehen sei, aber keiner antwortete. Sie waren zu Tode erschreckt und wollten nicht sprechen. Die Angst stand ihnen ins Gesicht geschrieben. Sie sagten, selbst als er ihnen Milch und Wasser bringen ließ, kein Wort, auch nicht, als zunächst einer, dann zwei, dann fünf, und schließlich alle ihre zittrigen Arme und Hände ausstreckten, um das Wasser an ihre Münder zu führen. Einige weinten. Andere begannen jetzt, wo sie wieder Mut geschöpft hatten, miteinander um die Milch, um das Brot zu raufen, obwohl für alle genug da war, oder sie kauerten sich zum Essen auf dem nassen Stroh zusammen. Esterhazy verspürte den

Wunsch, aus dieser Geschichte herauszukommen. Er wollte nichts damit zu tun haben und hatte nicht die geringste Lust, den Kerkermeister für diese Leute zu spielen, die man in den Bergen gefangengenommen und dann gefoltert hatte, zum Vergnügen oder um ganz nach den rauhen Prinzipien des Oberst Towolde ein Exempel zu statuieren, oder aus welchem Grund auch immer.

11

Wer die *Gazzetta von Mahò* las, erkannte schnell, daß die Soldatenaufständ in der Provinz und die vielen Tausend Flüchtlinge, die die Stadt belagerten, nicht die einzigen Probleme Almereidas waren. Ein neues, vielleicht noch schwerwiegenderes kündigte sich an: Die Menschen begannen, sich für Politik zu interessieren. Die Berichte der Geheimpolizei ließen keinen Zweifel: In den Höhlen des Iamo-Gebirges und am schilfbewachsenen Ufer des Lebca fanden Versammlungen statt, dort wurde diskutiert und es wurden Flugblätter gedruckt, die dann in den Schulen oder am Abend in den Theatersälen und Bordellen verteilt wurden.

Der *Gazzetta* zufolge hatten sich, zumindest bisher, noch keine größeren Gruppierungen herausgebildet. Es handelte sich um kleine Vereinigungen, die von Händlern und ein paar Landwirten des Adtemariam finanziert wurden und die es gerne gesehen hätten, wenn sich Bauern und Handwerker, aber auch Angestellte und Grubenarbeiter zu einer einzigen Partei zusammengeschlossen hätten. Als es der Polizei endlich gelang, ihre Leute in eine dieser Gruppen einzuschleusen, kam heraus, daß man es zum Glück nicht auf die Regierung, sondern auf die Banken und Monopole abgesehen hatte. Almereida befahl, sie nur machen zu lassen, denn es konnte unter Umständen nützlich sein, wenn auch die Banken etwas abkriegten und sich gezwungen sahen, die Regierung um Schutz zu bitten. Aus diesem Grund wurde den Gruppierungen sogar gestattet, ihre Versammlungen auf öffentlichen Plätzen abzuhalten. Die Leute verstanden nicht viel von den Reden, die da aus vollem Halse von den Balkonen heruntergebrüllt wurden. Aber es machte Spaß, zuzuhören, wie barfüßige Jungen, denen der Schlamm der Sümpfe an den Fersen klebte und die gerade mal ein Paar kurze Hosen und ein zerlumptes Unterhemd auf dem Leibe trugen, über Zinssätze, Kredite, Inflationen und die tausenderlei Mysterien der Wirtschaft fachsimpelten. Die Menschen versammelten sich zu Hunderten auf der Straße, um ihnen zuzuhören, und am Ende applaudierten sie und waren überzeugt davon, daß, wenn man es recht besah, eine solche Partei genau das war, was man in Mahò brauchte. Sobald sie aber an ihre jeweiligen Geschäfte dachten, änderten sie ihre Meinung: Trotz des Beifalls, den sie am Vortag denen gezollt hatten, die die Banken und Monopole verflucht hatten, löste sich die Sache auf wie ein alter Schuh. Die Landwirte bestanden nach wie vor darauf, daß die Waren, die sie einkauften, billig sein sollten und die, die sie verkauften, teuer. Die Händler hingegen forderten genau das Gegenteil, während die Lohnempfänger verlangten, daß beide ihre Preise herabsetzten und sie selbst dafür besser bezahlt würden. Abgesehen vom allgemeinen Haß auf die Banken, war es, als ob sich Taubstumme miteinander unterhielten.

Auch die Führer der Gewerkschaft und der Arbeiter-Union mischten mit. Sie hielten in rauchverhangenen Zimmern Versammlungen ab und ließen dabei die Fenster geschlossen, damit man sie nicht von der Straße her ausspionierte. Oder eine Bar oder Kneipe wurde gemietet, wo dann einer auf den Tisch stieg und feurige Reden gegen die Regierung hielt, mehrfach von Beifallsstürmen unterbrochen, und der dann den Abend glorreich beendete, indem er für alle einen ausgab. Seht ihr, sagten sie, während sie ihre Gläser leerten, der Kapitalismus beginnt zu verfaulen. Noch ein bißchen Geduld, in wenigen Tagen wird er sich von selbst aufgelöst haben. Ein bloßer Schulterstoß würde genügen, um die neue Gesellschaft wie die Wasserrosen auf den Teichen erblühen zu lassen, versicherten sie, breitbeinig auf den Tischen stehend, ihren Zuhörern, die um sie herumstanden, aber auch denen, die das alles völlig gleichgültig ließ und die im Nebenzimmer gähnend über den Tarockkarten saßen und darauf warteten, daß diese Predigten ein Ende fänden.

An einem Sonntag kam Ismail al-Gamal von der sudanesischen Sozialisten-Union zu einer Versammlung nach Mahò. Die Gewerkschaftsräume waren bereits drei Stunden vor Konferenzbeginn voll besetzt. Als al-Gamal dann seine Ansprache begann, waren die, die sich draußen auf der Straße angesammelt hatten, sogar bereit zu bezahlen, um eingelassen zu werden, aber es gab einfach keine Plätze mehr. Al-Gamal war ein großartiger Schauspieler: Er entlockte seinem Publikum echte Tränenströme, um dann nach einer Pause plötzlich eine komische Handbewegung zu machen und einen Witz zu erzählen, über den die Leute fast platzten vor Lachen. Damit alle in den Genuß von al-Gamal kämen, schickte man, kaum daß er zu Ende geredet hatte, diejenigen hinaus, die ihn bereits gehört und vom Lachen und Weinen noch rote Augen hatten, und ließ dafür die, die draußen geblieben waren, zu einer Wiederholung ein. Fünfmal wiederholte al-Gamal seine Vorstellung. Stets mit dem gleichen Schwung und den gleichen feurigen Worten, für die er den gleichen stürmischen Beifall erntete.

Als der Ruhm dieses sudanesischen Redners auch ins Hilton gelangte, ließ Almereida dem Sekretär der Gewerkschaft ausrichten, er biete fünfzig Taler dafür, daß al-Gamal zu einem Abendessen zu ihm käme und seine Familie und seine Minister unterhielte. Als al-Gamal dies vernahm, war er so beleidigt, daß er aus Rache noch am selben

Abend auf einem der Plätze des Amatereh eine so harte Rede hielt, daß am Ende einige tausend Leute drauf und dran waren, augenblicklich das Hilton zu überfallen und Almereida samt seiner Regierung kurz und klein zu schlagen. Aber es gelang al-Gamal, sie zurückzuhalten: Die Rache ist ein Gericht, das kalt serviert wird, erklärte er. Und um einen schönen Abschluß zu finden, rief er für den nächsten Tag einen Generalstreik aus. Als diese Nachricht die Funktionäre der Petroleum erreichte, holten sie augenblicklich den Innenminister aus dem Bett und zwangen ihn, das Heer zu mobilisieren. Im Morgengrauen wurden al-Gamal, den man in einem Bordell in Felùs aufgestöbert hatte, sowie sämtliche Gewerkschaftsführer verhaftet. Aber die Sache war trotzdem ein Erfolg, denn vielen war klargeworden, daß, wenn die Regierung so leicht zu erschrecken war, der Moment für den entscheidenden Schulterstoß nicht mehr weit sein konnte.

Als Ismail al-Gamal Mahò verließ, stieß man bei der Petroleum einen Seufzer der Erleichterung aus und überlegte, daß es nun wohl an der Zeit wäre, Abdullha el-Rassid für die Gegenpropaganda einzuladen. El-Rassid war ein gemäßigter ägyptischer Gewerkschaftsführer, der davon überzeugt war, daß nur der kapitalistische Fortschritt den Wohlstand der Masse garantiere. Auch el-Rassid war ein brillanter Redner. Er sprach ohne je den Ausdruck von Arroganz zu erwecken oder zu wirken, als habe er die Weisheit gepachtet. Auch er erzielte sogleich triumphalen Erfolg. Die Menschen standen Schlange, um ihn anzuhören. Bei der Petroleum hatte man begriffen, daß man früher oder später einen Vertrag mit der Gewerkschaft werde abschließen müssen, und daß es weiser sei, sich mit einem Gemäßigten wie el-Rassid zu einigen, als mit einem Fanatiker wie al-Gamal, der die Revolution predigte und die Leute dazu aufforderte, alles über den Haufen zu werfen.

Auf Kosten der Petroleum wurde ein großes Fest veranstaltet. Essen und Trinken waren gratis und das Orchester von Mahò, eine Truppe, die man aus Alexandrien hatte kommen lassen, spielte Tanzmusik. Kellner, Fässer voll Bier und Wein mit Zapfhähnen, an denen sich jeder nach Belieben bedienen konnte. Die Kinder spielten Fangen und die Mädchen warteten darauf, zum Tanz aufgefordert zu werden. Als Abdullha el-Rassid plötzlich auf der fahnengeschmückten Bühne erschien, wurde es still im Saal, denn nun begann die Versammlung. Die Arbeit ist eine ernste Sache, sagte el-Rassid, und redete ohne Pause weiter, bis er sich mit einem Mal unterbrach und die Damen bat, sich nun die Ohren zuzuhalten – einige steckten sich tatsächlich die Finger in die Ohrmuscheln, andere lachten und erwarteten, daß binnen kurzem irgendein unanständiges Wort fallen würde –, denn eine Gewerkschaft, tönte el-Rassid, ist kein Vierter-Klasse-Bordell, wo jeder ein und aus gehen kann, sogar die Hunde und Schweine. Die Arbeitsbedingungen können sehr wohl verbessert werden, wenn man das Geld an die oberste Stelle setzt. Er trocknete sich die Stirn, trank einen Schluck und fuhr fort: Wenn es wahr ist, daß es für einen Industriellen keine schönere Musik gibt als das Klingeln eines fallenden Talers, so kann auch keiner besser als er den Geldhunger seiner Angestellten nachfühlen, denn in bezug auf Geld sprechen alle die gleiche Sprache! Im Hunger nach Geld sind alle gleich, rief el-Rassid. Noch am selben Abend wurde aus dem Fond der Petroleum eine neue Gewerkschaft gegründet, und wer wollte, konnte sich sofort einschreiben.

Um gegen el-Rassid anzugehen, rief die Union schnell wieder Ismail el-Gamal nach Mahò, der, kaum daß er aus dem Zug gestiegen war, auf eine Kiste kletterte und seine erste Rede hielt. Er erzählte von seinen Seereisen und sagte, daß zuweilen auch ein kleines Unwetter ein großes Schiff zum Untergehen bringen würde, daß aber kleine Kähne den größten Orkanen standhalten könnten, wenn sie sich nur vor den Felsenriffen hüteten, und ein solches

Riff, vor dem man sich nun in acht nehmen müsse, sei el-Rassid! Al-Gamal wägte sorgfältig seine Worte ab, ließ sie in verschiedensten Tönen erglühen und versüßte sie, fuhr mit den Armen durch die Luft, als seien seine Sätze Blitze und müßten in die Menge geschleudert werden, um sie zu entzünden. Die Leute klatschten und wollten, daß er weiterspreche. Nur drei oder vier Journalisten entfernten sich und setzten sich an ihre Schreibmaschinen, um eilig ihre Berichte über die Rückkehr el-Gamals niederzuschreiben; zwei Spitzel rannten zur Gendarmerie, um zu melden, daß auf den Bahnsteigen eine Aufhetzung zum Umsturz im Gange sei.

Der Innenminister gab daraufhin den Befehl einzugreifen, und kurze Zeit später stürmten Soldaten in die Räume der Union, wo el-Gamal, rasiert, parfümiert und lächelnd eine Rede über die Abschaffung des Lohnsystems hielt. Seine Zuhörer applaudierten ihm und bekundeten ihm durch Fußgetrampel ihren Beifall. Die Soldaten stürzten sich ins Gewühl, die Leute klatschten und pfiffen, Stühle flogen durch die Luft, Bänke wurden umgestürzt, Gesichter mit Füßen getreten, Kiefer- und Armknochen mit Gewehrkolben zersplittert. El-Gamal stand mit offenem Mund, bis auch ihn ein Schlag traf. Sie zerknirschten ihm die Knochen, schlugen ihm die Zähne aus und brachen ihm den Kiefer. Und seit jener Nacht sollte es el-Gamal für den Rest seines stummen Lebens niemals mehr gelingen, jemanden zum Lachen oder Weinen zu bringen oder wie ein Blitz die Menschenmassen auf den Plätzen zu entzünden. Die Versammlung war vorbei und der Saal geräumt. El-Gamal wurde zusammen mit ein paar Dutzend seiner Zuhörer unter Schlägen und Fußtritten abgeführt und am nächsten Tag zu einer fünfjährigen Gefängnisstrafe verurteilt.

Am darauffolgenden Samstag gab es einen Protestumzug. Am Nachmittag griff die Polizei die Menge an. Die Menschen verteidigten sich mit Steinen, sie verschwanden in den winkeligen Gassen, um plötzlich an anderer Stelle noch zahlreicher wieder aufzutauchen. Und das ging wochenlang so weiter.

12

Es gibt zwei Möglichkeiten: Entweder hat man von Geburt an so scharf wie auf einer Daguerreotypie das Gesicht einer Frau im Kopf, der man zwar vielleicht niemals begegnet, die man aber so lange sucht, bis einen nichts mehr auf der Welt in Staunen versetzen kann – selbst wenn man sich unterwegs einmal mit einer anderen begnügt, die ihr vielleicht ähnelt, jedoch selbst in ihren besten Augenblicken nicht an jene heranreichen kann, die man im Kopf hat, an dieses Antlitz, das man das ganze Leben lang herbeisehnt wie die Juden den Messias. Dieses Antlitz wird einem als Maßstab dienen, an ihm wird man die Frauen messen, um zu entscheiden, welche die schönere ist. Und die schönste wird die sein, die ihr am meisten gleicht, wenigstens im Schwung der Lippen, im Klang der Stimme oder in ihrer Augenfarbe. Oder aber es verhält sich ganz anders. Mit den preußischen Positivisten gesprochen, die von Gneissenau in seinen Gesprächen mit Almereida ständig zitierte, könnte man sagen, daß die Menschheit seit dem Zeitpunkt, da der Hominide sich erstmals in einer Pfütze spiegelte, sich nicht mehr nur die eigenen Ängste zum Maß setzt, sondern auch das eigene Gesicht. Und in vielen Fällen wurde diese Liebe durchaus erwidert. Das Modell der Menschheit wurde daher das in sich selbst vernarrte, hingerissene Gesicht, das ihnen morgens, wenn sie sich die Wangen einseiften, aus dem Spiegel entgegenblickte. Und seit jenem Tag sind alle auf der Suche nach einer Frau, die nach dem eigenen Ebenbild gestaltet ist. Oder nach dem genauen Gegenteil, was auf das gleiche hinausläuft.

Nur wenn für ihn die zweite Möglichkeit zutrifft, ist nachzuvollziehen, weshalb Almereida wie ein Leopard erstarrte, der seine Beute erspäht hat, als Clara, gekleidet und gekämmt wie die anderen, ohne Tand und ohne Schminke, sogar ohne ein wenige Rouge auf Wangen und Lippen in den Salon trat, und er seine Augen aufriß, damit sie soviel von Clara aufnähmen wie nur möglich. Man muß das blöde Gesicht gesehen haben, das der Gouverneur machte, als diese Kusine, die erst seit kurzer Zeit verwitwet war, in den Salon trat. So stumpfsinnig, wiewohl er gar nichts dazu tat, um diese Fratze zuwege zu bringen. Er war so sehr in Ekstase, daß er gar nicht merkte, wie ihm im blütenweißen Salon die Teetasse aus der Hand fiel und Donna Almereida ihn verfluchte, denn Tee macht Flecken. Aber sie konnte schimpfen, soviel sie wollte. Der Gouverneur war außerstande, ihr zuzuhören, denn er befand sich längst auf einem anderen Stern, in einem jener Mondkrater, wo man seit jeher die Gehirne der Verrückten, Säufer und Verliebten begräbt. Ohne daß von seinem Hirn irgendein Befehl gekommen wäre, ging der Gouverneur fast ohne es zu merken auf die Kusine zu, beugte sich nieder und küßte ihre Hand, so wie er es gemacht hätte, wenn die Gattin des Negus persönlich und gefolgt von ihrem ganzen Hofstaat eingetreten wäre. Er hörte nichts vom Gemurmel der anderen Frauen, die leise waren, aber ebensogut hätten sprechen und alle miteinander laut lachen können. Die Verführung erfüllt die Luft mit Spannung, und solches Sichverlieben auf den ersten Blick sendet Wellen aus, die sogar die blinden und die Tauben bemerken, denn das Schweigen fließt dann mit einer anderen Geschwindigkeit dahin, die Schatten im Zimmer laufen einander nach, und das Licht dringt mit veränderter Intensität durch den Vorhang. Der Zauber ließ Donna Almereida verstummen, die in gebückter Haltung murrend die Teeflecken mit Marseilleser Seife behandelte. Almereidas Blick war voller Verzückung, so als habe er von Kindesbeinen an auf nichts anderes gewartet als auf diese Frau, als sei Clara an diesem Nachmittag endlich auf einem Teppich über die Dächer von Mahò hier hereingeflogen, zu keinem anderen Zweck, als um den Handkuß des Gouverneurs zu empfangen. Sie verneigte sich leicht, lächelte und sagte, ich bin Clara. Und ich bin Carlo Leopoldo, stotterte er steif, als hätte er einen Stock verschluckt. Wo bist du die ganze Zeit über gewesen? fragte er und errötete. Clara lächelte. Sie verstand ihn nicht, diesen Albino-Cousin, der sich wie ein Karnevalskönig mit Bändern und Schleifchen geschmückt hatte und sie starr anblickte, als sei er einem Gespenst begegnet. Am schmutziggrauen Himmel draußen begann der Donner zu grollen, und nach ein paar Blitzen fielen die ersten Tropfen. Verflucht, es regnet, murmelte Maddalena. O weh, es regnet, echote Donna Almereida. Aber in dem Blick, den sie ihrem Sohn zuwarf, der noch immer mit dem gleichen verträumten Gesichtsausdruck dastand, den sie gleich bei Claras Eintreten bemerkt hatte, war zu lesen, daß es nicht der Regen war, der ihr Sorgen machte. Sie fürchtete vielmehr, Clara könne die Frau sein, gegen die sie mit sieben Schwertern werde kämpfen müssen. Gegen sieben Mysterien und mit sieben Schmerzen, hatte die stockbetrunkene Hexe Mama Zagà gesagt, die dann drei Tage am Stück ihren Rausch ausgeschlafen hatte, zum großen Ärger der Mädchen, die begierig darauf warteten, daß sie ihnen ihre Liebschaften, Liebhaber und Hochzeiten aus der Hand läse. Sieben Schwerter gegen sieben Dämonen, die dir deinen Sohn aus den Armen reißen wollen, hatte die Hexe gebrummelt, die angezogen war wie ein Krippen-Kalif. Aber schon eine knappe Stunde später geschah jenes Unglück, das – auch wenn es Donna Almereida natürlich leid tat, denn sie liebte ihre Nichten wie ihr Augenlicht – ihr Herz wieder ruhiger schlagen ließ, denn danach war deutlich, daß Clara nicht die Frau war, die ihr die sieben Herzstiche versetzen sollte.

Folgendes geschah: Nachdem sich alle trotz des Donners und der Blitze, die über Mahò herniedergingen, wieder ruhig hingesetzt hatten und Dahab Kamsai die Teetassen nochmals gefüllt hatte, wollte Maddalena, daß man die Mandelplätzchen kostete, die sie gebacken hatte. Und während alles an den Plätzchen kaute, kam das Gespräch auf die arme Teresa zurück, die während der Niederkunft ihr Kind, die vom Winde besamte Frucht ihres jungfräulichen Leibes, verloren hatte, und sie selbst wäre auch beinahe draufgegangen bei dieser Geburt, von der sie blutarm geworden war wie ein gekochter Fisch und so erschöpft, daß sie nun Tag und Nacht im Bett blieb. Im übrigen war Anna Beyené sehr schwer lungenkrank gewesen, aber obwohl sie noch immer bellte wie ein Schakal, meinten die Ärzte, sie sei nun über den Berg. Anna, die nicht wußte, welchem Heiligen sie danken solle, betete zu ihnen allen auf einmal. Tag und Nacht betete sie zur ganzen Schar der Kalenderheiligen, und sie hatte auch schon wieder Farbe bekommen und war ein bißchen dicker geworden, und so schwatzte man weiter von diesen Dingen. Und da im Gespräch über Unglücksfälle eine Geschichte die andere hinter sich herzieht wie die Kirschen, die man aus dem Korb holt, kam man auch auf Claras Mann zu sprechen, der vor zwei Monaten auf einem Friseurstuhl von hinten erstochen worden war. Donna Almereida schaute zu Clara, die elegant und heiter dasaß und unter dem Trauerschleier und den schwarzen Klöppelspitzen eine hübsche Gesichtsfarbe hatte. Es kam ihr merkwürdig vor, daß diese Nichte eben jetzt so aufblühte, da sie kaum verwitwet war. Was sollten da die Leute denken? Manch einer könnte da einen schlimmen Verdacht haben. Clara war die ganzen Jahre lang immer grau, schlampig und schwunglos gewesen, mager wie ein Stecken, nur Haut und Knochen, so daß ihr Mann davon überzeugt war, daß irgendein Übel in dieser Frau stecke, die kaltblütig war wie eine Eidechse. Aber seitdem er unter einem Stein begraben war, in den Name und Vorname eingemeißelt waren, einer Granitscheibe, die so schwer war, daß er ganz gewiß nicht wieder darunter hervorkommen würde, um weiter an seiner Ehefrau herumzunörgeln, die nie lachte und sich an nichts freute – seitdem war Clara wie neugeboren und wirkte um zwanzig Jahre jünger, vor allem im Profil. Jetzt, im Licht der Petroleumlampe, sah sie geradezu hübsch aus, was sie noch nie gewesen war, nicht einmal als Kind. Aber was erwartest du? Der Heilige Antonius hat sich sogar in ein Schwein verliebt, sagten Piera und Maddalena in der Küche lachend zu Donna Almereida, als sie meinte, dieser Dummkopf von einem Gouverneur hätte Clara mal vor einem Jahr sehen sollen, als sie mager wie ein Geier war, mit Falten und Flecken am Hals, wenn man auch zugeben mußte, daß der Witwenstand sie hatte aufblühen lassen. Das Unglück geschah, als Lucia und Maddalena, nachdem man über Teresas Niederkunft, das tote Kind und die kleine weiße Bahre geschwatzt hatte, bei Tisch auch auf Claras Ehemann zu sprechen kamen. Clara setzte schnell die Tasse ab, fing an zu weinen und begann, von ihm zu erzählen. Sie beschrieb ihre erste Begegnung vor der Kirchentür: Er hatte sie angelächelt, sie ihn ebenfalls. Und die zweite Begegnung auf einem Tanzfest. Nach und nach erzählte Clara unter einer Flut von wehmütigen Tränen und während sie mit ihren kleinen Mäusezähnen an den Mandelkeksen nagte alle wichtigen und unwichtigen Erlebnisse an der Seite ihres Gatten. Als alle Geschichten über den armen noch lebendigen Alexios erzählt waren, ging sie zum toten Alexios über. Wie er steif auf der Bahre gelegen hatte, von bunten Blumen und Kränzen bedeckt. Beim Friseur erstochen! Und sie, die mit klopfendem Herzen ins Krankenhaus lief, Dahab Kamsai schenkte Tee ein und Maddalena ließ die Kekse noch einmal herumgehen, die aus Zement gebacken schienen, so hart waren sie. Clara im langen Korridor des Krankenhauses, aber Alexios war eben tot, was sollte man tun? Weinen, sich die Haare raufen, aber das war nunmehr alles sinnlos. Er ruhe in

Frieden, armer Alexios, und dann rennt man wieder nach Hause – noch einen Keks? fragte Maddalena –, weil die vom Bestattungsinstitut einen dunklen Anzug und ein weißes Hemd haben wollen, und auch Krawatte und Socken. Almereida gähnte. Noch etwas Tee? Dann mußte man die Grabstätte kaufen, das Begräbnis bezahlen – noch einen Keks –, den riesigen, schweren Grabstein zuschneiden lassen und ihn über Alexios legen, weinte Clara und achtete darauf, daß sie beim Keksekauen keinen Zahn einbüßte. Dann fuhr sie mit ihrer Erzählung fort und beschrieb weitere Einzelheiten von der Beerdigung. Oh, ich habe euch noch gar nicht richtig erzählt, was dann auf dem Friedhof geschah, sagte Clara. Ihren Cousin, den Gouverneur, der bis vor kurzem noch vor Verlangen gegeifert hatte nach dieser Frau und der, wenn notwendig, auf Knien bis nach Kenia gerutscht wäre, um sie zu besitzen, erfüllte ihre Erzählung mit Verdruß. Es wäre ihm lieber gewesen, sie hätte von etwas anderem gesprochen oder, besser noch, ihre Kekse gegessen und geschwiegen, denn dieses Geschwätz über die Toten raubte ihm die Begeisterung, die ihn noch bis vor kurzem an die Pforte des Paradieses getragen hatte. Für Clara hingegen bedeutete es nicht nur eine Erleichterung, Tee zu trinken, Kekse zu essen und über Tote zu reden, sondern es bereitete ihr auch Vergnügen. Clara war unter anderem deshalb nach Mahò gekommen: um ein Publikum zu finden, das ihr mit einer gewissen Anteilnahme zuhörte und bei dem sie ihre Ängste loswerden könnte. Dies war eine Gelegenheit für sie, Distanz zu den Geschehnissen zu gewinnen, Alexios endgültig zu begraben, mit den Kusinen das Thema Tod zu besprechen, das immer pikant und geheimnisvoll bleibt, mit allen Kleinigkeiten, die dazugehören.

Nach einer kurzen Pause, in der die Frauen miteinander weinten und Maria Assunta mit einer platten Schokoladentorte auftrumpfte, die nicht recht aufgegangen war, fing Clara wieder an, vom Krankenhaus zur Leichenhalle zu laufen, ihr wiederholtes Betreten und Verlassen des Bestattungsinstitutes sowie das Umherirren zwischen den Grabsteinen zu rekonstruieren. Almereida schnaubte, faßte sich gerade noch in Geduld, versuchte, sich taub zu stellen, Maria Assuntas Torte köstlich zu finden und vor allem mit der ganzen Kraft seiner Augen seine weinende Kusine anzustarren. Er stellte sie sich nackt vor, die Beine mit den Strumpfbändern in der Luft. Während Clara ihre Erzählung von der schönen Grabrede für Alexios beendete, traten Almereida die Augen aus den Höhlen. Er malte sich ihre Schenkel aus, dick wie Säulen, die Knie und die Brüste dieser Kusine. Er sah sie nackt und mit einem angebissenen Keks in der Hand auf dem Stuhl hin und her rutschen, und während der Trauerzug am Ende des Kirchenschiffes ankam und dann aus der Kirche ging, während die Bahre schließlich auf eine Kutsche gehoben wurde, gelang es ihm Gott sei Dank, wegzuhören, indem er sie sich zerzaust, mit nacktem Hintern und den Händen auf dem Bauch vorstellte, auch wenn es ihm lieber gewesen wäre, wenn sie irgend jemand unterbrochen und das Thema gewechselt hätte, wenn man etwa über Kleider und Seidenstoff plappern würde, wie die Frauen das sonst tun, und sogar, wenn Maria Assunta eines ihrer langweiligen Klaviervorspiele angestimmt hätte. Statt dessen fuhr Clara, sich zuweilen die Augen mit dem Spitzentaschentuch betupfend, unerschrocken und ohne sich zu verheddern in ihrer Erzählung fort. Man war inzwischen schleppenden Schrittes beim Friedhofstor angelangt. Almereida hörte zu, kaute wütend auf den Keksen herum, spuckte Mandeln und kandierte Früchte auf den Boden, hatte eine Hand zwischen die fest zusammengepreßten Beine geschoben. Als Clara sich anschickte, zum dritten Mal alles von vorne zu erzählen, von ihrer Ankunft im Krankenhaus und von Alexios, der steif wie eine Vogelscheuche dalag, konnte der Gouverneur nicht mehr an sich halten. Mit dem Schrei eines verwundeten Tieres sprang er auf und schlug wütend mit der Faust auf den Tisch, auf dem man gerade die leeren Tassen zusammengestellt hatte. Aus vollem Hals rief er: Schluß jetzt! Das Porzellan klirrte ein wenig, und ins eisige Schweigen hinein befahl Almereida mit gefletschten Zähnen und gepreßter Stimme seiner Kusine, zu schweigen. Sie habe diese Heulgeschichte nun schon oft genug erzählt, das Begräbnis sei vorbei, Alexios tot und begraben, und vor allem könne er, Almereida, dieses ewige Geleier einfach nicht mehr hören, Amen.

Die Frauen saßen da wie versteinert. Clara erhob sich, dunkelrot vor Scham, lief aus dem Salon und sperrte sich in ihrem Zimmer ein. Zwei Tage lang wollte sie nicht herauskommen, nichts essen und niemanden sehen. Am dritten Tag befahl Donna Almereida ihrem Sohn, sich bei ihr zu entschuldigen. Der Gouverneur klopfte an ihre Türe. Klopfte wieder. Nichts, Clara antwortete nicht. Er klopfte nochmals. Ich bin's, Carlo Leopoldo, mach bitte auf, ich muß mit dir sprechen! sagte Almereida. Immer noch Schweigen. Dann hörte man ein leises Geräusch hinter der Tür. Etwas, das über die Möbel streifte. Vielleicht kämmte sich Clara die Haare und richtete sich ein wenig her. Oder sie stand vom Bett auf. Als Almereida wieder klopfen wollte, schlug seine Hand ins Leere, denn plötzlich hatte sich die Tür geöffnet. Clara hatte sich in diesen drei Tagen noch mehr verjüngt. Sie war wunderschön. Ihr Haar war noch dunkler geworden, die Lippen voller, das Gesicht frischer. Der Gouverneur lächelte, trat ein und schloß die Tür hinter sich. Ich bin gekommen, um mich bei dir zu entschuldigen, stotterte Almereida und fühlte, wie seine Ohren glühendheiß wurden. Aber irgend etwas zog ihn zu Clara hin. Er legte ihr die Arme um den Hals, sie ließ ihn gewähren, und er küßte sie, wieder und wieder, nahm sie bei der Hand, legte sie auf das Bett und umarmte sie, küßte sie auf den Hals, auf die Wangen, begann, unter ihren Röcken zu suchen, zwischen ihren Schenkeln, und küßte sie immer wieder.

In diesem Augenblick entwischte Clara dieser unglückselige Satz, den sie sich nach allem, was geschehen war, hätte ersparen können, aber manchmal verliert man den Kopf, selbst wenn man nicht mehr blutjung ist: Oh, ja! Auch mein Alexios küßte mich so, flüsterte sie dem Gouverneur ins Ohr. Da stieß Almereida einen Schrei aus wie ein Tier auf der Schlachtbank, der das Hilton bis in seine Grundmauern und Zementsäulen erschüttern ließ. Dann sprang er rot vor Zorn vom Bett auf und floh unter Verwünschungen aus dem Zimmer. Von jenem Tag an wollte der Gouverneur kein Wort mehr mit dieser Frau sprechen, die nur Tote im Kopf hatte. Zwei Wochen später reiste Clara, wunderschön und frisch wie eine Rose, wieder ab. Sie kehrte nie mehr nach Mahò zurück.

Nachdem Clara abgereist war, wollte der Gouverneur zur Wiedergutmachung seines zornigen Anschlags auf Maria Assuntas Klavier in den Gärten des Hilton einen Ball veranstalten. Die Mädchen kamen zu ihm gelaufen, um sich zu bedanken, und umarmten ihn glücklich. Der Gouverneur versprach, es werde auch ein großes Konzert geben, und er berief den Ministerrat ein, denn das Orchester mußte ausgewählt, das Programm festgesetzt und jedem Minister ein Bereich zugeteilt werden, um den er sich zu kümmern hatte, zum Beispiel die Beleuchtung, die Süßwaren, das Feuerwerk und die Braten. Wenn es nach ihm ginge – Almereida sprach dies in der Beratungsversammlung klar und deutlich aus –, so würde er eine Gruppe von schwarzen Musikern mit Trommeln und Trompeten kommen lassen. Diese Art von Musik, die klagenden Stimmen und das improvisierte Trommeln auf dem Bongo-Fell, machten ihn trunken vor Freude. Wie wunderbar! sagte Almereida, faltete die Hände und schaute gen Himmel. Wenn es einen Gott gibt, so müssen ihm die Engel gewiß den ganzen Tag lang diese Musik vorspielen. Die Minister aber blieben unerschütterlich: Wie kann man nur bei einer solchen Gelegenheit einen Haufen entfesselter Schwarzer hinstellen wollen? platzte voller Entrüstung der Kriegsminister heraus. Man stelle sich vor, was der Erzbischof, die Damen von der Petroleum und der Verwaltungsrat der Banken dazu sagen würden! Es gäbe einen Skandal, sagten die Minister im Chor. Sie brachten also die Namen der üblichen Komponisten vor, die Almereida nicht mochte. Seine Mutter ließ ausrichten, daß man unbedingt Musik von Verdi spielen müsse. Eines Vormittags trat sie ein, ohne anzuklopfen und ohne recht zu wissen, worüber der Ministerrat gerade diskutierte. Sie setzte sich neben ihren Sohn, sah einen nach dem anderen an und begann zu schimpfen. Entweder Verdi oder das Fest findet nicht statt, verstanden? Wenigstens dieses eine Mal müßten sie ihr den Caruso herbeischaffen! Wollten sie es ihr denn nicht gönnen, ihn vor ihrem Tod nur ein einziges Mal zu hören? fragte sie und sah die Minister geradeheraus an. Da erhob auch der Sohn seine Stimme und befahl ihr, hinauszugehen und sie in Ruhe arbeiten zu lassen, aber Alice Peis, genannt Donna Almereida, war bereits zu erbost über die Caruso-Geschichte. Wir haben ihm schon geschrieben, schon telegraphiert, aber Herr Caruso ist für die nächsten vier Jahre ausgebucht, stotterte der Postminister, was soll man da tun? Ich werde dir sagen, was man da tun soll, du alter Schafskopf, schimpfte die Gouverneurs-Mutter. Man schickt einen Polizeitrupp nach New York oder wo zum Teufel er auch gerade singt, man steckt ihn in einen Sack und bringt ihn hierher! So macht man das! Wenn er nicht von sich aus herkommen will, gibt es doch bei Gott andere Mittel und Wege! Sie rauschte hinaus, schlug die Tür hinter sich zu und fuhr noch auf der Treppe fort, brummelnd die Regierung ihres Sohnes zu beschimpfen. Kaum waren sie wieder allein – es war mucksmäuschenstill im Zimmer –, sahen die Minister sich peinlich berührt an. Glauben Sie mir, Exzellenz, Caruso ist unmöglich zu haben, wiederholte der Postminister, aber es gibt ja so viele andere, melodramatische Tenöre und Zarzuela-Tenöre, deutsche, portugiesische und sogar russische Sänger. Almereida gab ihm mit einem Zeichen zu verstehen, er solle still sein, und fügte mit unterdrückter Stimme, damit seine Mutter ihn bloß nicht hörte, hinzu, er sei sehr froh, daß Caruso nicht käme. Sie sollten keinen Tenor bemühen, denn er könne diese fetten, wie Kartenbuben gekleideten Männer, die sich die Seele aus dem Leib singen, nicht ertragen. Das Melodram ist nicht mehr in Mode, flüsterte Almereida. Das wäre ja noch schöner, wenn man sich im zwanzigsten Jahrhundert noch auf so ein gestelztes Getue einlassen müßte. Richtig, sehr richtig, und auch Beethoven, Mozart, Chopin und Konsorten sind öde Langweiler, die gerade mal dazu gut sind, einen einzuschläfern, meinte flüsternd der Verkehrsminister, froh darüber, endlich vor versammeltem Rat eine feste Überzeugung kundtun zu können, die er schon seit langem hegte, aber aus Furcht, als Banause beschimpft zu werden, noch niemals so offen auszusprechen gewagt hatte.

Das Konzert mußte jedoch stattfinden, Almereida hatte es den Kusinen versprochen. Im Verwaltungsrat der Banken sprach man schon seit Wochen darüber, und die Petroleum hatte, noch bevor das Programm feststand, bereits zweihundert Plätze reservieren lassen. Die Diskussion dauerte lange. Es kam zu Beschimpfungen, Stühle flogen an die Wand, und einige hämmerten mit den Fäusten auf den Tisch. Endlich erreichte man einen Kompromiß: Es würde ein Symphoniekonzert geben, aber ein heiteres, eines, von dem man keine weichen Knie bekommt, hatte Almereida gefordert, der das letzte Wort haben wollte. Der Industrieminister, der immer sehr gute Ideen hatte, ging hinaus und kam nach ein paar Minuten mit einem Grammophongerät zurück. Er wollte, daß der Ministerrat noch einmal über Mozart nachdächte, bevor man ihn so einfach in den Mülleimer warf. Auch hier war es die Meinung Almereidas, die jede weitere Diskussion unterband:

Das Heiterste, was dieser Herr je geschrieben hat, ist seine Totenmesse, ließ er verlauten, und mehr wurde darüber nicht geredet. Und Haydn? Wer ist denn das, der neue König von Belgien? Nein, also den auch nicht. Dann hören Sie sich einmal das an, sagte der Minister und legte eine neue Platte auf, wer ist das? Hören Sie, hören Sie nur! Er ließ den Radetzky-Marsch erklingen. Haben Sie das gehört? Strauß Vater, gefällt es Ihnen? Nun, wenn es nichts Besseres gibt als diese Marschmusik, sagte Almereida ohne Begeisterung. Aber dann gab es da noch die Platzprobleme. Würde der Garten des Hilton ausreichen, um alle geladenen Gäste aufzunehmen? Und wenn es regnen sollte? Der Agrarminister wollte wissen, wer sich um die Einladungen kümmerte. Dann war da noch die Frage, wo getanzt werden sollte. Vielleicht sollte man eine Bühne errichten und das Orchester nach dem Konzert umplazieren. Nein, das ist nicht nötig, sagte selbstsicher der Transportminister, als habe er sein Lebtag lang nichts anderes getan, als Konzerte zu organisieren, und er zeichnete eine Skizze, um zu erklären, wie man das Problem lösen könne. Almereida, der vom vielen Diskutieren müde geworden war, erklärte an dieser Stelle die Sitzung für beendet und ließ sich Tee bringen.

Von der Terrasse des obersten Stockwerks aus gesehen, wirkte der Garten des Hilton wie ein Jahrmarkt. Da liefen nicht nur die Katzen herum, die ja bekanntlich neugierige Tiere sind, und die Kinder mit den Fingern im Mund, die Arbeiter und Zimmerleute, die die letzten Nägel einschlugen, sondern da wurden auch Tischdecken ausgebreitet und Kabel verlegt. Anderenorts wurden Gläser gespült, Früchte geschält und noch mehr Stühle aufgestellt, auf denen man sich zwischen dem einen und dem anderen Walzer ein wenig ausruhen können würde. Der Postminister kümmerte sich mit hochgekrempelten Ärmeln um die Papierlampions, die im Garten aufgehängt wurden. Das

Orchester übte im Schatten des Affenbrotbaumes neue Stücke, in der Hitze klebten den Musikern die Geigen am Kinn fest, von den Fliegen ganz zu schweigen, die ohne Scheu herumflogen und sie quälten. Es war klar, daß sie etwas Ruhe gebraucht hätten, nicht diesen Taubenschlag. Auch der Kapellmeister hatte es schon gesagt, aber wenn man ein Fest vorbereitet, dann gibt es immer ein großes Durcheinander. Haben Sie Geduld, sagen sie zu dem Ungarn mit Backenbart und wirrem Haar, der das Orchester leitete. Wissen Sie, auch die anderen müssen ihre Arbeit tun! Und so wird ausgerechnet hier neben den Musikern genagelt, gesägt und gehämmert. Aber wenn das alles wäre! Inzwischen war auch noch eine Brise aufgekommen, die die Seiten immer im falschen Moment umblätterte, das hatte gerade noch gefehlt. Die erste Geige schickte, nachdem sie eine ganze Weile auf serbisch und kroatisch geflucht hatte, ein Kind zu Frau Almereida: Sie sollte ihm bitte zwei Wäscheklammern ausleihen, mit denen man die Notenblätter festklemmen könnte. Ein anderes Kind wurde zu den Bongospielern geschickt – sie möchten doch bitte ein bißchen leiser spielen – denn die sudanesische Band mit den Trommeln und den Trompeten, die während der Erfrischungspausen aufspielen sollte, um auch den Gouverneur zufriedenzustellen, übte am anderen Ende des Gartens ihre Improvisationen. Es waren ruhige Leute, die im Schatten bei einem Glas Bier musizierten. Ihre Frauen und Kinder saßen ebenfalls im Kühlen, neben dem Schwarzpulver des alten Usbeken, dem Buckligen von Karsi, der von Asien hierhergekommen war, um das Feuerwerk zu machen. Er hatte seinen Gehilfen dabei, ein spindeldürres Hinkebein, das mit den aufgewickelten Lunten im Arm und einer Zigarre im Mund hinter ihm herging. Wenn du die nicht sofort ausmachst, bellte ihn der Kriegsminister an, als er ihn sah, dann schieße ich dir eine Kugel in den Bauch. Willst du, daß wir alle vorzeitig in den Himmel fliegen? Die beiden aber lächelten. Machen Sie sich keine Sorgen, Herr Minister, meinte der Bucklige, während das Hinkebein nicht aufhören konnte zu lachen. Wir montieren schon seit hundert Jahren Feuerwerke, sagte der Usbeke, und es ist noch nie etwas passiert!

Das Kind, das ins Haus gegangen war, um in diesem Stall von Kusinen, Dienerinnen und Verwandten, die durch alle Löcher ein und aus gingen, Frau Almereida zu suchen, irrte von einem Korridor zum anderen. In der Küche waren Leute, die kochten und brieten, andere strichen Servietten glatt oder stickten im Salon. Das Fräulein Luisa saß abseits mit einem Buch in der Hand auf dem Balkon, das Fräulein Maddalena ordnete die Geranien in ihren Töpfen, und so blieb nur Anna Beyené, an die das Kind sich mit seiner Bitte um Wäscheklammern wenden konnte. Woher soll ich wissen, wo die Wäscheklammern sind, sagte Fräulein Anna, die am eisernen Balkongitter lehnte und damit beschäftigt war, die gegenüberliegende Mauer zu betrachten, auf der dichtgedrängt die Zaungäste hockten, und dabei ihr an die Madonna gerichtetes Orapronòbis fertigbeten wollte. Das Kind lief zurück zum Ungarn und sagte, das Orchester müsse sich leider damit abfinden, daß es im Hause Almereida keine Wäscheklammern gab.

Durch die offenstehenden Fenster drangen die Stimmen der Frauen aus dem Haus des Gouverneurs. Dort oben steckte Dahab Kamsai die Peonien in die Vase, Piera und Maddalena schlurften mit der frisch gebügelten und gestärkten Wäsche durch die Korridore. Die jüngeren Mädchen probierten vor den Spiegeln bereits Korsetts, Röcke und perkalgefütterte, mit Samt und Organsin geschmückte Kleider an, ohne zu merken, daß der Gouverneur sie durch die angelehnte Tür hindurch beobachtete, hingerissen vom Anblick ihrer Hüften und ihrer Butterbusen. Als Teresa sich umdrehte, um zu sehen, wie der Perkal ihres Kleides fiel, sah sie die weiße Mähne durch den Türschlitz lugen.

Sie schrie wie von der Tarantel gestochen auf und trat mit dem Fuß die Türe zu, Almereida ins Gesicht, der zufrieden in sich hineinlachte. Eine große Vorfreude auf das Fest und eine allgemeine Hektik lagen in der Luft, obwohl es erst Mittag war, aber man weiß ja, wie schnell zwischen Zikadenzirpen und Katzengähnen der Abend hereinbricht. Luisa klappte das Buch zu, man fuhr noch ein paarmal mit dem heißen Eisen über eine Bluse und dann gingen alle, sich anzukleiden.

Während sie ihre Schuhe auf Hochglanz polierte, zählte Maddalena nochmals die Gänge des Menüs auf, so wie sie ihr der Kriegsminister persönlich verraten hatte. Aber wird es denn auch Kapaunenbrühe und gerösteten Truthahn geben? fragte Piera aus dem Nebenzimmer. Ja, ich glaube ja. Und auch der Tenor, der zu Ostern in der Kathedrale gesungen hat, erinnerst du dich, kommt der? fragte Lucia, die im anderen Nebenzimmer gerade ihre Wangen puderte. Das Tellergeklappere und die Stimmen unten im Garten aber übertönten sowohl Maddalenas Antwort aus dem Badezimmer als auch das Geschwätz der jüngeren Mädchen, das Getrippel ihrer kleinen Schuhe und das Rauschen der Röcke und Stoffe, das ihre Zimmer erfüllte. Von unten stiegen der Bratenduft und die Gerüche von Knoblauch und Rosmarin, der Gewürze, die man in die intimen Teile des Truthahns gestopft hatte, herauf und vermischten sich mit dem Parfüm, das sich die Mädchen auf Hals und Schultern träufelten, Kölnisch Wasser und Bergamottöl. Am stärksten war der Geruch nach Talkumpuder, mit dem die nackte Donna Almereida sich vor dem Fest in einer Weise bestreute, daß sie aussah wie ein in Mehl gewendeter und zum Braten vorbereiteter Karpfen. Zu guter Letzt waren da noch der Dampf des Rind- und Kapaunfleisches, das auf dem Herd stand, und der Qualm der Petroleumlampen unten im Garten.

Auch Almereida kleidete sich an. Der Kammerdiener reichte ihm nacheinander das Hemd, die Weste und den

Frack. Der Gouverneur betrachtete sich im Spiegel, die drei Reihen Orden klimperten auf seiner Brust. Von unten hörte man bereits die Stimmen der ersten Gäste, die sich auf dem Rasen versammelten und das unruhige Trampeln der Pferde, die am Eingang festgebunden waren. Anna schaute hinaus und lief zurück ins Zimmer, um den anderen zu sagen, sie sollten sich beeilen, denn die hohen Tiere der Petroleum waren schon eingetroffen, in Frack und Zylinder und mit ihren Frauen, die so stark gepudert seien, daß sie aussähen wie Leichen. Als erste trat Luisa aus dem Zimmer, in enganliegendem Westchen und mit Puffärmeln, es folgte Donna Almereida mit ihren neuen Schuhen, die ihr den Ausruf entfahren ließen, wie um Himmels willen man es anstellen solle, auf solchen Stelzen herumzulaufen. Dahab Kamsai starrte entzückt auf die Mama des Gouverneurs, die mit ihrem kardinalsroten Brusttuch und der schwarzen Mantille wie die Königin von Kastilien aussah, oder wie die Trumpfdame, mit ihrer ganzen Ausrüstung aus silbernen und goldenen Schmuckstücken um den Hals, die aussahen, als seien sie in einem Wallfahrtsort gestohlen worden. Dann zogen sich der Gouverneur und seine Mutter in die Küche zurück, um in aller Eile eine Tasse Bouillon zu schlürfen und etwas gekochtes Rindfleisch zu essen, denn mit gefülltem Magen würden sie, wenn das Fest richtig losginge, in aller Ruhe den Chefs der Petroleum ihre Aufwartungen und Komplimente machen und sich in den entscheidenden Momenten des Banketts neben die Generäle setzen können.

Die Mädchen waren noch dabei, sich abermals im Spiegel zu betrachten und Bänder und Schleifen zurechtzuzupfen. Sie schrien, man solle doch das Klo nicht so lange besetzen, zum Teufel, und du bist zu blaß, Maria Assunta, schminke dir doch wenigstens mit ein bißchen Rouge die Wangen, sagte Maria mit flammendrotem Mund aus einer Wolke von Tüll heraus. Hätten die Offiziere des Hauptquartiers sie jetzt zu Gesicht bekommen, so hätten sie sie wie ein Äpfelchen in zwei Happen verschlungen, klein und rundlich, wie sie war, mit ihrer Brust, die aus Zedernholz gemeißelt schien und den strohglatten, hanffarbenen Haaren. Auch das Gesicht mit den zwei großen blauen Augen wäre hübsch gewesen, wenn nicht die Vorderzähne hinter dem Feuer ihrer Lippen ausgesehen hätten wie zwei Axtschneiden, die den angriffslustigen Regierungstruppen selbst die bösesten Absichten ausgetrieben hätten. Nein, Maria! rief nun Donna Almereida, die soeben ihr gekochtes Rindfleisch verspeist hatte, du wirst dir doch nicht zu einem so kurzen und durchsichtigen Kleid auch noch diesen Hut aufsetzen wollen. Ihrer Meinung nach sah sie mit diesem komischen Federhütchen aus wie eine Hure. Aber sie sagte nichts weiter, denn sie war schon ziemlich ermattet, und das bißchen Kraft, das ihr noch geblieben war, wollte sie sich aufsparen, um die Fliegen und Mücken zu verjagen, die sich in ihren Talkumpuderduft verliebt hatten und sie plagten. Eigentlich hätte man Maria, so wie sie angezogen war, sagen müssen, daß es sich mit dem guten Geschmack verhält wie mit dem Loch im Hintern, Herrgottnochmal: Entweder hat man's von Geburt an oder eben nicht, und dann gibt's keinen Laden, in dem man's kaufen kann und keine Schule, wo man's lernen kann. Aber in Gottes Namen, Maria war nun einmal vernarrt in diese albernen Hütchen voller Aigretten, Federn und Bändchen und sie liebte eben durchsichtige Stoffe. Es gefiel Donna Almereida ebensowenig, wie ihre Kusine Maddalena gekleidet war, der es nicht in den Kopf gehen wollte, daß sich die Mode geändert hatte. Man zog heute nicht mehr wie früher ein Dutzend Unterröcke an, aber sie meinte – abgesehen davon, daß sie wegen ihrer Arthritis manchmal so krumm herumlief wie ein Fragezeichen –, man könne sich ja schließlich nicht anziehen wie eine Göre. So sah sie aus wie ein Kleiderständer voller Lumpen und Röcke. Wenn man bedachte, daß ihre Schwester Lucia, Tochter der gleichen Mutter, sich so elegant zu kleiden verstand wie eine Königin! Wenn ihr allerdings einer unter die Röcke gelugt hätte, der hätte wahrscheinlich schnell ein Kreuz geschlagen, denn es gab keine Erfindung der Pariser Bordelle, die sie sich nicht angezogen hätte, kaum daß sie hierher an den Äquator gelangt waren: Strumpfbänder mit rotem Volant, seidene Höschen, die gerade ein Nadelöhr bedecken würden, sogar Netzstrümpfe. Für den Ball hatte sie ein Paar Unterhosen angezogen, die dem gesamten Heer seiner Exzellenz, hätte es nur davon geahnt, gehöriges Herzklopfen verursacht hätte, französisches Zeug, das die Mutter des Gouverneurs heute morgen auf der Terrasse entdeckt hatte, wo es zum Trocknen aufgehängt war, Höschen, die nicht nur mit Bändern und Schleifen, sondern auch mit zwei Schlitzen versehen waren, einer vorne und einer hinten, so daß man sie sich nicht einmal herunterziehen mußte, sondern sich bei Bedarf einfach bequem niederlassen konnte, ein solch obszönes Stück, daß Donna Almereida zunächst gedacht hatte, es handle sich um eine Trophäe irgendeines Ministers, aber dann war Lucia selbst gekommen und hatte sie von der Wäscheleine geholt und mit sich genommen. Trotz ihrer fünfzig Jahre trug sie nicht einmal einen Unterrock, sondern nur ein Korsett, das ihr Fleisch zusammendrückte und ihren Busen so unerbittlich zwischen die Stangen preßte, daß er herauszufallen drohte unter dem verzückten Blick der Männer, die ganz betört waren von dieser Aussicht und der würzigen Suppe, die dieses alte Huhn noch abzugeben versprach. Flanellunterwäsche würde Lucia nicht einmal tragen, wenn man sie dafür bezahlte, wo kämen wir da hin. Um es kurz zu machen, Lucia hatte sich also ausstaffiert wie eine Hure. Auch die anderen waren nunmehr fertig und taten nur noch die allerletzten Handgriffe. Unten wurden schon die dreitausend venezianischen Lampions angezündet, die so groß waren wie Melonen. Die Sudanesen begannen ihre Musik zu spielen, von der sich den Katzen das Fell sträubte und sie einen Buckel machten. Man konnte sich also ruhig schon die Handschuhe anziehen, Federn und Schleifen noch einmal kurz aufklopfen, um dann in den Garten hinunterzugehen und die Gäste zu begrüßen. Noch schnell eine kleine Puderwolke und einen letzten Spritzer Kölnisch Wasser, dann setzte sich der lange Zug der Frauen des Hauses Almereida in Bewegung und ging auf die Haupttreppe zu. Donna Almereida marschierte vorneweg, noch wütend über den verwegenen Ausschnitt von Lucia, die sich nochmals in einem Handspiegel besah und sich mit ihrer fünfzehn Zentimeter langen Zunge die roten Lippen leckte. Wenn man an einem solchen Abend nicht schön ist, sagte sie mit einem Achselzucken, aber mehr sagte sie nicht, sondern rannte hinter einen Vorhang, denn durch ihre schnippischen Gesten war eine ihrer Brüste zwischen den Stangen hervorgehüpft. Sie lachte in sich hinein, denn sie wußte, daß manch einer in ihrem ausufernden Fleisch die glaubwürdigste Verkörperung des Wohlstands sehen würde, die Almereida seinem Land versprochen hatte. Dieser Ansicht war auch ihre Schwester Piera, die nichts Schlechtes darin sehen konnte, wenn man auf Tanzfesten ein wenig mehr Fleisch zur Schau stellte, solange es dabei blieb und klar war, daß dies Sachen zum Anschauen und nicht zum Anfassen waren, und man dann, nach dem Fest, wieder zu dem zurückkehrte, was sich schickt. Was bedeuten denn schon zwei nackte Schultern, sagte sie. Wenn das alles wäre! Sie dachte, daß das Unglück vielmehr darin bestünde, daß Lucia den jungen Männern den Hof machte, ja, ganz jungen Männern, die noch nicht einmal wissen konnten, wo man die Sache anfängt. Man hätte ihr ja nachsehen können, wenn sie in ihrem Alter irgendeinem reiferen Mann schöne Augen gemacht hätte, vielleicht sogar einem verheirateten, da wäre sie gewiß nicht die einzige gewesen. Aber die Jungen sollte sie in ihrem Alter besser in Ruhe lassen. Aber Lucia hat es immer verkehrt herum gemacht, hätte ihre Schwester gerne gesagt: Als sie jung war, machte sie sich an die Alten mit zitternden Händen und dem Star im Auge heran, und jetzt trieb sie's mit den Jungen und bezahlte sie dafür. Ja, ja! Das Geld, das sie nicht für die Lotterie ausgab, steckte sie ihren Liebhabern zu. Aber Piera schwieg lieber und stieg mit den anderen die Treppen hinunter. Man hätte meinen können, es sei die kaiserliche Familie, die da über die Treppen zum Hof hinunterschritt. Dort sprach man gerade von dem Wanderapotheker, der in Mahò eingetroffen war und Mittelchen gegen sämtliche Krankheiten bereithielt – einschließlich Krebs, Epilepsie und Kriegsverstümmelungen –, als die Familie des Gouverneurs angekündigt wurde. Im selben Augenblick wurden die Körbe geöffnet, und Tausende von Schmetterlingen flatterten ins Freie und verteilten sich auf die festlich geschmückten Tische. Aber just in diesem Augenblick ertönte wie ein Kanonenschuß der erste Donnerschlag, begleitet vom weißen Aufflammen eines Blitzes, der grell den Hof beleuchtete. Das kann ja heiter werden, wenn es jetzt anfängt zu regnen, dachte der Gouverneur, während tausend bunte Flügel leicht in der Menge hin- und herflatterten, die tosend Beifall klatschte, obwohl es draußen inzwischen so matschig war, daß man dieses Tanzfest höchstens in Stiefeln draußen hätte feiern können, unter Donnerschlägen, im kniehohen Schlamm, ohne Dach und ohne Mond zwischen den bunten Lampions, die im Regen weich wurden wie Apfelmus. In diesem Moment bemerkten der Gouverneur und seine Mutter, daß Teresa verschwunden war. Almereida ging ins Haus, um sie zu suchen, aber Teresa saß zu dieser Zeit bereits in einer Kutsche, die sie zum Bahnhof brachte. Sie sollten sie niemals wiedersehen, und niemand sollte je erfahren, was mit ihr am Abend jenes Festes, das ins Wasser fiel, geschehen war. Vielleicht ist sie inzwischen längst verheiratet, die arme Teresa, glücklich und zufrieden, irgendwo in einem anderen Teil der Erde, sagte Maddalena zuweilen sehnsüchtig.

Der Verteidigungsminister und der Transportminister

überlegten inzwischen, ob es nicht möglich sei, das Orchester in der Laube unterzubringen, wenn man den Dirigenten eventuell mit einem Schirm schützte. Aber nein, es regnete zu stark. Man richtete sich also so gut es ging in der Halle ein, und der erste Walzer begann.

13

Ghisc hatte sein Studio gefunden: einen großen Steinbau mit einem knappen Dutzend Zimmer und einem Stall. Hinter dem Haus standen noch ein paar Schuppen mit Blechdach. Einige Mauern bröckelten, aber das konnte in wenigen Wochen in Ordnung gebracht werden, und dann sollte eben hier das Filmstudio eingerichtet werden. Das Elektrische Theater in Mahò wurde nun von Ramels Bruder und einem Mädchen, das Esterhazy vermittelt hatte, betrieben. Sie saß an der Kasse, er am Projektor. Nachdem Ghisc das Kino aufgegeben hatte, war es in »Odeon Robinson« umgetauft worden. Neue gepolsterte Stühle standen darin, Teppichboden war ausgelegt, eine größere Leinwand war aufgestellt worden. Außerdem gab es jetzt einen Pianisten, ein Mann, der früher in den Theatern von Marseille gespielt hatte und der dann so weit heruntergekommen war, daß er die Blasebälge des Harmoniums in der Baptistenkirche von Mahò treten mußte. Nun hatte er einen festen Vertrag und spielte zu den Kinovorführungen auf. Es gab für das Publikum auch neue Toiletten, die so schön waren, daß die Leute nach der Vorführung aus reiner Neugierde noch einmal Schlange standen und das Kachelwunder der Aborte des Odeon besichtigten, denn auf den Werbezetteln hieß es, daß das Odeon die gleichen Toiletten habe wie das Grand Hotel von Paris, nur daß diese hier größer seien – und gratis, Benutzung im Eintrittspreis inbegriffen. Jeweils vier Leute traten ein, die

Frauen auf der einen, die Männer auf der anderen Seite, und blickten sich mit offenen Mündern um. Sie betrachteten sich in den großen Spiegeln und achteten darauf, nicht auf den Boden zu spritzen. Sie bedauerten, daß ein so schöner Ort zu nichts Besserem bestimmt war als dazu, den Leuten das Pinkeln zu ermöglichen.

Eines Tages lief ein französisches Schiff in Massaua ein, und ein Zöllner übergab Ghisc die Kiste mit den jungfräulichen Filmrollen. Nun konnte er endlich mit der Arbeit beginnen. Da Ghisc sämtliche Kameratricks und alle Geheimnisse, die seine Filmrollen bereithielten, ergründen und die magischen Effekte, die man durch das Auswechseln des Objektivs und das Drehen an der Kurbel erreichen konnte, erlernen wollte, beschloß er, zumindest am Anfang nicht nur Regie zu führen, sondern auch selbst die Kamera zu bedienen. Er hatte vor, gemalte Kulissen und Bühnenhintergründe zu benutzen, und nach allem, was er im Elektrischen Theater gesehen hatte, war er vor allem daran interessiert, von der Bühne die Möglichkeit, etwas vorzutäuschen, und die Spezialeffekte zu übernehmen: Er wollte die Schauspieler in Kostüme stecken und frei erfundene Geschichten erzählen.

Bald merkten Ghisc und Ramel, daß die Sache komplizierter war, als sie gedacht hatten. Die Ausleuchtung mußte immer stimmen und beim Entwickeln genügten ein oder zwei Tropfen Lösungsmittel zu viel oder zu wenig, um den ganzen Film zu zerstören. Man durfte nicht gegen die Sonne filmen, mußte aufpassen, daß keine Schatten im Bild waren, mußte jedesmal das richtige Objektiv auswählen, um die Figuren nicht zu verzerren. Um all dies zu lernen, verbrauchten sie Hunderte von Filmmetern. Außerdem mußten sie sich erst einmal mit dem Aufnahmegerät vertraut machen, aufpassen, daß der Film nicht riß und der Mechanismus nicht klemmte und die Zahnräder nicht die Bilder zerkratzten. Sie lernten all diese Dinge, während sie, die Kamera auf der Schulter, durch Mahò streiften. So drangen sie Schritt für Schritt in die Geheimnisse des Filmemachens ein. Sie probierten und entwickelten, ließen die Filmspule sehr langsam laufen, um einen Zeitraffer-, und umgekehrt einen Zeitlupeneffekt zu erzielen. Wahre Wunder aber konnte man mit Hilfe der Umlaufblende geschehen lassen: Wenn man sie richtig einzusetzen wußte, indem man den Film beispielsweise zurückspulte und nochmals belichtete, konnte man dann auf der Leinwand richtige Zaubereien sehen. Ein Ochsenkarren verwandelte sich in eine Lokomotive oder eine Frau in eine Katze. Vor allem diese übernatürlichen Effekte waren es, die Ghisc seiner Kamera entlocken wollte, denn er war davon überzeugt, daß nur Tricks, Effekte und Magie aus einem Jahrmarktbudenspektakel eine Kunstform machen konnten.

Eines Abends machten sie eine weitere großartige Entdeckung. Während Ghisc die Filmstreifen seiner letzten Experimente ansah, versuchte Ramel, von einem Film, den sie letzte Woche gedreht hatten und den Ghisc bereits aussortiert hatte, die unterbelichteten Streifen wegzuschneiden. Sie legte die besser geratenen Bilder in eine Reihe, und mit Kitt und durchsichtigen Abfallschnipseln gelang es ihr, die Stücke aneinanderzukleben. Als sie die gleiche Methode auch mit längeren Filmstücken ausprobierten, entdeckten sie, daß man auf diese Weise Erzählungen mit ineinander verflochtenen Handlungssträngen aufbauen konnte. Es war möglich, einen Dialog plötzlich zu unterbrechen und mit einem anderen fortzufahren oder plötzlich eine Figur erscheinen zu lassen oder eine effektvolle Szene einzublenden, um kurz darauf den Faden der Erzählung wiederaufzunehmen. An diesem Abend gingen sie zum Essen ins Fanàr, das beste Restaurant von Mahò, um ihre Entdeckung zu feiern.

Die Maurer kamen mit der Arbeit am Haus gut voran. Sie rissen Mauern ein und bauten Aufnahmestudios, Dunkelkammern und Schneideräume. Im Stall entstand eine Schneiderei, und der Heuboden sollte zur Herstellung und Bemalung der Kulissen dienen.

Vor ein paar Tagen war in Mahò ein amerikanischer Film eingetroffen, nach dem die Leute ganz verrückt waren. Vor dem Odeon Robinson stand man wieder Schlange wie in den allerersten Zeiten. Der Film handelte von einem Feuerwehrmann, der eine Frau und ihr Kind aus einem brennenden Haus rettet, eine spannende Geschichte, die die Leute sich zwei- oder dreimal ansahen, und immer sprangen sie inmitten der Flammen und des Rauches auf der Leinwand aufgeregt von den Sitzen auf und riefen um Hilfe. Das Klavier klimperte schnell durch das Feuer, die Zuschauer flehten einen Feuerwehrwagen an, sich zu beeilen, und waren so aufgebracht, als stehe das Odeon selbst in Flammen. Auch Ghisc sah sich den Film wohl zehnmal an. Er wollte die Sequenzen, den Schnitt, die Kameraeinstellungen, die Länge der einzelnen Handlungsteile und die Wahl der Objektive am liebsten auswendig lernen. Vor allem wollte er verstehen, worin das Fesselnde dieses großartigen Films bestand. Er sprach lange mit Ramel und Esterhazy darüber, begeistert wie es jeder gewesen wäre, der sich endlich soweit fühlte, mit etwas beginnen zu können. Es fehlte ihm nur noch eine Geschichte, die er erzählen könnte. Esterhazy hörte ihm zerstreut zu, trank seinen Ouzo und blätterte in der Zeitung. Er wußte, daß er hier nicht helfen konnte, denn vom Kino verstand er nichts. Aber Ghisc gab keine Ruhe, und Ramel schwärmte von einer märchenhaften Geschichte mit einer schönen Frau. Warum nehmt ihr nicht diese Geschichte? schlug Esterhazy vor und hielt ihnen die Zeitung hin. Von einem Bankraub in Alexandrien wurde dort berichtet. Als die Banditen das Gebäude der Nationalbank verlassen wollten, wurden sie von der Polizei abgefangen. Es kam zu einer Schießerei, eine Frau und ein kleines Mädchen wurden als Geiseln genommen, am Ende jedoch mußten die Räuber sich ergeben. Ghisc las den Artikel ein zweites

Mal. Es war keine Geschichte, wie Ramel sie haben wollte, voll Feen und Zauberei, aber sie schien ihm für eine Verfilmung sehr gut geeignet. Der Artikel selbst war schon beinahe ein Drehbuch, mit einer sauberen, abgerundeten Handlung, der man nichts mehr hinzufügen mußte. Schon am nächsten Tag wurde auf dem Heuboden mit der Herstellung des Tresens und der Bankschalter begonnen. Ein Teil der Arbeiter sägte, nagelte und lackierte, die anderen montierten Spiegel, Fensterattrappen und was sonst noch zu der Szenerie eines Banküberfalls gehörte. In der Schneiderei wurden in der Zwischenzeit die Anzüge der Bankangestellten und die Polizeiuniformen zugeschnitten und genäht. Nach zwei Wochen war alles fertig, und man hätte sofort mit den Dreharbeiten beginnen können. Aber just an diesem Tag erschien in seinem nagelneuen Automobil Louis Keystone von der Edison im ehemaligen Gutshof.

Almereida wollte fliegen. Er wollte sich über die Dächer von Mahò erheben und von oben über die weiten Ebenen in die Abgründe und schwarzen Felsenklüfte blicken, die so aussahen, als hätten sich in einem Ozean von Gras und Gestein bodenlose Schlünde aufgetan. Er wollte sehen, wie die Bauern mit ihren Eseln wie Skarabäen über die staubigen Wege krochen, und dann den Steuerknüppel drehen und ins Weiß der Wolken tauchen wie in einen Schaumberg. Er wollte von einer Himmelssphäre in die andere gleiten und Schauer über seinen Rücken jagen fühlen, wie sie selbst die Vögel nicht kannten. In einem Flugzeug zu sitzen, bedeutete für Almereida das gleiche wie im Nichts zu schweben, und sich dabei wie ein Trottel nur an dem merkwürdigen Gefühl festzuhalten, weder herunterfallen noch für immer dort oben bleiben zu können, schwerelos zu sein. Ganz bestimmt, so muß es sein, Exzellenz, sagten die Kammerdiener des Hilton, wenn er zu ihnen über diese Dinge sprach und sie zwang, stundenlang in den Himmel zu schauen. Und doch muß das Fliegen im menschlichen

Geist ein Hochgefühl auslösen, sagte Almereida, das stärker ist als die Empfindung, die die Musik, die Philosophie und die Mathematik zusammen hervorrufen können. Und mehr als die Poesie, sagten die Kammerdiener, um ihm entgegenzukommen. Es muß sein, als sei man eins mit einem Gefühl, das unmöglich lange andauern kann und das zugleich endlos zu sein scheint, nicht wahr? Gewiß, gewiß, Exzellenz, ein bißchen so, als wäre man verliebt. Der Gouverneur wollte fliegen, weil er meinte, die andere Hälfte der Welt befände sich da oben im völlig unerforschten Himmel und sei vielleicht nicht so enttäuschend wie die Hälfte, die er schon kannte, und die ihn mit einer Traurigkeit erfüllte, die ihm zuweilen das Herz abschnürte.

Ich bin dieser Welt müde, Professor, sagte er zu von Gneissenau, den er damit beauftragen wollte, ihm ein funkelnagelneues Flugzeug zu beschaffen. Ich bin dieses Landes müde und der Ameisen, die darin leben, ich bin es müde, durch den Mist zu waten, den sie auf den Straßen hinterlassen, durch diese Menge, die sich bis auf die Knochen abschindet und auf dieser Erde zu einem lebenslangen Zuchthausdasein verurteilt ist. Wissen Sie, was diese Menschen tun? fragte Almereida den Preußen, der sich hütete, irgendeine Antwort zu geben, denn sie wäre in jedem Falle falsch gewesen und hätte den Gouverneur nur dazu herausgefordert, ihn zu allem Überfluß noch einen Dummkopf zu nennen. Sie wissen es nicht? Was sollen sie schon tun, Professor, antwortete Almereida auf seine eigene Frage: Sie essen, sie vögeln, sie schlafen und einige arbeiten, sonst nichts. Ich fühle, daß ich anders bin als dieses Insektenvolk. Oder bin auch ich dazu geboren, mich ein paar Jahre lang im Kreise zu drehen und schon bald zu sterben? Antworten Sie mir, Professor, sagen Sie mir ruhig Ihre Meinung! Aber der Preuße hielt den Mund. Wie eine große Zwiebel, die man unter Tränen häuten muß, ich weiß, ich weiß, so ist das Leben im großen und ganzen. Wir haben den Alkohol, die Liebe und die Kathedralen erfunden, um es uns ein wenig erträglicher zu gestalten, um uns darüber hinwegzutäuschen, wie sinnlos das Leben ist, ich weiß.

Almereida bekam nun immer häufiger solche Krisen. Es verging ihm der Appetit, sein Magen wurde zu Stein und der schwarze Saft der Melancholie rann ihm kalt wie Quecksilber durch die Adern. Er hatte dann wirklich zu gar nichts mehr Lust, wollte nicht einmal sterben, das Tageslicht sehen oder dem Gesang der Vögel im Garten lauschen. Er legte sich aufs Bett und befahl, daß niemand ihn störe. Er blieb regungslos liegen, als befände er sich unter einer Grabplatte und als gäbe es die Welt draußen nicht mehr. Er fühlte, daß ihm nichts mehr helfen konnte, daß das Leben bestenfalls eine schlimme Krankheit war, von der man vergebens zu genesen hoffte, Oder aber er kauerte, den Kopf in die Hände gestützt, am Fensterbrett und sah den unten vorbeiziehenden Menschen zu, auch das ein Schauspiel, das ihn traurig stimmte und ihm den Magen zuschnürte.

Eines Tages sah er ein paar Straßensänger, die zum Markt zogen, um dort ihre Märchen zu erzählen. Einer von ihnen hatte einen Affen auf der Schulter sitzen, der dumm feixte und die Augen aufriß. Von jenem Tag an war Almereida zumute, als hätte sich ihm der Tod auf die Schulter gesetzt. Er spürte sein Gewicht. Das ist ein böses Zeichen, wagte der Bursche, der die Böden wischte, zu sagen, nachdem ihm Almereida von jenem merkwürdigen Gefühl auf der Schulter erzählt hatte, ein böses Zeichen, Exzellenz. Manchmal hat man seinen Lebenswillen völlig verloren oder will sogar bestraft werden. Dann packt einen der Tod an der Schulter, nur damit man zufrieden ist. Aber ich möchte wenigstens wissen, wann das geschehen ist, seit wann ich das Leben nicht mehr liebe und mich ein solches Unglück am Kragen packen konnte, fragte Almereida im Halbschatten der Korridore, denn die Schwermut vergiftete ihm sein ganzes Leben. Wenn er erwachte und die Augen aufschlug, erschien ihm sofort alles dermaßen feindlich und bitter, daß er wünschte, die Sonne würde zu Boden fallen und in tausend Scherben zerbrechen, damit es wieder dunkel werde, am besten für immer. Statt dessen füllte sich das Zimmer mit blendend weißem Licht, man hörte, wie die Kinder auf den Straßen spielten und die Vögel sich in den Zweigen zankten. Aber im Herzen des Gouverneurs regnete es. Die ins Hilton gerufenen Ärzte, Hexenmeister und Apotheker zuckten ratlos mit den Schultern: Gegen diese Schwermut gab es keine Arznei. Donna Almereida weinte ganze Tage lang, und die anderen Frauen murmelten Beschwörungsformeln, drehten auf der Suche nach dem bösen Blick die Matratzen um, und als ein Arzt, der sich darauf verstand, die Erektionen und Träume der Männer zu deuten, und den man extra aus Wien hatte kommen lassen, sagte, daß der Gouverneur sich noch nicht recht von der Nabelschnur gelöst habe und er sich am besten möglichst bald eine Frau nehme, hörte man Donna Almereida stundenlang lauthals protestieren. Sie weinte erneut, als Almereida eine Woche später die Minister zu sich rief und ihnen befahl, jemanden in seinem Garten zu begraben. Irgendeinen Toten, den erstbesten, sagte der Gouverneur, es müsse nur schnell gehen. Um seinen Wunsch zu erfüllen, wurde ein Trauerzug, der auf dem Weg zum Friedhof war, umgeleitet. Von nun an wollte der Gouverneur, wenn er morgens aufstand und nach dem Wetter sah, stets daran erinnert werden, daß jeder Morgen, ob sonnig oder verregnet, ihn dem Ende näher brachte und daß der Tod klappernd auf einer Bank im Garten saß und darauf wartete, daß er an die Reihe käme.

Das, lieber Professor, sagte Almereida, ist das Leid derer, die ein Volk von dummen Insekten zu regieren haben, die glauben, sie würden ewig leben. Wenn sie wüßten, wie kurz das Leben ist, würden sie sich entweder mit dem zufriedengeben, was sie haben, oder nach dem Unmöglichen trachten! Statt dessen essen, trinken und schlafen sie und meinen, unendlich viel Zeit zu haben, tun so, als müßten immer nur die anderen sterben. Sie streiken, demonstrieren und kommen unter mein Fenster, um mir mit ihrem Geschrei auf die Eier zu gehen. Das ist es, wovon mir übel wird, verstehen Sie, Professor? Um ein wenig aus dieser dummen Hälfte der Welt hinauszukommen, möchte ich ein Flugzeug haben. Ja, ich möchte es sogar sofort! Von Gneissenau war enttäuscht. Er hatte gehofft, daß Almereidas Interesse am Fliegen von einer Begeisterung für die Technik und die Schnelligkeit, von einem Geschwindigkeitsrausch herrührte. Derartige Leidenschaften hatten den Gouverneur zu der Zeit erfüllt, als er anfing, Auto zu fahren, und als er unbedingt mit den ersten Vehikeln der Sheffield-Simplex herumrasen wollte, die für die abschüssigen Straßen Mahòs absolut nicht geeignet waren. Aber das Verlangen zu fliegen entsprang einem metaphysischen Interesse. Almereida wollte dem Sumpf von Mahò entkommen. Diese Welt ging ihn nichts mehr an. Im übrigen war er sicher, daß die Propeller sehr viel mehr Mühe haben würden, seine Unfähigkeit zum Lachen und seine Schwermut in die Lüfte zu heben, als das Gewicht des Motors mit seinen Kolben und Zylindern, des Rumpfes und der restlichen eisernen Gerätschaften – vom an den Steuerknüppel geklammerten Fleisch und Blut des Gouverneurs ganz zu schweigen.

Nun gut, ich habe verstanden, sagte eines Morgens endlich von Gneissenau: Sie brauchen ein Flugzeug mit luftgekühltem Propellermotor. Und er ging, um die Bestellung zweier solcher Flugzeuge nach Berlin zu telegraphieren.

Zwei Tage bevor Ghisc mit den Dreharbeiten begann, kam in einem nagelneuen Morgan ein Mensch mit Melone zum Gutshof heraufgefahren. Ein Arbeiter, der gerade im Hof Bretter annagelte, begleitete ihn in den Getreidespeicher, wo sich die anderen aufhielten. Der eine oder andere dachte wohl, er stünde einem von den vielen gegenüber, die sich hier vorstellten, um eine Rolle zu bekommen oder um als Komparsen auftreten zu dürfen, womöglich sogar unentgeldlich oder nur für einen Teller Suppe. Dieser jedoch, mit seinen Lackschuhen, Gamaschen und goldenen Manschettenknöpfen, war dafür zu elegant, Ghisc witterte sofort, daß ein Individuum wie dieses nur Unglück bringen konnte.

Habe ich das Vergnügen, mit Jakob Ghisc zu sprechen? fragte der Mensch, während er sich die Melone vom Kopf zog und in einer gezierten Haltung erstarrte, als erwartete er, daß ihn jemand photographierte. Wenn es um den Film geht, muß ich Ihnen leider sagen, daß wir schon vollständig besetzt sind, antwortete Ghisc. Nun ja, in gewissem Sinne bin ich wegen des Films hierhergekommen. Ich möchte mit Ihnen über Geschäftliches reden, Herr Ghisc, aber wollen wir nicht Platz nehmen? Sie setzten sich in der Küche einander gegenüber. Der Mensch mit dem Morgan hieß Keystone, war Amerikaner und behauptete, von einer Gruppe französischer Produzenten gesandt zu sein. Auch wenn ich hauptsächlich für die Edison arbeite, erklärte er mit selbstgefälligem Lächeln. Für die französische Edison, versteht sich, mit Sitz in Paris. Und ohne auch nur einmal Atem zu holen, zählte er die Namen der Produzenten auf, die jener Gruppe angehörten. Auch George Klein, den Ghisc in Paris kennengelernt hatte, war darunter. Bei der scharfen Konkurrenz, die seit einiger Zeit herrscht, ist es natürlich schwer geworden, sich vor den Piraten der Kinematographie zu schützen, sagte Keystone. Einen Kaffee? Nein, danke, ich komme gleich zum Ende, Herr Ghisc. Kurz, ich bin hergekommen, um Ihnen zu sagen, daß wir Ihnen leider nicht gestatten können, diesen Film zu machen. Ich bedaure, aber Sie wissen sehr gut, daß wir die rechtmäßigen Besitzer der Patente sind. So ist es, Herr Ghisc. Es tut mir leid, man hat mich persönlich damit beauftragt, Sie davon zu unterrichten, ich bitte um Entschuldigung. Im übrigen spricht das Gesetz eine klare Sprache, schwarz auf weiß. Ohne unsere Erlaubnis ist es nicht gestattet, auch nur einen einzigen Meter Film zu drehen. So ist es.

Und um noch deutlicher zu werden, breitete Louis Keystone eine Anzeige wegen unerlaubter Ausübung der Filmkunst auf dem Tisch aus, die beim Pariser Tribunal und dem Gerichtshof von Marseille gegen Ghisc eingereicht worden war, und die mit der runden, entschlossenen Unterschrift von Thomas Alva Edison persönlich versehen war. Um das klarzustellen, Herr Ghisc: Es handelt sich bei dieser Anzeige um eine vorbeugende Maßnahme, und wir sind gewillt, sie sofort zurückzuziehen, wenn Sie, nun, sobald Sie von Ihrem Vorhaben Abstand nehmen und sich zu einem Einvernehmen bereit erklären. Oder besser noch, wenn Sie das Filmemachen ganz bleiben lassen, Herr Ghisc. Wie Herr Edison immer sagt, Schuster, bleib bei deinem Leisten, nicht wahr? Ich möchte jedenfalls betonen, daß es auch nicht unsere Absicht ist... Aber Ghisc hörte ihm nicht mehr zu. Er sah die ganze Arbeit von Monaten zusammenstürzen und sich in Luft auflösen, nur wegen dieses Herrn mit den Lackschuhen und wegen dieses dichtbeschriebenen und gestempelten Stück Papiers. Ich wiederhole, Herr Ghisc, wir werden gewiß eine Lösung finden, die für beide Seiten zufriedenstellend ist. Sie könnten Ihr Werk zum Beispiel an unsere Gesellschaft abtreten. Wir würden dann für die Produktion zeichnen und Ihnen einen kleinen Prozentsatz der Einnahmen aus dem Verleih zukommen lassen. Oder, wenn der Film in Paris Erfolg haben sollte, könnten wir ihn auch kaufen, aber dann würde natürlich Ihr Name nirgends mehr auftauchen. Hören Sie, unterbrach ihn Ghisc, lassen Sie mir zwei Tage Zeit, um die Sache zu bedenken. Auch ich glaube, daß wir eine Lösung finden werden. Kaum war der Morgan knatternd aus dem Gutshof hinausgefahren, stürzten Ramel und Ghisc zu Esterhazy. Sie mußten lange klopfen, bis endlich Misiè erschien. Der Direktor ist im Wagen von Miss Ana, sagte er. Esterhazy las die Anzeige, ließ sich ein zweites Mal den Hergang der Dinge erzählen und entschied dann, daß man sich am besten an einen Anwalt wende. Advokat Milkias wollte zunächst genau wissen, was geschehen war und was Keystone gesagt hatte. Dann las er die Anzeige, las sie sehr langsam noch ein zweites Mal, zog dann ein Buch aus dem Regal hinter seinem Rücken und blätterte es bedächtig Seite für Seite durch. Endlich hellte sich sein Gesicht auf. Er hatte gefunden, wonach er gesucht hatte. Wir haben es geschafft, Herr Ghisc, sagte er. Bisher gibt es tatsächlich auf diesem Gebiet keine eindeutige Regelung, ganz zu schweigen von einem internationalen Gesetz. Im übrigen besitzt die Edison zwar das Grundpatent, hat aber keinerlei Rechte über die Benutzung der unter ihrem Patent hergestellten Apparate, woraus man schließen kann, sagte Milkias und setzte seine metallgefaßte Brille ab, daß zumindest bis jetzt, jeder damit so viele Filme machen kann wie er will. Er lächelte breit, so daß seine langen Pferdezähne zum Vorschein kamen. Und was Herrn Keystone betrifft, so können Sie ihn, wenn er wieder auftauchen sollte, getrost zum Teufel schicken, fügte er hinzu. Nun lächelte auch Esterhazy. Ghisc, den seine Gefühle leicht übermannten, hätte den Anwalt am liebsten umarmt und abgeküßt, so glücklich war er, nun endlich mit seinem Film beginnen zu können.

Zwei Tage später kam Keystones Morgan wieder den Weg zum Gutshof heraufgefahren. Sellas, der Kostümbildner, führte den Gamaschen-Mann in die Küche. Die Fliegen kreisten um den vergilbten gläsernen Lampenschirm. Als Ghisc eintrat, begann Keystone sofort zu sprechen. Ich nehme an, Sie haben sich bereits an einen Anwalt gewandt, um Aufklärung zu erhalten, sagte er. Und ich nehme außerdem an, daß Ihre Rechtsberater den üblichen Fehler gemacht haben, zu behaupten, daß im Filmgeschäft jeder machen kann, was er will. Bedauerlicherweise verhält es sich jedoch nicht so, Herr Ghisc, sagte Keystone und nahm ein Blatt aus der Tasche heraus, die auf seinen Knien lag. Dies ist ein Urteil des Richters Paul Ordures vom Zivilgericht in Marseille, mit dem er die Unterbrechung Ihrer Filmarbeiten anordnet, bis die Gerichte in Paris und New York über die Verfahren entschieden haben, die Thomas Alva Edison gegen den Mißbrauch seiner Patente eingeleitet hat. Ich glaube, wir haben einander nun nichts weiter zu sagen, schloß Keystone und ging hinaus. Der Morgan fuhr schnell davon und verschwand alsbald in einer Staubwolke. Und jetzt, sagte Ghisc, während er durch das Fenster auf den Hof hinuntersah, wo die Arbeiter nach wie vor die Kulissen und Bühnenhintergründe bemalten, entweder kapitulieren wir jetzt vor diesem Papierkram und all den richterlichen Erlässen, oder wir tun einfach so, als sei nichts gewesen, unterbrach ihn Ramel. Laßt uns gleich mit der Arbeit beginnen und die Edison samt ihren Laufburschen zum Teufel schicken!

Ghisc lächelte, nahm Ramel bei der Hand und lief mit ihr zum Getreidespeicher. Eine halbe Stunde später hatte sie ihr blaues Tailleur an und hielt das kleine Mädchen im Arm, mit dem sie das Gebäude der Nationalbank von Alexandrien betreten sollte. Nachdem hinter der Kamera das Startzeichen gegeben worden war, betraten Ramel und das kleine Mädchen samt ihrer Ersparnisse den Schuppen, der so prächtig ausstaffiert war, daß er zehnmal schöner aussah als eine echte Bank. Plötzlich stießen die beiden Kerle, die neben der Tränke auf ihren Auftritt gewartet hatten, die Türe auf und betraten mit gezogenem Revolver die Szene. Stopp, stopp, noch mal von vorn, schrie nun Ghisc. Ihr müßt viel unverschämter auftreten! Macht die Beine breit, die Brust raus, ihr müßt mit den Armen rudern! Und die Angestellten hinter den Schaltern müssen ihre Augen aufreißen, erschrockene Gesichter machen! Es soll aussehen wie ein richtiger Überfall, sagte Ghisc. Los, wir beginnen nochmals von vorn. Die beiden gingen wieder hinaus. Sie warteten, bis Ghisc ihnen das Zeichen zum Auftritt gab, dann traten sie mit den Füßen die Türe ein und richteten mit Henkersfratzen die Pistolen auf die Angestellten. Hände hoch! Dies ist ein Überfall! Breitbeinig feuerte einer der beiden einen Schuß ab, so daß in diesem Augenblick keiner, nicht einmal Ghisc, noch Zweifel daran hatte, daß sie es ernst meinten.

14

Es ist wahr, die Plakate, auf denen das Gesicht des Gouverneurs abgebildet war, wurden Nacht für Nacht vollgeschmiert und angespuckt. Die Regierung verlor an Prestige. Das Klügste wäre nun gewesen, Maßnahmen zu ergreifen und rasch etwas dagegen zu unternehmen. Oder wenigstens darüber zu sprechen. Endlich, an einem Montag oder Dienstag, beschäftigte sich das Kabinett eine ganze Sitzung lang mit diesem Problem. Alle hatten etwas zu sagen. Die einen schlugen vor, riesige Plakate drucken zu lassen, auf denen die Regierung gepriesen wurde. Andere rieten zu einer strengeren Zensur der Presse. Almereida hörte sich auch noch den Einspruch der harten Front an, die es auf einen Zusammenstoß ankommen lassen wollte. Am Ende ergriff er das Wort und sagte, daß alle Vorschläge schön und gut seien, daß es aber doch vor allem darauf ankäme, die Sympathie der Leute zurückzugewinnen. Es wurde beschlossen, jeden Sonntag eine große Volkskundgebung zu veranstalten, an der teilzunehmen alle verpflichtet waren. Auf diesen Veranstaltungen wollte die Regierung dann ihre Pläne verkünden.

Drei Wochen später fand auf dem Semmar-Madgu-Platz die erste Versammlung statt. Ein riesiges, farbiges Bild vom Gouverneur – die Haare waren mit Kalk gemalt worden – war auf der einen Seite des Platzes befestigt worden.

Auf der gegenüberliegenden Seite hing ein ebenso großes Spruchband mit der Aufschrift »Freiheit und Fortschritt«. Die Kapelle unter der Bühne hatte bereits damit begonnen, ihre heiteren Märsche zu spielen. Die Leute kamen, um sich zu amüsieren. Sie waren neugierig, hatten Freude an der Musik, und man mußte niemanden dazu zwingen, an der Versammlung teilzunehmen. Auch am darauffolgenden Sonntag erschien eine ganze Flut von Menschen und man befürchtete schon, der Semmar-Madgu-Platz sei zu klein. Heitere Jahrmarktstimmung lag in der Luft. Die fliegenden Händler, die sich die Gelegenheit nicht entgehen lassen wollten, boten ihren Krimskrams feil. Auf ihren am Boden ausgebreiteten Tüchern lagen Ketten, getrocknetes Obst, Tontöpfe und kleine Pfannkuchen. Die Waren gingen von Hand zu Hand, die Leute schwatzten und lachten und taten alles andere, als den endlosen Reden der Kabinettsvorsitzenden und Minister zuzuhören, die nacheinander auf die Tribüne stiegen und durch das Megaphon sprachen.

Nach einer Nachtsitzung des Ministerrats wurde den fliegenden Händlern verboten, den Semmar-Madgu-Platz zu betreten, und es wurde verordnet, daß die Menge während der Versammlungen zu schweigen habe. Wegen dieser Erlässe war die dritte Versammlung, Mitte November, ein Fiasko. Der Platz war von Polizisten mit Schlagstöcken umringt, die bereit waren zuzuschlagen, wenn einer es gewagt hätte, auch nur den Mund aufzutun. Nachdem das Orchester zwei kurze Märsche gespielt hatte, begannen die Reden, eine endlose Leier von Dingen, die die Leute schon tausendmal gehört hatten. Sämtliche Regierungsmitglieder stiegen nacheinander auf die Bühne, und ein jeder sprach mindestens eine Stunde lang, ruderte mit den Armen, schwitzte und hob die Fäuste gen Himmel, während das Publikum gähnte. Es war ein schwüler Sonntag und die Fliegen waren lästiger denn je. Das größte Problem aber waren die Kinder, die die Mütter auf dem Rücken trugen, an der Hand hielten oder den Großeltern auf den Arm gegeben hatten. Diese Kinder nun brachen alle auf einmal, als hätten sie sich abgesprochen, mit ihren sämtlichen Bedürfnissen hervor. Sie begannen so heftig zu wimmern und zu heulen, daß man sich geschlagen geben und sie abziehen lassen mußte, damit sie von ihren Müttern gefüttert und gewickelt werden konnten, die sich, während sie nach Hause marschierten oder mit ihren Bündeln in die Straßenbahn stiegen, darüber aussprachen, was das doch für eine Scheißregierung sei! Sie sollten doch aufhören, diese Hunde, endlos im Dreck herumzuwühlen, was nur allen auf die Nerven ginge und die armen Kinder quälte, sagten sie. Es war das Gerede von Frauen, die sich Luft machten. Die Spitzel, die überall verstreut waren, berichteten darüber und referierten Ort, Stunde und Namen der Schwätzerinnen und waren der Meinung, daß man sich vor allem vor diesen Klatschbasen vorsehen müsse. Vor allem sie waren es, die in den Gassen, vom Treppenabsatz zum Fenster hinauf und zwischen den Verkaufsständen auf den Bürgersteigen die Regierung mit Dreck bewarfen und verleumdeten, indem sie zum Beispiel behaupteten, daß das neue Krankenhaus nur deshalb noch nicht fertiggebaut war, weil Almereida und seine Minister während ihrer letzten Dienstreise nach Paris den ganzen Fonds in den Bordellen verheizt hatten. Und aus der neuen Straßenbahnlinie nach Af Abed würde nichts, weil der Transportminister das Geld dafür seiner Schwester geliehen hätte, die damit Kaffeeplantagen im Hochland kaufen sollte. Obwohl die Polizei jeden Tag einige Dutzend dieser Hexen verhaftete und drohte, ihnen die Zungen abzuschneiden, wenn sie nicht aufhörten, ihr Gift auf die Regierung zu sprühen, kamen immer weniger Leute zu den Versammlungen auf dem Semmar-Madgu-Platz. Das Publikum bestand nunmehr nur noch aus alten Leuten, die nicht wußten, wie sie die Zeit totschlagen sollten, aus pensionierten Militärs und Staatsbeamten. Am fünften Versammlungssonntag war der Platz beinahe leer. Wenn die Leute nicht zu den Versammlungen gehen wollten, verkündete die Regierung, so müsse sie eben zu ihnen in ihre Häuser kommen. Die Stadt wurde in Bezirke aufgeteilt, und in jeden Bezirk wurde immer am Donnerstag nachmittag und am Sonntag vormittag ein Sekretär abgeordnet, der von einem Karren herunter die Regierungsprogramme durchs Megaphon zu schreien hatte.

Etwa einen Monat lang wurde so verfahren, bis eines Nachmittags ein Bäcker, der wegen des Lärms vor seinem Fenster nicht schlafen konnte und darüber die Geduld verlor, aus einer doppelläufigen Flinte einen Schuß abfeuerte. Der Regierungsvertreter fiel bäuchlings mit ausgestreckten Armen auf die Straße, und der Bäcker wurde noch am gleichen Tage erhängt. Und da die Polizei fürchtete, daß ein Komplott dahinterstecke, begann sie, vom Kanalisations- und Straßensystem zu reden. Die Sekretäre prangerten auf ihren Karren hockend den Feind an, der angeblich kurz davor war, die Stadt zu besetzen. Am nächsten Morgen klebten Soldaten überall Plakate an, die die Bevölkerung zur Wachsamkeit aufforderten und empfahlen, der Regierung die Treue zu halten. Das schwarz-weiß gedruckte Gesicht Almereidas war nun überall zu sehen: auf den Ladentüren, an Schulwänden und an den Kiosken, wo Honigwasser und Pfannkuchen verkauft wurden. Die Kinder hatten ihren Spaß daran, dem Gesicht mit Kohlestift Schnurr- und Teufelsbärte aufzumalen und Mund und Nase zu verunstalten. Ihre Mütter hingegen spuckten es lieber an.

Aber es gab auch Leute, die durchaus daran interessiert waren, den Appellen der Regierung nachzukommen. Eine Reihe von Händlern gründete, um ihre jüdischen, armenischen und indischen Rivalen zu bekämpfen, eine nationalistische Partei, die von der Regierung finanziert wurde und den Schutz der Polizei genoß. Es kam zu Demonstrationszügen gegen die Einwanderer und zu Feldzügen in das

Ameisengewirr der Barackenstädte, wo die Schäfer und Bauern lebten, die sich nach Mahò geflüchtet hatten. Fenster wurden zerschlagen, Türen eingetreten und Geschäfte zerstört. Ganze Straßen wurden verwüstet. Die Zeitungen beschuldigten die armenischen Verkäufer und die indischen Händler mit ihren ganz in Seide ausgekleideten Lädchen, sie zwängen die Wirtschaft der Nation in die Knie und stünden im Dienste des Feindes. In den jungen Menschen erwachte der Fanatismus. Sie zweifelten nicht daran, daß tatsächlich ein Feind die Stadt bedrohte. Die Schüler des Gymnasiums trieben es sogar so weit, daß sie an einem Donnerstag oder Freitag zwei sudanesische Jungen, die als Spitzel verdächtigt wurden, skrupellos unter der Schulterrasse erhängten. Zuweilen wurden auch ganze Viertel überfallen, in denen Swahili, Tacruri und Inder lebten. Ihre Möbel wurden zu den Fenstern hinausgeworfen, die Häuser in Brand gesteckt und mit Pistolen wurde blind in die Menge geschossen. Die Polizei griff nicht ein, es sei denn, die Nationalisten zogen den Kürzeren.

In jenen Tagen begannen die Zeitungen, in großen Schlagzeilen von imaginären Siegen zu berichten, von Kämpfen, die sich Bataillone von Zinnsoldaten auf einem Schlachtfeld geliefert hatten, das nur in der Phantasie der Berichterstatter existierte. Bei der *Gazzetta von Mahò* hatte sich ein gewisser Stephans Beyné auf das besorgniserregende Vorrücken des Feindes spezialisiert. Was wir hier in Mahò sehen, ist nur die Vorhut, es sind Leute, die vorgeschickt worden sind, um uns zu verwirren und um zu verhindern, daß wir Verdacht schöpfen. Aber das schlimme Ende folgt ihnen auf dem Fuße. Wenn der Feind ganz in unsere Stadt eingedrungen sein wird, wird er uns von hinten überfallen! Ein weiterer Journalist, ein Italiener namens Giovanni Giovanardi, hatte die Aufgabe, die Aktionen der Nationalisten zu bagatellisieren; aus einem angezündeten Haus machte er ein kleines Feuerchen, aus einem Schädelbruch eine Beule, aus einem zerstörten Laden eine zerbrochene Fensterscheibe. Und wenn es Blutvergießen gegeben hatte, so beschimpfte er die Opfer, weil diese nicht zu Hause geblieben waren. Giovanardi verabscheute die Gewalt. Er sprach nur sehr ungern darüber, und wenn er abends die Zeitungsredaktion verließ, ging er vorsichtig wie ein Stelzvogel auf Zehenspitzen nach Hause, denn er fürchtete, unversehens auf ein auf der Straße liegendes Opfer zu stoßen und sich dabei die Gamaschen mit Blut zu beschmutzen. Es war vor allem auf die Zeitungsberichte zurückzuführen – denen es allerdings nicht gelang, den Leuten wirklich Angst einzujagen –, daß das Mißtrauen gegenüber den Zuwanderern täglich zunahm. Die Hausbesitzer wollten ihre Zimmer nicht an Hinz und Kunz vermieten. Die Vorsteher in den Fabriken vergriffen sich zwar gerne an den jungen Mädchen, mißtrauten aber den Arbeiterinnen aus dem Inland, obwohl diese, zumindest dem Anschein nach, genauso waren und auch genauso viel arbeiteten wie die anderen und wie diese in den Pausen über ihre Männer, Kinder und Fehlgeburten redeten.

Die Mehrheit schien nicht davon überzeugt, daß diese armen Teufel, die es aus allen möglichen Himmelsrichtungen nach Mahò gespült hatte und die nun Tag für Tag die Straßen und Plätze bevölkerten, tatsächlich strategische Marionetten eines Feindes wären, der seine Truppen auf die Stadt gerichtet hatte. Es war um einiges naheliegender, über die Soldaten Almereidas in Wut zu geraten, die sich nach der Truppenverpflegung in die Bars begaben oder sich auf die Straße stellten, um die Mädchen zu belästigen, die aus der Schule kamen. Geht doch zu euren Hurenschwestern und treibt es mit denen, ihr verdammten Kerle, anstatt die kleinen Mädchen zu belästigen! schrien die Mütter von den Fenstern herunter und rannten schnaubend auf die Straße, um ihre Töchter aus einer Schar von Gefreiten herauszuklauben, die sie umringte. Es gab auch Soldaten, die, wenn sie Ausgang hatten, von den Leuten

Spenden verlangten, mit denen sie dem Militär ihre Solidarität bekunden sollten. Sie gingen mit dem Revolver in der Hand durch die Menge und steckten das Geld ein, das sie dann für Schnaps ausgaben oder in die Bordelle trugen. Vor die Wahl gestellt zwischen dem Militär, das ihnen den Geldbeutel schröpfte und einem Feind, der vielleicht vor den Toren stand, aber bisher noch niemandem etwas getan hatte, entschieden sich die Leute, zumindest vorläufig, für die feindlichen Invasoren. Und das, obwohl Giovanardi weiterhin die Streifzüge der Nationalisten herunterspielte, und seine Kollegen von der *Gazzetta* täglich an Hirten und Bauern verübte Blutbäder erfanden, von zerstörten Dörfern erzählten, deren Bewohnern man die Kehle durchschnitten oder die man bei lebendigem Leib verbrannt hatte und von sonstigen Greueltaten berichteten, die vor allem Giovanardi erschauern ließen.

Aber dennoch wuchs mit der Angst auch das Mißtrauen zwischen den verschiedenen Gruppen und den unterschiedlichen Gemeinschaften, weil sie verschiedene Dialekte sprachen oder weil ihr wöchentlicher Feiertag nicht derselbe war. Die Leute meinten nachgerade, sie täten besser daran, sich nach Sonnenuntergang in ihren Häusern zu verbarrikadieren. Als eines Nachts die Moschee in Flammen stand, begannen viele zu hoffen, daß die Armee Almereidas sie beschützen würde, obwohl es das unfähigste und heruntergekommenste Heer der Welt war, und obwohl die Soldaten den Frauen auf der Straße unter die Röcke fuhren, und die Gefreiten sich wunder was einbildeten und den Mädchen auf dem Schulweg Schweinereien zuriefen. Da der Feind den Leuten unsichtbar im Nacken saß und sonst niemand da war, blieb ihnen nichts anderes übrig, als sich an diese Soldaten zu klammern, die doch die einzigen waren, die Mahò hätten verteidigen können. Die Nachrichten, die in die Stadt drangen, waren besorgniserregend. Der Feind war unaufhaltsam und wurde immer stärker, immer grausamer und immer blutrünstiger.

Eines Morgens meldeten die Zeitungen, die Stadt sei besetzt worden. Von jenem Tag an ließen es die Leute widerstandslos geschehen, daß die Soldaten sich auf den Straßen als Herren aufspielten. Die Militärs begannen, in aller Eile die Läden der Inder auszurauben und Maulesel mit den Kisten, Bündeln und alten Uhren zu beladen, die sie in den Kaufhäusern der Armenier und Juden gestohlen hatten. Die Soldaten wurden auch dabei beobachtet, wie sie Mädchen aus dem Internat entführten. Trotz alledem, obwohl die Soldaten stahlen, Frauen belästigten und jeden, der sich ihnen in den Weg stellte, verprügelten, verhielten sich die Leute still, denn sie meinten, daß nunmehr nur noch diese Männer imstande seien, die Stadt zu verteidigen. Je länger das so ging, je länger man den Soldaten freie Hand ließ, um so gewalttätiger wurden sie. Nicht zuletzt deswegen schlossen sich die Menschen in ihren Häusern ein. Sie beobachteten durch die Ritzen der Fensterläden die erhitzten Militärtruppen, die durch die menschenleere Stadt zogen. Für die Soldaten verwandelte sich dieser Gespensterkrieg bald in ein großes Fest, bei dem es alles umsonst gab: Alkohol, Liebe, Essen und alles andere. Sie mußten nur die Hand ausstrecken und sich nehmen, was sie wollten. Niemand verweigerte es ihnen und keiner brachte den Mut auf, ihnen Vorwürfe zu machen oder sich ihnen zu widersetzen.

Almereida und seine Minister, die im Hilton hinter verschlossenen Türen saßen, waren zufrieden. Endlich war die Ordnung einigermaßen wiederhergestellt. Gewiß, es war eine gespannte Ruhe. Zuweilen riß noch jemandem der Geduldsfaden, es gab Zusammenstöße zwischen betrunkenen Soldaten, oder Unteroffiziere der Kavallerie schossen auf Sergeanten der Artillerie und es wurde wieder in der ganzen Stadt herumgeballert, ohne daß man gewußt hätte, warum und gegen wen nun eigentlich das Feuer eröffnet worden war.

Bei einem dieser Zusammenstöße kam ein Kind ums

Leben. Auf dem Weg zur Beerdigung schrie und weinte die Mutter so verzweifelt, daß man sie wieder nach Hause bringen mußte. Der Vater, ein Blumenhändler, der einen Stand in der Abeba-Yosief-Straße hatte, schluchzte neben dem Sarg. Schweigend, die mit Käppchen bedeckten Köpfe geneigt, hörten sie der Predigt des Rabbis zu, der von der Zerbrechlichkeit der Duldsamkeit sprach: Wer unschuldiges Blut vergießt, wird bestraft werden, denn wahr ist, daß auch die Ägypter, Assyrer und die Philister ihrer Strafe nicht entronnen sind. Dann trugen sie den kleinen Sarg durch die Straßen von Mahò, bis hin zu den Grabsteinen des Friedhofs hinter der Synagoge. Hier sprach der Rabbi mit rauher Stimme die letzten Abschiedsworte für diesen Engel, den eine 22-Millimeter-Kugel in den Himmel zurückbefördert hatte, obwohl doch die Väter ihre Kinder lieber hier auf der Erde hätten, tönte der Rabbi und zeigte mit seinem mageren Finger wie mit einem Zeigestock auf das Hilton, das man hinter der Friedhofsmauer liegen sah, und warf die erste Handvoll Erde in das Grab, das verloren dalag im Wald der schiefen Grabsteine des jüdischen Friedhofs.

Es war wohl beim Verlassen des Friedhofs, als jemand rief – es ist nie herausgekommen, wer es war –, daß man sich zwar nicht gegen den Tod, wohl aber gegen alles andere wehren könne und daß es an der Zeit sei, dem allen ein Ende zu machen. Der alte Rabbi hatte mit seinen priesterlichen Worten etwas Ähnliches sagen wollen, hier aber bekam die Rede einen anderen Klang. Es war, als hätte man eine brennende Fackel in einen Strohhaufen geworfen. Nachdem sie mit dem Tod abgerechnet hatten, wandten sie sich nun den Lebenden zu, und aus dem Trauerzug wurde im Handumdrehen ein Haufen entschlossener Leute, die verkündeten, nun sei Schluß. Almereida müsse auch einmal auf sie hören, das sei es, was sie wütend, todesmutig, arglos und unbewaffnet zu sagen hatten. Die Soldaten seiner Exzellenz hatten auf nichts anderes gewartet: endlich wieder eine Gelegenheit, sich ein wenig zu amüsieren. Zwischen dem Semmar-Madgu-Platz und dem Amatereh warteten sie regungslos in drei Reihen auf die Demonstranten – die hinterste Reihe stehend, die mittlere kniend, die vorderste auf dem Bauch liegend –, drei Reihen von Gewehrläufen. Daneben stand mit erhobenem Säbel der Offizier und peilte die Meter, die noch fehlten, bis sie in Schußweite kämen, und Feuer! meine Freunde! Nur keine falsche Bescheidenheit vorgeschützt! Feuer! Und genießt es in vollen Zügen! Das Blut der Opfer dieses Scheibenschießens spritzte gegen die Wände, sie rannten über die Toten stolpernd in alle Richtungen davon. Dann kamen, zum Sturm blasend, die berühmten Knaben der Kavallerie auf den Semmar-Madgu-Platz geritten, die samstags abends die Bordelle in Hühnerställe zu verwandeln pflegten und die den kleinen Näherinnen den Verstand und die Jungfräulichkeit raubten. Auch sie machten sich nun auf die Jagd, Straße für Straße, Haus für Haus, erst im Judenviertel, das in Rauchschwaden verschwand, dann zwischen den Baracken der Somalier, schließlich in den Ghettos aus Lehm und Stein. Auf den Märkten flogen die Körbe durch die Luft, die Stände gingen zu Bruch, die Hühner flatterten ängstlich auf die Mauern.

Bis zum Abend hatte Mahò sich in einen Scheiterhaufen verwandelt. In einigen Vierteln schlugen die Flammen so hoch, daß sie den blassen Lichthof des Mondes zu berühren schienen. Erst als man im Hilton bemerkte, daß auch die südlichen Viertel vom Feuer rotgefärbt und schwarz vor Rauch waren, wurde Befehl gegeben, die Soldaten in die Kasernen zurückzuziehen. Am nächsten Morgen wurden die Führer der drei Waffeneinheiten von der Regierung vorgeladen. Die sechs Stiefel der Oberhäupter von Kavallerie, Artillerie und Infanterie schritten durch den großen Audienzsaal, der nur mit zwölf Leuchtern bestückt und ohne die kupplerischen Damen und Höflinge, die sich üblicherweise zu festlichen Bällen und Verleihungen von

Schokoladenorden hier versammelten, leer und noch größer und höher schien. Sechs Stiefel, und am Ende des roten Läufers die Uniform des Gouverneurs auf seinem Louis-Quattorze-Richterstuhl. Den Generälen war klar, daß nun alles mögliche geschehen konnte. Vielleicht würde der Gouverneur sie belohnen und ihnen einen weiteren Blechorden an die Brust heften, oder aber er würde sie, so wie sie dastanden, an den Ohren packen, sie degradieren und dazu verdammen, im Gebirge Maulesel zu striegeln. Ebensogut aber könnte Seine Exzellenz sie ohne Umschweife erschießen lassen. Vor allem daran dachten die Generäle, während sie zögernd über den roten Läufer vorwärts schritten. Kommt nur, kommt nur, meine Freunde, sagte Almereida lächelnd. Hatte er »Freunde« gesagt? Die Generäle atmeten erleichtert auf. Vielleicht waren sie an der Degradierung noch einmal glücklich vorbeigekommen. Wenigstens etwas. Die Stiefel schritten nun entschlossener vorwärts, beinahe martialisch.

Man hat mir berichtet, daß es endlich gelungen ist, etwas Ordnung in die Stadt zu bringen, sagte Almereida lächelnd – hatte er gelächelt? – von seinem hohen Richterstuhl herab. Seine Stimme dröhnte in den leeren Saal, und General Sebhat Sahle, der es nicht einmal ertrug, wenn ihm einer seiner Untergebenen in die Augen sah, wäre dem Gouverneur am liebsten vor die Füße gekrochen, um ihn um Verzeihung zu bitten: Verzeihung, wenn ein Unrecht begangen worden ist oder eine dienstliche Fahrlässigkeit geschehen sein sollte. Es waren ihm Zweifel gekommen, ob sich hinter den Worten Almereidas nicht ironischer Sarkasmus versteckte, ob er nicht, während er sie Freunde nannte, etwas ganz anderes im Sinn hatte, denn es hätte ja sein können, daß irgend jemand geredet und man den Möbeldiebstahl entdeckt hatte, und dann konnte man nur noch alles beichten und auf Milde hoffen. Denn, glauben Sie mir, Exzellenz, wir tun unser Bestes, stotterte Sebhat Sahle, sogar mehr als unser Bestes, fügte er hinzu, während der Schweiß ihm in Strömen von der Stirn lief. Aber gewiß! rief Almereida aus und erhob sich von seinem Thron. Endlich hat diese Stadt die Lektion erhalten, die sie verdient, darauf müssen wir anstoßen! sagte der Gouverneur und stieg die Stufen herunter, um den drei Generälen die Hand zu schütteln. Sebhat Sahle ließ den Korken knallen, sie ließen die Kristallgläser klingen, und dann begannen die drei Militärs, die um den Gouverneur herumstanden, ihre üblichen Anekdoten zu erzählen – noch etwas Champagner? Ja, danke, aber nur noch einen kleinen Tropfen. Na, hören Sie, heute ist ein Tag, an dem man trinken muß, Herrgott noch mal! Na ja, dann, danke! Und Almereida lachte glücklich wie ein Kind. An diesem Morgen, zwischen neun und zehn Uhr, bei lauwarmem Champagner mit starkem Korkengeschmack, wurde beschlossen, den Belagerungszustand in der Hauptstadt zu verschärfen, Massenverhaftungen vorzunehmen und die Stadttore zu schließen.

15

Auf dem Gutshof gingen die Dreharbeiten für den Film weiter. Ghisc war zufrieden. Er hatte sich die ersten fertig entwickelten Streifen angesehen, und die Sache schien ihm vorzüglich gelungen. Ramel hätte diesen ersten Teil des Films gerne schon fertig geschnitten gesehen, aber Ghisc wollte lieber erst die Dreharbeiten beenden. Vorher könne man nicht den Rhythmus, das Gewicht der einzelnen Szenen bestimmen, erklärte er, als sie mitten in der Nacht erschöpft zu Bett gingen. Erst am Ende kann man über die Länge der verschiedenen Bildfolgen entscheiden, und außerdem müssen die einzelnen Teile in einem ausgewogenen Verhältnis zueinander stehen. Ramel aber hörte nicht auf, ihn zu drängen. Es konnte ihr nicht schnell genug gehen. Außerdem wollte sie, daß mehr Aufnahmen von ihr ganz allein gemacht würden. Ghisc lächelte und versprach, ihre Wünsche zu erfüllen. Du wirst sehen, sagte er, du wirst noch berühmter werden als Florence Lowrence, das Mädchen von der Produktionsfirma Biograph. Ramel kam sich zuweilen schon vor wie eine Diva. Sie meinte, wenn der Film einmal angelaufen wäre, würden die Bewunderer zu Hunderten zum Gutshof heraufkommen und sie mit Blumen überhäufen. Die Journalisten würden alles über sie wissen wollen, und selbst Keystone würde wiederkommen, zusammen mit den Agenten der Vitagraph, der IMP und der Biograph, und sie alle würden ihr Säcke voller Gold anbieten, um mit ihr einen Film drehen zu dürfen. Selbst wenn sie darin nur eine kleine Rolle übernähme. Es war Sellas Efrem – der junge Mann, den man als Kostümbildner angestellt hatte und der zwar immer mit einem steifen Hut auf dem Kopf herumlief, es jedoch nie fertigbrachte, seine Füße in ein Paar Schuhe zu stecken –, er war es, der in dieser Nacht in Ghiscs Schlafzimmer gestürzt kam und Alarm schlug. Möglicherweise hatte er geklopft und gerufen, aber Ghisc wurde seiner erst gewahr, als er, schnatternd wie eine Ente, mit einem Licht in der Hand und dem Hut auf dem Kopf neben ihm stand. Machen Sie schnell, Herr Ghisc, wiederholte er immer wieder, sie sind dabei, alles zu verbrennen!

Ghisc verstand ihn nicht. Der Junge wollte sprechen, aber es fehlte ihm der Atem, er keuchte, und kaum hatte er etwas Luft geschnappt, sagte er wieder nur, Ghisc solle schnell machen. Der Stall und der Heuboden brannten bereits lichterloh. Eimer, Schaufeln und Mistgabeln wurden herbeigeschafft. Man tat das menschenmögliche, schüttete Wasser ins Feuer und rannte, um die Eimer nachzufüllen. Ein beißender Rauch stieg über den Flammen auf, die an den Barackenwänden hochkletterten. Der Hof war nunmehr vom gelblichen Licht des Feuers, das wütend aus den glühenden Balken des Stalls herausschlug, taghell beleuchtet. Die Flammen waren höher als die Eukalyptusbäume, oben züngelten sie, erloschen flackernd und gingen in einen farblosen Rauch über. Als das Dach des Speichers einstürzte, ließen alle die Hände sinken. Hunderte von belichteten Filmmetern, die Filmkameras, die Arbeit von vielen Monaten waren dabei, sich in Rauch aufzulösen. Und ebenso Ramels Hoffnungen und Ghiscs Pläne – all ihre Träume. Die im Anblick des einstürzenden Dachs erstarrten Gesichter leuchteten grell im Licht der Feuerblitze. Ich habe sie gesehen, Herr Ghisc, sagte Sellas, sie waren zu viert, und sie sind auf Pferden in Richtung Stadt geflohen, als ich lief, um Sie zu wecken.

Sie hatten Benzin zum Anzünden benutzt. Hinter den Speichern fand man zwei Kanister. Ghisc suchte nach Ramel. Als er sie fand, wie sie auf dem Boden kauernd ihre ganze Verzweiflung herausweinte, ohne etwas davon zu verbergen, was nur Frauen fertigbringen, konnte er nicht umhin, sie zu beneiden. Alles war verbrannt, nichts war übriggeblieben, nicht ein einziger Filmmeter. Die Männer arbeiteten bis zum Morgengrauen und versuchten, mit Eimern und Schaufeln das Feuer einzudämmen. Ghisc hingegen war verschwunden. Vielleicht ist Herr Ghisc gegangen, um die Männer auf den Pferden zu verfolgen. Aber nein, wo denkst du hin, die haben sich gewiß schon wer weiß wo versteckt. Oder er hat sich in seiner Verzweiflung irgendwohin verkrochen, der Arme, sagte Sellas. Also ließen sie die rauchenden Balken und die eingestürzten Wände liegen und machten sich auf die Suche nach Ghisc, denn, man weiß ja, die Verzweiflung... und so etwas ist ein schwerer Schlag. Er hat sein ganzes Leben in diesen Film gesteckt, der Herr Ghisc. Ja, verdammt, so ergeht es einem, wenn man sich den Erpressern widersetzt, dann bekommt man solche Hiebe in den Magen, sagte Sellas, während er mit seiner Petroleumlampe das Gebüsch absuchte. Ramel sagte nichts. Sie hätte vielleicht sprechen mögen, aber die Tränen verwehrten es ihr. Die Zeit verging, und die Sonne ging über den Trümmern auf und warf ihr Licht auf die Katastrophe. Langsam wurde allen das Ausmaß dessen klar, was geschehen war. Der Haufen von verkohlten Hölzern wurde sichtbar, sie sahen den dünnen Rauch, der von den schwarzen Balken aufstieg, und den ganzen Rest. Nun stand es ihnen klar vor Augen: Sie hatten monatelang umsonst gearbeitet und umsonst geträumt, und vor allem war es ganz und gar unmöglich, noch einmal von vorne anzufangen, das war geschehen.

Herr Ghisc saß in einer Ecke seines Zimmers, zwischen Bett und Schrank zusammengekauert, mit einer Flasche Aquavit zwischen den Knien, auf dem Boden, blickte starr ins Leere und war kein bißchen überrascht darüber, daß sie ihn, nachdem sie so lange zwischen Brombeersträuchern und Agaven nach ihm gesucht hatten, endlich hier fanden. Kommen Sie, es hat keinen Sinn, sich noch länger darüber zu grämen. Nur Mut, Herr Ghisc, wo Leben ist, da ist auch Hoffnung, und vielleicht, in ein paar Monaten, es könnte ja sein, daß wir von vorne anfangen, wer weiß. Ghisc sah sie wie versteinert an. Er hätte weinen mögen, aber er konnte nicht. Ein Kloß saß ihm zwischen Magen und Hals, der ihm die Tränen abwürgte und sie in Gift verwandelte, das dann in seinen Adern kochte. Er trank noch mehr, in der Hoffnung, daß der Alkohol ihm schließlich die Kraft gäbe, zu vergessen oder alles, was diese Hurensöhne nicht angezündet hatten, kurz und klein zu schlagen und zu verbrennen, denn nun interessierte ihn nichts mehr, weder die Edison, noch das Kino, noch der ganze Rest. Er wollte nur noch mehr trinken. Trinken Sie, trinken Sie nur, Herr Ghisc, sagte Sellas. Vielleicht tut es Ihnen gut. Ja, aber was willst du jetzt tun? fragte ihn Esterhazy, als er ganz außer Atem im Gutshof eintraf. Er erwartete natürlich keine Antwort, aber fragen wollte er doch, damit Ghisc sich langsam darüber klar würde, daß es absolut sinnlos war, sich so der Verzweiflung hinzugeben, auch wenn er inzwischen so betrunken war, daß er nicht einmal mehr den

Mund aufmachen konnte. Er sah Esterhazy mit leerem Blick an, faßte ihm mit den Fingerspitzen ins Gesicht, legte ihm die Arme um den Hals, und jetzt endlich löste sich der Knoten, und er begann zu weinen wie ein Kind. Der Alkohol hatte endlich den Krampf in seinem Magen gelöst. Esterhazy stützte ihn und half ihm auf das Bett.

Wochenlang wollte Ghisc niemanden sehen. Er verschloß sich in seinem Zimmer, rauchte, schlief und fraß seine Wut in sich hinein. Esterhazy kam täglich zum Gutshof herauf, und Ramel klagte immer noch: nun nicht mehr über den Brand, sondern über ihre Karriere, die sich in Rauch aufgelöst hatte, und über das viele Geld, das nötig war, um alles wieder auf die Beine zu stellen. Sie wußte nicht, wie sie Ghisc trösten und dazu überreden könnte, neu anzufangen. Und der lag bei geschlossenen Fensterläden im dunklen Zimmer im Bett, hatte einen starren Blick, trank, verfolgte Gespenster und schürte seine Wut. Wenn der Alkohol ihn tobsüchtig machte, beschimpfte er schreiend die Ungeheuer, die ihm das Hirn marterten und die, von Paris bis New York, beschlossen hatten, ihm das Leben zu vergällen. Aber er wollte niemanden sehen, nicht einmal Esterhazy. Er verweigerte das Essen, wollte sich nicht rasieren und Ramels Klagen nicht anhören.

Esterhazy meinte, man solle sich keine Sorgen machen. Ghisc müsse zwar seine Wut verkochen lassen, aber aufgeben würde er so schnell nicht. Ein Feuer reicht nicht aus, um Männer wie Ghisc zu knicken, sagte Esterhazy. Er war sicher, daß Ghisc bald wieder weiterkämpfen und nach neuen Filmrollen und Objektiven Ausschau halten würde. Ramel trocknete sich mit dem Handrücken die Tränen und ging nervös in der Küche auf und ab. Manchmal schritten sie auch nebeneinander durch die Trümmer, stiegen über die Scheiterhaufen von Brettern und Balken, die vor dem Speicher aufgetürmt waren. Aber was sollen wir jetzt tun? fragte sie. Esterhazy dachte nach. Er wußte, daß die Liebe sich in manchen Fällen damit begnügt, daß zwei Menschen unter einem Dach leben und in einem Bett schlafen. In anderen Fällen, wie bei Ghisc und Ramel, flaut sie jedoch in dem Moment ab und verwelkt, wenn es für die beiden Menschen keine lebendigen Anlässe mehr gibt, etwas gemeinsam zu tun, etwas miteinander zu verwirklichen.

Wir könnten damit beginnen, die Trümmer fortzuräumen, sagte Esterhazy eines Tages. Der ganze Robinson traf daraufhin auf der Anhöhe ein: Arbeiter, Seiltänzer, Jongleure, Miss Ana, und sogar zwei Elefanten, die die Balken abtransportieren sollten. Alsbald wurde mit dem Aufschichten, Zersägen und Auseinandernehmen begonnen. Ghisc hörte im Dunkel seines Zimmers das Sägen und Hämmern, die Schreie der Männer und den dumpfen Aufprall herabstürzender Balken, aber er stand nicht auf. Nicht einmal der Lärm aus dem Nebenzimmer, wo man einen Jungen verarztete, der vom Karren gestürzt war, konnte ihn wieder auferstehen lassen. Er verharrte in seiner Stumpfheit, drehte sich auf die Seite, steckte den Kopf unter das Kissen und versuchte zu schlafen. Es gab zu viel zu tun, als daß man sich hätte Sorgen um ihn machen können. Auch Ramel war klargeworden, daß es, falls Ghisc sich entschließen sollte, aus seinem Zimmer herauszukommen, besser sei, wenn er sich nicht nochmals den Spuren der Katastrophe gegenübersähe. Drei Tage später waren alle Überreste zerkleinert, aufgeschichtet und weggeschafft worden. Und jetzt können wir, wenn ihr wollt, das Studio wieder aufbauen, größer als vorher, sagte Esterhazy. Er selbst wollte Bretter und Ziegelsteine besorgen, und der ganze Robinson würde mit Hand anlegen; einstweilen könne man schon eine neue Kamera und neues Filmmaterial bestellen. Da begann Ramel, verzweifelt und glücklich zugleich, wieder zu weinen. Sie rannte ins Haus zu Ghisc ins Zimmer, riß die Fensterläden auf und warf sich auf den zerzausten Mann, der mit langen Bartstoppeln und geschlossenen Augen auf dem Bett lag und nicht einmal die Hand hob, um die Fliegen zu verscheuchen, die ihn umkreisten. Ghisc rührte sich nicht, sein Blick war ins Leere gerichtet, er war abwesend, zeigte keinerlei Reaktion, obwohl sie ihn schüttelte, und ihn mit ihrer ganzen Begeisterung überschüttete. Kaum hatte sie ihn losgelassen, sank er wieder in die Kissen zurück.

Die Auferstehung Ghiscs fand erst am nächsten Morgen statt. Ohne Hemd erschien er auf dem Hof, die Hand schützend an die Stirn gelegt, blinzelnd, weil ihn die Sonne blendete. Er bemühte sich, zwischen den Schatten das Skelett des Speichers, die Reste des Stalls und die Mauern des Heuschobers zu erkennen. Da war er, der Herr Ghisc: mit nacktem Oberkörper und in dreckigen, zerrissenen Hosen. Sein Atem stank nach Alkohol, aber er stand auf beiden Beinen und hatte das Hören und Sehen nicht verlernt. Ghisc, wenn wir alle hart arbeiten, dann könntest du in drei, höchstens vier Wochen wieder anfangen zu drehen, sagte Esterhazy. Ghisc zog nur eine Grimasse und tastete seine Taschen nach den Zigaretten ab. Er hatte wirklich kein Interesse daran, nochmals von vorn zu beginnen. Versteh doch, Esterhazy: Wenn wir alles wieder so aufbauen würden wie früher, dann kämen sie innerhalb einer Woche oder eines Monats wieder und würden von neuem alles anzünden, das weißt du selbst ganz genau! Nein, wirklich, ich habe kein Interesse mehr daran, ich habe meine Lektion gelernt. Wie im Meer, im Dschungel und überall sonst sind es auch im Filmgeschäft die großen Fische, die das Sagen haben. Es gibt außerhalb des Trusts keinen Platz für kleine Produzenten, das ist alles. Es hat mich viel gekostet, aber das habe ich nun gelernt. Wenn wir überhaupt so weit kämen, daß wir mit dem Arbeiten anfangen könnten, würden sie uns die Polizei auf den Hals schicken oder sich sämtliche Richter kaufen, die nötig wären, um uns daran zu hindern. Glaube mir, es ist nicht möglich, von vorne anzufangen. Ghisc wiederholte diese Rede noch ein dutzendmal. Esterhazy hörte ihm ohne Widerrede zu. Es war jedesmal die gleiche Leier – bis

Ghisc eines Nachmittags frischrasiert in einem eierschalenfarbenen Anzug, mit weißer Hemdbrust und Perlmuttknöpfen erschien. Er war unruhig und sprach hastig. Höre, was ich mir ausgedacht habe: der Kongo! Er nahm auch Ramel bei der Hand und begann nun, der Reihe nach zu erklären, was ihm in der vergangenen Nacht eingefallen war: Wenn man in Mahò und anderswo keine Filme machen konnte, so mußte man sich eben einen weiter entfernt liegenden Ort suchen und im Verborgenen arbeiten. Man mußte sich nur Filmmaterial und eine neue Kamera beschaffen und irgendwo hingehen, wo einen keiner finden konnte. In den Kongo eben. Ghisc hatte einen Freund in Buta, bei dem sie für die Zeit der Dreharbeiten unterkommen könnten. Und sie würden erst zurückkehren, wenn der Film fertig war. Ramel wußte nicht recht, ob sie den Fieberträumen eines Verrückten oder einem genialen Plan lauschte. Esterhazy erwiderte Ghiscs unsicheren Blick mit einem Lächeln. Als Ghisc ausgeredet hatte, streckte er ihm die Hand hin und sagte nur, das scheint mir ein ausgezeichneter Plan zu sein, viel Glück!

Vier Wochen später wurde der Gutshof verkauft und Ghisc und Ramel reisten mit Kisten, Koffern und einer funkelnagelneuen Kamera in den Kongo ab.

Obwohl Anna Beyené fest daran glaubte, daß die Madonna ihr früher oder später wieder erscheinen würde, war sie bisher noch nicht wieder aufgetaucht. Anna kamen nun Zweifel, ob sie nicht an jenem Freitag, als die Heilige Jungfrau ihr das erste Mal erschienen war, doch zuviel geredet hatte. Vielleicht hatte Donna Almereida recht, und sie hatte sie mit ihrem Geschwätz tatsächlich ganz duselig gemacht. Sie hatte deshalb beschlossen, bei der nächsten Erscheinung unbedingt nur die Madonna sprechen zu lassen und sie niemals zu unterbrechen. Nicht einmal eine Frage wollte sie ihr stellen. Mit versiegelten Lippen würde sie in Ekstase geraten und ohne einen Mucks zu machen, den Wundern des Paradieses lauschen, von denen die Heilige Jungfrau ihr erzählen würde. Aber es waren nunmehr schon drei Monate vergangen. Anna Beyené hatte nicht einen einzigen Freitag ausgelassen, aber von der Madonna war keine Spur, nicht einmal ein Schatten zu sehen gewesen. Nicht während der Rosenkränze und auch dann nicht, als Anna die Stellamaris, die Tota pulchra und sämtliche marianischen Gesänge anstimmte, die ihr die Ursulinen in der Klosterschule beigebracht hatten. Vor Traurigkeit war ihre Stimme belegt und kraftlos, dessen war sich Anna bewußt, und gewiß erreichten ihre Gesänge den Himmel schrill und mißgetönt, so daß die Heiligen sich womöglich die Ohren zuhalten mußten, um sich dieses Gejammer nicht anhören zu müssen. Wenn sie aber fröhlich war, dann war alles ganz anders. Wenn nach langen Regenwochen die Sonne wieder hervorkam, oder wenn Donna Almereida ihr statt der ewigen Vorwürfe, die sie immer zu hören bekam, ein Kompliment gemacht hatte, dann sang Anna mitten im Grünen aus vollem Halse so schön, daß es ein Vergnügen gewesen wäre, ihr zuzuhören. Dann stellte sie sich vor, daß eine Kapelle sie begleitete, mit trillernden Klarinetten, Zimbeln und Trommelwirbeln, und daß die Noten wie Konfetti durch die Luft flogen. Die Geparden spitzten aufmerksam die Ohren, die Rebhühner flogen erschreckt auf, aber von der Madonna nicht die geringste Spur. Im besten Fall erschien eine Eidechse, um sich von der Sonne bescheinen zu lassen. Anna starrte auf die Eidechse und erzählte ihr schluchzend von ihrem Unglück, von ihrer traurigen Kindheit als ungeliebte Waise, von der Boshaftigkeit der Kusinen und von den Jahren, die sie im Internat verbracht hatte. Sie redete und redete, bis die Sonne sich verdunkelte und die Dämmerung hereinbrach. Es kamen Anna auch Zweifel darüber, ob ihre Freitage mit denen des Himmels zusammenfielen. Wenn die dort oben die Ewigkeit nach einem anderen Kalender zählten, so könnten die Wochentage schnell durcheinandergeraten.

Anna wollte an den Ort der Erscheinung umziehen, um täglich dort sein zu können. Und nicht nur tagsüber, denn die Madonna könnte ihr ja, ohne sich viel dabei zu denken, ebensogut in der Nacht erscheinen und das Gestrüpp erleuchten wie der elektrische Leuchtturm den Hafen von Massaua. Ich bitte dich, lieber Vetter, sagte Anna Beyené schluchzend, kaum daß sie an jedem Freitag keuchend nach Hause zurückgekehrt war, und umklammerte die Stiefel des Gouverneurs. Ich habe nie etwas von dir verlangt, weder Kleider noch Schmuck – und das stimmte, Anna hatte tatsächlich noch nie etwas gewollt –, aber diesen einen Gefallen mußt du mir tun. Sie heulte und bettelte mit solcher Aufdringlichkeit, daß der Gouverneur schließlich schon allein, um sich diese Klette von den Füßen zu schütteln, versprach, ihren Wunsch zu erfüllen.

So wurde am Ort der Erscheinung ein kleines Steinhaus mit einem blechgedeckten Dach und einer schmiedeeisernen Türklinke gebaut. Anna Beyené hatte auch eine Toilette haben wollen, aber Almereida hatte befohlen, man solle sparsam sein, und der Wirtschaftsminister hatte seine Weisungen streng befolgt. Sie kann zum Pinkeln auf die Wiese gehen, hatte er den mit dem Bau beauftragten Ingenieuren geantwortet, als diese ihm das Problem vorlegten. Für den Abort ist kein Geld da. Was soll's. Von jenem Samstag an wartete die Kusine des Gouverneurs Tag und Nacht auf das Wunder, und sinnlos vergingen die Jahreszeiten. Anna betete, magerte ab, ging auf die Felder, um Wurzeln zu sammeln, versteckte sich hinter den Büschen, um Pippi zu machen, sang aus vollem Halse, aber vom Himmel kam kein Zeichen. Täglich zündete sie neue Kerzen an, die ihr Donna Almereida durch einen Diener zusammen mit den Lebensmitteln und dem Kaffee aus der Hauptstadt zusandte, denn Donna Almereida war immer noch sicher, daß das Wunder sich früher oder später wiederholen würde. Die Zeit verging und Anna wurde älter und trauriger, vor allem nachts, wenn sie unter ihrer Decke zusammengerollt den Hyänen und Schakalen lauschte, die um ihre Hütte schlichen, sie ihre Rosenkränze murmelte und unter vielen Orapronobis darauf wartete, daß die Sonne aufging. Mit stierem Blick zählte sie die Kreise, die die Geier über dem vom Rost zerfressenen Dach ihres Hauses zogen.

16

An diesem Abend löste Esterhazy sein Versprechen ein und führte Miss Ana endlich zum Abendessen aus. Bisher war es ihm immer gelungen, dies aufzuschieben. Er hatte Ausreden und unerwartete Verpflichtungen erfunden oder Kopfschmerzen vorgeschützt. Der wahre Grund aber war, daß er nicht zusammen mit seiner Geliebten gesehen werden wollte. Er hatte an Hakhpat in Paris geschrieben und ihm seine mißliche Lage geschildert, und Hakhpat hatte ihm postwendend geantwortet, daß sich keine Geliebte lange einsperren ließe und auf die Vergnügungen, die ein Mann ihr außer dem einen bereiten kann, verzichten wolle. Sie verlangt, daß man ihr mehr Raum gibt und mehr Zeit widmet. Sie fühlt zurecht, daß ihr größere Aufmerksamkeit zusteht. Auch weil eine Geliebte, schrieb Hakhpat, uns mit dem Schauer des Neuen beschenkt, der im Zusammenleben mit einer Ehefrau bald nicht mehr spürbar ist oder erlischt. Gleichzeitig aber hegt auch die Geliebte den Wunsch, zu einer solch festen Einrichtung zu werden, so daß sie Gefahr läuft, sich von der Ehefrau bald nicht mehr zu unterscheiden. Die Schwierigkeit lag darin, daß Esterhazys Bedürfnis, von Zeit zu Zeit eine Frau in seinem Bett zu haben, immer weniger mit Miss Anas Wünschen übereinstimmte, denn sie wollte so viel Zeit wie möglich mit ihm zusammen verbringen, an den Sonntagvormittagen durchs Stadtzentrum spazieren und ab und zu eben zum

Abendessen ausgehen. Wie jedes andere Paar auch. Deshalb bestand Miss Ana weiterhin darauf, kam trotz Esterhazys Kopfschmerzen und seiner Verpflichtungen dickköpfig immer wieder darauf zurück und stritt mit ihm. Obgleich sie dem Abendessen selbst allmählich keine große Wichtigkeit mehr beimaß, lag ihr doch das, was es für sie bedeutete, sehr am Herzen. Und endlich mußte Esterhazy nachgeben.

Im Fanàr stellte ihnen ein lustloser Kellner den Ziegenbraten, den sie bestellt hatten, sowie eine Flasche Wein und Zighnì auf den Tisch. Esterhazy beobachtete wohlgefällig, mit welchem Appetit seine Geliebte aß, mit welcher Eleganz sie kerzengerade und die Ellenbogen eng an den Leib gedrückt, Messer und Gabel führte. Miss Ana sagte jedesmal danke schön, Entschuldigung, bitte schön, wenn der Kellner schlurfend an den Tisch kam, um dort irgendetwas zu richten, etwa frischen Wein einzuschenken, das Besteck zu wechseln oder die drei Rosen in der Mitte des Tisches neu zu arrangieren, als könne ein rascher Griff die schlaffen Blütenblätter wieder in Knospen verwandeln. Zum Schluß tupfte sie sich mit der Serviette den Mund ab und sah Esterhazy an: Das wäre auch geschafft, sagte sie, und es war, als wolle sie sagen: Das hat aber lange gedauert, bis du dich dazu entschlossen hast! Der Kellner kam wieder herbei, um auf das flackernde Licht des Kerzenstumpfs eine neue Kerze zu setzen. Auch Esterhazy lächelte: Ja, tatsächlich, es war alles viel einfacher gewesen, als er befürchtet hatte. Er hatte nicht einmal wahrgenommen, wer um sie herum saß. Er lächelte und schaute auf die Uhr. Wenn ihre Beine lang genug gewesen wären, hätte Miss Ana ihm nun unter dem Tisch einen Tritt versetzt, denn daß er seine Uhr aus der Westentasche fischte, konnte nur dieses bedeuten: Ja, endlich ist die Tortur überstanden, Gott sei Dank ist es einigermaßen schnell gegangen! Er hatte seine Schuldigkeit getan und sie ins Restaurant geführt, und von diesem Moment an hatte Miss Ana nicht mehr den geringsten Grund, sich zu beklagen.

Im Grunde hätte sich Esterhazy, wäre er nur ein wenig mutiger gewesen, auch mit einer Nutte begnügen können, mit irgendeiner Frau, die ihm für Geld ein paar Minuten Liebe bescheren würde. Das wäre vielleicht etwas teurer gewesen, aber ganz gewiß einfacher. Aber mit Miss Ana wußte er hinterher nie recht, was er sagen sollte. Sie zog sich ihr Nachthemd an, er stieg gähnend in seinen Schlafanzug und gab ihr einen letzten müden Kuß. Dann rollte sie sich einsam auf der einen Seite des Bettes zusammen, und er streckte sich auf der anderen Seite aus. Wenn sie in diesem Moment plötzlich verschwunden wäre oder sich angekleidet hätte und gegangen wäre, so wäre das genau das gleiche gewesen. Esterhazy hatte nichts hinzuzufügen und nichts zu sagen, außer eben gute Nacht, und so blieb es, bis er sich plötzlich alt fühlte und sich eines Tages in diese Frau, die in seinem Bett lag, verliebte. Sie trachtete weiterhin danach, die Gewohnheiten ihrer Beziehung zu verändern und sich nicht mit dem Geiz zufrieden zu geben, mit dem Esterhazy seine Gefühle verwaltete. Obwohl sie wußte, daß man eine alte Eiche nicht biegen kann, hoffte sie manchmal sogar, Esterhazy zu ändern.

Und was machen wir jetzt? fragte Miss Ana, die nun gerne zum Tanzen und Musik hören gegangen oder auch ins Theater ausgeführt worden wäre. Wir könnten nach Hause gehen und uns ein wenig liebhaben, schlug er vor und streichelte ihre Hand. Aber er fühlte, daß er diesmal nicht Herr der Lage war, daß sie in einem Wasser schwammen, in dem sie nicht zu Hause waren und dessen Tiefen und Untiefen er nicht kannte. Im übrigen war Esterhazy ein ausgesprochenes Gewohnheitstier, und zu den paar Dutzend an feste Zeiten gebundene Verrichtungen, zu den Dingen, die er aufnahm und wieder an ihren Platz zurücklegte – um sich zu vergewissern, daß wenigstens in dem kleinen Stückchen Welt, in dem er lebte, jene Ordnung herrschte, die ihm ein Gefühl von Sicherheit und Gelassenheit zu geben vermochte – gehörte auch sie, Miss Ana: eine

Gewohnheit unter vielen. Bevor Esterhazy sich plötzlich alt gefühlt und sich in sie verliebt hatte, hatte er gemeint, sie erwidere seine offensichtlich elementaren Bedürfnisse. Wir könnten nach Hause gehen und uns ein wenig liebhaben, sagte er eben deshalb. Sie hätte schwören können, daß er genau dies sagen würde. Es ist noch nicht spät, und wir haben noch die ganze Nacht vor uns, antwortete sie. Miss Ana lächelte dabei, und Esterhazy spürte, daß sie es an diesem Abend war, die das Spiel in der Hand hatte, und daß es ihr Spaß machte, ihn aus seinem gewohnten Gleis zu bringen, zu dem unter anderem auch das frühe Zubettgehen und ihre flüchtigen Begegnungen, seine wilden Küsse auf Miss Anas kleine Brüste und seine langsamen Erektionen gehörten. Dafür ist noch viel Zeit, denn, um Himmels willen, es ist ja wirklich noch nicht spät, schien ihr Lächeln zu sagen. Wir könnten doch zum Beispiel noch ins Odeon gehen, oder wie wär's, wenn wir ins Konzert gingen? Und sie sagte dies im gleichen Ton, in dem sie ihn sonst, wenn sie an Esterhazys Schultern lag und mit den Haaren auf seiner Brust spielte, fragte: Und wenn wir wegführen? Nach Kairo? Nach Paris? Oder wenn wir zum Beispiel einmal zum Abendessen ausgingen?

Ein Falter flatterte um die Kerze. Die Kellner nahmen die Decken von den leeren Tischen. Plötzlich sprang eine Katze auf Miss Anas Schoß. Sie schnurrte und wollte gestreichelt werden. Esterhazy schaute in das Licht, das schräg von der Deckenlampe auf Miss Anas lächelnden Mund fiel. Die Katze wurde durch ein Geräusch im Nebenzimmer aufgeschreckt, sprang auf den Boden und verschwand zwischen den Tischen. Also, gehen wir ins Konzert? fragte Esterhazy.

Es war eine von der Gewerkschaft organisierte Wohltätigkeitsveranstaltung. Sie bekamen zwei Plätze in der dritten Reihe. Ana legte ihren Schal ab, so daß ihr nackter Rücken zum Vorschein kam, ein helles Dreieck im Grau des Saales, der vollbesetzt war mit Arbeiterfamilien, die an der Wand lehnten, um die Sitzplätze den Händlern, Lehrern und Beamten zu überlassen.

Zuerst trat ein Mädchen auf die Bühne und kündigte das Programm an. Dann schlüpfte ein überaus magerer Geiger hinter den Kulissen hervor, dessen Zähne und Hemdbrust dem Publikum blendendweiß entgegenstrahlten und dessen Frack ihm zu groß war und an allen Seiten herunterzurutschen drohte. Hinter ihm ein junger Pianist, rundlich wie ein Pinguin. Den ersten herzlichen und stürmischen Applaus bekamen sie noch bevor sie zu spielen begannen. Das Publikum schien nicht so sehr wegen Mozart gekommen zu sein als vielmehr, um bei einem sportlichen Wettkampf Partei zu ergreifen. Als es wieder still geworden war, erklangen die ersten Töne, noch gemischt mit dem Räuspern, dem Knacken der Stühle und dem Lärm der Zuspätkommenden, die die anderen dazu zwangen, aufzustehen und sie durchzulassen. Allmählich senkte sich eine dumpfe Stille über den Saal. Die Violine nutzte die Gelegenheit und machte einen ersten Annäherungsversuch, das Klavier antwortete schüchtern. Wie in der Partitur vorgeschrieben, wurde diese kleine Phrase noch zweimal wiederholt. Dann stimmte die Violine eine entschlossene Arie an, das Klavier schmiegte sich an sie, und noch während dieser Einleitung wurden die Geigenklänge mit einem Mal fröhlich. Die beiden Instrumente liefen einander nach, sie beschnupperten sich gegenseitig und guckten sich neugierig unter die Schwänze. Dann wurde der Dialog lebhafter und es gab einen dichten, lebhaften Stimmwechsel. Der Geige gelang es sogar, sich in einer sehr kurzen Pause rasch den Schweiß von der Stirn zu wischen, während das Klavier aufgeregt weitermachte. Die Finger hüpften leicht und geschwind über die Tastatur, bis die Musik plötzlich erstarb. Man war bei der Pause angekommen, die in der Partitur vorgesehen war, damit die Musiker Atem schöpfen und die Glieder strecken, sich die Nase putzen und die Leute betrachten konnten, die da am Rande des

Saals standen, voll Bewunderung für das virtuose Spiel dieser beiden, aber auch gelangweilt und schläfrig von dieser Musik, die nicht zum Tanzen gemacht war und nicht in die Beine ging, sondern einem das Blut in den Adern erkalten ließ wie ein Schicksalsschlag. Diese Klänge waren vielmehr, bei allem Respekt, und nichts für ungut, der langweiligste Brei, den sie je vorgesetzt bekommen hatten, diese Armen dort auf ihren Stehplätzen, und wenn sie das gewußt hätten, wären sie ganz bestimmt in der Bar oder zu Hause geblieben, anstatt sich dieses langweilige Zeug hier zu Gemüte zu führen und einen ganzen Feierabend zu verplempern. Aber das durfte man nicht laut sagen, das genaue Gegenteil ist vielmehr richtig, Herr Gewerkschaftssekretär, eine großartige Musik, nur schade, daß sie nicht für solche Banausen wie uns erfunden wurde, die wir derartige Dinge nie verstehen werden, weil sie nur für die Reichen gemacht sind. Warum sonst wären die zwei Ingenieure, der Zahnarzt und sogar der Apotheker, anstatt in ihren bequemen Häusern zu bleiben, in ihren Kutschen hierhergekommen, mit ihren Frauen und ihrem ganzen Geld, mit dem sie sich doch weiß Gott etwas Angenehmeres leisten könnten. Und deshalb, Herr Gewerkschaftssekretär, muß es an uns liegen, wenn wir nichts verstehen – sagten sich die verschwitzten und schlaftrunkenen Männer, die mit ihren Schultern die Wände des Saals vor dem Einstürzen bewahren zu wollen schienen. Mit unseren Eselsohren und unserem Eselsgemüt ist uns sogar ein Trauermarsch noch lieber als diese Musik, während die Reichen sich die Hosen naß machen vor Wohlbehagen, da können wir also genausogut gleich schlafen gehen. Es stimmt schon, die Menschen sind nicht alle gleich, weder in der Musik noch sonstwo, wahrscheinlich auch nicht im Bett, bei Tisch und auf dem Abort. Die Reichen freuen sich an Dingen, von denen wir nicht einmal träumen, sie bekommen nicht einmal das Jucken und keine Wanzen und keine Läuse – von denen wissen sie nicht einmal, wie sie aussehen. Sie sehen ja, sie kratzen sich nie, und der Hintern tut ihnen beim langen Stillsitzen auch nicht weh, und vielleicht schwitzen sie nicht einmal, und sie hören Musik und haben dabei ganz und gar keine Lust, ihre Frauen in den Arm zu nehmen und sich mit ihnen im Kreise zu drehen. Die Menschen sind eben nicht alle gleich, Herr Lehrer, das habe ich auch schon dem Herrn Sekretär gesagt, und diese Totenklänge hier sind Balsam für ihre Ohren. Eben in diesem Augenblick setzte die Geige zum dritten Satz an, und die Musik hallte wieder durch den Saal. Manchmal glitten die Töne ins Tragische oder tropften langsam, einer nach dem anderen, hinab und vertieften sich durch das feine Muskelspiel der Finger, drohten dann zu verlöschen, begannen aber wieder fröhlich und heiter zu brodeln, bis plötzlich alles mit einem klingenden Seufzer abbrach. Aus. Beifall. Noch mehr Beifall, prasselndes Händeklatschen. Bravo, bravissimo! Die, denen es gefallen hatte, klatschten, die, die sich gelangweilt hatten, ebenfalls, froh, daß es endlich vorbei war und sie nach Hause schleichen konnten, wieder wach geworden von den plötzlichen Ovationen, bravo, wirklich großartig, und mit vielen Verbeugungen bedankten sich die Musiker bei den alten Jungfern, die ihre mageren Hände gegeneinanderschlugen und so glücklich aussahen, als wären sie um fünfzig Jahre leichter geworden, und die nun nicht mehr den Fächer schwingen konnten, wie sie es den ganzen Abend lang getan hatten, denn ihre Hände können ja nicht zweierlei Dinge gleichzeitig tun. Und bravo, bravissimo! Ein wunderschönes Konzert war das, und die Fräcke gingen auf und nieder, um sich wieder und wieder zu bedanken. Zugabe! Zugabe! wurde von unten gerufen – das hatte gerade noch gefehlt! –, bravo. Auch Miss Ana klatschte, aber leise, so leise, daß nicht einmal Esterhazy, der neben ihr saß, ihr Patsch-Patsch hören konnte, und sie sah so fröhlich aus, als hätte sie eine Doppelwette im Pferderennen gewonnen. Auch der Applaus des Einarmigen auf Esterhazys anderen

Seite war stumm, denn der schlug sich glückstrahlend mit dem Haken, der seine linke Hand ersetzte, auf die rechte. Dann erhoben sich alle, um noch lauter zu klatschen, abgesehen von den üblichen dreien oder vieren mit den schwachen Blasen, die hinauseilten, um sich auf dem Rasen zu erleichtern oder um eine Zigarre zu rauchen, und die sich jetzt durch das Geschwätz der Musikkenner den Weg bahnten. Ja, ja, nichts dagegen zu sagen, um Gottes willen! Aber der eine Ton im zweiten Satz zum Beispiel, und der Rhythmus, und ein solcher Lärm und ein solches Durcheinander herrschte in der Menge, daß man die Ärzte und Ladenbesitzer mit denen hätte verwechseln können, die die Stehplätze innegehabt hatten, wenn nicht die Kleidung und die feinen Stoffe der Finanzkräftigen den Unterschied nach wie vor herausgestrichen hätten. Der Abend hat gut angefangen, und wir könnten, wenn du magst, noch etwas trinken oder tanzen gehen, was meinst du? würde jetzt gleich Miss Ana sagen, aber er schwieg. Er hätte – nun, da er wieder wach geworden war – lieber einen Spaziergang gemacht, die Hände in den Taschen, alleine oder auch mit ihr zusammen, aber wie zwei Freunde, nicht wie ein Liebespaar, das sein Geheimnis durch die Nacht spazierenträgt. Aber Miss Ana würde dann gewiß denken, wie merkwürdig verschämt die Männer doch sind: Sicher, auch die Frauen spielen sich auf, verstellen sich, geben sich zuckersüß und tun ihr Leben lang so, als stünden sie auf der Bühne, aber sie sind trotzdem praktischer veranlagt. Sie malen sich zwar mit Puder und Lippenstift eine Maske ins Gesicht, aber darunter ist ihre lebendige Haut, die man anfassen und küssen kann. Die Masken der Männer hingegen sind ungreifbar, abstrakt. Aber wie auch immer, gut, einverstanden, wenn du möchtest, können wir auch gleich nach Hause gehen, ganz wie du willst, würde Miss Ana sicher sagen. Dann würde sie vor ihm herlaufen und die Handtasche schwenken und keinerlei Verlangen danach haben, noch irgend etwas zu reden, denn es war schon alles gesagt worden, und wenn man jetzt den Mund aufmachte, so nur, um das übliche Zeug zu reden, um zu sagen, entschuldige, Miss Ana, du hast mich mißverstanden. Doch, doch, ich habe verstanden, würde sie dann erwidern, du brauchst nur eine Frau fürs Bett, ich weiß.

Esterhazy winkte eine Kutsche herbei, sie stiegen langsam ein, erst sie, dann er, und setzten sich schweigend nebeneinander. Der Kutscher trieb die Pferde an. Esterhazy hätte gerne ihre Hand in die seine genommen und danke schön gesagt, es war ein wunderschöner Abend, und du wirst ihn doch jetzt nicht zerstören wollen, indem du eine Schnute machst, es ist ja auch gleich Mitternacht. Aber sie würde ihn dann gewiß nicht einmal anschauen, sondern weiter ins Dunkle starren, auf die Schatten draußen auf der Straße. Ja, ja, würde sie sagen, aber bitte, sei jetzt still und laß mich in Frieden, das würde sie ihm sagen wollen. Geh zum Teufel, Esterhazy! Sag dem Kutscher, er soll anhalten, ich will aussteigen und zu Fuß nach Hause gehen, würde Miss Ana zu diesem älteren Herrn sagen, der sie hie und da nahm, sie auszog und sie liebte und der sie heute abend tatsächlich sogar zum Essen ausgeführt hatte. Esterhazy versuchte, sie zurückzuhalten. Er bat sie, doch dazubleiben und hielt ihren Arm fest, aber sie hörte ihm nicht einmal zu, öffnete den Wagenschlag und sprang auf die Straße. Er zahlte den Kutscher aus und ging ihr langsam nach, ohne das geringste Verlangen danach, sie einzuholen und Erklärungen abzugeben, denn dann hätte er sagen müssen, ja, es ist wohl wahr, du hast einen geizigen, ängstlichen Liebhaber, ich weiß, und je älter ich werde, um so größer und heftiger werden die Ängste.

Wenn aber Miss Ana dann stehenbleibt, wird auch er seinen Schritt verlangsamen, aber nur so lange, bis sie sich die Schuhe von den schmerzenden Füßen gezogen hat. Dann wird sie barfuß weiterlaufen. Bei einem Mann in meinem Alter kennt die Dummheit keine Grenzen, das würde er ihr gerne noch sagen, denn die Liebe, soweit sie nicht während man mit jemandem zusammen alt wird, einfach zu einer faulen Gewohnheit wird, ist ein schmerzhaftes Abenteuer, wobei man in meinem Alter zum Glück keine großen Hoffnungen mehr aussät. Gott sei Dank hinterlassen wir keine Spuren bei den jungen Frauen, die durch unsere Hände gehen, kein Zeichen. Gott sei Dank vergessen sie schnell unsere hohlen Bedürfnisse, unsere schlechten Gewohnheiten und die linkischen Rituale, mit denen wir in Ekstase zu geraten hoffen. Und laß mich dir noch dieses sagen, daß ich nämlich meine Bedürfnisse nunmehr nicht mehr befriedigen kann, ohne mich hinterher selbst zu verabscheuen und mich zu schämen – auch wenn ich dich umarme, denn ich fühle genau, daß ein alter Mann nicht mehr sehr tief in das Wesen einer Frau eindringen kann, das ist es, was Esterhazy durch den Kopf gehen wird, während er hinter ihr hergeht. Gewiß, man fühlt das Begehren zwischen den Beinen, und wie man es fühlt, aber in meinem Alter würde man auch gerne noch zu den inneren Gefühlen einer Frau vordringen, und da ich dazu nicht mehr die Kraft habe, erfahre ich die körperliche Liebe als eine Art Mitleid oder einfach als das Gefühl von etwas, das empfängt und abweist. Es ist kein Wunder, wenn ein Mann in meinem Alter die Gesellschaft von älteren Frauen vorzieht, die ihn mit ihrem Geplauder einlullen. Die jungen Mädchen möchte er am liebsten streicheln und an die Brust drücken oder sie mit dem Kopf auf seinen Knien schlafen sehen. Und dem unangenehmen Gefühl, geküßt zu werden, zieht er es vor, selbst die Initiative zu ergreifen.

Sie ging immer noch vor ihm her. Und doch fühle ich mich, wenn wir es tun, voller Kraft, glaub mir, voller Freude, als wäre ich dreißig Jahre jünger, auch wenn es schnell geht wie der Blitz und nur einen Augenblick dauert. Stell dir vor: Trotz meines fortgeschrittenen Alters habe ich bis heute nicht gelernt, wie man es anstellt, sich die Lust langsam zwischen den Fingern durchrinnen zu lassen, was viel genüßlicher und wichtiger wäre als sie nur einfach zu befriedigen. Aber man weiß ja, wenn ein alter Mann es mit einem jungen Mädchen treibt, hat er immer den Eindruck, sie warte nur darauf, wieder weglaufen zu können, aus dem Bett zu springen und zu sagen, es sei spät geworden – der Glockenschlag oder eine Verabredung – und daß er dann zusehen muß, wie sie sich wieder anzieht und davonrennt. Aber Gott sei Dank bleibt ein alter Mann auch ganz gerne alleine, wenigstens für ein Weilchen, nur um der Erleichterung willen, die er darüber empfindet, daß er sich nun wenigstens eine Woche lang nicht mehr wie ein brünstiger Ziegenbock vorkommen muß, der seine Geilheit abreagieren will und so bleibt er alleine mit seinen Ängsten. Sie waren angekommen. Sie barfuß, mit den Schuhen in der Hand. Er dahinter wie ein altes Schwein, das den kleinen Mädchen auf der Straße nachläuft.

Die Straße wurde enger und noch dunkler. Dann, als sie um eine Ecke gingen, sahen sie die Lichter des Robinson. Miss Ana verschwand zwischen den Wohnwagen, Esterhazy blieb stehen, die Hände in den Hosentaschen, und holte tief Luft. Er setzte sich auf die Treppe des nächsten Wohnwagens, zündete sich eine Zigarette an und betrachtete den Mond. Dann plötzlich ein Rascheln, ein schmaler Schatten, ein Insektenschwarm, der vorbeischwirrte, die nackten Füße von Miss Ana, ihr rosarotes Nachthemd. Was tust du hier noch? Los, komm schlafen. Es war nicht sie, es war eine andere Frau des Robinson. Bevor er zu Bett ging, wollte Esterhazy noch eine Weile den Mond betrachten. Und im Dunkeln herumspazieren.

Ein paar Tage später wurde Esterhazy von donnernden Schlägen an seiner Wohnwagentüre geweckt. Es war zwei oder drei Uhr nachts. Es hörte sich an, als würde mit etwas Hartem gegen die Türe geschlagen, vielleicht mit einem Stock. Als er öffnete, stand ein Soldat vor ihm, der mit dem Griff seiner Pistole geklopft hatte. Hinter ihm sah Esterhazy noch mehr Soldaten, von einem Hauptmann angeführt, dessen grauer Bart ebenso staubig und übel zugerichtet war wie seine Uniform. Seine Stiefel waren schlammbeschmiert. Hören Sie, sagte er, trat ein wenig vor, und erklärte dann, er habe etwa zwei Dutzend Gefangene, und, kurz, er wisse im Augenblick nicht, wohin mit ihnen. Im Gefängnis hätten sie sie auch nicht gewollt, weil sie dort schon voll besetzt wären, und er hatte sie von Chedrén bis nach Mahò geschleppt und er könne ja nun nicht noch mehr Zeit damit verlieren, kurz, ich weiß nicht, wohin mit ihnen, darum geht's, und deshalb würde er sie hier im Robinson abladen, kapiert? Ja, genau, und jetzt sollten Sie sich um sie kümmern, wiederholte er und wurde immer erregter, verhaspelte sich und blieb stecken, als wäre er hergekommen, um einen Alptraum zu erzählen.

Esterhazy hörte ihn schweigend an, so wie man jemandem zuhört, der sich etwas von der Seele reden oder eine Kröte ausspucken muß. Habe ich recht verstanden, Herr Hauptmann, zwei Dutzend Gefangene, das ist ja eine ganze Menge, und dann noch von Chedrén bis hierher, das sind ja mehr als vierzig Meilen. Er redete mit ihm, als wolle er sagen, Sie haben aber auch einen ganz schönen Scheißberuf, Herr Hauptmann! Ich kann Sie gut verstehen! Trotzdem, dachte Esterhazy bei sich, man geht nicht mitten in der Nacht herum und weckt die Leute, um ihnen sein Leid zu klagen und ihnen auf die Nerven zu fallen. Wie auch immer, morgen früh können wir, wenn Sie wollen, in Ruhe darüber reden und sehen, was wir tun können. Sie können auf mich zählen, und einstweilen eine gute Nacht, Herr Hauptmann.

Hören Sie mal, sagte da der andere und packte so viel von seinem Unterhemd, wie er nur greifen konnte – sein Atem roch übel –, Sie werden hier doch nicht den Schlaumeier spielen wollen? Ich habe Ihnen schon gesagt, daß Sie sich um diese zwei Dutzend Leute kümmern müssen, klar? erklärte er und seine Augen glühten vor Zorn. Es handelt sich hier nicht um einen Gefallen, den Sie mir tun sollen, sondern um einen Befehl: Ich will, daß Sie sie sofort irgendwo einsperren. Esterhazy hätte am liebsten laut gelacht und ihm klargemacht, wie lächerlich er sich benahm, und daß dies hier nur ein Zirkus war und sie ihn allesamt mal könnten, Hauptmann wie Gefangene, denn das Gefängnis läge ganz woanders. Aber der Hauptmann packte ihn noch fester am Unterhemd, und der Soldat neben ihm setzte ihm den Pistolenlauf auf den Bauch. Gewiß, ich habe verstanden, aber diesem Befehl werde ich nicht folgen, erklärte Esterhazy, da dieser Zirkus weder dem Verteidigungsministerium noch dem Herrn Almereida gehört, so ist es doch, oder, Herr Hauptmann? Aber er hätte besser geschwiegen. Er hatte alles falsch gemacht, das sah Esterhazy nun sofort ein. Er hätte nicht so lächeln dürfen, außerdem hatte er sich im Ton vergriffen, in der Art, wie er »Herr Hauptmann« gesagt hatte. Dann die Tatsache, daß er barfuß und im Unterhemd dastand, während sie sich in der Sicherheit wiegten, mit einem Gewehr an der Koppel bewaffnet zu sein, auf der Seite des Gesetzes zu stehen und ein Stück des Staates zu repräsentieren. Die ironischen Bemerkungen dieses Mannes in Unterhosen erboste sie. Sie wissen sicher, sagte der Hauptmann, daß es uns keinerlei Mühe kosten würde, auf den Abzug zu drücken und Sie zu erschießen! Sie sind ja leider ein Dickschädel, aber das werden Sie wohl noch verstehen, oder?

Es war totenstill. Es herrschte eben jene Ruhe, die dem Ausbruch einer Katastrophe vorangeht. Nur das ferne Bellen eines Hundes und hie und da der Schrei eines Nachtvogels waren zu hören. Ja, jetzt habe ich begriffen, dachte Esterhazy, warum man dem schlagenden Argument einer Mauserpistole, die einem unter das Kinn gehalten wird, nicht viel entgegenzusetzen hat. Aus der Gruppe der Gefangenen, die hinter den Soldaten standen und im Mondlicht nur undeutlich zu erkennen waren, hörte man eine Frau weinen. Sie hatte ihr Gesicht in den Händen verborgen, und ihre Brust hob und senkte sich im Rhythmus ihres verzweifelten Jammerlieds. Merken Sie, wie die stinken? Es wird einem kotzübel, wenn man ihnen nur nahe kommt, verdammt noch mal, sagte der Hauptmann und steckte die Pistole ins Halfter zurück, sind sie nicht ekelhaft? fragte er Esterhazy. Ich will Ihnen gar nicht erst erzählen, was das für ein Unternehmen war, die hierherzuschleifen, fuhr er fort. Ich kann es mir vorstellen, nun gut, einverstanden, aber es ist kein Käfig frei, sagte Esterhazy. Ach? Nun, das macht nichts, morgen lassen wir einen Zaun aufstellen, nein, warum erst morgen? Vielmehr jetzt gleich! Wecken Sie Ihre Arbeiter! Meine Leute werden auch mithelfen, ich werde Ihnen auch zwei meiner Soldaten zur Bewachung hierlassen. Zum Essen könnt ihr ihnen das geben, was bei euch übrigbleibt, und hie und da sollte man einen Eimer Wasser über sie schütten, damit sie sich waschen können – wegen der Epidemien, versteht sich, nicht etwa aus einem anderen Grund.

Noch bevor es Mittag wurde, war die Umzäunung fertig. Auch die Gefangenen hatten mithelfen müssen. Ein Pferch aus Holz und Stacheldraht, und hinein mit den Gefangenen, die stumm und mit halbgeöffneten Augen dasaßen, das Kinn auf die Knie gestützt. Am anderen Ende des Pferchs war die Latrine, ein vier Fuß großes, mit Kalk ausgeschüttetes Loch, auf dem bereits Schwärme von Fliegen saßen. Vor der Umzäunung erzählten die Wachen den Leuten vom Zirkus, die herkamen und Fragen stellten, von ihrem Marsch nach Chedrén und zurück, oder sie erzählten den Mädchen dreckige Witze. So vergingen die Tage, trostlos und fade. Am Abend verwandelte sich die runde Stacheldrahtumzäunung auf der Wiese in das Skelett eines riesigen reglosen Tieres.

Nach einer Woche kam der Hauptmann wieder. Auch diesmal mitten in der Nacht. Wenn er die Zeit dazu gehabt hätte, so hätte Esterhazy ihm gesagt, er solle morgen wiederkommen und ihn in Frieden lassen, es sei nun wirklich genug und er solle aufhören. Aber der Hauptmann wartete nicht einmal, bis die Tür aufging. Er rannte sie mit der Schulter ein, trat ins Dunkel des Wohnwagens, stellte die Lampe auf den Boden und setzte sich auf das Bett. Esterhazy sah ihn mit blinzelnden Augen an. Er fühlte undeutlich, daß er in eine Falle geraten war, aus der er nicht mehr herauskommen würde. Er hatte von Anfang an alles falsch gemacht. Er hätte überhaupt keine Menschen im Zirkus einsperren lassen dürfen, das war's. Nun war auch er ein Gefangener, Gefangener und Kerkermeister in einem. Deshalb kamen sie und gaben ihm mitten in der Nacht Befehle. Entschuldigen Sie, Herr Direktor, sagte der Offizier, ich meine, entschuldigen Sie, daß wir um diese Zeit kommen, aber wir müssen den Zirkus durchsuchen. Alle müssen aufstehen. Ich will, daß Ihre Leute in zehn Minuten hier draußen bereitstehen, und sie sollen Lampen und Fackeln mitbringen oder sonst irgendwelches Zeug, mit dem man Licht machen kann. Was ist los? Wie? Eine Durchsuchung um diese Zeit? fragte Esterhazy, noch vom Schlaf betäubt. Der Hauptmann antwortete nicht. Hat es Schwierigkeiten gegeben? fragte Esterhazy, während er begann, sich anzuziehen. Hören Sie, wann werden Sie endlich lernen, nicht so viele dumme Fragen zu stellen? antwortete der Hauptmann, aber wie auch immer, ja, es gibt eine Schwierigkeit. Zwei Gefangene sind ausgebrochen! Sie haben die Dunkelheit ausgenutzt, und vielleicht waren die Wachen eingeschlafen, sie können jedenfalls nicht weit sein.

Jeder Winkel des Zirkus wurde durchsucht, sämtliche Löcher und Ecken, in denen die beiden sich hätten verkriechen können, wurden ausgeleuchtet. Man suchte in den Kisten und unter dem Stroh. Nichts. Auf der Wiese bearbeitete unterdessen der Hauptmann die beiden Wachen, die sich vom Schlaf hatten übermannen lassen. Am Ende waren ihre Uniformen blutgetränkt, sie konnten sich nicht mehr auf den Beinen halten, ihre Lippen waren aufgeplatzt, die Wange des einen war so dick wie eine Orange. Die Leute müssen kapieren, daß wir es ernst meinen, sagte der Hauptmann und schlug weiter auf sie ein. Dann fragte er, ob jemand etwas gehört hätte, irgendein ungewohntes Geräusch. Nein, Herr Hauptmann, leider hat weder jemand etwas gehört noch etwas gesehen, sagte Esterhazy. Die Tiere brummen und schnaufen in der Nacht, das macht es schwierig, einzelne Geräusche herauszuhören. Nun, Sie müssen mir jetzt jedenfalls Ihre Käfige zur Verfügung stellen, damit nicht noch mehr fliehen. Es interessiert mich absolut nicht, wo zum Henker Sie Ihre Tiere hineinsetzen! Bis morgen abend will ich drei Käfige haben, sagte der Hauptmann, und dies war sein letzter Befehl, denn danach ward er im Robinson nie wieder gesehen.

Statt dessen tauchte Oberst Samsson Towolde wieder auf. Er verlangte, daß man die achtzehn Gefangenen, die noch übriggeblieben waren, in die Käfige sperre. Dann begann er, sie zu verhören. Sie wurden einzeln in den Requisitenwagen gebracht und blieben dort eine halbe oder auch eine ganze Stunde. Unvermittelt führte dann plötzlich ein Sergeant die Gefangenen, die bereits verhört worden waren, zurück in die Käfige. So ging das weiter bis in die Nacht hinein. Der Tag war windstill und drückend, die Luft von dem Wehgeschrei erfüllt, das aus dem Requisitenwagen drang, vom dumpfen Aufprall niederfallender Gegenstände, vom Lärm der Stühle, die an die Wand geschmettert wurden, vom Klatschen der Schläge. Kurz vor Mitternacht verstummten die Schreie. Endlich legten Esterhazy und die anderen sich nieder zum Schlafen. Bis jetzt hatten sie sich die Ohren zugehalten, und Marikos Madgù hatte so laut er nur konnte sein Saxophon geblasen, um die Geräusche zu übertönen.

Esterhazy konnte keinen Schlaf finden. Miss Ana hatte sich mit beiden Armen an ihn geklammert. Draußen herrschte eine merkwürdige Stille, die ab und zu von einem Ächzen unterbrochen wurde, das aus den Käfigen drang, von erstickten Lauten, als würde hinter der Umzäunung jemand stöhnen. Er ging hinaus, und sah die Reihe der Soldaten. Zehn, fünfzehn Gestalten standen dort im Mondlicht. Ein Mädchen – er hatte es am Tag zuvor flüchtig in einem der Käfige bemerkt – lag nackt und mit Seilen gefesselt am Boden, so daß sie ihre Handgelenke und Fußknöchel nicht bewegen konnte. Esterhazy ging noch etwas näher heran. Ein Soldat, der seine Hose bis zu den Knien heruntergelassen hatte, lag auf ihr. Dann stand er langsam auf, zog sich die Hosen hoch, und ein anderer trat vor, mit nacktem Bauch, legte sich auf das Mädchen und begann, sich heftig zu bewegen. Nach einer Weile trat ein Grunzlaut aus seiner Kehle. Dahinter warteten die anderen darauf, daß sie an die Reihe kämen. Das Mädchen schrie nicht, weinte nicht und rührte sich nicht. Sie lag regungslos da, wie abwesend. Manchmal drehte sie den Kopf mit den weit aufgerissenen Augen. Aber der übrige Teil ihres Körpers war starr und leblos. Rundum herrschte Schweigen, das nur ab und zu vom Stöhnen der Soldaten oder vom schrillen Lachen derer, die, mit der Zigarette im Mundwinkel und den Händen in der Tasche, warteten, unterbrochen wurde. Esterhazy wollte noch näher hingehen, doch dann zog es ihn plötzlich fort – sei's aus Angst, aus einem Ohnmachtsgefühl oder einer feigen Panik heraus. Er lief zurück, schloß die Türe hinter sich und versuchte zu schlafen. Er fühlte die Wut in seinen Schläfen pochen und spürte die Angst von Miss Ana. Selbst aus dem Zirpen der Grillen und dem Gekläff der Hunde meinte er, die Verzweiflung jenes Mädchens heraushören zu können. Und aus dem Gequake der Frösche das fröhliche, kehlige Lachen der Soldaten. Am nächsten Morgen verlangte er, mit Oberst Towolde zu sprechen. Er traf ihn im Requisitenwagen an. Esterhazy stellte sich vor den papierübersäten Schreibtisch, hinter dem der Oberst saß.

Solche Dinge sind unzumutbar, sagte Esterhazy. Er suchte seine ganz Entrüstung und seinen Ekel auszudrükken, den er diesem Ereignis gegenüber empfand. Der andere ließ ihn sprechen und fuhr unterdessen fort, in den Papieren zu blättern. Als Esterhazy ausgeredet hatte, geschah überhaupt nichts. Nur Schweigen. Was sagten Sie? Ach ja! sagte der Oberst und sah ihn mit feistem Grinsen an. Bei allem, was er zu tun hatte, kamen noch solche Leute daher und stahlen ihm die Zeit. Er mußte seiner lästigen Pflicht aber nun einmal nachkommen und setzte an, zu erklären, kurz und bündig natürlich, wie die Dinge standen, Herr Direktor, schon allein, um die Tatsachen wieder ins rechte Licht zu rücken, denn ich habe noch immer nicht begriffen, weshalb Sie mir hier Lügen auftischen. Das, was Sie heute nacht hier gesehen zu haben behaupten, ist absolut unmöglich, da gestern abend alle Männer außer den üblichen beiden Wachposten bei den Käfigen in die Kaserne zurückberufen wurden, fuhr der Oberst fort und erhob seine Stimme immer mehr. Außerdem befindet sich unter den Gefangenen kein einziges junges Mädchen, wie Sie behaupten, und daher meine ich, Sie täten gut daran, etwas weniger zu trinken! Und nun, bitte, gehen Sie und lassen Sie mich arbeiten! Esterhazy fühlte sich gedemütigt und beleidigt. Jetzt, leider erst jetzt, wurde ihm bewußt, wie feige er gewesen war. Während sie das Mädchen vergewaltigten, und auch schon vorher. Er hätte irgend etwas tun, sie verjagen oder mit Fäusten traktieren müssen. Er ging zu den Käfigen und beobachtete wieder die Masse der zusammengepferchten Körper. Viele saßen mit dem Rükken zum Gitter. Sie hatten das Gesicht verdeckt und schliefen, in ihre Lumpen vergraben. Die meisten hatten vom Verhör zerschundene Gesichter, blaugeschlagene Augen und aufgeplatzte Lippen zurückbehalten. Da, das Mädchen im zweiten Käfig. Dort war sie. Im selben Augenblick hörte er, kaum einen Meter entfernt, die Stimme des Oberst hinter sich: Noch immer auf der Suche nach Ärger, Herr Direktor? fragte er. Die Gefangenen erwachten, blieben aber zusammengekauert wie sie waren. Die

Kinder hatten sich verschreckt und entsetzt im Stroh zusammengerollt oder lehnten sich an die geschwollenen Bäuche ihrer Mütter. Kommen Sie, kommen Sie und sehen Sie sich meine Gespenster an, schauen Sie sich die Halluzinationen eines Betrunkenen an, sagte Esterhazy und deutete auf das Mädchen, schauen Sie selbst nach, ob es dort drinnen keine jungen Mädchen gibt! Der andere sah Esterhazy grinsend an: Beruhigen Sie sich! Glauben Sie mir, es würde sich für Sie kaum auszahlen, wenn Sie anfangen würden, hier den Helden zu spielen, sagte der Oberst und zündete sich den Zigarrenstummel an, der ihm zwischen den Zähnen steckte.

17

Der Bürgermeister von Carobèl stampfte weiterhin auf und ab. Die Schreiber, die dicht beieinander hinter den vielen massiven Schreibtischen im Vorzimmer von Semmar Woldeyesus, dem persönlichen Sekretär des Gouverneurs, saßen, hatten aufgehört, ihn verwundert anzustarren, wie sie es noch bis vor kurzem getan hatten. Sie waren vor allem über die Ungeduld dieses knöchrigen Mannes erstaunt, der ein einziges Nervenbündel zu sein schien. Er hatte eine krumme Falkennase, weiße Haare und trug ein langes, gestreiftes Hemd. Tiefe Falten durchzogen sein Gesicht, bis hinab zu der Stelle, wo der Hals im Kragen verschwand. Seine Augen waren klein und schwarz wie die eines Vogels. Langsam gewöhnten sich die Angestellten an die Unruhe dieses Mannes, der ständig vom Stuhl aufsprang, ein paar Schritte auf und ab ging und sich wieder auf einem Schemel niederließ, welcher aber offenbar sofort unter ihm zu glühen begann und ihn zwang, sich wieder zu erheben. Dabei schnaubte er, drehte den Hut in seinen Händen und zog immer wieder seine Uhr aus der Tasche, die an einer Kette mit vielen Amuletten und Medaillons hing.

Er wartete nun schon seit sieben Stunden, aber bisher hatten sich weder der Gouverneur noch sein Sekretär blikken lassen. Es kann sich nur noch um Minuten handeln, wiederholte der älteste Sekretär zum xten Male. Das gleiche hatte er auch schon kurz nachdem Sharon Askalè eingetroffen war, gesagt: Aber gewiß, Herr Bürgermeister, der Gouverneur und Herr Woldeyesus werden in wenigen Minuten hier sein. So hatte Askalè genügend Zeit gehabt, nicht nur Almereida, seinen Sekretär und ihre Unpünktlichkeit, sondern auch die Gewohnheit der Angestellten zu verfluchen, ständig vorgefertigte Phrasen zu benutzen, die gänzlich sinnlos geworden waren. »In wenigen Minuten«, das bedeutete bei einem »in einem kurzen Augenblick«, ein anderer meinte damit »eine Ewigkeit«, ein bodenloses Loch, achtlos irgendwo in den langen Zeitraum zwischen Schöpfung und Jüngstem Gericht geworfen. Diesen ungenauen Umgang mit der Sprache hatten sich inzwischen selbst die Hühnerhändler, Fuhrmänner und Straßenbahnführer zu eigen gemacht. Die Menschen verstanden einander immer weniger, vielleicht, weil die Welt sich tatsächlich änderte. Die Bedeutung der Laute, die die Leute ausstießen, wurde immer unklarer. Die Sonne war indessen untergegangen, und Sharon Askalè begann, seinen Hut wieder in eine anständige Form zu bringen, denn in ein paar Minuten würde er ihn wieder aufsetzen und gehen, da nunmehr klar war, daß weder der Gouverneur noch Woldeyesus kommen würden. Die Schreiber streiften sich nun auch die Ärmelschützer ab, räumten die Papierberge von den Schreibtischen, zogen ihre Jacken an und bereiteten sich darauf vor, zu gehen. Der Bürgermeister wandte noch einmal das Wort an den ältesten Schreiber: Schade, denn ich war wegen eines Gesuchs gekommen, sagte Askalè. Oder wenn Sie wollen, nennen Sie es ruhig eine Beschwerde. Da ich sie schon schriftlich eingereicht habe, mit Stempel und Protokoll, aber bisher keine Antwort erhalten habe, bin ich persönlich hergekommen, denn ich habe mir gesagt, vielleicht hat der Gouverneur so viel zu tun, daß er gar keine Zeit hat, die Antwort zu schreiben, vielleicht nicht einmal die Zeit, um den Brief zu lesen, habe ich gedacht, und so schien es mir gut, herzukommen.

Die Angestellten brachen einer nach dem anderen auf. Es war nun nur noch der älteste Schreiber übriggeblieben, der hinter seiner Brille keine Miene verzog, während er Sharon Askalè anhörte. Wenn Sie gestatten, Herr Schreiber, ich wohne auf dem Land, in Carobèl. Ich habe den Eindruck, daß schon bald ein Aufstand ausbrechen könnte. Gewiß, die Hauptstadt ist besetzt, die Bauern fliehen das Land, ich weiß, aber wir in Carobèl haben andere Schwierigkeiten, dort sind es die Steuern, die uns umbringen: Die Steuern, die wir für die Lotterie, für Hochzeiten und für den Kauf von Vögeln entrichten müssen, mögen ja noch durchgehen, aber wie kann man Steuern auf Begräbnisse erheben! Das wollte ich dem Herrn Gouverneur sagen, und daß unsere Leute die Nase voll haben von diesem Krieg, der seit Jahren andauert und nie ausbricht. Wenn es wenigstens endlich einmal ernst würde damit, dann hätten diese hitzköpfigen Soldaten wenigstens etwas zu tun, anstatt den ganzen Tag durch das Dorf zu streichen und die Läden auszurauben, die Frauen zu belästigen und Schlägereien anzufangen. Mit der Behauptung, sie würden im Auftrag des Staates handeln, nehmen sie sich alles, was ihnen unter die Finger kommt. Wissen Sie, was sie tun? Sie dringen in unsere Häuser ein, setzen sich hin und essen und trinken, als wären sie dort zu Hause. Sie zerren die Mütter vor den Augen ihrer Kinder ins Bett, sie prügeln die Ehemänner und die Bräutigame, das tun sie. Ich wollte, daß der Herr Gouverneur begreift, daß, wie soll ich sagen, wenn in Carobèl ein paar Offiziere und einige Soldaten Federn lassen mußten, ja, ich meine, wenn bei uns dort unten etwas Blut geflossen ist, so hat das seinen Grund. Unsere Leute sind friedlich, glauben Sie mir, aber die sind gekommen und haben sie einfach provoziert, verstehen Sie?

Auch der alte Schreiber wäre nun gerne nach Hause gegangen. Er mußte die Lichter löschen und die Türen schließen. Deshalb wartete er darauf, daß Askalè sich dazu entschließen würde, zu gehen. Verstehen Sie mich recht, fügte der Bürgermeister hinzu, ich möchte nicht rechtfertigen, was meine Leute getan haben, um Gottes willen. In einer Nacht vierhundert Soldaten umzubringen, ist unverzeihlich, das versteht sich. Junge Menschen, mit Mistgabeln erstochen, mit Beilen erschlagen oder mit Knüppeln und Gewehrkolben totgeprügelt: eine ungeheure Grausamkeit, wirklich. Die armen Jungen, die auf den Feldern verbrannt und den Hunden zum Fraß vorgeworfen wurden, damit keine Spuren zurückbleiben und niemand etwas merken konnte. Es war ein Fehler, kein Zweifel. Ich will gar nicht erst davon anfangen, was sie mit den Offizieren gemacht haben. Ich selbst hätte nicht gedacht, daß meine Mitbürger so grausam sein könnten. Aber sie sind provoziert worden! Die Soldaten haben das Feuer in den Strohhaufen geworfen. Wir in Carobèl sind hitzige Menschen, und man sollte uns besser nicht provozieren, Sie verstehen. Ja, sicher, sagte der alte Schreiber und blies das Licht aus. Das Zimmer versank im Dämmerlicht, denn draußen war es inzwischen dunkel geworden. Die beiden gingen hintereinander hinaus und schritten Seite an Seite durch die düsteren Korridore, ohne ein Wort zu sagen.

Als sie unten im Hof angekommen waren, zog sich der Schreiber die Brille von der Nase – er konnte im Dunkeln ja ohnehin nichts sehen – und neigte sich ganz nah zu Sharon Askalè. Sie tragen zwar hübsche Amulette in Ihrer Tasche, Herr Bürgermeister, flüsterte er, aber hören Sie auf mich: Kehren Sie in Ihr Dorf zurück und sehen Sie zu, daß hier nie jemand etwas von dem, was Sie mir erzählt haben, erfährt. Und wenn eines Tages irgend etwas herauskommt

– denn hier in Mahò haben die Gerüchte Flügel – so geben Sie alle Schuld dem Feind! Sagen Sie, daß ihr in Carobèl von diesen Toten nichts wißt. Tun Sie, was ich Ihnen sage, wenn Sie wollen, daß Ihr Dorf nicht von der Erde verschwindet. Askalè war verstört. Wenn er alles so machte, wie der alte Schreiber ihm riet, so wäre das die erste Lüge seines Lebens. Manchmal ist es besser zu lügen, glauben Sie mir, viel besser, sagte der Schreiber und setzte sich die Brille wieder auf. Ich werde darüber nachdenken, gute Nacht. Gute Nacht, Herr Bürgermeister, entschuldigen Sie, aber ich werde zu Hause erwartet. Gute Nacht, Herr Schreiber, auch ich habe noch einen langen Weg.

Ganz Mahò war an diesem Vormittag auf den Beinen. Die Regierungsangehörigen saßen in Gehrock und Zylinder auf einer fahnengeschmückten Tribüne und auf den Wiesen, und entlang der Startbahn hatten sich viele tausend Menschen versammelt. Die Frauen hatten Sonnenschirmchen aufgespannt und elegante Herren in Knickerbockern standen dicht neben bäuchlings auf der Wiese liegenden Kindern und suchten mit Feldstechern und Ferngläsern den Himmel ab. Auch die jemenitischen Händler mit ihren Kamelen und barfüßigen Laufburschen hatten ihre Reise unterbrochen, um sich dieses Wunder nicht entgehen zu lassen. Schließlich waren da noch die Ziegen und Kleinkinder, die im Gras hockten und Hunde mit aufgestelltem Schwanz. Eine Masse von Menschen, wie sie sich nur bei großen Gelegenheiten einfindet, drängte sich also hinter dem Hilton und wollte das Flugzeug des Gouverneurs starten sehen.

Es hatten sich zwei Parteien gebildet. Die eine Hälfte der Leute war der Meinung, daß diese fliegende Maschine die phantastischste und ungewöhnlichste Erfindung sei, die der Mensch im Laufe der Geschichte des Fortschritts je gemacht hatte. Die andere Hälfte hingegen stellte komplexere und ernsthaftere Überlegungen an und war überzeugt davon, daß diese Rumpelkiste weder die Kraft noch die Möglichkeit habe, sich in die Lüfte zu erheben, denn die Menschen waren dazu erschaffen, mit den Füßen auf der Erde zu bleiben, und sie taten nicht gut daran, die Natur über Gebühr herauszufordern und so zu tun, als seien sie Vögel und müßten weder säen noch ernten. Eines war sicher, sagte der Priester der koptischen Kirche, daß nämlich die Überheblichkeit des Menschen gegenüber den ewigen Gesetzen der Natur von Adam und Eva über Sodom und Gomorrha bis hin zu Babel niemals ohne Strafe geblieben sei. Auch die Hirten, die von ihren Bergen herabgestiegen waren, um diesem Ereignis beizuwohnen, waren dieser Meinung. Ohne theologische Spitzfindigkeiten und ohne die Heilige Schrift zu zitieren, gaben sie in schlichten Worten ihrer Überzeugung Ausdruck, daß dieser Angeber von Almereida es nicht schaffen würde. Selbst, wenn es ihm gelingen würde, abzuheben, so würde er sich gewiß, Friede sei seiner sündigen Seele, bei der Landung das Genick brechen. Dasselbe dachte auch der Physiklehrer vom technischen Gymnasium, denn die Gesetze der Schwerkraft und des spezifischen Gewichts sind kein Scherz, liebe Kinder, erklärte er seinen in Zweierreihen hinter ihm marschierenden Schülern, die er hierhergeführt hatte, um mit ihnen auf der Wiese hinter dem Hilton Almereida sterben zu sehen. Heute, hatte er beim Verlassen des Schulhauses gesagt, wird uns der Gouverneur persönlich in einem Experiment demonstrieren, daß Newton kein Dummkopf war und die Anziehungskraft der Erde nicht etwa purer Unsinn ist: Daran müßt ihr denken, während ihr zuseht, wie der Herr Gouverneur im Wrack seiner Flugmaschine verschmort. Vor allem diesen Augenblick sehnten die Kinder ungeduldig herbei. Den Rauch, das Feuer und den zerbeulten Flieger des Gouverneurs. Der Priester freute sich, daß der Lehrer, dieser ewige Besserwisser, wenigstens dieses eine Mal der gleichen Meinung war wie er. Ich aber, Pater, bemühe keinen heiligen Gottvater, von dem Sie behaupten, daß es ihn gäbe, obwohl man ihn nicht sehen kann und der deshalb – sagte der Lehrer im Schulunterricht – vom wissenschaftlichen Standpunkt aus gesehen nicht existiert, höchstens in einem gasförmigen Zustand. Man kann natürlich annehmen, daß Gott die Atmosphäre selbst ist, aber dann wäre er nichts anderes als ein farb- und geruchloses Gasgemisch, zusammengesetzt aus Sauerstoff, Argon, Stickstoff et cetera, und hätte keinen weißen Bart, keine Gesetzestafeln und vor allem überhaupt keinen Bedarf an Priestern. Der Direktor der Bibliothek von Mahò gehörte ebenfalls zu den Skeptikern, aber er ließ es sich nicht anmerken. Er stand am Rande der Startbahn und schwieg, während ein Fräulein an seiner Seite, das vor Aufregung wie elektrisiert war, weissagte, daß binnen zwanzig Jahren niemand mehr die Nase hochheben würde, um nach einem vorbeifliegenden Flugzeug zu sehen, so sehr würde man sich bis dahin an die mechanischen Vögel gewöhnt haben. Er sah sie zunächst nur mit einem mitleidigen Lächeln an, dann aber konnte er nicht mehr an sich halten: Nicht einmal Ikarus, mein Fräulein, der Flügel hatte, um die ihn die Falken beneidet hätten, ist es gelungen, zu fliegen, sagte er, und auch nicht Leonardo, der zu seiner Zeit das Fahrrad erfand und deshalb, wenn er heute lebte, gewiß schon die drahtlose Telegraphie erfunden hätte. Er hätte auch gerne Demokrit und Aristoteles zitiert, aber verbittert über die Unwissenheit der Menschheit verstummte er wieder, kaute auf einem Grashalm, den er zwischen den Zähnen hielt, und starrte ins Leere. Die Nomaden, Bauern und alten Hirten, die diese Gespräche mit anhörten, erfuhren zum ersten Mal von der Existenz des spezifischen Gewichts und der Gesetze der Schwerkraft: Hast du verstanden, was das ist? Nein, es sind wohl Gesetze wie alle anderen auch, die man einhalten muß, selbst wenn es einem nicht paßt, was sonst. Was sie sich gar nicht erklären konnten, war, daß sich ein Gouverneur, der doch weder ein Hexenmeister noch ein Geisterbeschwörer ist, in seinem Alter auf eine solch entwürdigende Art wie ein Esel vor einen Karren spannen ließ. Sie nehmen mir das Wort aus dem Mund, General, ein Karren, genau, platzte einer der Admiräle des Kriegesministeriums heraus, dem am meisten verwirrten Minister direkt ins Ohr, und auch mir kommt es, wenn ich ehrlich sein darf, nicht gerade schicklich vor, daß ein Regierungsoberhaupt öffentlich solche Narreteien aufführt.

Plötzlich begann der Motor des Eindeckers zu husten, und die Erörtungen brachen ab. Die Aufmerksamkeit konzentrierte sich auf die sieben Meter langen Flügel der »Taube« und auf das Stampfen der Kolben. Nachdem Almereida das Signal gegeben hatte, heulte der Motor auf, und auch der Propeller begann unsicher, sich zu drehen. Das Flugzeug setzte sich langsam in Bewegung und hüpfte mit schwankenden Flügeln über die kleinen Büschel von Unkraut. Der Auspuff entlud, obwohl frisches Wasser im Kühler war, schwarze Rauchschwaden und schien die ganze Wut des Motors ausspucken zu wollen. Dann drehte sich der Propeller immer schneller, wie ein Wirbelwind. Er wurde unsichtbar und bewegte die Luftmassen mit solcher Kraft, daß die Menge verstummte. Auch in den Ungläubigen regte sich nun der Verdacht, daß die Naturgesetze und die Schwerkraft einer solchen Maschine nicht das geringste anhaben könnten. Diejenigen, die von Anfang an daran geglaubt hatten, warteten hingegen ungeduldig darauf, daß sich dieses Wunderwerk in die Lüfte erhebe, damit sie endlich in höhnendes Gelächter ausbrechen könnten über die Ungläubigkeit der anderen, die so vorsintflutlich dachten, daß wir, wenn es nach ihnen ginge, unsere Zigarren immer noch mit Feuersteinen anzünden müßten. Die Menge beobachtete hingerissen das zweirädrige Gefährt, das in rasender Geschwindigkeit über die Grasschollen hüpfte und mit schwankenden Flügeln und glühender Schnauze ins Gleichgewicht zu kommen suchte, um dann, nachdem der richtige Gang eingelegt war, endlich abzuheben. Just in diesem Augenblick klammerte sich Almereida an den Steuerknüppel, zog ihn mit der ganzen Kraft seiner Arme zu sich hin, schrie noch irgend etwas – aber vielleicht wollte er auch nur alle Luft aus seinen Lungen herauslassen, um noch leichter zu werden –, und während die Leute Mund und Augen aufsperrten, richtete die Blechmaschine ihre Schnauze gen Himmel, hob ab und nahm auch alles andere mit, was sich – vielleicht nur aus Solidarität – an sie geklammert hatte: den sechszylindrigen Mercedesmotor, die Flügel, das Fahrgestell und Almereida. Sie flogen, schossen mit hundert Sachen von einer Ecke des Himmels in die andere und zogen die Kurven und Kehren des Schicksals nach. Wenn es einen Gott gibt, dachten die Gegner des Regimes, so müßte er ihm jetzt zumindest die Flügel stutzen, damit er sich den Hals bricht, diese Kanaille. Aber nein, der Gouverneur mit Fliegermütze und Brille setzte seine Eroberung des Weltraums glücklich fort, kreidebleich an seinen Steuerknüppel geklammert, mit einem Geierlächeln auf dem Gesicht. Du müßtest sie sehen, liebe Mutter, die Farben der Welt von hier oben, die Häuser, klein wie Keksschachteln, die Affenbrot- und Tamarindenbäume, die aussehen wie Salatköpfe und Radieschen, und Mahò, wie eine an den Bergen festgeklebte Krippenstadt aus Gips. Dann setzte der Gouverneur zu einer Wendung an. Samt seiner fliegenden Kaffeemaschine, die schwarze Rauchschwaden in den blauen Himmel blies, was nichts Gutes versprach, legte er sich auf die Seite und winkte mit dem Handschuh den vielen Menschen dort unten zu, die klein waren wie Spatzen und sich nach ihm die Hälse ausrenkten, die Hände schützend an die Stirn gelegt, damit das blendende Licht der Sonne sie auch nicht einen Augenblick dieses Abenteuers versäumen ließe. Dahinter der Rest der Welt: die weißen Straßenbänder, die sich bis zu den Pyramiden hinaufzogen, das Gewühl der Äste und Lianen der Wälder im Innern, weiße

Salzstrände, dazwischen die gelben und schwarzen Teppiche des Ödlands, bestrahlt von der Sonne, die von hier oben, liebe Mutter, aussieht wie ein in Öl gebackenes Ei. Und die Berge: wie kleine bucklige Steine, wie Kies oder große, im Sande schlafende Schnecken, und sonst nichts als Himmel, ein Bogen, der die Erde von Wendekreis zu Wendekreis zusammenhält.

Unten war währenddessen ein großer Teil der Skeptiker – nun, da das Wunder tatsächlich geschehen war – im Begriff, zum anderen Glauben zu konvertieren. Scharen von schwarzgekleideten Priestern applaudierten dem Wunderwerk der Technik, das zweifellos ein Geschenk Gottes war. Der Leiter der Bibliothek war überzeugt davon, daß nunmehr ein neues Weltzeitalter angebrochen sei und man die Monate, Jahre und Jahrhunderte von diesem ungewöhnlichen Tag ab, da der Mensch das Fliegen erlernt hatte, neu zählen werde. Nur der Physiklehrer war noch unschlüssig, denn, ganz abgesehen von der Schwerkraft, liebe Kinder, für den Fall, daß der Gouverneur nicht für immer dort oben bleiben möchte, gibt es kein physikalisches Gesetz, das der Annahme widerspricht, daß er sich, wie vorhergesehen, beim Landen den Hals brechen wird. Er erklärte ihnen, daß die Fallgeschwindigkeit proportional zum Gewicht dieser Rumpelkiste sei, und das beträgt mindestens acht Tonnen, sagte er und rieb sich dabei die Hände. Aber die Schüler waren abgelenkt, und wenn die Jungfrau Maria samt Engeln und Heiligen im Glorienschein vor ihren Augen gen Himmel gefahren wäre, so wäre ihnen das weniger wundervoll erschienen als diese Himmelfahrt des Gouverneurs in seinem Blechvogel. Wenn der Gouverneur bei dieser Geschwindigkeit wieder zwischen uns normale Sterbliche herabstürzt, sagte aufgeregt der Lehrer – denn, sofern die Physik nicht bloße Ansichtssache sein sollte, ist das das Schauspiel, dem wir binnen kurzem beiwohnen werden –, so werden wir ihn mit dem Löffel aus dem Schrott kratzen müssen, den armen Herrn Gouverneur! Aber keiner hörte mehr auf das Geplapper des Lehrers. Alle harrten gespannt darauf, wie sich der Flug der »Taube« weiterentwickeln würde.

Einige waren mit den Gedanken anderswo. Die Generäle zum Beispiel überlegten, daß dieses Vehikel, das von Zivilisten erfunden worden war, damit sie ihre kleinen Frauen spazierenfliegen können, von den richtigen Männern zu einem ganz außergewöhnlichen Instrument entwickelt werden könnte: Wenn man zum Beispiel ein Maschinengewehr auf die Schnauze schraubte oder den Vogel irgendwie dazu bringen könnte, ein paar Granaten auszukacken, so würde sich das Wesen des Krieges entscheidend verändern, o ja, das Blatt würde sich wenden und Feldschlachten, Grabenkämpfe und Stellungskriege würden in der Rumpelkammer landen.

Nur Donna Almereida fehlte, die sich im Haus eingeschlossen hatte, nachdem sie auf jede erdenkliche Weise versucht hatte, ihren Sohn von dieser Wahnsinnstat abzuhalten. Hie und da ging sie zum Fenster, um in den Himmel hinaufzuschauen, heilige Mutter Gottes, und stürzte dann zurück, um weiter die Heiligen anzuflehen, sie möchten doch diesem Verrückten beistehen. Der Gouverneur flog weiterhin aufwärts und dann im Sturzflug hinab, so lange, bis er plötzlich beschloß, über das Meer zu fliegen. Die Menge verlor ihn aus den Augen und wartete darauf, daß er in der nächsten Minute schnell wie ein Falke von hinten oder zwischen den Dächern und Tamarinden wieder auftauchen würde. Aber nichts dergleichen geschah. Man dachte, er sei vielleicht von einer Wolke verdeckt. Nun traten die Skeptiker wieder vor. Der Physiklehrer kam wieder mit der Schwerkraft, der Bibliotheksdirektor erinnerte daran, daß es auch Ikarus lediglich gelungen war, sich aufzuschwingen, das sei offensichtlich die geringere Kunst. Die Priester begannen erneut, Babel, Sodom, Gomorrha und die bestraften Versucher aufzuzählen. Nach und nach wechselten viele der Begeisterten angesichts des leeren Himmels, an dem nicht einmal ein Vogel zu sehen war, die Partei, wodurch die Gruppe der Skeptiker wieder anwuchs und erneut die Mehrheit errang.

Der Gouverneur ließ inzwischen, während der Motor unter seinem Hintern dröhnte, die schaumigen Wellen den Bauch seines Flugzeugs belecken. Er hatte eine Gruppe von Delphinen verfolgt und sich kopfüber in einen Möwenschwarm gestürzt, der friedlich über die smaragdgrüne Wasserfläche dahingezogen war. Nun meinte er, genug salzige Meeresluft eingeatmet zu haben, wendete mit zur Seite geneigtem Flügel, hüpfte von einer Wolke zur anderen und flog, wobei der Motor zu glühen begann und der Zeiger auf dem Armaturenbrett die Gefahrenmarke erreichte, in Richtung Mahò zurück, über moosbekleckste Felsen und Distelwälder, über Wiesen und von den Kaffeebohnen gerötete Hügel. Und da lag Mahò: Ein Sumpf von Blechdächern, Terrassen und zum Trocknen aufgehängten Laken, die grünen Kleckse rund um den Hilton-Würfel, der plump und unbeweglich dastand und aussah wie ein verrosteter Eisschrank inmitten des Schrotts eines Alteisenwarenlagers. Dann die Landebahn, ein in die Wiese gemähtes Rechteck, und die ungläubige Menge, denn ein Wunder am Tag mochte wohl noch angehen, aber zwei! Der totgeglaubte Almereida, den man schon zerschmettert, verschmort und von Krähen zerfressen in einem Abgrund gewähnt hatte, war wieder da, so lebendig wie eh und je, die Querruder zur Landung heruntergeklappt, die Benzintanks leer wie hohle Kürbisse. Der Wind fegte um die Blechwände des Eindeckers und über das lederne Gesicht des Gouverneurs, der nun nur noch das akrobatische Kunststück der Landung meistern mußte, das ein Kinderspiel zu sein schien. Das Fahrgestell aber wimmerte und miaute und hatte hart zu kämpfen, um nicht zu Bruch zu gehen. Abgesehen vom kochenden Kühler und dem fast leeren Tank, hatte Almereida wenigstens das Glück, daß das Gestänge hielt, obwohl die

Schrauben aus den Gewinden zu springen drohten, und die Bolzen die Belastung einfach nicht mehr hielten, auch jetzt nicht, wo die Erde schon so nah war und die Welt wieder in die Dimensionen rückte, die sie vor der Erfindung der Motoren und Eindecker gehabt hatte. Vielleicht waren dort oben, wo er jetzt flog und die Wipfel der Bäume abrasierte, einfach nur die Schatten und die Perspektiven ein wenig anders, denn letzten Endes ist er nur ein Gouverneur am Himmel, und wir armen Vollidioten liegen hier bäuchlings im Gras, damit er uns nicht den Kopf absägt. Almereida war das Herz in die Hose gefallen. Es war ja auch für ihn das erste Mal. Das Flugzeug schwankte und er schluchzte. Weißt du, liebste Mutter, wenn diese Wägelchen auf die Erde zurückkommen, müßten sie sich eigentlich auf ein Federkissen setzen können. Statt dessen mußte sich der fliegende Gouverneur auf die harte Erdkruste gefaßt machen und er wußte, das war nicht zum Lachen. Er biß die Zähne zusammen und grub die Fingernägel in den Griff des Steuerruders, während die Eisenteile sich zusammenzogen und die Blechwände bebten und sich quietschend aneinanderrieben. Er bekam eine Gänsehaut. Dann galt es, die Augen zu schließen, den Schnabel des Vogels nach unten zu drücken und zu landen. Ja, ganz plötzlich war das metallische Geräusch der »Taube« zu hören. Die Landung erschütterte Almereidas Knochen, auf, ab, auf, ab. Endlich, mit einem Kloß im Hals, endlich wieder auf der Erde, meine Lieben, das Gras umschmeichelt die Füße, und das, genau das ist der Gang des Fortschritts, Exzellenz! Wenn Tote wieder auferstehen und Blinde wieder sehen und Leprakranke wieder gesund werden, so ist das im Gegensatz hierzu eine Lappalie. Und nun aussteigen und erzählen, wie die Berge und die Schornsteine und die Melancholie der Stadt Mahò von oben aussehen. Von Orient bis Okzident, verloren in den Himmelssphären, ich bin jedenfalls froh, noch am Leben zu sein, sagte der Gouverneur, aufgewühlt und glücklich.

Vielleicht wird auch so eine Spazierfahrt durch die Wolken bald schon ein Kinderspiel sein, gestattet mir, das zu sagen, denn das zwanzigste Jahrhundert dürstet nach noch mehr Sensationen, meine Lieben, sagte er, während sie ihn vom Sitz abschnallten. Er war kreidebleich und hatte Ringe unter den Augen, die ihm das Aussehen eines Raubvogels gaben. Die Knie schlotterten ihm. Er versuchte zu lächeln, konnte sich nun aber wirklich nicht mehr auf den Beinen halten. Man mußte ihn stützen, den Gouverneur, der von einer ganz außergewöhnlichen Reise zurückgekehrt war. Kaum konnte er wieder sprechen, knurrte er, man solle ihn nach Hause bringen, schnell, wegen einer äußerst dringenden Angelegenheit. Aber leider schaffte man es nicht mehr rechtzeitig. Nun ja. So was kann schon mal passieren, Exzellenz, das versteht doch jeder, nach allem, was geschehen ist. Daß es zu spät war, merkte Almereida als erster – an dem warmen Brei, der ihm unter den Hosen die Beine hinunterrann, und an dem ernüchternden Gestank, der keinen Zweifel an der Aufregung ließ, die der Flug verursacht hatte. Machen Sie sich deswegen keine Gedanken, Exzellenz, sagten sie und versuchten, ihn aufrecht zu halten, das ist mir auch passiert, als ich das erste Mal Auto gefahren bin, sagte der General, der ihn am Arm stützte, und Almereida lächelte glücklich. Die Menge applaudierte und schwenkte die Fähnchen, und jubelnd begleitete sie den Gouverneur nach Hause.

18

Vor allem jene Einwohner von Mahò, die früher im gregorianischen Chor der Kathedrale gesungen hatten oder wenigstens in ihrer Kindheit einmal bei einem feierlichen Hochamt Meßdiener gewesen waren, oder auch jene, die ein Standbild hatten weinen sehen oder der Flüssigwerdung des Bluts eines Heiligen, der Auferstehen eines Toten oder der Besänftigung eines Besessenen beigewohnt hatten, oder solche, die von drei Richtigen im Lotto geträumt hatten, sie alle verstanden sehr gut, wie es dazu hatte kommen können, daß Anna Beyené eines Morgens, als sie erwachte und das weißblendende Sonnenlicht ihr durch die gerade geöffneten Fensterläden in die Augen fiel, unversehens beschloß, vom heutigen Tag an – es war ein Montag oder Dienstag – nichts mehr zu essen und nichts mehr zu trinken und auch nicht mehr zu schlafen, sondern Tag und Nacht auf einem Stein zu sitzen, damit sich dort oben, wenigstens angesichts ihres Sterbens, endlich jemand ihrer erbarme. Die Heilige Jungfrau, zart und gut, würde sich von ihrem Opfermut gewiß dazu bewegen lassen, endlich noch einmal zu ihr zu kommen. Der Tag verging, die Sonne ging unter und die sternklare Nacht brach herein. Dann dämmerte der Morgen. Mit aufgehender Sonne trat wieder Stille ein, und der Wind ließ das stachlige Brombeergesträuch erzittern. Anna hockte sich auf dem Sand nieder, um Pippi zu machen, und setzte sich dann wieder auf ihren Stein. Als der Himmel sich abermals verdunkelte, begannen ihre Augen vor Müdigkeit zu brennen, und der Hunger und ihre Gedanken krampften ihr den Magen zusammen. Im Bewußtsein dessen, daß das einzig Vergnügliche an guten Vorsätzen ist, sie fallenzulassen, rannte die opfermütige Anna in ihre Steinhütte, aß wie ein Büffel, trank wie ein Kamel und schlief zwei Tage lang. Als sie wieder erwachte und die Fensterläden öffnete, war es Nacht. Sie faßte erneut den Entschluß, von jetzt an nur noch wenig zu trinken, wenig zu schlafen und sich nur von den Wurzeln zu ernähren, die im Wüstenboden wuchsen. Diesmal war Anna Beyené gezwungen, ihr Gelübde einzuhalten, denn der Mann, durch den Donna Almereida ihr immer Lebensmittel zuschicken ließ, war auf dem Weg zu ihr an der Ruhr gestorben, und keiner wollte ihn ersetzen. Der Bote war ein alter Mann von solch sanftem und bescheidenem Gemüt gewesen, daß niemand sein Hinscheiden bemerkte. Da sie nun nichts mehr zu beißen hatte und nicht das geringste Verlangen empfand, in die Stadt zurückzukehren und um Hilfe zu bitten, blieb der opfermütigen Anna nichts anderes übrig, als bittere Wurzeln zu essen. Ihr Blut wurde nach und nach schwarz und gallig. Unter ihren Achseln und auf ihren Beinen wuchsen dunkle nußgroße Geschwüre, die langsam zusammenfielen und beim Aufplatzen eine grünliche Flüssigkeit verspritzten. Reglos auf ihrem Stein sitzend, wartete sie darauf, daß sich dort oben einer ihrer erbarme, und beobachtete einstweilen die Würmer, die sich in ihren Wunden vermehrten.

Am Dreißigsten jenes Monats beschloß die opfermütige Anna, nach Mahò zurückzukehren. Die Gifte und der Hunger hatten sie so geschwächt, daß sie vor der Tür ihrer Steinhütte bewußtlos zusammenbrach.

Wenn man auf die höchsten Dächer hinaufstieg und sich umblickte, sah man über Meilen hinweg nichts anderes als Wüste, Sümpfe, das graue Tal, das gen Süden führte, und die regungslosen Gipfel des Iamo-Gebirges. Eines jedoch war klar: Die Stadt würde dem unsichtbaren Feind, der sie in den Fängen hielt, nicht mehr lange standhalten können. Züge fuhren ab und kehrten nicht mehr wieder, Karawanen machten sich auf den Weg ins Landesinnere, und Händler wie Kamele verschwanden im Nichts. Auch in der Stadt wurde das Leben immer schwieriger. Mit den Händen in den Taschen zogen die Leute an den wenigen Marktständen vorbei, auf denen sich Schwärme von Fliegen niedergelassen hatten. In den kleinen Läden wurden harte Bananen gegen klapperdürre Hühner getauscht, die mit zusammengebundenen Beinen im Staub lagen und deren Kämme aussahen wie offene Wunden. Oder man hockte bei den Kamelen und Dromedaren, die sich käuend unter den Palmen niedergelassen hatten, und klagte über das Schicksal, schimpfte über die Regierung und die Mißstände und begann schließlich, sich um einen Tee zu streiten. Oder man schaute verträumt den vorbeifahrenden Automobilen nach, die nun sogar von Frauen gelenkt wurden, in Kopftüchern vermummt und das Gesicht halb von der Brille verdeckt. Und in den Bars begann man wieder zu klagen, erzählte, von der Hitze und den Fliegen geplagt, was man alles durchgemacht hatte und wartete darauf, daß es Abend würde.

Die Jungen hatten sich hingegen angewöhnt, sich an der einzigen Benzintankstelle zu versammeln. Stets stand hier ein Grüppchen herum und wartete darauf, daß irgendein Automobil mit brodelndem Kühler und Zierleisten aus Messing daherkäme. Mit einbrechender Dunkelheit legte sich dann wieder jene drückende, schwere Stimmung auf die Stadt, die den Belagerungszuständen eigen ist. Es gab auch Regen. Er fiel in dünnen Tropfen herab, und die Sonne war hinter der Wolkendecke wie versteinert.

Auch im Robinson watete man bis zu den Knöcheln im Schlamm. Die Artisten hatten Esterhazy um ihren Lohn gebeten, denn sie wollten zurück nach Europa. Die wenigen Soldaten, die noch im Zirkus geblieben waren, nachdem das Gros der Truppen unter Towoldes Kommando ins Landesinnere abgezogen war, hatten sich aus Rohren und Zweigen einen Verschlag gebaut, und dort saßen sie mit dem Gewehr zwischen den Knien den ganzen Tag. Sie rauchten, erzählten sich Geschichten von Frauen oder von Schätzen, die im Boden von Acchele Guzai vergraben lägen, oder sie schwiegen stundenlang und starrten ins Leere. Jetzt, da Towolde und die Soldaten abgezogen waren, um den Ring von Belagerern, der die Stadt gefangen hielt, aufzubrechen, wurden die Leute dreister. Sie begannen nun, auch am hellichten Tag zu demonstrieren, verlangten in Sprechchören nach Fleisch und Mehl, forderten höhere Löhne, hielten Veranstaltungen ab, in denen sie die Regierung anprangerten. Sie errichteten sogar Straßenbarrikaden.

Auch Esterhazy war nach dem Weggang des Oberst mutiger geworden. Eines Morgens erschien er vor dem Bambusrohrverschlag, unter dem drei Soldaten und ein Sergeant mit frechem Schnurbärtchen und brillantineglänzendem Haar saßen und sich vor dem Regen schützten. Esterhazy hielt den vieren seine Mauser vor die Nasen und befahl ihnen, die Gefangenen zu befreien. Die vier Soldaten hörten ihm zu, blieben jedoch weiterhin am Boden sitzen, das Kinn auf die Knie gelegt. Die Pistole schien sie nicht sonderlich zu erschüttern, und sie hatten keine Lust, die Helden zu spielen. Vielmehr schienen sie irritiert von der Aussicht, in den Schlamm hinauszugehen und sich naßregnen zu lassen. Sie standen dennoch auf und öffneten nacheinander alle Käfige. Die Gefangenen scharten sich im strömenden Regen auf der Wiese zusammen. Dort blieben sie regungslos stehen und hoben nicht einmal die Köpfe, so als könnten sie nicht begreifen, wie ihnen geschah. Ihr seid frei, ihr könnt gehen, wohin ihr wollt, ihr könnt zurück nach Hause! sagte Esterhazy. Niemand hält euch mehr gefangen, wiederholten die Leute vom Robinson. Aber nein, sie konnten es nicht begreifen. Der Sergeant lachte. Ja, ja! mit denen im Gefängnis geht das genauso, wenn du es selbst bist, der die Gitterstäbe durchsägt hat, nimmst du die Beine in die Hand, aber wenn sie dir das Loch von außen aufmachen, denkst du immer, da steckt was dahinter, womit sie dich reinlegen wollen, sagte er lachend. Es geht ihnen eben gut hier, fügte einer der Soldaten mit wissender Miene hinzu. Sie essen, sie trinken, sie schlafen, was sollten sie sonst noch wollen? Sie werden beschützt und sind keinen Gefahren ausgesetzt, warum sollten sie da weglaufen? fragte der Sergeant und blickte Esterhazy an.

Auch noch am nächsten Tag hockten die befreiten Gefangenen auf der Wiese. Sie hielten genau die Maße der Käfige und der Stacheldrahtverschläge ein und saßen immer noch dicht aneinandergedrängt da und kochten ihre Süppchen aus Nug und Hirse, stampften auf den Steinen ihren Kiccià und andere Ferkeleien, die sie dann in Blechnäpfen über dem Feuer erwärmten.

19

Die lauen afrikanischen Nächte, zum Beispiel. Das verzweifelte Meckern der Zicklein in ihren Herden, die im Mondschein von einer Wüste zur anderen getrieben werden, das Summen der Insekten und die Gerüche, die der Wind herbeiträgt. Daran dachte ich, sagte Esterhazy, als Miss Ana ihn verträumt dasitzen und ins Leere starren sah. Aber schon im nächsten Augenblick schweiften seine Gedanken wieder ab, und er sah stumm einem Nachtfalter zu, der unermüdlich um die Lampe schwirrte. Dann schaute er auf die Uhr: Es ist schon sehr spät, sagte er, wir sollten nun wirklich gehen. Er hörte die Löwen ruhelos in ihren Käfigen umherstampfen, von den Gerüchen aufgestört, die der Wind aus tausend Meilen entfernten Savannen herbeitrug. Im Grunde ließ er sich gerne von der Stille der Nacht bezaubern, die nur gelegentlich von einem Knistern unterbrochen wurde. Er starrte weiterhin auf den Falter an der Lampe und sagte nichts mehr.

Es war so: Er hatte sich verliebt. Plötzlich war er ganz trunken von einem Mädchen, von dem er niemals erwartet hätte, daß es einmal seine Gefühle beherrschen sollte, aber nun war es geschehen. So ist es, Miss Ana. Manchmal sehe ich verzaubert zu, wie du dich ausziehst. Ich nehme dich in den Arm, ziehe dich an mich und wenn du ins Badewasser steigst und dich einseifst, ist mir das bloße Zuschauen schon ein Vergnügen. Ein alter Mann weiß oft nicht mehr, wie er sich ausdrücken soll. Er kann eine ganze Nacht lang nicht schlafen, wacht oft auf, muß husten und aufstehen, um seine Gedanken wieder in Ordnung zu bringen. So war es dann auch, als sie begannen, nachts im selben Bett zu schlafen. Er glitt über Miss Anas Haut, stieg vorsichtig über ihren Körpr hinweg, um sie nicht aufzuwecken, und ging barfuß in die Dunkelheit hinaus. In den ersten Nächten klopfte ihm – dem Liebhaber, dem Verliebten, dem alten Esterhazy – das Herz wie einem Jüngling. Er hätte sie am liebsten geweckt, umarmt und von neuem geliebt. Statt dessen stieg er über sie hinüber, ging hinaus und näßte mit seinem weichen, erschlafften Glied das Gras unter einem Baum. Während er dort stand – ein wenig vorgeneigt, um sich die Füße nicht naßzumachen – und die feuchte Luft an seinem leblosen Geschlecht und auf seinem aufgeblähten Bauch über den dürren Beinen fühlte, und während seine Augen sich langsam an die Dunkelheit gewöhnten, betrachtete er seine Brust und fuhr sich durch das verblichene Fell, das dort wuchs. Esterhazy spürte, wie trunken und gleichzeitig traurig es die Alten macht, wenn sie jemanden Junges lieben. Nachts fühlte er schwer die Generationen und Jahre auf sich lasten, die ihn von dem schlafenden Mädchen trennten, zu dem er nun gleich wieder zurückkehren würde. Er fühlte, wie es in seinem Innern wieder zu grünen und knospen begann. Ihn, der beispielsweise geglaubt hatte, keine Frau könne ihn mehr überraschen, versetzte nun alles in Staunen: Miss Anas Schweigen, ihr Körper, die Vereinigung ihrer Geschlechter, ihr unvermitteltes Lachen, wenn er ihr etwas erklärte, das ihm äußerst ernst erschien. Oder, daß sie sein Minzparfüm unerträglich fand oder sich über seinen Bauch lustig machte, oder wenn sie lachend seine Nasenflügel nach oben schob und seine Augenbrauen herabzog, damit er aussähe wie ein Gorilla, oder wenn sie sich sein schlaffes, entleertes Geschlecht besah. Auch er lachte, schloß die Augen, umarmte sie wieder und überließ sich den akrobatischen Künsten von Miss Ana. Das Spiel der Zärtlichkeiten, des liebevollen Verzauberns, der Küsse, der wunderbaren Liebkosungen, begann von neuem, bis sie Arm in Arm einschliefen. Manchmal, wenn sie fest schlief und nichts mehr merkte, beugte er sich über sie, um sie nochmals auf die Stirn, auf die Brust, auf den Bauch, auf das kleine helle Fell zu küssen, ohne daß sie sich regte, die traumverlorene Kind-Frau, die Tochter-Geliebte, die einen wirklich tiefen Schlaf hatte. Ja, ich weiß, ich weiß, man sollte in meinem Alter nicht mehr nackt im Bett eines jungen Mädchens herumliegen, sagte sich Esterhazy immer wieder, nachdem er sich in Miss Ana verliebt hatte. In seinen Alpträumen sah er sich wie in einem Spiegel nackt, ohne Unterwäsche in der Reihe der schändlichen Protagonisten jener Vergewaltigungsszene stehen, die er einige Tage zuvor beobachtet hatte, auch er darauf wartend, daß er an die Reihe käme, obwohl in Esterhazys Fall natürlich der mildernde Umstand von Miss Anas Mittäterschaft zu berücksichtigen war, ihre aktive Teilnahme, ja, vor allem die. In manchen Nächten war es ihre Lust, die wieder erwachte und auflebte. Mit ihren Zauberkünsten machte Miss Ana dann auch ihn wieder munter. Sie wälzten sich in den Laken, lachten, aßen und tranken rasch etwas, liebten sich von neuem und spazierten dann schwankend, Arm in Arm, durch die Dunkelheit. Es waren fröhliche Nächte. Esterhazy hörte Miss Ana gerne zu, wenn sie von ihrer Sehnsucht nach den Pferden, dem Publikum und dem Applaus sprach – nun, da die Regierung die Schließung des Robinson angeordnet hatte, und man den ganzen Tag untätig dasaß –, oder wenn sie im Spiel so tat, als tanze sie fünfzehn Meter über der Erde ohne Netz über ein Seil. Sie versteckte sich hinter einem Vorhang und betrat dann auf Zehenspitzen die Bühne, nackt, mit ausgebreiteten Armen, wie eine gefeierte Tänzerin. Sie schwankte leicht, versuchte ins Gleichgewicht zu kommen, setzte vorsichtig einen Fuß vor den anderen und schritt federleicht und kerzengerade, in gefährlicher Balance, über das imaginäre Seil, das durch das Zimmer gespannt war, dort oben, wo Esterhazys begehrliche Blicke sie zu verschlingen drohten, bis er dann, als alles zu Ende war, trunken vor Begeisterung in die Hände klatschte. Sie setzte sich auf seine Knie, sie tranken noch etwas, er küßte sie wieder, sog an ihrem Busen und fühlte sich wie neugeboren. Und inmitten einer solchen Nacht, um zwei oder drei Uhr, klopfte es plötzlich an die Tür. Mit harten, brutalen Schlägen. Von draußen wurde der Befehl gegeben, zu öffnen. Es war Towoldes Stimme. Esterhazy erhob sich und öffnete die Tür einen Spalt weit. Ja, es war Towolde. Der Oberst und seine Soldaten waren in die Stadt zurückgekehrt, das war's. Aber Esterhazy hatte nun keine Angst mehr, sondern fühlte nur noch die Pflicht, mit seinem Körper den Eingang ins Zimmer zu vermauern.

Pardon, ich sehe, Sie sind nicht allein, sagte Towolde, der Miss Ana auf dem Bett erspäht hatte. Er grinste, denn so unter vier Augen, von Mann zu Mann, durfte er sich einen Augenblick lang auch die Freiheit eines kumpelhaften Augenzwinkerns herausnehmen. Esterhazy sah die Grimasse und die glasigen Insektenaugen, mit denen der andere ihn anstarrte. Als der Oberst eingetreten war, setzte sich Esterhazy ihm gegenüber: Es war ihm bewußt, daß er diesen Mann sofort zu seinem Feind haben würde, wenn ihn jemand verriete – und das konnte nicht mehr lange dauern, denn der Sergeant mit dem Schnauzbärtchen und der Brillantine, zum Beispiel, oder auch einer der Soldaten, würden gewiß die Geschichte von der Mauser und der Gefangenenbefreiung erzählen. Der Oberst war sehr gesprächig, trotz der Grimasse, die sein Gesicht auch dann verzerrte, wenn er lächelte. Er war gerade in Mahò angekommen und verspürte das starke Bedürfnis, sich endlich mit jemandem auszusprechen, sein Herz darüber auszuschütten, wie hart und schwer alles gewesen war. Sie waren angegriffen worden, in einen schrecklichen Hinterhalt geraten, und man hatte von oben, von den Bergen herab auf sie geschossen. Außerdem war es höllisch dunkel, wir konnten uns nicht einmal untereinander erkennen, erzählte der Oberst, wir wußten nur, daß wir beschossen wurden, und als wir am Morgen die Felsen absuchten, sahen wir, daß die Gefallenen der Gegenseite die gleichen Uniformen trugen und die gleichen Waffen hatten wie wir. Sie hatten sogar die gleichen Gesichter, kurz: Wir hatten uns untereinander angegriffen. Die Dunkelheit und die Angst waren schuld daran, das kennt man ja, daß man den Feind auf Biegen und Brechen finden will, und dann diese jungen, gänzlich unerfahrenen Offiziere, die blind schießen, halbe Kinder, denen es nur darum geht, ein Gewehr abzufeuern, dann sind sie schon zufrieden. Das ist geschehen, sagte der Oberst, holte eine Blechbüchse aus der Tasche und rieb sich eine Prise Tabak in die Nasenlöcher. Möchten Sie? fragte er, und Esterhazy begriff endlich, warum der Oberst ständig schniefte und sich die Nase rieb, als jucke sie ihn. Miss Ana hingegen zündete sich eine ihrer ägyptischen Zigaretten an, und das Zimmer füllte sich mit einem feinen, süßen Geruch. Kurz, die Lage ist sehr ernst, sagte der Oberst mit der harten, kriegerischen Miene, die er immer aufsetzte, wenn er mit jemandem sprach. Wir sind von einem offensichtlich uneinnehmbaren Feind belagert, der den Kampf auf offenem Feld ablehnt, gerissene Leute, die uns statt dessen langsam den Hals abschnüren wollen. Und man weiß ja, wie solche Dinge gehen: Wenn es uns nicht gelingt, zuerst anzugreifen, werden sie es tun und uns nochmals überrumpeln. Nun gut, und jetzt möchte ich schlafen, sagte der Oberst abschließend: Haben Sie etwas dagegen, wenn ich Ihre Gastfreundschaft in Anspruch nehme?

Sie überließen ihm ihr Bett, und die Decke unter den Arm geklemmt, folgte Esterhazy Miss Ana in ihren Wohnwagen. Viele Stunden später schliefen sie noch immer nicht. Esterhazy dachte, daß man den Oberst gewiß am nächsten Morgen, in wenigen Stunden, unterrichten würde. Oder daß Towolde selbst sich nach den Gefangenen erkundigen würde. Er sah ihn bereits vor sich, wie er wütend seine gelbgefleckten Augen aufreißen würde.

Dann fühlte er Miss Anas Hand über seinen Hals und seine Brust gleiten. Er schob die Hand zurück. Er entzog sich auch dem Bein, das sie auf seine Hüfte gelegt hatte. Sie begann von neuem, ihn zu berühren und zu streicheln. Diesmal stieß er sie barsch zurück. Nach ein paar Augenblicken hörte er sie schluchzen. Er hätte ihr gerne alles erklärt, sie um Verzeihung gebeten, sie geküßt. Statt dessen ließ er die Minuten schweigend vergehen. Er hätte ihr sagen wollen, wie leid es ihm tat, ausgerechnet zu ihr so unfreundlich zu sein, und daß eine Schwermut ihm das Blut erstarren ließ. Aber das war alles gelogen: Die Wahrheit war, daß er Angst hatte.

Noch in der gleichen Nacht beschloß er, nach Massaua abzureisen. Er weckte alle Artisten, die ihn darum gebeten hatten, nach Europa zurückkehren zu dürfen, und noch vor Morgengrauen verließ er den Robinson.

Auf den Straßen der Innenstadt, die im Zuge der Bauarbeiten an der neuen Kanalisationsanlage gänzlich aufgewühlt worden waren, mußten sich die Leute kletternd vorwärts bewegen. Das Straßenpflaster war aufgebrochen, damit die Gleise der elektrischen Straßenbahn gelegt und die Bogenlampen aufgestellt werden konnten. Von morgens bis abends wurden Boulevards und Plätze aufgehackt, Baumaterial herbeigekarrt, Sand und Steine abtransportiert. Arbeiter hoben Löcher und Gräben aus und schweißten die Gleise zusammen. Innerhalb weniger Tage wurden schiefe, niedrige Häuser abgerissen und in von Ratten durchwühlte Trümmerhaufen verwandelt, die dann zerkleinert und von weiteren Arbeitern auf Karren weggeschafft wurden. Der Kran hob und senkte pausenlos die riesigen Eisengerüste und Zementblöcke, die sich nun im Herzen der Stadt erhoben. Es entstanden neue Fabriken, aus deren Schloten Tag und Nacht Rauchfahnen stiegen. Trotz des Belagerungszustandes und des Mangels an Waren auf den Marktständen, die immer schäbiger und verkommener aussahen, erneuerte sich die Stadt. Sie wuchs und dehnte sich sichtlich aus. Tagsüber bewegte sich eine dichte, undurchdringbare Menge vom einen Ende der Hauptstadt zum anderen. Die Hupen lärmten und zehntausend von Stimmen riefen durcheinander: Orangen oder unreife Bananen wurden angeboten, andere prophezeiten den Weltuntergang oder sangen Klagelieder. Nachts, während der Ausgangssperre, waren die Straßen verlassen und still, aber bereits im Morgengrauen nahm die Stadt ihren aufgeregten, hektischen Rhythmus wieder auf. Man begann erneut zu hacken, Ziegel aufzuschichten und Stollen zu graben. Die Frauen, die seit Wochen gegen die hohen Preise demonstrierten, stellten sich wieder in Reih und Glied und zogen mit ihren scheppernden Topfdeckeln in Richtung Hilton. Währenddessen stürzten die Sekretäre atemlos in Almereidas Arbeitszimmer und sagten, ja, es ist leider wahr, Exzellenz, auch bei den Gruben hat es Unruhen und Streiks gegeben, und trotz des resoluten Eingreifens der Polizei wurde bereits nach wenigen Tagen so laut und entschieden wie zuvor weiterdemonstriert. Oder vielmehr schlimmer. Unter anderem war der Winter sehr mild, wie es Astrologen und Hexen richtig vorausgesagt hatten. Die Bäume begannen zu blühen, die Tiere waren unruhig, die Menschen waren streitsüchtig und es kam oft zu Messerstechereien. Eines Morgens verkündete der Gouverneur die Verschärfung des Belagerungszustandes: Es war ab sofort verboten, Versammlungen abzuhalten, Plakate anzukleben oder aufzuhängen sowie Tanzfeste zu feiern und in größerem Rahmen Tote zu beerdigen.

Als Entgegnung auf dieses Dekret verkündete die Gewerkschaft, sie werde am siebzehnten November auf dem Gherar-Platz eine öffentliche Kundgebung veranstalten. Daraufhin wurde dem Heer Befehl gegeben, den Platz zu umzingeln und jeden Menschenauflauf zu verhindern.

So verlegte die Gewerkschaft die Kundgebung in letzter Minute in den Gaggiret-Park. An vier verschiedenen Stellen der Stadt bildeten sich Demonstrationszüge. Von Felùs bis zur Tamarindenallee zogen vier große Menschenströme langsam in Richtung des Parks. Dann begann der Generalsekretär inmitten eines Meeres von Köpfen und Fähnchen von einem Eselskarren herunter seine Rede zu halten. Langsam beruhigte sich die Menge und wurde still: Nun galt es, dem Doktor Gebrewold zuzuhören, der dort oben in seinem verknitterten braunen Leinenanzug mit dem Finger auf die Äste des Maulbeerbaumes zeigte, in denen selbst die Zikaden und Vögel aufgehört hatten zu singen. Die ganze Natur war verstummt. Nur die Worte des Doktor Gebrewold waren zu hören, ein Satz nach dem anderen, der Fluß seiner Rede. Da waren die Augen der lauschenden Menschen, die geraden Maulbeerfeigenbäume im smaragdgrünen Park, die versteinerte Menge, die darauf wartete, erneut Beifall zu spenden. Für Marikòs Gebrewold war es das harte und trockene Geschäft, noch einmal die gleichen Worte sagen zu müssen wie gestern in Cheren, vorgestern in Agrodat zu sprechen, während die Menge wie ein Meer wogte und der Wind die Fähnchen und Halstücher flattern ließ. Da war auch der Ring der Polizisten, der sich langsam um die Versammlung schloß. Wenn Doktor Gebrewold hin und wieder ein wenig stotterte, so tat er das nicht etwa, weil er Angst hatte, o nein, er tat es vielleicht aus Überraschung über die Vielzahl der Menschen, die hier zusammengekommen waren oder aus Sorge, den roten Faden zu verlieren, denn man weiß ja, wie das ist: Man beginnt zu reden, fügt eine Klammer ein, will dann fortfahren und weiß nicht mehr, wo man aufgehört hat. Wo war ich stehengeblieben? Niemand merkte, was wirklich dort auf dem Eselskarren geschah, als Gebrewold plötzlich erbleichte und zu stottern begann. Er riß die Augen auf, denn mit einem kräftigen Schlag hatte ihn das Schicksal getroffen, das gekommen war, um diesem guten Hirten von Mahò die Rechnung vorzulegen. Folgendes geschah: Ganz plötzlich starb Gebrewold. Gewisse Berufe ergreift man nicht, um reich zu werden, nein. Wenn man Geld machen will, verkauft man besser geschlachtete Ochsen oder verleiht Geld zu Wucherzinsen. Gewisse Berufe ergreift man um des Beifalls willen, um von den anderen bewundert zu werden, ansonsten hätten diese Berufe, von denen man nicht dick wird, absolut keinen Sinn, denn die Masse der Menschen verdient es nicht, daß man ihr solche Opfer bringt. Deshalb ergreift man den Beruf des Boxers, Tänzers, Dichters, Trapezkünstlers, oder man wird das, was Doktor Gebrewold war, der so plötzlich innehalten mußte, während die Menge die Pause dazu ausnutzte, um ihm ihr Bravo, Bravo zuzurufen, aber im gleichen Augenblick stellte der Tod sich ein und legte ihm die Rechnung vor – inmitten der fähnchenschwenkenden Menge, zwischen den klatschenden Händen und den zufrieden strahlenden Gesichtern, denn endlich war man wer, endlich war man zu mehreren, ja, dies war der richtige Augenblick! Und Doktor Gebrewold brach der kalte Schweiß aus, sein Blick wurde starr und leer, er würgte die Worte heraus, die man einmal in aller Deutlichkeit sagen mußte. Gebrewold versuchte, sich zusammenzureißen, obwohl er keine Luft mehr bekam. Vielleicht nur ein Augenblick des Unwohlseins, man weiß ja, die Erschöpfung spielt uns zuweilen solche Streiche. Er hob wieder den Arm, und mit dieser Geste schienen die Lungen des Doktors für ein paar Sekunden wieder an die Oberfläche zu kommen. Sie rangen nach Luft und klammerten sich an den trotzigen Willen, weiterzureden. Warum nicht? Es war ja noch genügend Zeit. Man hätte auch Schluß machen und die Vorstellung abbrechen können, auch wenn man derartige Versammlungen im Park eigentlich nicht so beenden sollte. Ein Redner wie Gebrewold wußte aus Erfahrung sehr gut, wie der Abschluß einer Ansprache beschaffen sein muß: ein runder, leidenschaftlicher Satz, zum Beispiel, ein zündender und zusammenfassender Ausspruch. Die Rhetorik, aber auch die Lüge, die Heuchelei, dem Publikum etwas weiszumachen, ist eine höchst raffinierte Kunst, meine Lieben. Und das war es, was er jetzt brauchte: einen Satz, ein paar Worte, die deutlich ein Ende markierten, und dann schleunigst ab mit Schlußapplaus. Es gab doch eine große Auswahl an solchen Sätzen, die, wenn sie richtig und mit Nachdruck ausgesprochen wurden, mehr Gewicht hatten als die ganze Rede. Das wußte Gebrewold sehr wohl. Die letzten Worte aber kamen ihm nur noch tonlos über die Lippen und dann brach er auf seinem Karren zusammen. Es gab keine Zeitung, die nicht am nächsten Tag versucht hätte, seine letzten Worte zu deuten, obwohl es sich um wirre, unzusammenhängende Sätze handelte. Ganz offensichtlich hatte Gebrewold in jenen letzten Sekunden nicht mehr die Zeit gefunden, all das zu sagen, was er noch zu sagen hatte. Um so weniger, als ein ohrenbetäubendes, kaltes Rauschen in seinem Inneren erklang und er das Gefühl hatte, schwerelos in das abgrundtiefe Loch zu stürzen, das wir alle in uns haben und in das hineinzuschlittern wir uns alle fürchten. So ist der Tod, das sagten auch diejenigen, für die Mama Zagà ihre Wunder vollbracht hatte, denn, um zu etwas mehr Geld zu kommen, las sie seit einiger Zeit nicht mehr nur aus der Hand, sondern ließ auch Tote wiederauferstehen: Sie erhoben sich benommen von ihren Bahren, sie betätschelte sie, und schon gingen sie hinaus und schwatzten den Leuten etwas vom Jenseits vor. Und dieses Rauschen in den Ohren ist die Seele, die zum himmlischen Vater hinüberfließt, erzählte der Klempner Albe Musiè, der zweimal auf eigene Faust gestorben und inmitten der Begräbnisfeierlichkeiten von Mama Zagà wiedererweckt worden war, wobei die Witwe und die übrigen Verwandten jedesmal vor Angst beinahe tatsächlich ins Gras gebissen hätten.

Auch Doktor Gebrewold hörte jenes Rauschen im Hirn, und während er starb, färbte ein Donner den Himmel tintenschwarz, die Menge wurde reglos und weiß wie ein Leintuch. Es war, als begänne die Erde sich verkehrt herum zu drehen. Doktor Gebrewold starb wortlos, entkräftet auf einer Wiese liegend. Die Engel und Erzengel stiegen herab, um das Kyrie und das Gloria anzustimmen, aber sie verstummten. Verwirrt hielten sie inne und ließen ihre Trompeten sinken, sprachlos über diesen Armen, der in dem Glauben gestorben war, man könne die Welt umstülpen wie einen alten Handschuh und alles erreichen, wenn man nur wollte. Die Zeitungen veröffentlichten Nachrufe, die den Müttern Tränen entlockten und auch alle anderen zutiefst bewegten. Am nächsten Tag zogen die Menschen an seiner Bahre vorbei, betrachteten die Falten auf seiner Stirn, die feinen Hände und die Furche zwischen seinen Augenbrauen. Da lag er, Almereidas einziger Gegner, im engen Gehäuse eines offenen Sargs. Die Erinnerungen an den gestrigen Tag wurden wieder wach. Die Menschen dachten an den sonnigen Nachmittag im Park, sahen wieder, wie sich alles im Gegenlicht nur unscharf abzeichnete, erlebten die erschreckende Geschwindigkeit, mit der es geschehen war, so daß sie gar nichts begriffen hatten. In der Tat, während er auf offener Bühne gestorben war, hatten sie begeistert und herzlich Beifall geklatscht, und niemand hatte recht verstanden: War es zu Ende? Oder war das nur eine Pause, eine Unterbrechung? Der Vorhang blieb offen, und auf Knien sprach er weiter, bleich wie Hamlet während eines Monologs, stotterte dabei und rang nach Luft. Deshalb hatten sie bravo gerufen. Bravo, Gebrewold! Es lebe Gebrewold, hatte die Menge geschrien. Laßt uns nicht auf Ideen beharren, die uns die Welt nicht mehr erklären können, hatte der Doktor noch sagen wollen, mit kräftiger und klarer Stimme und ohne zu schwanken, während man um ihn herum schon die Arme ausstreckte, um ihn aufzufangen, und heute – so schnell war das gegangen – zog dieselbe riesige Menschenmenge langsam und schweigend an seiner Bahre vorbei.

Eine Gewerkschaft aber ist wie eine Lokomotive, deren Fahrt nicht aufzuhalten ist und die ständig unter Volldampf steht, oder etwa nicht? Semmar Leghessè – ein junger Gewerkschaftsführer und Freund Gebrewolds – begann selbst daran zu zweifeln. Wißt ihr, warum wir eine große Zukunft vor uns haben? hatte er während einer Versammlung die Grubenarbeiter gefragt. Du, Leghessè, weil du jung und noch keine dreißig Jahre alt bist, hatte ihm ein Arbeiter geantwortet, mit den Händen in den Hosentaschen. Nein, darum geht es nicht. Wir sind eine moderne Maschine, ein eisernes Gebilde, das dazu ausersehen ist, Geschichte zu machen, hatte Leghessè erwidert, den ausgestreckten Finger auf den Arbeiter gerichtet. Dann war dieses Unglück geschehen, und die Dampflokomotive begann, rundum Aufgaben zu verteilen. Die Regeln sollten die gleichen bleiben: nämlich sich die Stiefel schnüren und ruhig und ordentlich weiterzumarschieren, ohne ungeduldig zu werden, dann würde man auch aus dieser Tragödie ohne größeren Schaden herauskommen; weiter nichts, hatte der Vizesekretär Sebhat Sium, in den heruntergekommenen Räumen des Gewerkschaftsbüros, das sich im dritten Stock des Palastes zwischen der Sebba-Daniel-Straße und der David-Semmar-Allee befand, gesagt. Die sieben oder acht leitenden Gewerkschaftler, die um den Tisch herumsaßen und Sebhat Siums Anweisungen zuhörten, hatten nun alle gleichzeitig dasselbe Bild vor Augen: nämlich einhundertundreißigtausend Gewerkschaftsmitglieder, die sich in gebückter Haltung die Stiefel zuschnürten, denn, man weiß, das Reden in Metaphern zeitigt zuweilen solche Wirkung. Eine merkwürdige Spannung lag in der Luft, eine nervöse Unruhe, die vielleicht weniger vom Schrecken über Doktor Gebrewolds plötzlichen Tod herrührte, als vielmehr von der Unsicherheit über das, was nun folgen sollte.

Alle fügten sich gehorsam Siums Anweisungen. Semmar Leghessè verfolgte die Ereignisse in der Leichenhalle, und Kahasai stellte sich alle drei Stunden der Presse. Er sprach in einem sachlichen Ton, gab ohne lange Kommentare in trockenen, informativen Sätzen Auskunft. Was er den Berichterstattern vortrug, setzte sich aus überlegten Worten zusammen, die ebensogut das Gegenteil von dem bedeuten konnten, was sie zunächst auszusagen schienen. In Ermangelung eines besseren berichteten die Zeitungen von Nahom Kahasais Magerkeit, von seinem etwas zu knapp sitzenden Anzug, vom Schweiß, der diesem graumelierten Herrn von der Stirne tropfte, von seinen abfallenden Schultern und seiner außergewöhnlichen beherrschten Mimik. Oder sie beschrieben die unglaubliche Stärke von Gebrewolds Witwe, die seit Stunden ohne jegliche Hoffnung neben der Bahre kniete, die Arme. Und wen wird man nun zum Gewerkschaftssekretär wählen? fragten sie Kahasai. Wird Sium es schaffen? Oder zieht ihr einen Gemäßigteren vor? fragten die Journalisten. Den alten Milkias, zum Beispiel?

Kahasai hörte ihnen zu, sah sie an, deutete ein Lächeln an, aber er antwortete nicht. Auf seinem Gesicht über dem weißen Kragen, der die Falten seines Doppelkinns stützte, lag stets das gleiche kalte, ausdruckslose Lächeln. Wie lästig ihr seid! schienen seine Augen zu sagen. Er wußte ja, daß Neugier, Unverschämtheit und Zynismus in erster Linie wie Papier und Bleistift zum Handwerkszeug eines Journalisten gehören, und erst in zweiter Linie wirkliche Charakterzüge dieser Zunft sind. Die Zeitungsleute quetschten ihn nach weiteren Informationen aus, die sie der Öffentlichkeit präsentieren könnten, denn die mußte ja schließlich auch zufriedengestellt werden, aber Kahasai beschränkte sich darauf, ihnen hie und da einen Knochen vorzuwerfen, und wenn ihnen der nicht genügte, so sollten sie selbst sehen, wie sie die Sache schmackhafter und interessanter machen könnten. Immerhin, obwohl es eigentlich keine Neuigkeiten gab, gelang es ihnen doch, mit einer Sonderausgabe herauszukommen. In dem sechsspaltigen Artikel unter der großen Schlagzeile stand, daß man sich im Vorsitz der Gewerkschaft mit Personalproblemen herumschlug und daß als Nachfolger Gebrewolds eher dieser als jener in Frage käme. Außerdem erschien, in Fortsetzungen, Gebrewolds Lebensgeschichte. Er war der Sohn einer Milchhändlerin gewesen, und als Kind hatte er tagsüber die Ziegen gemolken und nachts gelernt, denn er wollte Advokat werden. Und das war er denn auch, einen Tag vor dem Tode seiner Mutter, der Milchhändlerin, geworden.

Biniam Meheretab vom Propagandabüro war von Sium in die Druckerei geschickt worden. Auch die Gewerkschaft wollte eine Sonderausgabe ihrer Halbmonatszeitschrift herausgeben. Der Befehl lautete, Artikel zu fabrizieren, die nicht zu sehr nach Begräbnis stanken. Kein Lamento, sondern Beiträge, die auf das Schlimmste vorbereiten, vor allem aber die Faust gegen den Diktator im Hilton erheben sollten. »C'est la vie« war der Titel eines langen, von Sium verfaßten Leitartikels, an dessen Ende er versicherte, daß eine große Gewerkschaft ihre Rechnung auch mit dem Tod mache und stets hocherhobenen Hauptes in die Zukunft blicke.

Am anderen Ende der Stadt saßen indessen Biniam Meheretab, Sium und Musiè Daniel über einen Stadtplan gebeugt an einem Tisch und berieten über den Ablauf des Begräbnisses. Damit wir nicht im letzten Moment alles improvisieren müssen, nur deshalb, sagte Sium. Daniel legte den Katalog mit den Särgen auf den Tisch, die in Mahò verkauft wurden, aus Frankreich und Italien importierte Luxusware, Schreine aus verziertem und geschnitztem Mahagoni, die aussahen wie Schmuckkästchen. Die anderen steckten währenddessen die Strecke ab, die der Trauerzug zurücklegen sollte, mit der Leiche Gebrewolds an der Spitze, feierlich spazierengetragen und in diesem Festakt, den es sorgfältig zu planen galt, gebührend betrauert. Welchen Sarg sollen wir also nehmen? fragte Daniel zum wiederholten Mal, mit dem Katalog in der Hand, Mahagoni oder Nuß? Meheretab meinte, die Route, die sie da eingezeichnet hatten, sei zu lang. Aber wir könnten den Sarg ja auf einem Autodach transportieren, das würde eine ganz außergewöhnliche Wirkung abgeben, sagte Daniel: zwei Symbole des Fortschritts, die sich langsam, eines über dem anderen, auf die Zukunft zubewegen. Nein, nicht auf die Zukunft, auf den Friedhof, schimpfte Sium, ein Auto kommt nicht in Frage. Autos machen ja auch zu viel Lärm, nein, es soll ein traditionelles Begräbnis werden, mit einer sechsspännigen Pferdekutsche und vielen, vielen Blumen. Bei solchen rituellen Anlässen verlangen die Leute nach Tradition. Dann laßt uns doch auch acht Sargträger in Frack und Zylinder bestellen, und eine Kapelle, das ist es, genau, das ist es, was uns noch gefehlt hat, wir können die Leute doch nicht auch noch auf einer Beerdigung vor den Kopf stoßen.

Am späteren Vormittag trat sehr langsam die Witwe Gebrewolds aus dem Raum heraus, in dem sie bei ihrem Gatten die Totenwache gehalten hatte. Die Journalisten blickten auf Leghessè, der ebenfalls schwieg. Ja, so ist es leider, schien das Schweigen zu sagen. Dann, während Leghessè und Frau Gebrewold noch ein paar Worte wechselten, sich bedankten, herzlichsten Dank für alles, es tut mir aufrichtig leid –, blitzte es plötzlich und dank des blendenden Lichts einer Magnesiumlampe waren die Witwe und ihr junger Freund im schwarzen Anzug vom Photographen Kostas Tsaldaris unsterblich gemacht worden, einem Griechen, der durch Eritrea reiste und Leichen photographierte und der die Erlaubnis bekommen hatte, auch Doktor Gebrewold aufzunehmen, wie er reglos auf seinem Bett lag, als habe er an diesem Abend lediglich vergessen, sich auszuziehen und sei mit Jackett, Schuhen und einer Nelke in der Hand eingeschlafen. So sah der schlafende Doktor auf dem Photo aus. Und nun konnte es losgehen, wie in jenen Stunden geplant und ausgetüftelt. Ich habe nichts mehr hinzuzufügen, wiederholte Leghessè und versuchte, die Journalisten abzuwimmeln, die ihn immer noch mit Fragen bestürmten. Warum, wann, wie, um wieviel Uhr? Und das Begräbnis? Ja, aber bitte, laßt uns Zeit zur Besinnung, geduldet euch, wir werden euch auf dem laufenden halten, sagte Leghessè. Auch die anderen Leute fingen nun so aufgeregt an, Fragen zu stellen, daß man hätte meinen können, es handle sich um eine Menschenmasse, die nach dem Schiffbruch eines Passagierdampfers vor dem Schalter des Hafenamtes auf Auskunft wartet. Nein, bezüglich der Beerdigung ist noch nichts entschieden, sagte Kahasai, wir werden es euch so bald wie möglich wissen lassen. Schon wieder dieser Kahasai, mit der kaltschnäuzigen Trockenheit eines Buchhalters aus dem Lumpenproletariat, schon wieder dieses hölzerne Gesicht.

Die Planung der Beerdigung war jedenfalls noch lange nicht abgeschlossen. Es hatte zwischen Sium, der rasch fertig werden wollte, und Meheretab vom Propagandabüro, der sich darin gefiel, pompöse Choreographien zu entwerfen, einen heftigen Streit gegeben. Slogans und Reklame haben schon immer den tieferen Inhalten geschadet, hatte Sium behauptet und gehofft, den anderen damit an einem wunden Punkt zu treffen; dieser aber hatte sich nicht unterkriegen lassen wollen und ihm gehörig Bescheid gesagt. Hör mal, mein Lieber, versetzte Sium nun wirklich erbost, du vergißt, daß dies kein Zirkus ist. Du meinst wohl, du müßtest eine Vorstellung des Barnum leiten! Aber Meheretab bestand starrköpfig auf einer Beerdigung mit großem Orchester und Fackeln, das noch dazu zu einer unmöglichen Zeit stattfinden sollte, um den romantischen Effekt des Sonnenuntergangs mit einzubeziehen, und abschließend sollten in den Bäumen hinter dem blumengeschmückten Podium einhundertfünfzigtausend kleine Kerzen angezündet werden. Das ist keine Beerdigung, das ist eine Schweinerei, wiederholte Sium, das idiotischste Fastnachtsfest, von dem ich je gehört habe. Aber der andere war nicht zu überzeugen, im Gegenteil, wir sollten auch ein Feuerwerk veranstalten, einen Hagel von roten und weißen Lichtern, die die Nacht erleuchten! Es soll ja schließlich ein besonderer Abschied sein, beharrte Meheretab, dem nachgesagt wurde, daß er niemals nachgebe und sich auch von den härtesten Provokationen nicht aus der Fassung bringen ließe. Was immer er nun verlauten ließ, wurde von seiten Siums mit schallendem Gelächter quittiert, so als stünde statt seiner nun wirklich ein Clown des Robinson da. Aber auch das benahm ihm nicht seine Unverfrorenheit: Worauf es ankommt, erklärte er den anderen, die wenigstens nicht lachten, ist, daß dieser Tod so lang wie möglich in den Gemütern nachwirkt, mindestens zwei Wochen lang, oder sogar einen Monat. Die Nachricht, das war klar, würde schnell veralten, und bald würde sich keiner mehr sonderlich für den toten Gebrewold interessieren, und wir müssen eben dafür sorgen, daß den Leuten diese Beerdigung so lange wie möglich im Gedächtnis bleibt, sagt Meheretab und schlug mit der Faust auf den Tisch. Er sah dabei Sium an, der jedoch so tat, als dächte er an etwas völlig anderes. Und wenn es uns nicht gelingt, diesen Schicksalsschlag auszuspielen wie eine Trumpfkarte, auf die wir seit Jahren gewartet haben, dann haben wir das Spiel verloren, schloß Meheretab und stand auf, um deutlich zu machen, daß er nun absolut nichts mehr hinzuzufügen hatte. Die anderen stellten sich beklommen die Leiche des Sekretärs auf dem Präsentierteller vor, aufgespießt zwischen all den Menschenmassen. Sie wußten, daß Gebrewold niemals, unter keinen Umständen, einem solchen Begräbnis zugestimmt hätte, aber man mußte sich den Umständen dieses tragischen Ereignisses anpassen. Auch Sium gab schließlich nach. Ein neues Jahrhundert hatte begonnen, das nach stärkeren Eindrücken verlangte – Meheretab sagte es immer wieder –, die Leute wollten etwas erleben, sie lechzten nach großen Ereignissen, die sie dann gleich wieder vergessen konnten. Und was den Sarg betrifft, Daniel, such doch einfach selbst einen aus, zum Kuckuck, nimm den teuersten, nimm, welchen du willst, Hauptsache, du hörst auf, mit deinem Katalog herumzufuchteln, wir haben Wichtigeres zu tun, sagte Sium ungeduldig. Ja, ich bin aber mit der Sache nicht einverstanden, sagte Semmar Leghessè. Er erhob sich und schaute sich nach seinem Hut um. Ein kurzes Schweigen setzte ein. Ein jeder wartete, wie die anderen nun wohl reagieren würden. Da erhob sich plötzlich Sium – er, der spöttisch gelacht und böse Dinge gesagt und noch vor fünf Minuten die ganze Farce erbittert abgelehnt hatte – und stellte sich vor ihn hin: Höre, Leghessè, du weißt sehr gut, daß wir weder ein Bestattungsinstitut noch eine Theateragentur sind, sondern eine Gewerkschaft, und daß wir Gebrewold geliebt haben. Wir waren seine Freunde und haben ihn genauso hochgeschätzt wie du, aber wir dürfen nicht vergessen, daß hier eine Ausgangssperre verhängt wurde, daß nach Belieben auf uns geschossen werden darf und daß man uns um jeden Preis den Mund verbieten will. Wir müssen die Gelegenheit dieser Beerdigung nützen – ja, ich habe »nützen« gesagt –, um den Leuten Ausgang zu verschaffen, so vielen Leuten wie nur möglich. Das wird auch unser Selbstbewußtsein wieder stärken. Tausende von Leuten werden sich auf den Straßen versammeln, und wir werden endlich wieder beginnen, alle zusammenzuhalten. Ja, ich habe verstanden, vielen Dank für die Lektion, Sium, das ist ganz richtig, wir müssen den Leuten zeigen, wie weit es mit uns gekommen ist, leider. Aber was soll geschehen, wenn wir fertig sind mit dem Zusammenhalten? fragte Leghessè und verlegte seinen Standort vom Zentrum der Bühne etwas in Richtung der linken Kulisse. Aber vielleicht – er stand nun aufrecht neben dem Vorhang, als wolle er nun direkt ins Publikum sprechen –, vielleicht habt ihr recht, vielleicht ist es naiv, bei solchen Dingen noch Scham zu empfinden, möglicherweise bin ich im letzten Jahrhundert steckengeblieben, und das neue Jahrhundert, das seid ihr. Macht, was ihr wollt, aber bitte ohne mich! Mir dreht es bei dieser Sache den Magen um, aber laßt euch nicht beirren, vielleicht steht die Zukunft ja auf eurer Seite. (Leghessè geht ab. Ohne die Türen zu knallen.)

Letzter Akt, siebente Szene: Zurück zur Sache, sagt Sium; ach ja, da ist noch die Frage der Aufbahrungskammer, wie viele Kerzen sollen wir aufstellen, vier, sechs, oder gar keine? fragt Daniel, der immer noch den Katalog in der Hand hält. Meheretab: Ich bitte dich, stell auf, so viele du willst, zwölf, zwanzig meinetwegen, aber laß uns mit solchen Lappalien nicht noch mehr Zeit verlieren. (Sium nimmt wieder den Bleistift zur Hand, um auf der Karte die Route des Trauerzuges einzuzeichnen, aber eben in diesem Moment kommt ein Laufbursche mit dem schwarzumrandeten Plakat herein aus der Druckerei und breitet es über dem Stadtplan von Mahò aus: »Doktor Marikòs Gebrewold hat uns für immer verlassen. Er war ein großer Prophet des zwanzigsten Jahrhunderts« steht darauf geschrieben. Meheretab ist nicht zufrieden. Er geht zum Tisch und beugt sich über das Plakat, dessen Ränder mit den schwarzen Fingerabdrücken der Drucker befleckt sind. Meheretab: Sollen wir schreiben »des zwanzigsten Jahrhunderts« oder »der modernen Zeit«? Er reibt sich das Kinn und blickt die anderen der Reihe nach fragend an.

20

Es war einmal ein Maulesel, der war so mager, daß man von seinen Flanken bis unter den Sattel seine Rippen zählen konnte, eine nach der anderen, wie die Gräten eines Thunfisches. Die zwei Soldaten, denen er zu Diensten stand, wußten nicht, was sie ihm hätten zu essen geben sollen, so gingen sie zu Fuß und zogen ihn schweigend am Zügel hinter sich her, und wanderten niedergeschlagen über die Höhen und durch die Täler. Sie pfiffen nicht einmal ein Liedchen. Sie waren es, die entdeckten, daß Anna Beyené, die Kusine des Gouverneurs, abgemagert, mit schwarzen Augenringen und von Wunden übersät, im Sterben lag. Sie luden sie auf den Rücken des Maultieres und nahmen sie mit. In Mahò angekommen, wurden ein Arzt und ein Veterinär herbeigerufen. Der Arzt sagte, die opfermütige Anna müsse unbedingt etwas essen, sie solle wenigstens eine Taubenbrühe zu sich nehmen, Herrgottimhimmel, dann gab er ihr eine Spritze und verschrieb warme Leinenumschläge. Der Tierarzt hingegen zuckte die Achseln: Für den armen Maulesel war leider nichts mehr zu machen. Da ging der eine Soldat, während der andere zitternd zurückblieb, hin, drehte sich eine Zigarette, setzte den Gewehrlauf an die Stirn des Tieres, schloß die Augen und schoß.

Anna Beyené aber wollte partout nichts essen und auch nicht das Schlückchen Milch trinken, das die Tanten und Kusinen ihr mit dem Löffelchen einzuflößen versuchten, aber vergebens, denn die Heilige machte nicht einmal mehr den Mund auf. Ihre letzte Stunde ist gekommen, sagte eines Abends achselzuckend der Arzt. Eine störrischere Kranke als sie gab es nicht, und wenn sie nicht gesund werden wollte, mußte sie eben krepieren. Die opfermütige Anna wehrte sich nicht, als die Meßdiener und der Priester in ihr Zimmer traten, um ihr die letzte Ölung zu geben und ihr die Sterbegebete ins Ohr zu flüstern.

Aber ihr Lebensfaden hing noch an einem Knäuel von beträchtlicher Größe, und am nächsten Morgen erwachte Anna mit einem Riesenhunger. Man mußte ihr Butter- und Marmeladebrote schmieren, Spiegeleier braten, Seezungen kochen und Papayas und Bananen schälen, und da sie immer noch Hunger hatte, rupfte Maddalena noch ein Huhn und schob es in den Ofen. Obwohl sie weiterhin Fieber hatte, nahm Anna von diesem Tag an immer mehr zu. Vor allem abends stieg das Fieber und regte ihren unstillbaren Appetit an. Dann bat sie, man möge ihr noch mehr zu essen bringen, und so nahm sie zu, quoll sichtlich auf und war schließlich so schwer, daß man sie nicht einmal mehr hochheben konnte, um sie zu waschen oder ihr die Bettpfanne unterzuschieben. Aber iß! Iß nur! ermunterte sie Maddalena, obwohl Anna schon so fett war, denn Maddalena wollte sie fröhlich sehen, iß so viele Süßigkeiten, wie du willst, sagte sie zu ihr. Sie war inzwischen ohnehin schon so sehr in die Breite gegangen, daß ein Kilo mehr oder weniger auch nichts mehr ausmachte. Auch das schüttere Flaumbärtchen auf ihrer Oberlippe und am Kinn, das während ihrer Eremitenzeit in den Bergen zu sprießen begonnen hatte, wurde länger. In der Nacht überkamen sie Hitzewallungen und Schweißausbrüche. Sie träumte von nackten Teufeln, die um ihr Bett herum Schweinereien betrieben. Ihr Leib wurde schweißnaß, sie fürchtete zu ersticken und schlotterte mit den Zähnen vor Angst, daß die Teufel sich über sie hermachen könnten, ihr das Nachthemd herunterreißen und versuchen würden, ihre schrecklichen behaarten Schwänze zwischen ihre Speckfalten zu stecken. In einer anderen Serie von Träumen wurde sie auf einen glühenden Rost gelegt. Anna schrie und krümmte sich bis zum Morgengrauen zwischen den Laken. Am Morgen wartete sie ungeduldig auf jemanden, dem sie ihre Delirien erzählen konnte. Es kam der Schwarm der Ärzte, die sich ihren Körper untereinander aufgeteilt hatten, um die Ursache dieser Krisen festzustellen – die Augenärzte, Chirurgen, Geburtshelfer und Dentisten, aber sie konten nicht viel finden und waren sich nur darüber einig, daß ihr nicht mehr viel Zeit zum Leben blieb, denn ihre Lungen waren dünn wie Seidenpapier, ihre Nieren zwei schlaffe Säcke, und sie hatte keinen Stuhlgang mehr, wenn Maddalena ihr nicht heimlich ein Abführmittel ins Mittag- und Abendessen mischte. Kurz, eine Katastrophe, auch wenn sie so rund wurde wie ein aufgeblasener Ballon, und ihr Bart inzwischen so dicht war, daß man eines Tages den Barbier kommen ließ, damit er sie rasiere. Die Heilige war soeben eingeschlafen und lag in komaartiger Regungslosigkeit da, nachdem sie eine Nacht voller Delirien und brünstiger Teufel verbracht hatte, die ihr stundenlang zugesetzt hatten. Der Barbier näherte sich ihr auf Zehenspitzen, seifte ihr sachte die Wangen ein und bearbeitete sie sodann entschlossen mit dem Rasiermesser. Anna Beyené öffnete die Augen, und ein Lächeln legte sich auf ihr Gesicht, denn ihr Körper, die dreieinhalb Zentner schlaffes und bleiches Fleisch, duftete nach Blumen und feiner Seife. Auch der Barbier war überzeugt davon, daß diese Frau, die im Schlaf schrie und zu den Gipsstatuen auf ihrem Nachttisch redete, eine Magierin oder Heilige sei, wie unten auf dem Markt behauptet wurde.

Sie wurde immer dicker. Die einen meinten, sie leide an Wassersucht, die anderen behaupteten, es handele sich um Krebs oder eine Art Schwindsucht. Jeder Arzt bildete sich seine eigene Meinung über diese Heilige mit der rissigen Haut, und den kranken Eierstöcken, die nicht wie jede normale Frau ihre Monatsblutungen bekommen wollte. Alles Schmutzige ließ sie erschauern, und schon beim Anblick des Majolikatopfes unter ihrem Bett und dem Gedanken an seinen Zweck fiel sie beinahe in Ohnmacht. Sie blieb nächtelang wach, um zu vermeiden, daß die Höllenteufel zurückkehrten und Leintücher und Wände besudelten. Zuweilen hatte sie auch plötzlich Schmerzen, so als läge sie in den Wehen und müsse gebären. Dann biß sie sich auf die Zunge, um nicht zu schreien und es blieb ihr der Atem weg, während sie in ihrem Fleisch die Klinge spürte, die sie in Stücke zu schneiden drohte.

In ihren Schmerzanfällen hatte Anna Beyené gelernt, die Zukunft vorauszusagen. Sie redete von Ereignissen, die in Kürze eintreten sollten, als handle es sich um Geschichten aus ihrer Erinnerung. Es waren vernebelte, unklare Bilder, die sich aber pünktlich, wenige Tage nachdem

Anna sie beschrieben hatte, verwirklichten. Als Almereida sich von ihr die Zukunft seines Regimes voraussagen ließ, stockte ihm das Blut in den Adern. Er begann zu schimpfen und schrie, sie sei eine Verrückte, und wenn sie nicht ohnehin schon mit einem Fuß im Grabe stehen würde, würde er sie erschießen lassen. Noch wochenlang mußte er jedoch an die wildgewordenen Menschenmassen denken, von denen ihm die Heilige gesprochen hatte, an den Sturm auf das Hilton, an den großen Brand und an die Engel und Erzengel, die auf dem Dach des Gouverneurspalastes ein Freudenfest feiern würden. Was soll man sich schon von einer erwarten, die nicht einmal auf den Abort geht? erwiderte Almereida jenen, die ihn auf die schrecklichen Prophezeiungen ansprachen. Die opfermütige Anna konnte auch keine Zugluft und kein Feuer ertragen, denn das erinnerte sie an die Hölle, und keine Mücken und Fliegen. Wenn eines von diesen Viechern in ihre Nähe kam, so schrie sie wie ein Elefant, der eine Maus gesehen hat und sagte, sie könne nicht einmal den Geruch dieser Tiere ertragen. Donna Almereida hielt sich den Bauch vor Lachen: Wann hat man je gehört, daß Fliegen, selbst die grünschillernden, die nur Scheiße fressen, nach irgend etwas riechen? Vielleicht nehmen die Heiligen Gerüche von Dingen wahr, von denen wir nicht einmal träumen, wies Maddalena sie zurecht, die weiterhin diese merkwürdige Nichte pflegte, obwohl sie nicht sicher war, ob in jenem Bett dreieinhalb Zentner Wahnsinn lagen oder eine von Gottes Gnade aufgeblähte Heilige. Irgendwann einmal – hatte der Wind es ihr zugetragen, oder war es durch die Korridore und Salons von einem Stockwerk zum anderen gelaufen? – drang ein verächtliches Wort Almereidas oder eines Ministers an das Ohr der opfermütigen Anna. Da schoß die Heilige in ihren Laken hoch wie ein Aal, als hätte eine Wespe sie gestochen oder als wollte ihr jemand die Fußnägel ausreißen. Einmal mußte sie sich eine ganze Regierungssitzung anhören, die mit Fausthieben und Fußtritten endete. Die Fenster standen offen, und in Anna Beyenés Zimmer schien dabei die Welt unterzugehen. Sie wurde von Krämpfen geschüttelt. Zuckend und nach Luft schnappend fiel sie aus dem Bett, und man mußte schnell einen Arzt herbeiholen.

Wenn ihre Anfälle vorüber waren, lag sie inmitten der Kissenberge und der Masse von bestickten und spitzenbesetzten Leintüchern wieder still da wie ein blutleerer Elefant, mit starrem Blick und gefalteten Händen. Die Ärzte wunderten sich, daß sie, so ernst wie ihr Zustand war, nicht schon längst gestorben war. Aber ihr Herz fuhr fort zu schlagen, wenn auch langsam und unbeständig wie ein verrosteter Wecker. Der Bart wuchs weiterhin, der Barbier rasierte sie weiterhin und die Heilige selbst nahm weiterhin zu. An den seltenen Tagen des Wohlbefindens empfing Anna sogar die Pilger, die gekommen waren, um sie um eine Wundertat zu bitten. Denn draußen vor dem Hilton standen – neben Opiumhändlern, Demonstranten gegen die Steuern und Halbstarken mit schwarzen Sonnenbrillen und Pistolen in der Tasche, die auf eine Gelegenheit lauerten, um den Gouverneur abzuknallen – stets auch diese Pilger, die darauf warteten, zur Heiligen vorgelassen zu werden. Blinde, Stumme und Lahme wurden nacheinander zur opfermütigen Anna geführt. Dort standen sie dann, betäubt vom schweren Modergeruch, der von den im ganzen Zimmer verstreuten Begonien ausging und vom Weihrauch, der auf der Kommode brannte. Einige fielen sogar in Ohnmacht und mußten hinausgeschleppt werden, anderen gelang es, standzuhalten, aber auch sie waren recht enttäuscht. Den Gerüchten zufolge hätte sie eine Frau erwarten sollen, die schön war wie die Sonne. Anna Beyené hingegen glich eher einem gerupften Walfisch und hatte einen Bart wie ein Kavalleriemarschall. Sie sah aus wie die Überreste eines Riesensäugetieres, das einbalsamiert zwischen Kissen und Laken gebettet worden war. Die Kranken erzählten ihr ohne großen Nachdruck von ihren Leiden. Sie hörte ihnen zu und blickte sie mit Augen, die von grauem Staub bedeckt schienen, an. Wenn einer inmitten seiner Unglücksgeschichte innehielt, unsicher, ob sie nun noch zuhörte oder schon gestorben war, sagte sie, oder bessser drang eine Stimme aus dieser ausgestopften Mumie, die da reglos im Bett lag, und sagte, er solle fortfahren: Erzähle nur weiter, ich höre dir zu, sagte Anna Beyené. Zuweilen hustete sie und drehte sich zur Seite, um Blut in ein reich bestickte Spitzentaschentüchlein zu spucken, das innerhalb weniger Minuten auf dem heißumkämpften Reliquienmarkt landete, den Italiener, Griechen und Armenier unten auf der Straße aus dem Boden gestampft hatten, mit Kiosken und Ständen, an denen Pülverchen, Schächtelchen und Fläschchen an die auf Einlaß wartenden Pilger verkauft wurden.

Wenn sie wenigstens Stuhlgang hätte, sagten die Ärzte achselzuckend inmitten der Gläubigen, die auf die Heilige herabsahen und um ein Andenken baten, etwa um eine Strähne des gelbgrauen Haares, das von ihrem halbkahlen Schädel abstand. Einer erkühnte sich sogar, sie um eines der Haare zu bitten, die auf ihrem Kinn wuchsen. Aber Anna gab keinem etwas. Maddalena fuhr fort, die Heilige jeden Morgen mit Rosenwaser zu waschen, und manchmal erfüllten sie eine Schüssel Suppe, eine gebratene Taube oder auch eine Seite von Thomas a Kempis mit solcher Heiterkeit, daß sie zu strahlen begann. Die rätselhaften Trugbilder ihrer Alpträume konnten ihr plötzlich, ohne ersichtlichen Grund, ein Lächeln entlocken. In solchen Augenblicken erschien die fette, bärtige Heilige, die aussah wie eine gemästete Sau, den Pilgern jung und schön, denn dann funkelten ihre Augen und die Zeichen der Krankheit verschwanden. Vor allem die Blinden erzählten danach auf den Straßen, sie sei eine so wunderschöne Frau, wie es in Eritrea seit den Zeiten der Königin von Saba keine mehr gegeben habe. Eines Nachts sahen zwei Mädchen, die in der Abd-el-Cader-Straße auf dem Strich gewesen waren und nun, etwa gegen drei Uhr, nach Hause gingen, ein blendendes Licht aus dem Zimmer der Heiligen herausscheinen. Sie konnten sich nicht irren, denn alle anderen Fenster des Hilton waren dunkel. Sie rannten und schlugen Alarm, denn sie dachten, es brenne. Ein Wächter und ein Kammerdiener kletterten hinauf, zogen sich am Balkon hoch und stiegen über das Geländer. Sie sahen, daß das strahlende Licht von Annas Gesicht ausging und das ganze Zimmer hell erleuchtete. Nun rannten auch sie, um Alarm zu schlagen, und als sich die ganze Familie Almereida in Pantoffeln und Schlafrock um ihr Bett versammelt hatte, hörte Anna Beyené auf zu leuchten und bat Maddalena, ihr für den nächsten Morgen ein Mahl bereiten zu lassen, wie man es nur bei großen Anlässen servierte. Dann wollte sie, daß Donna Almereida sich zu ihr hinabbeugte, und bat sie, ihr am Morgen das weiße Kleid zu bringen, das zu ihrer Aussteuer gehörte und seit langem einer Hochzeit harrte, die nie stattfinden sollte. Dann verkündete Anna, daß sie am nächsten Nachmittag um drei Uhr sterben werde und bat, man möge sie nun allein lassen.

Die Köche machten sich an die Arbeit, die Konditoren schlugen Eiweiß zu Schnee, Lämmer wurden geschlachtet und Rebhühner gerupft, Ziegen und Truthähne gebraten. Das weiße Kleid wurde vom Mottenpulver befreit und zum Lüften auf die Terrasse gehängt. Das ganze Hilton erfüllte sich in diesen frühen Morgenstunden mit Hektik und Aufregung. Der Gouverneur suchte noch einmal die Kusine auf und legte einen Strauß Rosen auf ihre Decke, aber er brachte nichts anderes heraus als, ja, nun, nein, nichts weiter. Wenn wir etwas mehr Zeit gehabt hätten, schade, aber vielleicht ist es gar nicht so wie du denkst, stotterte Almereida, wie du es dir vorstellst, meine ich, aber sie blitzte ihn mit einem so scharfen Blick an, daß er kleinlaut das Zimmer verließ. Dann kam Donna Almereida herein und bat die Nichte, sie möge ihr doch, wenn sie ins Paradies eingegangen wäre, hie und da, in der

Nacht, wenn man es ihr erlauben würde, erscheinen, wenigstens im Traum, um ihr zu berichten, was man sich dort oben so erzählte und um ihr vielleicht ein paar gute Ratschläge zu geben. Nach dem Mittagessen, nachdem sie die achtzehn Gänge, die man für sie bereitet hatte, und eine ganze Heidelbeertorte verdrückt hatte, wollte sich Anna Beyené, bevor sie sich auf die Reise machte, von allen verabschieden. Es kamen nicht nur die Verwandten und die Dienstmädchen, sondern auch die Köche, Chauffeure und Gärtner. Jedem sagte die Heilige ein gutes Wort. Als sie sie so heiter und voller Leben dort liegen sahen, nachdem sie monatelang ausgesehen hatte wie eine ruhelose Leiche, dachten alle – vor allem, als sie hörten, daß sie alleine ein Mahl verputzt hatte, das für den Festschmaus einer Kadettenvereidigungszeremonie ausgereicht hätte – sie sei plötzlich genesen und und werde nun sicher dazu zu überreden sein, in jenes berühmte Sanatorium in den Schweizer Alpen zu fahren. Dort wirkte man angeblich Wunder, sagte Doktor Bonaventura und wurde dabei rot wie ein Hummer, denn es erschien ihm etwas unpassend, im Hause einer Heiligen von Wundern zu sprechen. Jedenfalls war Anna Beyené endlich wieder fröhlich. Sie schüttelte allen die Hand und wollte, daß man das Fenster öffnete und die Sonne hereinließ. Die Fliegen, die um sie herumschwirrten, ängstigten sie nicht mehr. Sie bat darum, frisiert und parfümiert zu werden. Um Viertel nach eins fragte sie, ob ihr nicht jemand etwas vorspielen könnte. Maddalena befahl, man möge das Harmonium bringen, aber Almereida ließ die ganze Militärkapelle ans Bett der Heiligen rufen. Allerdings paßten nur die Tuba, zwei Trompeten und eine Trommel ins Zimmer hinein. Die anderen Orchestermitglieder standen draußen auf dem Korridor und auf den Treppenstufen. Sie stimmten ein Marschlied an, das Türen und Fenster erzittern ließ. Die opfermütige Anna bedanke sich und wollte nun mit dem jungen Flötisten allein gelassen werden, der in einer

Ecke saß und leise vor sich hintrillerte, während sie den Rosenkranz durch ihre Finger gleiten ließ.

Es war inzwischen fast drei Uhr geworden. Bald sollte die Heilige sterben. Statt dessen stand Anna Beyené auf und schleppte sich auf den Balkon. Das helle Sonnenlicht funkelte auf dem Musselin ihres Brautkleids. Dann erhob sich ein leichter Wind, der in den Blättern der Eukalyptusbäume spielte und ihre Schleier und die wenigen schütteren Haare durcheinanderbrachte, die ihr noch geblieben waren. Sie beugte sich über das Balkongitter, und um Punkt drei Uhr, von den Klängen des Radetzkymarsches begleitet, den die Blaskapelle angestimmt hatte, erhob sich die heilige Anna der Gelübde barfuß in die Lüfte, wobei sie ihre Plüschschlappen auf dem Terrassenboden zurückließ. Sie schwebte in der Luft und ein strahlend gelber Lichtkranz umhüllte ihr weißes Fett. Sie flog immer höher hinauf: über die Palmenwipfel, über die höchsten Bäume des Parks, über die große Terrasse des Hilton, auf dem tausend Wäschestücke zum Trocknen ausgehängt waren. In diesem Augenblick, als Anna Beyené schon so hoch oben war, daß sie aussah wie ein fliegendes weißes Kaninchen, oder wie ein Luftballon, der einem Kind aus der Hand geglitten war, setzte sich Almereida eilig seine lederne Fliegermütze und die Brille auf, sprang in seinen Eindecker und nahm die Verfolgung auf. Als Almereida schon meinte, sie beinahe erreicht zu haben, denn nun sah er von der Heiligen, die vorher nur noch ein weißer Ballon gewesen war, schon wieder die nackten Füße, die Knie und die fetten Schenkel, als er sie schon fast mit der ausgestreckten Hand am Kleid packen konnte, da mußte Almereida aufgeben. Der Höhenmesser signalisierte Gefahr, und wenn er sich noch weiter hinaufgewagt hätte, so hätte er womöglich die Kontrolle über das Flugzeug verloren. Almereida drehte ab und begann unter den Füßen der Heiligen wie ein Geier Kreise zu ziehen, während sie immer kleiner wurde und schließlich im Himmelsblau verschwand.

Nachdem er die Artisten, die nach Europa zurück wollten, nach Massaua gebracht hatte, traf Esterhazy eines Morgens wieder im Robinson ein. Als er seinen Wohnwagen betrat, fand er dort Oberst Towolde vor. Er saß am Küchentisch, den er in einen papierübersäten Schreibtisch verwandelt hatte. Der Oberst hatte die Augen gesenkt und hackte mit hüpfenden Fingern auf eine nagelneue Remington-Schreibmaschine ein.

Aus verschiedenen Teilen der Stadt konnte man das gedämpfte Echo der Maschinengewehrsalven hören. Esterhazy hätte Towolde fragen können, was er in seinem Wohnwagen suche und wie er dazu komme, sich ohne Erlaubnis in seinen Räumen aufzuhalten, aber er schwieg lieber. Er wußte, daß es bald an ihm sein würde, die Fragen des Obersts zu beantworten. Towolde ignorierte ihn weiterhin und bearbeitete mit gesenktem Kopf die Maschine. Esterhazy betrachtete den Scheitel, der sich über den Schädel zog wie die Narbe von einem Schwerthieb, mit dem jemand versucht hatte, ihn in der Mitte zu spalten. Esterhazy war müde und hätte sich gern gewaschen, hingelegt, die Fensterläden geschlossen und geschlafen. Der andere aber fuhr mit seinem erbarmungslosen Geklapper fort. Er wartete darauf, daß der Oberst ihn ansehen würde. Erst jetzt bemerkte er, daß das Bett und der Sessel verschwunden waren. Auch der Schrankkoffer mit seinen Kleidern, in dem er in einer Pappschachtel auch das Geld aufbewahrt hatte, war nicht mehr da. Plötzlich hob der Oberst den Kopf. Wo waren Sie die ganze Zeit? fragte er. In Massaua, antwortete Esterhazy. Da der Zirkus geschlossen wurde, wollten viele meiner Leute nach Europa zurückkehren. Ich habe sie zum Schiff begleitet. Es tut mir leid, daß ich nicht früher zurückkehren konnte, aber ich mußte einen langen Umweg machen. Ich hatte auch Schwierigkeiten, es ist nicht mehr so einfach, hierher zu gelangen. Sie sind verhaftet! Sie haben die Gefangenen befreit, haben ihnen zur Flucht verholfen, haben Verbindung zum Feind aufgenommen, unterbrach ihn der Oberst. Zudem haben Sie ohne Erlaubnis die Stadt verlassen. Wir wissen alles, sagte Towolde. Esterhazy hätte ihm am liebsten ins Gesicht gelacht. Er merkte, daß der andere ihn in die Zange nehmen wollte. Aber er war zu müde, um auch nur zu lächeln, geschweige denn, um zu reden und sich zu verteidigen: Ich bin ganz einfach nach Massaua gefahren, sagte er, und wie Sie sehen, bin ich nun wieder hier.

Mit wem haben Sie sich verbündet? Wer sind Ihre Komplizen? fragte erneut der Oberst. Esterhazy blieb stumm. Er hätte wohl antworten wollen, aber er wußte einfach nicht, was er sagen sollte. Und es war ohnehin klar, daß der andere nicht im geringsten vorhatte, sich seine Rechtfertigungen anzuhören, geschweige denn, ihnen Glauben zu schenken. Dies hier war nicht einmal mehr das Gespräch zwischen dem Stummen und dem Tauben, denn hier schwieg der eine, und der andere wetterte. Dann trat ebenso plötzlich, wie es wenige Minuten zuvor gebrochen worden war, wieder Schweigen ein. Diese Gelegenheit nutzte Esterhazy: Es gefällt mir nicht, auf diese Weise behandelt zu werden, sagte er, und ich sehe auch nicht ein, weshalb es ein Verbrechen sein sollte, für ein paar Tage die Stadt zu verlassen. Er sagte dies mit schlotternden Knien und sah dabei dem Oberst direkt in die Augen. Towoldes Blick war voller Verachtung. Sie sahen sich nicht mehr von Mann zu Mann in die Augen, mit ihrer merkwürdigen befangenen Komplizenhaftigkeit. Nein, jetzt stand einer, der Oberst, über dem anderen. Endlich, dachte Esterhazy. Endlich hatte sich sein Bündnis mit den Militärs zerschlagen. Sie hatten ihm ihr Vertrauen entzogen. Endlich gehörte er nicht mehr zu ihnen. Esterhazy war Miss Anas wegen zurückgekehrt, gewiß, aber auch – das merkte er erst jetzt – um bis aufs letzte das Gefühl auszukosten, nun ganz auf der anderen Seite zu stehen. Neben diesem Gefühl der

Erleichterung wurde ihm aber auch bewußt, daß er kurz davor stand, jene bedingte Freiheit zu verlieren, die sie ihm bisher gelassen hatten. Er spürte, daß er nun keine Privilegien mehr genoß. Im Gegenteil, dem Zustand seines Wohnwagens nach zu urteilen, würde man ihn vielleicht nicht einmal mehr ein Bett und ein Dach über dem Kopf zugestehen.

Das ist allerdings ein schweres Verbrechen! erwiderte plötzlich der Oberst auf Esterhazys Einwände. Es sind schwere Anschuldigungen gegen Sie erhoben worden. Diese Geschichte mit den Gefangenen wird Sie teuer zu stehen kommen, sagte er und begann wieder heftig auf seiner Remington zu klappern, die immer, wenn er ans Zeilenende kam, klingelte. Den beiden Soldaten, die nun eintraten, gab Towolde das Zeichen, Esterhazy abzuführen. Als dieser sah, wohin sie ihn brachten, blickte er sich um und merkte, daß im Robinson alles wieder beim Alten war: Pferde, Stacheldrahtzäune und Gefangene. In den Käfigen waren keine Tiere mehr, sondern Dutzende von eng aneinandergedrängten Menschen, die von jungen Soldaten mit Gewehren bewacht wurden. Keiner sprach, es war nichts Außergewöhnliches zu hören. Nur ein kleines Kind wimmerte. Die Soldaten führten Esterhazy hinter das Pferdegehege, zu einem Käfig, der bis vor wenigen Tagen ein Pavianpärchen beherbergt hatte. Sie warfen ihn in das Stroh, das von ihren Überbleibseln noch schmutzig war, und sperrten ihn ein. Wassernapf und Futtertrog waren voller Fliegen. Esterhazy schlief den ganzen Tag und die ganze Nacht. Sein Schlaf war unruhig, und wurde immer wieder vom Gurren der Tauben, von den Gewehrsalven, die von der Stadt herdrangen und dem Gehämmer der Arbeiter, die weitere Gefangenengehege hochzogen, gestört. Er erwachte sehr früh, als die Morgenröte verblich und langsam in einen grauen Tag überging. Es blieb ihm nichts anderes übrig, als zu warten. Er konnte sich nicht einmal aufrecht hinstellen, denn dafür war der Käfig zu klein.

Gegen Mittag kam ein Soldat und brachte ihm einen Teller Brühe. So ging es weiter. Tag für Tag, und langsam lernte Esterhazy die Regeln des Gefangenendaseins. Einmal in der Woche wurde er zusammen mit den anderen Männern in ein Stacheldrahtgehege geführt, wo die Gefangenen sich reinigen und, wenn sie wollten, auch ihre Wäsche waschen konnten. Wenn der Wind wehte, so wurde die Wäsche noch rechtzeitig trocken, andernfalls nahm man sie feucht wieder mit in den Käfig zurück und wartete. Durch die Gitterstäbe sah Esterhazy täglich neue Gesichter, aber er entdeckte auch ehemalige Bedienstete des Robinson und Gefangene, die sich bereit erklärt hatten, mit dem Militär zu kollaborieren, und dafür vom Oberst Erlaubnis bekommen hatten, frei auf dem Gelände herumzugehen. Einige kamen manchmal zum Käfig, um schadenfroh den Anblick ihres gefallenen Direktors zu genießen, oder zum Gehege, wo Esterhazy über einen Stein gebeugt seine Hosen und Unterhosen wusch, nackt, die Haut gerötet von den Insektenstichen und den Kratzspuren seiner Nägel, mit denen er versucht hatte, sich von den Läusen zu befreien. Manch einer hatte vielleicht Mitleid, aber auch das nützte nichts: Allen war bewußt, daß sie weder diesseits noch jenseits des Stacheldrahtes irgendetwas ausrichten konnten. Deshalb machte sich keiner mehr die Mühe, zu grüßen oder gar Mitleid zu bezeugen, nicht einmal seine Freunde. Sie senkten den Blick und gingen weiter, das war alles.

Nachts, wenn es rundum still wurde, ging im Käfig der Höllentanz der Insekten los, die von dem Dreck herbeigelockt wurden, der unter dem Stroh faulte. Die Ratten hüpften herbei, denn sie hatten den scharfen Geruch der in den Käfigen schlafenden Leiber gewittert. Eines abends fühlte Esterhazy, wie etwas Federleichtes ihn berührte. Es war so weich, daß Esterhazy dachte, nun sei endlich Miss Ana oder einer seiner Jungen gekommen, um ihm heimlich etwas zu essen oder Tabak zu bringen. Als er aber die

Hand danach ausstreckte, merkte er, daß es eine Ratte war, die an seinem Ohr knabberte. Er verscheuchte sie. Sein Ohrläppchen blutete, er rieb es mit etwas Spucke ein. Sein Rücken und alle Knochen taten ihm weh. Von jener Nacht an fuhr er oftmals erschrocken aus dem Schlaf, sprang vom Stroh auf oder drückte sich gegen die Gitterstäbe, denn er meinte, wieder den ekligen Schatten einer Ratte auf sich zukommen zu sehen. Oder er fühlte ein anderes Tier, ein schleimiges Insekt, über seinen Mund kriechen. Allmählich wurde dieses Gefühl zu einer Zwangsvorstellung. Ein Alptraum, der zunächst nur während der Nächte andauerte, bald jedoch auch den ganzen Tag beherrschte, Stunde für Stunde. Oder wenn gegen Mittag oder am frühen Nachmittag der Blechnapf gebracht wurde: Mit den Händen fressen zu müssen und zu fühlen, wie der ekelhafte Sud am Hals herunterfloß, über die Brust, in deren Behaarung sich das Ungeziefer eingenistet hatte, genauso wie auf dem Kopf und zwischen den Schenkeln, wo die Viecher beißend und stechend umherwimmelten und geschickt auswichen, wenn man sie zu fangen versuchte. Oder die Freude, wenn man eines der Tiere gefangen hatte, man es zwischen den Fingernägeln zerdrücken und genüßlich zusehen konnte, wie ein weißlicher Tropfen hervorspritzte.

Manchmal dachte Esterhazy nach. Es waren viele, lange Wege gewesen, die ihn von Ozean zu Ozean, von Kontinent zu Kontinent in diesen Käfig geführt hatten, wo man höchstens dann ein wenig Erleichterung empfand, wenn es einem gelang, den Darm ins verfaulte Stroh zu entleeren. Auch Esterhazys Gefühle verkümmerten allmählich oder fielen von ihm ab wie seine Haut, die er in langen, kreppapierartigen Streifen von Armen und Beinen abziehen konnte. Im übrigen hatte er ja auch keine Behausung mehr, da diese in die Kommandozentrale des Geländes verwandelt worden war. Man hatte sein Bett fortgebracht und Miss Ana war verschwunden. Nichts war mehr von all dem übriggeblieben, was er mit sich durch die Wüsten, durch das Gebirge und über das Meer geschleppt hatte, kein Ding, das ihm sein Wesen, seine Identität hätte zurückgeben können. Alles war zerrissen und zerschlagen, auch sein Gesicht und seine Empfindungen. Die wenigen Freunde, die er im Robinson gehabt hatte, waren gegangen, überzeugt, ihn nicht retten zu können. Die übrigen waren bereits vor langem abgezogen. Im großen Zelt kampierten die Soldaten, die Tiere waren fast alle verkauft oder getötet worden. Eines Tages aber merkte Esterhazy, daß doch noch ein Rest von Gefühl in ihm war, als er nämlich von seinem Käfig aus beobachtete, wie ein Trupp von Soldaten Miss Anas Pferde schlachtete. Sie banden sie mit dem Gebiß an den Zaunpfählen fest und fesselten mit Seilen ihre Beine. Die weißen Tanzpferde begriffen, was mit ihnen geschehen sollte und versuchten, sich zu wehren. Sie schlugen aus, ihre schwarzen Augen traten aus den Höhlen, sie fletschten wiehernd die Zähne. Dann begann einer der Soldaten zu feuern. Ein, zwei, drei, sieben Mal, für jedes Pferd ein Schuß. Noch als ihnen das Blut aus Maul und Nüstern floß, zuckten und röchelten sie. Ein wildes Zittern schüttelte ihre Bäuche, in die die Soldaten ihre Messer stießen, um die Pferde zu zerteilen. Blut und Schmutz färbten ihre Arme rot, die sie bis zu den Achseln in das Gedärm steckten, aus dem warm der Geruch von Tod und Verwesung drang. Da konnte Esterhazy nicht mehr anders und schrie, oder vielleicht hatte er schon eine ganze Weile geschrien, aber niemand hatte darauf geachtet.

Hie und da wurde er in seinen Wohnwagen geführt und verhört. Mit auf den Rücken gebundenen Händen stand er vor dem Tisch, an dem er wochen- und monatelang gegessen, getrunken, Verträge ausgehandelt und den Träumen von Miss Ana gelauscht hatte. Kerzengerade stand er da, immer noch in den gleichen Kleidern, die er auf der Reise nach Massaua angehabt hatte, in der gleichen Unterwäsche, die er draußen im Hof ein paarmal vor den neugierigen Augen der Kinder gewaschen hatte. Wenigstens in solchen Augenblicken hätte er gerne eine würdigere Haltung eingenommen. Statt dessen konnte er nicht anders, als sich viel zu häufig zu kratzen. Das Ekzem zwischen seinen Schenkeln brannte, als säße er in einem Ameisenhaufen. Der andere fuhr währenddessen fort, in seinen Papieren zu blättern. Dann plötzlich, als ihm der Moment gekommen schien, durchbohrte er ihn mit seinem Blick. Eine unbestimmbare Zeit lang verharrte er so und beschämte und beschuldigte ihn allein durch die Zudringlichkeit seines Blicks. Manchmal fuhr der Oberst dann fort zu lesen. Auf seinem gesenkten Kopf sah man den Scheitel, der das brillantinebeschmierte Haar exakt in zwei Hälften teilte, die aussahen wie aneinandergekittet. Oberst Towolde wußte, daß sein Schweigen die Gefangenen sehr verunsicherte, da ungewiß war, was es bedeutete. Sadistisch schwieg er daher weiter. Um sie einzuschüchtern und sie seine Macht noch deutlicher spüren zu lassen. Auch die wohlberechnete Feierlichkeit seiner Miene zielte darauf ab. Er wollte Esterhazy demütigen und ihm gleichzeitig zu verstehen geben, daß er es war, der hier zu befehlen hatte, und daß alles, Wohnwagen, Käfige und die wenigen übriggebliebenen Tiere, fest in seiner Hand waren, einschließlich Esterhazy, der stank und verlaust war, in dessen Kopf- und Barthaaren das Ungeziefer wimmelte und der sich ständig kratzen mußte. Aber dieser Mann mit dem struppigen Bart, dem langen Haar und dem Gesicht eines greisen Pavians, dieser Mann, der vom Leben nichts anderes mehr verlangte, als daß es schnell zu Ende gehen möge, sagte sich, daß sein Henker, der weiterhin seine Geduld auf die Probe stellte und ihn genüßlich provozierte, der die Kraft seines Blickes an ihm maß und vor Vergnügen darüber fast verging, ihn noch für recht stark halten mußte, denn sonst hätte er sich diese Mühe nicht gemacht. Er war noch nicht ganz geschlagen.

Esterhazy wußte, daß er sich vorsehen mußte. Er mußte die Stärke, die der andere ihm zuschrieb, voll ausnutzen.

Er mußte in seinen Blicken lesen, das Maß seiner Enttäuschung und die Distanz richtig einschätzen. Ob die Sache nun auf ein Florettgefecht oder auf den Kampf zweier Ziegenböcke hinauslief, Esterhazy mußte in jedem Fall Towoldes Blicke vorsichtig interpretieren und sich dazu zwingen, weder die Augen zu senken noch sich zu kratzen. Und vor allem durfte er den Oberst nicht merken lassen, wie nackt und ausgeliefert er sich fühlte. Auch dann nicht, wenn der Oberst den Kopf hob und sich in seinem Stuhl kerzengerade aufrichtete, wenn er sich räusperte oder die Kragen und Manschetten unter der frischgebügelten Uniformjacke zurechtzupfte und wieder in seinen Papieren zu blättern begann. Wir haben sehr schwerwiegende Aussagen gegen Sie zusammengestellt, sagte Towolde, Sie sollten sich über das Ausmaß der Sie belastenden Beweise im klaren sein. Er las ihm die Anklagepunkte nacheinander vor, wobei er zwischen den einzelnen Vorwürfen jeweils eine lange Pause machte: Hochverrat, Kollaboration mit dem Feind, Flucht, Diebstahl. Aber da gibt's noch mehr, ja, ja, da ist noch der ganze Rest, zum Beispiel Ihr absurdes Verhalten, als ich Ihnen voll Vertrauen das Lager überantwortete, ein Vertrauen, daß Sie ganz offensichtlich nicht verdient haben, wenn man bedenkt, wohin es geführt hat. Wer sind Ihre Komplizen? Wer hat Ihnen geholfen? Wie haben Sie sich mit dem Feind verständigt? fragte der Oberst erneut.

Esterhazy sagte nichts. Er bemühte sich, ganz still zu stehen, und biß die Zähne zusammen, um sich nicht zu kratzen und dem Blick des anderen standzuhalten, der ihn weiter mit Fragen bedrängte. Er wußte, daß er sonst früher oder später ein Geständnis ablegen würde. Wir haben Dutzende von Zeugen gegen Sie, ich möchte nur, daß Sie begreifen, daß es für Sie besser wäre, wenn Sie sich verteidigen und reden würden. Sie machen einen großen Fehler, glauben Sie mir. Ich werde mich vor Gericht verteidigen, antwortete Esterhazy eines Nachts, und ich möchte einen

Anwalt, fügte er hinzu. Der andere lachte. Sein Lachen klang, als schüttele jemand Kieselsteine in eine Flasche. Die Augen quollen ihm hervor. Auch die zwei Wachen begannen erst verlegen, dann hemmungslos zu lachen. Einen Anwalt! Na, das ist gut! Und von welchem Gericht reden sie eigentlich? brachte der Oberst stotternd unter Lachen hervor. Sie lachen, Herr Oberst, weil Sie der erste sind, dem auffällt, daß die Justiz in euren Händen zu einer Farce geworden ist, erwiderte Esterhazy. Das Spiel ging nunmehr seinem Ende zu, mit den nächsten Zügen würde sich alles entscheiden. Dies war der richtige Moment für den Angriff, das spürte Esterhazy. Er wußte, daß jedes Hinnehmen von Gewalt nur noch mehr Gewalt hervorruft, die dann ihrerseits zu weiterer Unterwerfung zwingt. So lange, bis ein Panther das Walzertanzen gelernt hat oder ein Elefant sich verbeugt wie eine Zarzuela-Sängerin. Er mußte dieses Schweigen ausnutzen und so schnell wie möglich aus der Sackgasse herauskommen, in die Towolde ihn trieb, sonst würde es zu spät sein. Ihr wollt ein räudiges Tier aus mir machen, aber ich habe noch nicht vergessen, daß es ein Gesetz gibt, sagte Esterhazy und bemühte sich, ruhig zu bleiben und sich nicht zu kratzen. Ich habe keine Angst vor Ihren verlogenen Zeugen, Herr Oberst. Dieser sah ihn nun nicht mehr an. Er blätterte in den Papieren und machte sich Notizen. Wir werden Sie auch noch vor Gericht führen, beruhigen Sie sich, sagte er. Aber jetzt bringt ihn hinaus, befahl er den Soldaten.

Von jener Nacht an dachte Esterhazy unablässig an den Prozeß, an die Fragen, die die Richter ihm stellen würden, an die von der Anklage bestochenen Zeugen, an seine Verteidigung und an die endlosen Plädoyers der Anwälte. Oft dachte er auch an den Oberst, der beschlossen hatte, seinem Dasein mehr Würze zu verleihen, indem er ihn gewisser Verbrechen beschuldigte, die ihn das Leben kosten konnten. In der Einsamkeit seines Käfigs versuchte er jedoch auch, sich in den verworrenen Gehirnwindungen eines Militärs zurechtzufinden, Ursprung und Zweck des Hasses zu begreifen, den Towolde gegen ihn hegte, und sich vorzustellen, wie dieser ihn wohl sah. Oder er versuchte die Kräfte abzuschätzen, die ihm verblieben, um die Demütigung der Gefangenschaft zu ertragen, Schikanen, wie zum Beispiel die, daß man ihm zum Waschen dreckiges oder auch gar kein Wasser brachte, daß man seine Bitten um saubere Kleider ignorierte und ihm eine Salbe gegen das Ekzem verweigerte. Nach dem letzten Verhör war er in einen noch kleineren Käfig verlegt worden, in dem er sich nicht einmal mehr hinlegen konnte. Er war gezwungen, Tag und Nacht zusammengekauert dazuhokken, die Knie gegen die Brust gedrückt. Als sie ihn das erste Mal wieder zum Spazierengehen und Wäschewaschen herausließen, konnte er die Beine nicht mehr geradestrecken und hatte große Mühe, zu laufen. Er mußte seine Beine dazu zwingen, ihn zu tragen, und fühlte die schmerzhafte Verspannung der Muskeln, die sich dieser Anstrengung widersetzten. Sein Rücken war krumm und tat weh. Er setzte sich vor den Augen aller nackt in den Trog, auch vor den Frauen, die dabei waren, ihre Lumpen und Tücher auszukochen, und wusch sich. Er wusch auch seine Wäsche und wartete dann in einem Winkel des Geheges, von den Kindern neugierig beäugt, daß der Wind seine Kleider trocknete, die einzigen, die er hatte. Dann zog er die noch feuchten Fetzen wieder an und kehrte gedemütigt auf das nasse Stroh in seinem Käfig zurück.

Aber es gab noch Schlimmeres. Schlimmeres als das Ungeziefer, das sich in seinen Achselhaaren eingenistet hatte, und Schlimmeres, als das Ekzem, das ihm die Leisten zerfraß. Da war zum Beispiel die übelriechende Kost. Jeder Tag der gleiche alte Brei. Eine Masse, die in seinen Eingeweiden gärte und seinen Bauch steinhart werden ließ. Der Stuhlgang war nunmehr zu einer Strapaze geworden. Er hockte sich auf den Eimer, und jedesmal war es eine Qual. Er blutete und fühlte, wie ihm das Fleisch zerriß, wie die Exkremente mit ihren Giften in die Wunden drangen, die sich entzündeten und zu glühen begannen. Er wurde zwar nur noch selten geschlagen, und keiner quälte ihn mehr oder spuckte ihn an. Aber dies waren erbärmliche entwürdigende Tortouren, unter denen er ungeheuer litt. Auch Miss Ana hatte er vergessen, und ebenso das Begehren, das früher ein paarmal in der Woche sein friedliches Dasein als alter Ziegenbock aufgestört hatte. Abends beim Einschlafen wurde ihm manchmal bewußt, daß ein weiterer ganzer Tag fade und ohne irgendein Zeichen im Nichts verlaufen war. Dann schloß er die Augen und versuchte, sich die wenigen Augenblicke seines Lebens in Erinnerung zu rufen, in denen er den Frauen wirklich nahe gewesen war. Er dachte an die Tänzerinnen und Sängerinnen, an die Galoppritte mit Miss Ana, oder an seine eigene plumpe Gestalt, wie sie ein Mädchen auf den Knien hielt. Diese Bilder vermischten sich mit Erinnerungen an warme, angenehme Haut, die er wohl im Laufe seines Lebens einmal gefühlt hatte, mit der er aber keinen Namen und kein Datum mehr verbinden konnte. Er wußte nur zu gut: Er vergaß absichtlich, aus Trotz. Er wollte innerlich so leer werden wie es nur ging, um dadurch wenigstens etwas weniger zu leiden. Um die Macht dieser Demütigung weniger zu spüren.

In einigen Teilen der Stadt war der Aufstand bereits ausgebrochen. Almereida war nunmehr von Belagerern umzingelt, und hatte nicht die geringste Möglichkeit, zu fliehen. Die Regierung beschloß in einem verzweifelten Gegenangriff, ihre sämtlichen Karten auszuspielen. Der Befehl wurde in der Nacht gegeben, und noch bevor die Sonne aufging, hörte man die ersten Schüsse fallen. Das dumpfe Trommelfeuer war im Robinson-Lager nur gedämpft zu hören, wie ein fernes Gewitter, und vermischte sich mit den Schüssen der Repetierwaffen, die sich inmitten des erschreckten Geschreis der Vögel, die in Schwärmen vom einen Ende der Stadt zum anderen flüchteten, gegenseitig übertönten. Den ganzen Vormittag ging das so weiter. Explosionen, Salven von Schüssen, das Gebimmel der Feuerwehrwagen und das Heulen der Fabriksirenen. Erst gegen Nachmittag hörte Esterhazy, an die Gitterstäbe seines Käfigs geklammert, wie die Schüsse seltener wurden und der Kanonendonner sich legte. Nur noch hin und wieder vernahm er ein paar Feuerstöße, zwischen denen lange Pausen waren.

Es war nun, als befänden sich Himmel und Erde in gespannter Erwartung. Wenige Minuten später hallte das Lager von Tausenden von Stimmen wider, die sich mit dem Knirschen von Karrenrädern, Hufgeklapper und dem Wiehern von Pferden vermischten. Noch war niemand zu sehen, aber es klang wie ein grausiges Fest, als würde eine Menschenmenge, von Angreifern oder von der Angst getrieben, zurückweichen. Wenig später trafen die ersten Verwundeten ein. Sie klagten, viele waren blutüberströmt und schlammbeschmiert. Esterhazy kroch von einer Ecke des Käfigs in die andere. Er versuchte sogar, den Kopf durch die Gitterstäbe zu stecken, um besser sehen zu können. Einige Frauen legten eine gezwungene Fröhlichkeit an den Tag und bewarfen die zurückkehrenden Krieger mit Blumen. Aber die Gesichter der Soldaten wirkten nicht zufrieden, im Gegenteil. Es war ein trauriger Rückzug. Irgend etwas war schiefgegangen, das begriffen nun auch die, die immer noch applaudierten, in die Hände klatschten, nur weil es ihnen jemand befohlen hatte. Auch die Kinder klatschten. Sie waren recht aufgeregt, und ihnen war es völlig egal, aus welchem Grunde gefeiert wurde. Ihnen genügte es, einen Heidenlärm veranstalten zu können und um die kleine Blaskapelle herumzuhüpfen, die dazu verpflichtet worden war, Siegeshymnen zu spielen, obwohl es den Helden diesmal schlimm ergangen war, besser gesagt, sprechen wir Klartext, obwohl sie verloren hatten und die Beine unter den Arm geklemmt hatten, um

Schlimmeres zu vermeiden. Aber das war egal. Die Kapelle fuhr trotzdem fort, ihre Marschlieder zu spielen und versuchten, Feststimmung zu verbreiten, obwohl die Zurückkehrenden die Toten an den Füßen hinter sich herschleppten. Das Wichtigste, Exzellenz, sagten die Generäle kleinlaut, als sie sich im Hilton zum Rapport meldeten, ist, durchzuhalten. Was zählt, ist, daß wir unser Bestes geben und unser Möglichstes tun. Das wußten auch die Geier und die vielen anderen krummschnäbeligen Vögel, die nun, da nicht mehr geschossen wurde, in Scharen zurückgekehrt waren und über der Stadt kreisten, über jener Prozession von Helden ohne Arme und ohne Ehre, die geschlagen und abgezehrt bis auf die Knochen zurückkehrten. Der Krieg, meine lieben Freunde, ist ein merkwürdiges Abenteuer, er beginnt als Spiel und wird am Ende zur Sucht, sagte Woldeyesus zu den Generälen, die ausgestreckt auf den Diwanen lagen. Von den Toten und den Verletzten ganz zu schweigen, die müde und dreckig mit verzerrten Gesichern durch den Staub schlurften und mit kraftlosen Armen und kaum wahrnehmbaren Gesten die Begrüßungen erwiderten oder wütend auf die livrierten Drückeberger sahen, die in der Blaskapelle standen und meinten, mit etwas Heiterkeit könne man die Niederlage in einen Sieg verwandeln und die Toten wiedererwecken. Statt dessen aber krümmten sich dort auf dem Boden die Verletzten, verdammt noch mal, und hatten kein Blut und keine Tränen mehr zu vergießen. Tote wurden hastig von den Karren geladen, damit man gleich die nächsten holen konnte. Darf man erfahren, was zum Teufel dieser Auflauf hier bedeuten soll? fragte ein Gefreiter die Musiker der Blaskapelle. Fluchend fügte er hinzu, daß es sehr viel besser gewesen wäre, wenn sie für die Halbverdursteten etwas zu trinken bereitgehalten hätten, da man ja den Besiegten schlecht zum Sieg verhelfen könne und noch weniger zum Recht, das, wie man weiß, stets auf der Seite des Siegers ist.

Bei Sonnenuntergang trafen auch die Karren mit den

Gefangenen ein. Man befahl ihnen, abzusteigen, und schloß sie dann in die Gehege ein. Ihr Blick und ihr Gang glichen denen von Tieren, die zum Schlachthof geführt werden. Die Gefangenen waren es, die dem Fest ein Ende bereiteten, denn bei ihrem Eintreffen beschlossen die Beamten der Ministerien, ihre Frauen und Kinder an die Hand zu nehmen und zu gehen. Sie stiegen in ihre Kutschen und ihre Landauer und waren sehr zufrieden mit dem Fest. Das Heer war zwar geschlagen worden, aber sie hatten sich dennoch amüsiert. Die Kinder waren an der frischen Luft gewesen und die Frauen hatten Gutes getan, nämlich Witwen getröstet, Verletzte verbunden oder Toten die Augen zugedrückt. Die Sekretäre und Kabinettsvorsitzenden hatten sich mit den Soldaten verbrüdert, denn wichtig ist nicht die einzelne Schlacht, sondern der ganze Krieg, das weiß man, und das nächste Mal wird es besser gehen, ihr werdet sehen! Die Orchestermitglieder verpackten nun auch ihre Instrumente und machten sich auf den Heimweg, denn, Donnerwetter, es war schon Zeit zum Abendessen, wie schnell die Zeit vergeht!

Das war es, was Esterhazy an jenem Tag, an die Gitterstäbe seines Käfigs geklammert, sehen mußte, während er weiterhin seine entzündeten Wunden kratzte. Durch das Kratzen fiel der Schorf ab, und die Fingernägel rissen die Wunden wieder auf. Die Darmentleerung war inzwischen zu einer solchen Qual geworden, daß Esterhazy versuchte, den Stuhlgang so lange wie möglich zurückzuhalten, und jedesmal mußte er die Zähne zusammenbeißen und schluchzend den Atem anhalten, wenn die Wunden aufplatzten und das Blut zu fließen begann, das er stoppen mußte, mit den Fingern in der Scheiße. Stundenlang saß er zusammengekauert auf dem stinkenden Stroh und wartete regungslos darauf, daß die Wunden sich wieder schlössen und der Schmerz nachließ. Er lebte nur noch, um sich zu kratzen, sich zu entleeren und dann die Position zu finden, in der er am wenigsten leiden mußte.

Und es sah aus, als würde dies nun zur Gewohnheit werden, zum Alltag eines Lebens, das sich darein schicken mußte, sich ohne Ausweg in diesem Trott zu verzehren. Aber vielleicht ging es seinen Kerkermeistern ebenso: Darüber dachte Esterhazy nach, während er sie anstarrte, wenn sie rauchend und lachend, an die Gitterstäbe gelehnt, beobachteten, wie er nackt auf dem Stroh kauerte, um sich nicht die Hosen zu beschmutzen, und darauf wartete, daß das Blut aus seinen Eingeweiden zu fließen aufhöre. Es waren langwierige Blutungen, die nur schwer aufzuhalten waren und die das Stroh durchnäßten. Zuweilen vergaßen die Soldaten, ihm das Essen zu bringen. Esterhazy hatte begriffen, daß es besser war, sich nicht zu beschweren, denn dann würden sie ihn auch am nächsten und übernächsten Tag vergessen. Er wollte warten, wollte, daß der Hunger anwüchse, denn dann hätte er noch ein Bedürfnis mehr gehabt, mit dem er sich herumschlagen konnte. In solchen Momenten wünschte er, er hätte die Kraft, gar nichts mehr zu essen, nichts mehr zu erwarten und nichts mehr verlangen zu müssen. Doch trotz seiner guten Vorsätze und seiner Entschlossenheit machte sich Esterhazy, kaum daß ihm eine der Wachen den Napf gebracht hatte, über den Fraß her. Er tauchte Hände, Nase, das ganze Gesicht hinein, denn während er gehofft hatte, endlich zu sterben, hatte er auch sehnsüchtig die Stunden, die vorbeiziehenden Schatten und die Minuten gezählt, bis endlich das Essen käme. Den Blick in das fahle Abendlicht oder auf die ersten Sterne gerichtet, hatte er gewartet, daß man sich endlich auch seiner wieder erinnere. Na ja, entschuldige, Alter, wir haben dich schlichtweg vergessen, würden sie sagen und ihm in einem Napf, aus dem jahrelang, ähnlich resigniert, die Affen und Paviane gefressen hatten, die Kartoffeln reichen, die nicht einmal geschält waren, oder auch nur die Schalen. Das macht nichts, würde Esterhazy dann sagen, Hauptsache, man hat was zum Schlukken, würde er stottern und mit verängstigten Blicken durch die Gitterstäbe die eklige Brühe schlürfen. Er würde sogar lächeln, wenn es notwendig wäre, und sich das Kinn mit dem Handgelenk abwischen, um dann das Gesicht sogleich wieder in den Napf zu tauchen. Die Hände zitterten ihm, wenn er aß. In gelben Rinnsalen tropfte ihm die Brühe von den Lippen, von der Nase und den Hals hinunter, während er denen, die ihm das Essen gebracht hatten, dankte und wieder weiterschlürfte. Er bedankte sich mit Lauten, die er in seinem Heißhunger so verstümmelt hervorwürgte, daß die Soldaten sie unmöglich verstehen konnten. Er verschlang alles, ohne zu kauen, nur um sich den Bauch zu füllen, um zu überleben. Gleichzeitig fühlte er, wie sich in ihm wieder die Lust regte, seine Haut teuer, sehr teuer zu verkaufen. Eine rasende Mordlust überkam ihn. Er würde, sobald sich ihm die Gelegenheit bot, alle, die für seinen Zustand verantwortlich waren, in Stücke zerreißen. Es war ein völlig anderer Esterhazy, in dem sich plötzlich solche Instinkte regten: der, der die Zähne in die harten Kartoffelschalen grub, den Kopf aus dem Napf hob und sagte: Scheiße, es ist ungerecht, daß ihr vergeßt, mir das Essen zu bringen.

Eines Morgens holten sie ihn ohne Begründung aus dem Käfig, zogen ihn aus und begannen, ihn zu schlagen. Erst versuchte Esterhazy, sie mit den Armen abzuwehren. Er wollte wenigstens seinen Kopf schützen und setzte alle Kraft darein, auf Knien und Ellenbogen von den Soldatenstiefeln fortzukriechen. Aber im selben Augenblick traf ihn ein Tritt ins Gesicht. Er spürte den süßlich salzigen Geschmack von Blut im Mund. Die Achselhöhlen und Kniekehlen brannten ihm, aber sogleich traf ihn ein weiterer Tritt in die Rippen. Der Atem stockte ihm. Er ließ sich in den Staub fallen, sein Leib krümmte sich und preßte die Luft aus den Lungen in den Hals. Esterhazys Lippen waren geschwollen und aufgeplatzt, das Blut rann ihm über das Kinn. Bist du hingefallen? Wie denn das? sagte der Soldat und gab ihm einen weiteren Tritt in die Seite.

Steh auf, du altes Stück Scheiße, steh auf! schrien sie. Er war sicher, daß er nun sterben würde, daß die Soldaten ihm erst die Rippen brechen und dann den Rest zerschlagen würden, weil sie beschlossen hatten, ihn zu töten. Er wollte sich nicht mehr bewegen. Er rang nach Luft, die Knie eng aneinandergepreßt, und in diesem Augenblick traf ihn ein harter Schlag, der brutalste von allen, ins Genick, vielleicht von einem Stock. Er fühlte, wie die Erde anfing, sich unter ihm rasend schnell zu drehen. Dann begann etwas in seinem Kopf, sich auszuweiten. Er wollte schreien. Gleichzeitig aber strengte er alle Muskeln und Nerven an, um das Gleichgewicht nicht zu verlieren, um nicht in den bodenlosen Abgrund zu stürzen, der sich unter ihm öffnete. Da packte ihn einer der Soldaten an den Haaren und an einem Arm und warf ihn in die faulige Brühe des Abwassergrabens hinter den Wohnwagen. Hier im Schlamm hörte er merkwürdige Töne und Geräusche, die sich unter das Dröhnen in seinen Ohren und die Stimmen der Soldaten mischten. Mühsam stützte er sich auf die Ellenbogen und merkte, daß er aus Mund und Nase blutete. Er suchte nach seinen Lumpen, die rundum verstreut lagen. Nein, die nicht, lassen Sie die schön, wo sie sind, sagte eine Stimme. Es war Towolde. Esterhazy sah ihn an, von unten nach oben, von den Stiefeln über das braune Tuch der Uniform, weiter hinauf zu den Metallknöpfen. Der Oberst stand regungslos da, die Hände auf dem Rükken ineineinandergelegt, als wäre er aus Stein: Lassen Sie die Lumpen da liegen und kehren sie an Ihren Platz zurück, sagte er und deutete auf den Käfig.

Esterhazy hockte sich hinter dem Gitter in eine Ecke, das Kinn auf die Knie gestützt, und zog schniefend das Blut hoch, das noch immer aus seiner Nase lief. Nackt und verwundet, wie er war, hätten sie ihn nun auch umbringen können. Es sei ihm alles egal, hätte er zu Towolde sagen wollen, aber dazu fehlten ihm die Stimme und der Wille. Er hatte nicht mehr die Kraft, noch irgend etwas zu sagen.

Also machte er die Augen zu, hielt den Kopf zwischen den Händen und schloß die Welt aus sich aus.

22

Die Beerdigung von Doktor Gebrewold. Das Spalier der Menschen, die sich stumm auf den Bürgersteigen vor den geschlossenen Geschäften des Boulevard Abuna Basilios zusammendrängten und sich resigniert naßregnen ließen. Es hieß, der Sarg des Doktor Gebrewold habe die Mitte des Boulevards bereits erreicht, aber eine Frau, die größer war als die anderen, sagte, nein, da unten sei noch nichts zu sehen, aber sie würden wohl gleich kommen. Ja, das schien zu stimmen, denn man hörte schon die Musik der Kapelle, wenn auch noch aus der Ferne und vom Regen gedämpft.

Sebhat Efrem traf Musiè Daniel von der Gewerkschaft der Kellner und Kammerdiener vor dem Kaufhaus Levi-David. Gibt es Schwierigkeiten? rief er ihm zu, aber Musiè Daniel hatte es eilig und war damit beschäftigt, jemandem in der Menge aufgeregt Zeichen mit den Händen zu machen. Erst einige Minuten später erfuhr man, was passiert war: Almereida hatte die Leiche Gebrewolds entwendet. Die Soldaten hatten den Sarg beschlagnahmt. Ihr hättet es ihnen nicht erlauben dürfen, schimpfte Efrem und bahnte sich, um Daniel zu folgen, der schon im Eingang des Gebäudes verschwunden war, eilig einen Weg durch die vielen durchnäßten Menschen, die die Straße bevölkerten. Die Nachricht ging von Mund zu Mund und erreichte bald auch die Gewerkschaftsführer am Boulevard Abeba Yosief. Wenig später brach der Aufstand aus. Ein Teil der Menge bewegte sich in Richtung der Abd-el-Cader-Straße, andere stimmten Sprechchöre an, die die Regierung beschimpften. Ein breiter Strom von Menschen bewegte sich schließlich auf das Hilton zu. Efrem von der Bergarbeiter-Gewerkschaft spornte die Massen mit Hilfe des Megaphons an, aber seine Stimme verlor sich bald in den wilden Schreien aus der Masse der Menschen, die im peitschenden Regen mit erhobenen Armen entschlossen auf das Hilton zumarschierten. Efrem wußte, daß Eile nottat, wenn man die Situation ausnutzen wollte. Man durfte nicht einen Augenblick lang zögern. Er rannte zur Blaskapelle, nahm das Megaphon, befahl den Musikern, irgendein lebhaftes Stück zu spielen, das allerfröhlichste, das sie konnten, und so sollten sie mit dem Demonstrationszug weitermarschieren. Dahinter wurden inzwischen Gewehre, Musketen und Pistolen durch die halbgeschlossenen Türen herausgereicht und aus den Fenstern herabgelassen. Da stürzten die Gewerkschaftsführer unter Rufen und Schreien die Treppen hinunter: Man mußte sie aufhalten, diese Masse von hitzköpfigen Idioten, die da ins Unglück rannten, man mußte augenblicklich alles stoppen.

Zu sechst oder siebt stürzten sie auf die Straße und schrien durch die Magaphone, sie sollten stehenbleiben und nicht auf diese Provokation hereinfallen und nicht in diese Falle gehen, die ihnen die Armee gestellt hatte. Man würde sie nur alle mit Kanonen niedermetzeln. Der richtige Augenblick sei noch nicht gekommen, wiederholten sie. Aber die Schreie aus der Menge übertönten die Stimmen, die sie zurückhalten wollten. Beruhige dich, Sebhat Sium, diesmal bist du zu spät gekommen, rief Semmar Leghessè dem Vizesekretär ins Ohr, diesmal kannst du sie nicht mehr aufhalten. Leghessè, Doktor Gebrewolds bester Freund, war glücklich, aufgeregt und begeistert wie ein Fußballfan, der von einem unvergeßlichen Spiel zurückkehrt.

Der Strom der Menge, den nun keiner mehr umleiten konnte – auch Sium und die Oberhäupter der Gewerkschaft nicht, die indessen bereits beschlossen hatten, mit Almereida einen Kompromiß zu schließen –, zog nun fahnenschwenkend, die Gewehrläufe gen Himmel gerichtet, über den Boulevard Abuna Basilios. Das Heer erhielt den Befehl, die Kanonen auf die Straße auszufahren und die Kavallerie zu mobilisieren. Man mußte die Menge aufhalten und zum Rückzug zwingen. Niemand hatte damit gerechnet, daß aus der bedrückten Stimmung einer Beerdigung ein wütender Aufstand hervorgehen könnte, aber die Menschen wollten sich, nachdem sie sich in Bewegung gesetzt hatten, durch nichts mehr aufhalten lassen. Während sie im Regen auf Gebrewolds Sarg gewartet hatten, war ihnen klargeworden, daß sie niemals mehr so zahlreich und sich niemals mehr so einig sein würden, wie an diesem Vormittag. Nie wieder würden sie so stark sein, wie der volle Strom, der nun auf dem Gherar-Platz die Blockade der Kavallerie, die von den Soldaten umgestürzten Karren und die grünen Armeeautos überrannte. Unaufhaltsam floß der Strom weiter über die Selomun-Straße im Herzen von Felùs und ballte seine Kraft auf den großen Palmenalleen, die zum Regierungspalast gehörten.

Der Regen hörte nicht auf. Die fünf Verzweigungen des riesigen Menschenzuges hielten vor den Vorbauten des Hilton an, wo bereits die Kanonen aufgestellt waren. Bei ihrem Anblick blieb die Menge stehen und verharrte regungslos im strömenden Regen. Hier, vor den offenen Mäulern der Geschütze, wurde allen klar, daß die Situation sich rasch ändern würde: Vor ihnen standen die Soldaten, die mit geschlossenen Augen und aufgepflanzten Bajonetten auf den Befehl zum Angriff warteten. Offiziere schritten nervös die Reihen ab, gaben Anweisungen und schickten Melder nach Verstärkung aus, die schnell hinter den Hecken des Hilton verschwanden. Auch der Boulevard Abeba Yosief war nun überschwemmt von einer Flut von Menschen, die sich gegen die Barrieren der Artillerie drückten. Die, die hinten standen und nicht wußten, warum es vorne nicht weiterging, drängten weiter vorwärts, aber General Semmar Mestir, der Befehlshaber über die verschiedenen Truppenteile, zog es vor, noch zu warten. Er wußte, daß mindestens eine Kavallerieabteilung notwendig war, um diesen Hitzköpfen nach den ersten Kanonenschüssen entgegenzutreten. Er wußte auch, daß er hier nur über einen provisorischen Damm verfügte, der, nachdem es die ersten Toten gegeben hätte, schnell brechen würde, wenn Kavallerie und Infanterie nicht sofort zum Angriff übergingen. Er zog es daher vor, auf Verstärkung zu warten und einstweilen auf den Respekt zu bauen, den die siebenunddreißig auf die Menge gerichteten Kanonen geboten. Sebhat Sium wurde indessen auf Schultern durch die Mikiel-Straße zum Hilton getragen, da es ihm anders nicht möglich gewesen wäre, die Menge zu durchqueren. Alle wußten, daß er bei der Beerdigung Gebrewolds hätte eine Ansprache halten sollen. Viele kannten ihn – Sium? Natürlich, der Nachfolger des Doktors, der, der die Gewerkschaft übernehmen sollte, natürlich! Als er nun wenige Meter vor General Mestir stand, bat er, zu Almereida geführt zu werden, um mit diesem über die Rückgabe der Leiche zu verhandeln. Gleich darauf sah man Sebhat Sium und den General die Marmortreppe emporsteigen und hinter den Glastüren des Palastes verschwinden. Im selben Augenblick, während niemand noch recht die Lage begriff und sich alle fragten, was eigentlich los war, wurde aus den Fenstern des Hilton geschossen.

Es waren Salven aus Repetierwaffen, auf die sofort Musketenschüsse folgten, die begannen, die dichte Wand der Menge aufzureißen. Und nun, da die eiserne Kälte General Mestirs sie nicht mehr zurückhielt, begannen auch die siebenunddreißig Kanonen zu schießen. Dichter Regen fiel eintönig in die Pfützen von Schlamm und Blut, er verlor sich im dicken Nebel, der aus den reglosen Mäulern der Geschosse hervorqualmte. Ein dumpfes Schweigen, eine bleierne Stille, in der nicht einmal ein leises Klagen zu hören war, legte sich über die breiten Straßen rings um das Hilton. Bis plötzlich, über den Trümmern und den zerrissenen Leichen, in schwachem Violett die untergehende

Sonne aufschien. Die Astrologen und Wahrsager hielten den Augenblick, in dem die kraftlose Sonne unterging und der geschliffene Kreis des Mondes am Himmel erschien, in ihren Wochenblättern fest, denn von da an glich die Hauptstadt einem Ochsen, der an einem Metzgerhaken hängt: zwei Städte, die an den Ufern des Lebca gegeneinander Stellung genommen hatten. Das war auch dann noch so, als im Morgengrauen die Hähne wieder zu krähen begannen. Die Straßen blieben leergefegt, obwohl weder Freitag noch Sonntag noch der Namenstag des Gouverneurs war. Die Leute blieben hinter geschlossenen Kellertüren und verriegelten Fenstern. In der Stadt herrschte Todesangst, es war still, eine Hauptstadt ohne Kinder, die Straßen verstopft von bewegungslosen Karren, deren Deichseln am Boden lagen.

Plötzlich begannen aus dieser Friedhofsstimmung heraus, als wäre tatsächlich Ostern oder Weihnachten gekommen, die Glocken zu läuten und die Fabriksirenen zu heulen. Die Menschen bliesen nach Leibeskräften in Blechtrompeten und schlugen auf Deckel und Trommeln, als hätte der Karneval begonnen und als wären aus den Pflastersteinen der Straßen die Toten zu einem großen Fest wiederauferstanden. Gleichzeitig konnte man auch schon die ersten Leute vorsichtig wie Katzen die Mauern entlangschleichen sehen, bewaffnete junge Männer, alte Männer mit Messern und Frauen mit Musketen und Revolvern in den Händen. Sie stießen zum Boulevard Abeba Yosief vor und besetzten das Viertel. Dahinter weitere, die lärmten und trommelten, aber auch Männer, die auf Mauleseln umherritten und nicht sonderlich begeistert aussahen, da sie seit jeher wußten, daß auch diese Revolution ihr Leben nicht groß verändern würde, trotz des Lärms, der Fahnen und der bewaffneten jungen Männer, die sich in den verwinkelten Gassen versteckten und in Hauseingängen verschwanden. Zwischen den Palästen der Mikiel-Straße und den niedrigen Häusern mit den schiefen Terrassen in der

Yosief-Straße starrte ihnen das offene Maul einer Kanone entgegen, riesengroß, wie es viele nicht einmal in ihrer Kindheit, während des Krieges zwischen dem Negus Theodor und den Muselmanen, gesehen hatten. Rund um die Moschee stießen sie auf weitere Haubitzen. Als einige junge Männer mit geschulterten Gewehren am Eisengerüst des Telegraphengebäudes hinaufkletterten, war auch die glänzende Stirn von Semmar Leghessè mit der Falte, die sie bis zur Nasenwurzel hinunter in der Mitte durchschnitt, zu sehen. Denn es war Leghessè, der den Gegenangriff dieser Hitzköpfe anführte, mit denen sich die Straßen nun allmählich füllten, Männer, die Situationen schon eine Stunde, bevor sie eintraten, vorausahnten und sich mit flammender Begeisterung ins Gefecht stürzten, Jungen, die im Stehen Sterben spielten, während einige weitere hundert Männer und Jungen sich fächerförmig über den Vorplatz des Hilton verteilten und langsam, Haus für Haus, Winkel für Winkel, Mahò besetzten. Efrem stand regungslos da, die Augen halb zugekniffen, weil das Licht ihn blendete. Mit dem Blick eines kurzsichtigen Hellsehers starrte er auf den Boulevard, der leergefegt war, als sei in der Stadt die Pest ausgebrochen. Aber nicht mehr lange, denn an diesem Donnerstag oder Freitag, während die Leute auf die Straße gingen und die Jungen Winkel und Hauseingänge besetzten, wurden plötzlich merkwürdige Gerüchte laut: Zum Beispiel, daß die Soldaten begonnen hätten, sich gegenseitig zu beschießen und daß ganze Regimenter zu den Aufständischen übergelaufen seien und nun auf die Stadt zumarschierten.

Unter Glockengeläut und Trompetenklängen erwachte Mahò. Wieder wurden die Straßen von einer riesigen Menschenmenge überschwemmt, die ihren Marsch vom Vortag wieder aufnahm. Der Strom der Frauen und Männer, Alten und Jungen schwoll wieder an. Auf dem Boulevard Abeba Yosief schloß sich eine Militärkolonne dem Zug an, aber erst in der Mikiel-Straße wurde deutlich, wie riesig die

Menge wirklich war, die auf das Hilton zumarschierte. An der Kreuzung des Boulevard Abuna Basilios und der Yosief-Straße übertönte mit einem Mal ein mächtiges dumpfes Dröhnen das Geschrei der Menge. Die Leute hoben die Köpfe und blickten gen Himmel: Es war der Eindecker des Gouverneurs, die Etrich-Taube, die zwischen den Hausdächern hindurchflog. Die Menge unten auf der Straße hielt verwirrt an, teilte sich, und die Menschen drückten sich an die Häuserwände. Vom Eisengerüst des Telegraphengebäudes ertönte ein Schuß, nur ein einziger, doch die »Taube« legte sich auf die Seite, hustete, sank etwas ab, blieb einen Augenblick stehen und stürzte dann kreiselnd, von einer Rauchschwade umgeben, auf die Dächer nieder.

Es wurden Stimmen laut, die behaupteten, Almereida sei tot, im Wrack seines Flugzeugs verschmort. Anderswo ging das Gerücht um, einem Dutzend von Efrems Hitzköpfen sei es gelungen, durch den Abwasserkanal in den Keller des Hilton einzudringen und den Gouverneur nebst zwei Ministern gefangenzunehmen. Dies waren unüberprüfbare Nachrichten, die dennoch von Mund zu Mund gingen. Der Kopf des Zuges war nun vor dem Regierungspalast angelangt, während eine andere Kolonne von Aufständischen über den Amatereh das Zentrum von Felùs besetzt hatte. Die Bewohner dieses Viertels, die für Aufstände noch niemals etwas übrig gehabt hatten, schauten angstvoll auf die Straße. Sie erschraken besonders, als sie sahen, daß auch die Rebellen im Besitz einer Kanone waren. Das Gerücht, daß Almereida tot sei, wurde immer lauter, überlappte sich allerdings mit der Nachricht, der Gouverneur habe die Leiche Gebrewolds wieder herausgegeben. Den Rebellen aber gefiel die Version am besten, nach der der Gouverneur mit seinem Eindecker abgestürzt sei. Oder daß er vergiftet worden sei oder Selbstmord begangen habe, wie andere behaupteten. Es sah ganz so aus, als sei es seiner Exzellenz dieses Mal wirklich übel ergangen.

23

Von jenem Sturmgeläut und dem Lärmen der Geschosse wachte Esterhazy auf. Er öffnete die Augen und bemerkte zunächst den Geruch nach Chloroform, Seife und Medikamenten. Vor dem Fenster wehten die Wedel einer Palme im Wind. Die Bettwäsche war aus hartem Linnen und weiß wie die Stühle, die Wände und alles andere hier drinnen. Esterhazy rührte sich, doch jede Bewegung gab ihm einen Stich, vor allem im Kopf. Er versuchte, sich in den Kissen aufzurichten, sich hinzusetzen, aber sein Rücken brannte wie Feuer. Möglicherweise hatten sie ihn geschlagen, er war ohnmächtig geworden, und jemand hatte ihn hierher in dieses Zimmer aus Kalk, gebracht.

Die Geräusche von der Straße drangen gedämpft zu Esterhazy herein. Er versuchte von neuem, sich langsam aufzurichten. Er stützte sich auf die Ellenbogen, aber irgend etwas hielt ihn am Fuß fest. Er probierte es nochmals, versuchte, das Knie zu beugen. Nichts zu machen. Da packte ihn die panische Angst, man hätte ihm ein Bein oder einen Fuß amputiert. Er streckte die Hand aus, beugte sich vor und tastete sich langsam, Zentimeter für Zentimeter, ab. Es war eine Kette, die sein Fußgelenk mit dem eisernen Bettgerüst verband. Esterhazy schloß daraus, daß man ihn immer noch gefangen hielt, auch wenn er nicht mehr im Käfig saß. Plötzlich fiel ihm das Gebiß von Oberst Towolde wieder ein. Erst das Gebiß, dann der Rest: sein Gelächter, das Gesicht, die geballten Fäuste auf dem Tisch, und er fragte sich, wieviel Zeit wohl vergangen war. Eine Frau trat ein. Sie blickten sich an. Esterhazy starrte zu ihr hin und wartete darauf, daß sie ihn beleidigte und man ihn weiterfoltern würde. Auch ein Soldat war hereingekommen, der sich an die andere Seite des Bettes stellte. Haben Sie Durst? fragte sie unwirsch. Oder vielleicht war sie gar nicht unwirsch, sondern nur kurz angebunden, nach Art der Krankenschwestern, die gelernt haben, die Gefühle draußen zu lassen, wenn sie ein Krankenzimmer betreten, zumal die Patienten stinken, ins Bett machen und nicht aufhören wollen, wegen jeder Kleinigkeit zu quengeln. Ja, meine Liebe, Esterhazy hat Durst, großen sogar. Aber das sagte er ihr nicht. Er antwortete überhaupt nichts, denn er hatte gelernt, allem zu mißtrauen, auch dieser merkwürdigen Form von Aufmerksamkeit, die sie ihm plötzlich entgegenbrachten. Vor allem hätte er gerne gewußt, was sie sich ausgedacht hatten, um ihn weiter zu foltern. Statt zu antworten, starrte er deshalb der Frau in die Augen, sah zum Soldaten und versuchte zu erraten, womit sie wohl anfangen würden. Die Krankenschwester brachte ihm das Wasser, um das er nicht gebeten hatte. Was wollt ihr denn noch von mir? fragte Esterhazy und bemühte sich, schnell zu trinken, denn die Kehle brannte ihm und er hatte Angst, daß sie ihm das Glas wieder aus der Hand reißen würden. Wir müssen Sie pflegen. Sie müssen wieder auf die Beine kommen, für den Prozeß, sagte der Soldat, während die Frau mit ihrer Arbeit fortfuhr, über ein Körbchen mit Medizinfläschchen gebeugt, das auf dem Stuhl stand. Und wenn ihr mich gemästet habt, wird der Oberst mich eigenhändig schlachten, oder? fragte Esterhazy und sah erst den Soldaten an, dann wieder die Frau, die nun das Waschbekken neben dem Fenster füllte. Der Soldat kicherte. Die Frau ging zu Esterhazy hin, deckte ihn auf und begann, seine Wunden zu waschen. Auch als er merkte, daß er nackt war, gelang es Esterhazy nicht, auch nur eine Spur von Scham zu empfinden. Er ließ sie machen und drehte das Gesicht zur Seite, bis sie fertig war und hinausging. Nur der Soldat blieb, setzte sich auf einen Stuhl und schlug ein Buch auf.

Die Tage vergingen eintönig und langsam, sie schienen manchmal endlos zu sein. Tagsüber schlief Esterhazy: Der Abend ließ immer zu lange auf sich warten. Nachts hingegen konnte er nicht schlafen und starrte mit aufgerissenen Augen ins Dunkle, denn nun wollte es nicht Tag werden. Wenn ihm Fragen gestellt wurden, antwortete er nicht. Oder er nickte nur oder schüttelte den Kopf. Jedenfalls sprach er sowenig wie möglich, aber er wollte auch nicht unfreundlich sein, denn der Soldat und die Krankenschwester waren schließlich einigermaßen nett zu ihm. Er traute ihnen nicht. Er fürchtete, sie könnten hinter seinem Rücken irgend etwas aushecken, und vergaß nicht, daß sie mit ihm machen konnten, was sie wollten. Ihn foltern oder sogar töten. Dennoch meinte er zuweilen, aus ihren rauhbeinigen Zuwendungen schließen zu können, daß sie ihn wirklich vor Gericht führen wollten. Vielleicht pflegten sie ihn nur, damit er den Richtern in einem leidlichen Zustand vorgeführt werden könne uind dann, wenn er von der Folter erzählte, als Lügner dastünde. In der Tat, seht ihn euch doch an, den Esterhazy: ausgeruht, rasiert, mit einem schönen Schlafanzug, die saubere Unterwäsche schon auf dem Stuhl bereitgelegt. Sie cremten ihm die Ekzeme ein, pinselten Jod auf seine Wunden, streuten Pulver auf die Wanzen und drängten ihn, zu essen. Hin und wieder horchte ein Arzt mit dem Stethoskop seine Brust ab, befahl ihm zu husten, spähte in seinen Mund und fragte nach seinem Befinden. Ein schönes Leben eigentlich.

Als er eines Morgens erwachte, fühlte er sich kräftiger als sonst. Er streckte die Hand aus, um das Glas vom Nachttisch zu nehmen. Ich würde gerne versuchen, aufzustehen, sagte er zum Soldaten. Wenn er so weit kommen könnte, seine Notdurft nicht mehr in den Blechtopf machen zu müssen, der unter seinem Bett stand und den ihm der Soldat immer ausleerte, so wäre damit – nun, da ihn niemand mehr quälte und er täglich rasiert wurde – ein beträchtlicher Teil seiner verlorenen Würde zurückgewonnen. Der Soldat sperrte das Schloß auf und nahm ihm die Fessel ab, aber kaum stand Esterhazy auf den Beinen, begann er zu schwanken. Die Wände des Zimmers drehten sich und kreisten über den Planken des Fußbodens, der sich wie verhext hob und senkte. Machen Sie sich keine Sorgen, es ist nur die Schwäche, die Sie schwindlig werden läßt, sagte die Krankenschwester, Sie müssen mehr essen! Es ist noch zu früh, um aufzustehen.

Eine Woche später konnte er bereits auf eigenen Beinen zum Klo gehen, sogar ohne sich auf den Arm des Soldaten stützen zu müssen. Manchmal packte ihn ein Schmerz im Nacken. Er mußte die Zähne zusammenbeißen, aber nach einigen Stunden war alles wieder vorbei. Der Soldat nahm ihm die Kette ab und begleitete ihn. Zuweilen stellten sie sich nebeneinander und pinkelten gemeinsam. Der Soldat saß stundenlang regungslos auf seinem Stuhl gegenüber dem Bett, das aufgeschlagene Buch auf den Knien. Er war Moslem und konnte mehr als die Hälfte der einhundertvierzehn Suren des Korans auswendig, obwohl er noch sehr jung war und ihm gerade der erste Flaum ums Kinn herum wuchs. Den Weg kennst du ja wohl, oder? sagte er eines Tages, als Esterhazy ihm genügend wiederhergestellt schien, um alleine ins Bad gehen zu können. Der Soldat blieb lieber sitzen und vertiefte sich weiter in die Geschichte der Scharia. So kam es, daß der Direktor des Robinson-Zirkus seit Monaten zum ersten Mal zehn Schritte machte, ohne daß ihm ein Soldat auf dem Fuße folgte. Das Bad war unter der Treppe am Ende des Korridors, und dort erlitt Esterhazy täglich sein Martyrium, denn die Wunden in seinen Eingeweiden neigten dazu, immer wieder aufzuplatzen, und dann spürte er ein glühendes Eisen in sich aufsteigen, das ihm in die Seele stach. Er biß sich auf die Zunge, um nicht zu schreien, während er mit geballten Fäusten auf der Schüssel hockte, den Kopf zwischen den Knien, die Zähne im täglich wiederkehrenden Schmerz fest zusammengebissen.

Nun, in diesem Zustand befand sich Esterhazy, als sie eintrat. Draußen war es beinahe dunkel. Die Türklinke wurde heruntergedrückt und die Tür ging einen Spalt weit auf. Er wollte sie wieder schließen und drückte mit der Hand dagegen – besetzt, zum Teufel noch mal! Ich bin hier! Besetzt! schimpfte Esterhazy, denn bei dieser Art von Verrichtung braucht man seine Ruhe, da möchte man in Frieden gelassen werden. Sie kam aber trotzdem herein. Esterhazy sprang auf, die Hosen rutschten auf seine Knöchel hinab, und Miss Ana schloß die Tür, lehnte sich mit dem Rücken dagegen und reichte ihm das Paket mit den Kleidern und den gefälschten Ausweisen. So gelangten sie ins Freie. Seite an Seite gingen sie durch die Korridore, in denen Patienten im Schlafanzug, Soldaten und Krankenschwestern an ihnen vorbeigingen, ohne sie zu beachten. Auch die Wachen, die sie am Eingang anhielten, um einer Bahre Platz zu machen, auf der, eingewickelt wie eine Mumie, General Mestir lag, der vor kurzem mit der »Taube« des Gouverneurs abgestürzt war, bemerkten nichts. Nachdem die Bahre vorbeigetragen worden war, ließ der Wachposten sie hinaus.

Esterhazy fühlte sich seltsam euphorisch. Nicht nur, daß er überhaupt keine Angst hatte, er fühlte auch, daß in dem dunklen Verließ, in das es ihn verschlagen hatte, endlich eine Falltür, eine Öffnung aufgegangen war, und durch diese hindurchzuschlüpfen machte ihn so glücklich, daß er fast meinte, das Leben sei wieder zu jenem lustigen Spiel geworden, das es im Grunde immer sein sollte. Am Ende der Straße wartete eine Kutsche auf sie. Sie durchquerten ein Stadtviertel, das Esterhazy nicht kannte, und fuhren dann ins Hügelland. Während der Fahrt gab es Küsse, Umarmungen und aufgeregten Austausch von Neuigkeiten. Mit einem Mal brachte der Kutscher die Pferde zum Stehen. Sie stiegen aus und gingen zu Fuß weiter. Obwohl Esterhazy nichts weiter war als ein flüchtiger Häftling, jagte ihn seit Wochen zum ersten Mal nicht mehr die Angst, und er war frei von der Sorge über das, was kommen sollte. Gleich nach Einbruch der Dunkelheit gingen sie in jenen Teil der Stadt hinunter, der bereits von den Aufständischen befreit worden war. Miss Ana zog die Schuhe aus und warf sie hinter eine Hecke. Sie wollte lieber barfuß laufen. Sie wanderten etwa eine Stunde lang. Dann erreichten sie eine Hütte und liefen an verbrannten Trümmern einer Häusergruppe, einem großen Gebäude mit verriegelten Fensterläden und an weiteren Häusern vorbei. Sie durchquerten kleine Gassen, stießen auf eine Meute schlafender Hunde, auf einen leeren, von Straßenlaternen beleuchteten Boulevard und auf eine Ziegenherde, die erst jetzt zurückkehrte. Dazu Milliarden von surrenden Insekten. Dann, als sie die Randzone der Stadt hinter sich gelassen hatten, gelangten sie in das Gedränge der aufständischen Stadt.

Man war dabei, den letzten Angriff vorzubereiten: den entscheidenen Angriff auf den Regierungspalast. Die Menschen sausten zu Fuß oder zu Pferde durch die Straßen. In den Gebäudeeingängen standen bewaffnete Männer und diskutierende Menschen. Auf den Terrassengeländern hockten, wie die Hühner auf der Stange, Männer mit Musketen im Arm. In der Rue Gaggiret gingen Esterhazy und Miss Ana in ein Haus. Es war eines jener großen, weißen Häuser, die nach der Entdeckung des Erdöls gebaut worden waren. Ein Junge führte sie in einen Saal im ersten Stock, der voller Leute war: diskutierende Männer, protestierende Frauen, die mit den Armen fuchtelten, und weinende Kinder, die von dem ganzen Durcheinander völlig übermüdet waren. Aber Misiè, der Mann, den Miss Ana suchte, war nicht da. Also stiegen sie mit der Flut derer, die über die Treppe auf die Straße eilten, wieder hinunter. Andere gingen noch weiter hinunter, eine Treppe hinab, die in einen Keller führte, wo ein Ameisenhaufen von Frauen Kisten aufbrach, Gewehre auspackte und dabei wirr durcheinanderredete.

Als Ghisc im roten Hemd und mit gepunkteter Krawatte zusammen mit Ramel in der Rue Gaggiret eintraf und mit Misiè in den Keller hinabstieg, wollte er zunächst nicht glauben, daß sich auch Miss Ana und Esterhazy in diesem Gewühl befanden. Plötzlich sah Ghisc Esterhazy auf einer Bank sitzen, die Hände in den Hosentaschen. Beide schien es wie ein Wunder, daß sie sich hier wiedertrafen, als hätten sie sich im Chaos dieses Kellers, inmitten einer Revolution, verabredet. Bist du auch zum Kämpfen hier? fragte Ghisc und umarmte ihn.

Auch Misiè, der sich zusammen mit Miss Ana seit Wochen darum bemüht hatte, Esterhazy zu befreien, war da. Ghisc war vor wenigen Tagen aus dem Kongo zurückgekehrt. Er hatte ein paar Leute vom Robinson getroffen, die ihm geholfen hatten, dieses Treffen zu arrangieren. Ist der Film fertig? fragte Esterhazy und umarmte Ghisc und Ramel noch einmal. Wir sind gekommen, um uns von euch zu verabschieden, sagte Ghisc. Wir verreisen, wir fahren nach Frankreich! Nach Paris, sagte Ramel lächelnd. Sie war froh über den Tumult in dieser aufständischen Stadt, denn er versetzte sie in die gleiche glückliche Erregung wie ein Fest oder ein Jahrmarkt mit Blaskapelle und Feuerwerk. Wir fahren nach Europa, um den Film zu verkaufen. Schön, viel Glück! Es freut mich, daß ihr glücklich seid und daß ihr nach Frankreich fahrt, sagte Esterhazy immer wieder. Etwas anderes wußte er nicht zu sagen. Er wollte lächeln, aber er hätte sich dazu überwinden müssen. Er fühlte sich wieder wie in einem Käfig: Ghisc und Ramel fuhren davon, der Robinson existierte nicht mehr und alle anderen um ihn herum bereiteten sich darauf vor, auf die Straßen zu gehen und zu schießen. Sie taten das einzige, was sie in dieser Sackgasse, zu der Mahò geworden war, noch tun konnten. Deshalb, nur deshalb kämpfte Esterhazy jetzt mit sich und mit dem Impuls, die Hände wieder in die Taschen zu stecken und sich mit seiner Unfähigkeit, irgendeine Entscheidung zu treffen, wieder auf seine Bank zu setzen. Schön! Schön, es freut mich, daß ihr nach Frankreich fahrt! Viel Glück, wiederholte er von neuem und schüttelte Ghisc und Ramel die Hände. Gute Reise! Auch dieser Abschied lag auf ihm wie ein Stein. Er fühlte sich, als seien ihm wie eine heimtückische Krankheit Wurzeln unter den Füßen gewachsen, die ihn an diesem Ort festhielten, den er verabscheute, von dem er sich aber nicht lösen konnte. Da nahm Miss Ana Esterhazy an der Hand, sah Ghisc und Ramel an, lächelte und sagte nur: Gut, wir fahren auch nach Paris! Wie? Und wann fahrt ihr? fragte Ramel und setzte ihr glücklich-erstauntes Lächeln auf, mit dem sie auch ihren Film reichlich bestückt hatte. Ja, das sollten wir tun. Gehen wir. Wir kommen mit euch, sagte Esterhazy, drückte Miss Ana an sich und versuchte, wieder zu lächeln.

24

Der große Dampfer Hilton hatte Schiffbruch erlitten. Passagiere und Mannschaft hatten ihn verlassen. Einzig Donna Almereida und ihr Sohn waren noch an Bord.

Alice Peis, genannt Donna Almereida, hielt den Gouverneur in den Armen und begann, zum kalten Körper dieses ihres Sohnes zu sprechen. Gleich wird es dunkel, sagte sie wirr. Ihre Stimme durchdrang die Stille der Zimmer und der leeren Korridore. Sie, die Mutter, stotterte. Sie biß sich auf die Lippen und zitterte, oder sang ein tränenloses Klagelied, obwohl keiner von denen mehr da war, die ihrem Trauergesang voll Mitleid hätten zuhören sollen. Sie tun gut daran, sich auszuweinen, hätten sie ihr nochmals sagen wollen, um sie zu trösten. Bevor die Soldaten gekommen waren, um sie abzuführen, hatten ihr die anderen Frauen des Hauses Almereida beigestanden, ein Hexensabbat von Witwen, die gekommen waren, um ihr Mut zuzusprechen, ihr das zerraufte Haar unter dem schwarzen Schleier zu streicheln. Sie hätten darauf gedrängt, daß sie wenigstens ein wenig schliefe, sich etwas ausruhe. Aber nein, sie wollte lieber klagen, lieber die Geschichte vom Todeskampf ihres Sohnes von vorne erzählen. Sie jammerte und bebte, bewegte dabei aber ihre Hände nicht und vergoß keine Tränen. Sie machte keine Gesten mehr, als sei auch ihr Körper schon anderswo und gehöre nicht mehr zu ihr. Dann kamen die Soldaten und brachten die anderen fort, und sie blieb allein, die dürren Fäuste übereinandergepreßt. Donna Almereida fuhr fort zu sprechen, als würde eine ganze Schar von Witwen, reglose, mitleidige Frauen, vor ihr stehen und ihr mit offenen Mündern zuhören. Sie benahmen sich, als herrsche im Hilton immer noch das übliche Kommen und Gehen, das Rein und Raus der vielbeschäftigten, zerstreuten Menschen. Aber abgesehen vom Gouverneur, war sie allein, jedoch das macht nichts, denn der Tod ist dem Leben ein guter Kamerad. Sie malte sich ein Publikum aus, stellte sich vor, daß alle noch um sie herum seien: Generäle, Minister im Gehrock und die Botschafter von Übersee, die nur wenige Schritte von jener Wand entfernt auf den Sofas saßen oder in Habachtstellung dastanden, die tropfenden Schirme über den Arm gehängt, und bewegt und schockiert auf sie heruntersahen, unser herzlichstes Beileid, Señora. Fassen Sie sich, ein unersätzlicher Verlust für dieses Land, wir sind ohne Worte, blabla, jedoch den Tod muß man hinnehmen, es trifft immer die Besten, er war ein unvergleichlicher Mann. In langen Reihen würden sie, hintereinander am Toten vorbeiziehen, noch bevor die monumentalen Kränze vom Diplomatischen Corps eintrafen, von denen der süßliche Anhydridgeruch der tropischen, vom Regen triefenden Rosen und Nelken ausgehen würde. Dann der militärische Wachtrupp unten im Hof, die armen Jungen, sie haben den ganzen Gewitterguß abgekriegt, einschließlich der Blitze und des Donners. Natürlich auch die Nonnen, die da knien und mit ihren Rosenkränzen klimpern würden, Perle für Perle, und die Waisenmädchen, die man in Dreierreihen zur Totenwache hergebracht hatte. Jedes Mädchen marschiert mit einer Blume in den Händen vor den marmornen Toten. Die armen Kleinen! Kerzengerade stehen sie da, in weiße Kniestrümpfe gesteckt. Und die Mitglieder der Militärkapelle, die mit abwesendem Blick oder mit feierlichen Mienen warteten und die Trauermärsche bereits fertig in den Hörnern und Klarinetten trugen, es fehlte nur noch der Befehl, hineinzublasen, um sie herauszulassen. Langsam würden sie in vier Gruppen im Gänsemarsch bis dort hinaufsteigen. Schließlich das unlustige Pferd, das vor dem Haus wartete, dem man die Kanonenlafette auf den Rücken geschnallt hatte und das mit gesenktem Kopf die Schläge der Totenglocke zählte, das arme Tier. Und sagen Sie es, Donna Almereida, sagen Sie es nur, daß jeder Glockenschlag für eine Mutter wie ein Hieb in den Magen ist.

Wir sind alle zur Stelle, Señora, treu bis ans Ende! Das Herz am richtigen Fleck und das Schwert in den Händen. General, ihr seid alle unverbesserliche Prahlhänse, aber das macht nichts, ich danke Ihnen dennoch herzlich. Wenn du sie sehen könntest, mein Sohn, sie sind wirklich alle gekommen, stotterte Donna Almereida in die Leere hinein. Wenn du all die Uniformen sehen könntest! Alle sind da: Kavallerie, Infanterie und Artillerie. Es sind viele Hunderte, und sie log, denn im Dunkel seines Schlafes konnte er ja nicht wissen, ob das, was sie ihm ins Ohr flüsterte, der Wahrheit entsprach oder nicht. Sie stammelte weiter, als ob außer diesem Toten und ihr, die sie matt und mit gesenktem Kopf über den Sohn gebeugt dasaß, den einen Arm auf seinen Körper gelegt, den anderen in sein weißes Albinohaar vergraben, noch andere zugegen wären, um mit ihr zu leiden, wenn schon nicht der Generalstab und das Diplomatische Corps, so doch wenigstens die Schar der Witwen, Patentanten und Gevatterinnen. Statt dessen aber waren sie und ihr Sohn im halbdunklen Zimmer allein, denn der Tod liebt die Finsternis, die Dunkelheit, das Schweigen. Ihr Lieben, ihr Lieben, die ihr zu mir gekommen seid, setzt euch! Weint mit mir! sagte Donna Almereida und spürte im Mund den etwas salzigen Geschmack der Tränen, die ihr nicht aus den Augen treten wollten. Ich, nicht er, ich hätte an seiner Stelle sterben müssen, sagte sie immer wieder. Sie hielt inne, um sich mit ihrer belegten Zunge die Lippen zu benetzen, die zu einer Grimasse verzerrt waren, nun, da die einzige, unglückselige Frucht ihres Leibes verdörrt und tot war. So ist das Leben, meine Lieben. Wir Mütter, alt wie Bäume, nur noch Knoten und rissige Rinde, wir müßten längst abgeholzt und verbrannt sein, wenn der Tod kommt und uns aus unseren welken Blättern die einzige Frucht wegreißt, die wir hervorgebracht haben. Nein, noch nicht, wartet, sagte die Mutter und sah zu den Soldaten auf, die gekommen waren, um sie abzuführen. Bitte laßt mich ihn noch ein Weilchen halten, so wie damals, als er noch klein war und an die Brust wollte und sich an mir festklammerte.

Wer weiß, wer ihn gerufen hatte: Nun trat Kostas Tsaldaris, der griechische Photograph von Carobèl, ein, ließ seine Magnesiumlampe auf sie herunterblitzen und photographierte ihr gebeugtes Haupt, ihr nun aufgelöstes wächsernes Gesicht und den dahingegangenen Gouverneur, der seine nackten Beine ins Leere streckte und dessen weiße Löckchen im Kerzenlicht glänzten. Der Fächer aus schwarzgekleideten Witwen entfaltete sich vor dem Photographen für diese letzte Aufnahme. Dies war der Augenblick, in dem die Waisenmädchen mit den Blumen in der Hand hereinkamen. Ihre Schuhe waren schlammbeschmiert. Das dämmrige Licht verängstigte sie und sie waren verlegen: wegen des Medizin- und Honiggeruchs, den die Blumen neben dem Toten ausströmten, und weil sie nicht wußten, was sie an diesem häßlichen Ort tun oder sagen sollten, außer requiem aeternam, Frau Almereida. Naai-i-in! brüllte da die Mutter. Ihr macht es euch zu leicht, schluchzte sie, und ihre Augen waren wie glühende Kohlen: Ich habe euch kommen lassen, damit ihr mit eigenen Augen seht und bis an eurer Lebensende nicht vergeßt, was der Haß eurer Väter und das Gekeife eurer

Mütter aus ihm gemacht haben, ihr schmutzigen Hurentöchter. Es sind alles Waisenkinder, versuchte die Nonne, die die Kinder führte, sie zu unterbrechen. Aber Donna Almereida hörte sie nicht, sie zeigte mit dem Finger auf die Mädchen mit den Blumen in der Hand, die schon anfingen zu weinen, denn es tat ihnen weh, mit solcher Schuld beladen zu werden, und so gingen die Waisenmädchen und Nonnen wieder hinaus und andere Leute kamen dafür herein, auch sie zum letzten Gruß. Sie drängten sich um den Gouverneur, der verloren in den Armen seiner Mutter lag. Donna Almereida verwünschte mit erhobenem Finger den Himmel und die laue Leere der winterlichen Morgenstunden, in denen die lebenden Bürger von Mahò gähnend aus dem Schlaf erwachten.

Wenig später begann es wieder zu regnen. Der Schlamm überschwemmte die Straßen, und die Hunde trotteten mit hängenden Köpfen aus dem Hof. Gelbe Blitze zerrissen den Himmel.

Es gelang Musiè Daniel, verhältnismäßig ruhig zu bleiben. Trotz des allgemeinen Durcheinanders fand er jemanden, den er mit der Nachricht, daß das Hilton eingenommen sei, zu Sebhat Sium schicken konnte. Dann ging er zu Kahasai hin, zog sich einen Stuhl heran und setzte sich ihm gegenüber. Gewiß, ja, er war ein Schwein, ich weiß, aber mußte er unbedingt auf diese Weise umgebracht werden? Er war immerhin der Gouverneur! Wir hätten uns das Vergnügen bereiten können, ihm den Prozeß zu machen, sagte Daniel fast flüsternd. Die Leute haben an einem schönen Prozeß viel mehr Freude als an der Leiche eines wichtigen Mannes, raunte er. Kahasai war ganz durcheinander. Er merkte, daß ihm dieser Tod, das Ende Almereidas und auch der Prozeß, der nicht stattfinden würde, immer gleichgültiger wurden, wie alles, was in Mahò geschah. Aber vielleicht war es nur die Müdigkeit, die sein Gemüt daran hinderte, das Richtige zu empfinden. Er fühlte alles andere als Begeisterung. In ihm war nur Kälte und das schwache Verlangen, die Augen zu schließen und zu schlafen.

In der Dunkelheit des Zimmers legte Daniel ihm eine Hand auf die Schulter und flüsterte ihm noch etwas zu. Was mir am meisten leid tut, ist, daß wir so viel Zeit verschwendet haben, unterbrach ihn Kahasai, aber er sagte es ohne Überzeugung so hin, nur um sich überhaupt zu äußern. Auch das Problem der Zeit interessierte ihn eigentlich nicht mehr. Daniels Augen hatten sich inzwischen an die Dunkelheit gewöhnt. Die schweren Vorhänge bedeckten die Fenster, und keiner von beiden hatte bisher daran gedacht, sie zurückzuziehen, um Licht hereinzulassen. Daniel erkannte die Umrisse des Bettes sowie Almereida, der darauf ruhte, von Kopf bis Fuß mit einem Leintuch bedeckt, so wie seine Mutter ihn hinterlassen hatte, als die Soldaten sie abführten. Photographien, Kleider und Briefe lagen auf dem Boden herum. Kahasai erhob sich und deckte das Gesicht Almereidas auf, das erschreckend reglos war: Die Backenknochen sahen aus als seien sie aus Marmor. Erst jetzt bemerkte Kahasai die Stille im Zimmer und in ganz Mahò. Niemand sprach mehr und niemand schoß mehr. Es herrschte ein tiefes, allumfassendes Schweigen, das vom Plätschern des Regens unterlegt wurde. Daniel gähnte und gab dabei einen dumpfen Laut von sich, wie ein Ochse. Kahasai drehte sich nach ihm um, und sie starrten sich an. Daniel deutete ein Lächeln an. Es war zu Ende. Sie hatten einen Burschen auf die Suche nach etwas geschickt, mit dem man Almereida fortschaffen konnte, eine Tragbahre oder einen Karren. Statt dessen kehrte Todròs, das Hinkebein, mit einem Sarg zurück. Mit einem richtigen Sarg aus glänzendem lackierten Holz. Sie legten den Gouverneur hinein und beschlossen, ihn sofort zu dem Platz zu bringen, auf dem die Kundgebung stattfinden sollte, das riesige, von der Gewerkschaft veranstaltete Siegesritual. Sebhat Sium persönlich sollte der Menge verkünden, daß Almereida wirklich und wahrhaftig tot sei, und damit keiner mehr daran zweifeln mußte, sondern alle in Beifall, Lachen und Freudentränen ausbrechen konnten, würde man den Beweis vorzeigen. Die Leiche sollte so vor der Menge aufgebahrt werden, daß jeder sie mit eigenen Augen sehen konnte. Und um Sium das Recht und das Vergnügen zu überlassen, die Ankündigung zu machen, war es besser, wenn sie, Daniel, Kahasai und die Burschen, den Rest alleine erledigten, ohne sich dabei blicken zu lassen, wenn sie also auf Umwegen über die kleinen Gassen zu dem Platz gingen, wo schon die Bühne aus fest aneinandergenagelten Planken aufgebaut war.

Obwohl sie die halbe Stadt durchqueren mußten – der Semmar-Madgu-Platz befand sich auf der anderen Seite von Mahò –, machten sie sich auf den Weg: Vorne gingen Kahasai und Daniel, den Sarg auf den Schultern – die mit Kopalharz lackierte Holzkante drückte ihnen gegen den Hals –, die beiden anderen liefen hinten. Todròs führte die Prozession an. Sie kamen nur langsam vorwärts, mußten auf Treppenabsätzen haltmachen, um Atem zu schöpfen, und auf die Ecken achten. Todròs – mit dem Gewehr über der Schulter und dem verkrüppelten Bein, mit dem er über die Treppenstufen hüpfte und das ihn bei jedem Schritt schwanken ließ, als bewege er sich im Rhythmus einer Melodie, die ihm nicht aus dem Kopf ging – ermahnte sie unablässig, vorsichtig zu sein und langsam zu machen. Vorsichtig, langsam! Kahasai hätte es vorgezogen, den Weg über die Hauptstraßen zu nehmen, wenigstens bis zur Bethar-Straße, und dann nach rechts zur Poststraße abzubiegen. Sie waren jedoch gerade auf dem Vorplatz des Hilton angelangt, als sie merkten, daß die Unruhen sich noch nicht ganz gelegt hatten, daß immer noch Hitzköpfe herumrannten, wer weiß wohin, Jungen, die im Festrausch aus den Fenstern in die Luft schossen.

Auf den Bürgersteigen standen viele Frauen und Kinder. Es war also besser, gleich nach rechts abzubiegen, sich durch die verwinkelten Gäßchen von Felùs zu schlängeln, durch Sackgassen, die in einen Innenhof führten und sich dann hinter niedrigen Häusern und kleinen Läden fortsetzten. War man erst einmal an der gelben Mauer der städtischen Badeanstalt und an dem Toreingang dahinter vorbeigekommen, und hatte man dann den kleinen Platz überquert, so gelangte man auf einen unkrautbewachsenen Feldweg, der zum Lebca hinunterführte. Hundert Schritte weiter flußaufwärts mußte sie jemand gesehen haben, vielleicht von der Brücke herunter: Ein Hinkender und vier Männer mit einem Sarg liefen durch den Dunst, der vom Fluß aufstieg. So kam das Gerücht zustande, daß fünf merkwürdige Kerle in Zivil erneut die ruhelose Leiche des Doktor Gebrewold entführt hätten. Oder daß Almereidas Männer die Leiche des Generalsekretärs auf ihre Flucht mitnahmen und mit ihr am Flußufer davonzogen; die Geschichte ging durch aller Munde und erreichte schließlich den Hauptsitz der Gewerkschaft. Und da schon alle unten auf dem Platz waren, gelangte die Nachricht auch dorthin, wo die Blaskapelle schon seit fast einer Stunde die gleichen Marschliedchen schmetterte, die bis vor wenigen Tagen den Botschaften des Gouverneurs zur Untermalung gedient hatten.

Die Geschichte von den fünf Männern mit der Leiche traf also auf dem Semmar-Madgu-Platz ein, verbreitete sich auch auf der Tribüne, und die Oberhäupter der Gewerkschaft wären gewiß allesamt aus dem Häuschen geraten, wenn sie nicht ganz sicher gewesen wären – sie konnten darauf schwören –, daß sich Gebrewolds Sarg in Sicherheit befand, und zwar hinter der verschlossenen Tür eines Zimmers der Grundschule, zwischen Konservendosen, in denen haufenweise Geranien und Nelken steckten, die die Klassenzimmer mit einem süßlichen Sakristeigeruch erfüllten, der bei den Schuldienern eine merkwürdige Übelkeit verursachte. Es ist jedenfalls besser, sich noch einmal zu vergewissern, sagte Sebhat Sium und wollte, daß man ihm diese Sache mit den fünf Männern und dem Sarg unter der Brücke und den ganzen Rest noch mal von vorne erzählte. Der alte Mann, der sie gesehen hatte, wiederholte noch einmal, wie es vor sich gegangen war, und Sium hörte sich die Geschichte nochmals an und sagte ach! und na so was!, als erzähle man ihm alles zum ersten Mal. Er wollte es ganz genau wissen. Also: fünf Kerle am Ufer des Lebca mit einem Sarg auf den Schultern, wenn ich recht verstanden habe. Ja, dieser Sache sollten wir nachgehen, schloß Sium. Wir sollten uns sowohl die Schule als auch das Flußufer ansehen. Und obwohl sie so müde waren, daß sie sich kaum mehr auf den Beinen halten konnten, machten sie sich zu sechst oder siebt auf den Weg durch den Regen. Sium und die anderen blieben währenddessen auf der Bühne und sprachen über Gebrewold und dessen Beerdigung, die immer noch nicht stattgefunden hatte, weil keine Zeit dazu gewesen war. Jemand gab der Kapelle ein Zeichen, sie solle aufhören zu spielen, und Sium begann mit seiner Rede. Er fing beim Erdöl an und kam über die Untugenden des Kapitals zur Eroberung des Hilton. Er bewies der Menge erneut seine Befähigung zum guten Hirten des Lumpenproletariats, indem er in den Pausen den Finger gen Himmel streckte, seine Sätze in wirkungsvollem Singsang vortrug und gewisse Worte dehnte, um ihnen Nachdruck zu verleihen, wie Fo-o-rtschrittt und De-e-mokrati-i-ie. Die Lippen eng an das Mundstück des Megaphons gedrückt, erzählte er im Märchenton von dem, was den Leuten dieses Volkes im Blute liegt, die sich währenddessen berauscht und glücklich in die Arme fielen und jedes einzelne von Siums Worten mit dem gleichen grenzenlosen Vertrauen einsogen, mit der sie zum großen Teil noch bis vor kurzen auf diesem Platz den Reden Almereidas gelauscht hatten.

An der Mole vor den verlassenen Lagerhallen der Petroleum holte der von Sium ausgesandte Suchtrupp die fünf Männer mit dem Sarg ein. Es regnete nur noch wenig, und über den Fluß senkten sich langsam die ersten Schatten des hereinbrechenden Abends. Dort unten am Ufer, kurz vor der Biegung des Flusses, der, von mattgrauen Nebelschwaden bedeckt, in die dämmrigen Farben des Sonnenuntergangs zu fließen schien, zogen die fünf dahin. Da begannen die Verfolger zu rennen. Der Hinkende und die übrigen vier bemerkten die dunklen, im Galopp hinter ihnen herrennenden Gestalten, die sich von Zeit zu Zeit deutlich gegen die trübe Oberfläche des Lebca abhoben. Es war schon fast dunkel. Schichtweise legte sich im Kampf mit dem letzten, kraftlosen Sonnenlicht, das noch matt in den Baumwipfeln und über den Barackendächern hing, die Finsternis über die Stadt. Das gegenüberliegende Ufer war nur noch ein langgestreckter Tintenfleck, der sich am Horizont verlor. Dann drang von Ferne ein rauher Sirenenton durch die reglosen grauen Schleier der Abenddämmerung. In diesem Augenblick schoß Semmar Leghessè ohne Vorwarnung, nur, weil sie endlich auf Schußweite herangekommen waren. Ein dumpfer Knall, der die Insekten verstummen ließ und die Vogelschwärme erschreckte, die über dem Fluß hintereinander herflogen. Ein einziger Schuß. Dann ein Schrei, Stille und Daniels durchlöcherte Hand. Der Sarg begann zu schwanken, legte sich schräg und fiel mit einem dumpfen Aufprall zu Boden. Die anderen warfen sich ebenfalls nieder. Wer dort? Bleibt stehen! Wer seid ihr? fragte Daniel erschrocken, während er sein Handgelenk umklammert hielt. Bleibt, wo ihr seid, oder ich schieße, schrie Kahasai, der zwischen den Schilfrohren im Sumpf lag, und zielte mit der Pistole auf die dunklen Gestalten. Was habt ihr dort in dem Kasten? fragte eine Stimme aus der Dunkelheit, Daniel erkannte sie sogleich. Bestimmt, das war er, kein Zweifel, verdammte Scheiße, Leghessè! Seid ihr das? rief Daniel. Was zum Teufel ist in euch gefahren, daß ihr zu schießen anfangt! Wer seid ihr? fragte von neuem die Stimme. Ich bin's, Daniel, Musiè Daniel, wer soll ich denn sonst sein? Kahasai ist auch hier, antwortete er. Da näherten sich die dunklen Gestalten vorsichtig. Das unter ihren Füßen zersplitternde Schilfrohr knackste. Du hättest mir fast den Schädel durchlöchert, schimpfte Daniel, als sie wenige Meter vor ihnen standen. Darf man vielleicht erfahren, was zum Teufel ihr euch dabei gedacht habt? fragte Kahasai und stand vom Boden auf. Es hieß, der Sarg von Gebrewold sei wieder gestohlen worden, antwortete Leghessè, es tut mir leid. Nein, das ist nicht Gebrewold, das ist Almereida, sagte Kahasai, und erst jetzt merkten sie, daß der Sarg beim Herunterfallen in den Lebca gerutscht war.

Todròs tauchte seine Füße in den Schlamm und stieg ins Wasser. Der Sarg hatte sich zwischend den Ästen und Wurzeln eines Baumes verklemmt, der über das Ufer hing, und Todròs stieg weiter in den Fluß hinein, um ihn zu erreichen. Nein, er war zu weit weg und das Wasser war zu tief. Es half auch nichts, sich an den Ästen und den krummen Wurzelarmen weiterzuhangeln. Trotz der Strömung hing der Sarg dort fest, reglos, wenige Meter vom Ufer entfernt, an einer Stelle, wo man ihn nur noch mit einer Stange hätte erreichen können. Was sollen wir tun? fragte Leghessè, wir bräuchten wenigstens ein Seil, aber es ist auch schon zu dunkel. Einer der Burschen wurde losgeschickt, um das Notwendige zu holen. Fast eine Stunde lang saßen sie in der Dunkelheit im Schlamm und schlugen die Zeit tot. Sie sprachen über Gott und die Welt, vor allem über diesen verrückten Tag, und konnten sich dabei nicht einmal in die Gesichter sehen. Hin und wieder leuchtete ein Streichholz oder die rote Glut der Zigaretten auf. Sie erzählten sich, wie sie nach der Eroberung des Hilton den Gouverneur tot und verlassen in seinem Bett gefunden hatten, oder sie rekonstruierten die Vorfälle in der Gaggiret-Straße. Und Daniel jammerte wegen seiner verwundeten Hand. Endlich kamen die Lampen, die Seile und eine Leiter sowie eine Menge Schaulustiger, die erfahren hatten, wie es mit Almereida zu Ende gegangen war, und in der Hoffnung hergekommen waren, den letzten Akt nicht zu versäumen. Einige trugen Fackeln, andere hatten die Hände in den Hosentaschen und standen barfuß, mit wissenden Gesichtern, als hätten sie es schon immer geahnt, herum. Kahasai, der einen Zigarettenstummel im Mundwinkel hatte, befahl ihnen, zurückzutreten und keinen Lärm zu machen, denn hier wurde gearbeitet. Einige waren bereits ins Wasser gestiegen, um den Sarg mit Seilen zu umwickeln, aber die Strömung war zu stark. Da band man einem Jungen ein Seil um den Leib und hieß ihn, ins Wasser zu steigen. Langsam näherte er sich dem Sarg, in der einen Hand eine Stange, in der anderen eine Seilschlinge, bis er keinen Grund mehr unter den Füßen hatte und mit den Beinen strampelnd auf der Oberfläche trieb, denn mit den Werkzeugen in der Hand konnte er nicht schwimmen. Die Strömung trieb ihn in die entgegengesetzte Richtung. Die Leute starrten auf die schwarzen Umrisse des Sarges, der zwischen den Ästen festhing, auf den Schlamm, der in der Strömung schäumte, und auf den Jungen, der auf den Sarg zusteuerte und nun schon nahe genug war, um ihm einen Stoß zu versetzen. Im selben Augenblick ertönte ein Schrei. Er ruderte wie wild im Wasser herum, denn ein Strudel hatte ihn erfaßt. Die am Ufer wickelten eilig das Seil auf und zogen zu siebt oder acht daran, um ihn herauszufischen, bevor er unterging. Währenddessen drehte sich der Sarg langam zur Mitte des Flusses hin. Er schwamm und schaukelte auf den Wellen auf und nieder. Erst war das Kopfende vorn, dann das Fußende, und bald legte er sich auf die Seite. Die Strömung versuchte, ihn aufzurichten, ließ ihn sich mehrmals um sich selbst drehen. Das war das Ende: Almereida ging dahin. Er war nach Mahò gekommen, als man den Pferden Pfundnoten zu fressen gab. Jetzt machte er sich ohne Gepäck und mit geschlossenen Augen auf seine letzte Reise und ließ sich dabei von der Strömung tragen, wie er es sich im Grunde immer gewünscht hatte.

Der Sarg schwankte noch. Almereida am Ruder, reglos,

ein kaum merkliches Lächeln im blassen Gesicht, legte sich wieder auf den Rücken und glitt über die Strudel, während Dutzende von Lichtern ihm leuchteten und Dutzende von aufmerksamen Augenpaaren seine Reise vom Ufer aus beobachteten. Im Schein der Lampen, die auf ihn gerichtet waren, stieß der Totenkahn an ein Lastfloß, das mit schmierigen Fässern beladen war. Der eine oder andere, der ihn vom Brückengeländer aus beobachtete, erspähte ihn nochmals für ein paar Augenblicke, während er, nachdem er sich mehrmals um sich selbst gedreht hatte, seine Fahrt mit den Füßen voran wieder aufnahm. Immer schneller ging es, immer weiter ließ er die Neugierigen, die schmalen, schlammigen Ufer des Lebca und den dunklen, sternenlosen Himmel über Mahò hinter sich zurück. Immer weiter fort, unaufhaltsam. Als wäre er entschlossen, das Meer zu erreichen, noch bevor der Morgen kam.

Ciao, Bellezza

Deutsche Dichter über Italien. Ein Lesebuch
Herausgegeben von Petra und Manfred Hardt.
417 Seiten. Serie Piper 999

Italien und die Italiener in der Sicht deutscher Dichter, angefangen mit Goethes faszinierender Schilderung des römischen Karnevals über die sehnsuchtsvollen Träume der Romantiker bis hin zu den bissigen Einlassungen zeitgenössischer Lyrik, die die traditionelle Italiensehnsucht konterkarieren... Mit Texten von über vierzig Autoren, darunter viele neuere wie Ingeborg Bachmann, Rolf Dieter Brinkmann, Günter Kunert, Ulla Hahn, Peter Rühmkorf, Friedrich Christian Delius und Rose Ausländer, vermittelt der Band mosaikartig ein Bild dessen, was deutsche Dichter und Schriftsteller aus zwei Jahrhunderten in Italien erlebt und erfunden haben.

Unter apenninischem Himmel

Italienisches Lesebuch
Herausgegeben von Patricia Reimann. 399 Seiten. Serie Piper 600

Diese Sammlung italienischer Prosa und Lyrik lädt den Leser ein zu einem literarischen Spaziergang durch die vielschichtige Wirklichkeit italienischen Lebens, wie sie sich in der Literatur des Landes während der letzten hundert Jahre spiegelt. Der Leser wird sich in erster Linie an der großen und originellen erzählerischen Kraft, mit der die Fülle der Motive gestaltet ist, erfreuen können, er wird darüber hinaus aber auch die Möglichkeit haben, die Entwicklung der italienischen Literatur vom Verismus des 19. Jahrhunderts bis zu den verschiedenen Strömungen der Gegenwartsliteratur zu verfolgen.